Simone Dorra

Hexenglut

Simone Dorra

Hexenglut

Historischer Kriminalroman

SILBERBURG

Simone Dorra erblickte 1963 in Wuppertal das Licht der Welt und ist seit 1983 in Baden-Württemberg zu Hause. Die gelernte Buchhändlerin arbeitete zunächst in einem Stuttgarter Verlag und gestaltete dann als Sprecherin und Journalistin Radioprogramme für den Privatrundfunk. Mit ihrem Mann und ihren drei Kindern lebt sie in Welzheim, wo sie heute als Lokaljournalistin für die örtliche Tageszeitung arbeitet.

Nach »Schierlingstod« ist »Hexenglut« ihr zweiter historischer Kriminalroman mit Fidelitas vom Kloster Frauenalb im Schwarzwald.

www.simonedorra.de

1. Auflage 2020

Umschlaggestaltung: César Satz & Grafik GmbH, Köln.
Coverfoto: Ausschnitt aus: Walpurgisnacht, Kupferstich nach M. Herr, 17. Jahrhundert, © akg-images.
Satz und Layout: César Satz & Grafik GmbH, Köln.
Lektorat: Michael Raffel, Tübingen.
Druck: CPI Books, Leck.
Printed in Germany.

ISBN 978-3-8425-2229-9

Für Bettina Kimpel,
die Juan Alvarez mindestens so sehr liebt wie ich.

Was sollt ich machen, wenn im Schlaf mit Grämen
Und blutig, bleich und blass,
Die Geister der Erschlagnen zu mir kämen,
Und vor mir weinten, was?
(Kriegslied, Matthias Claudius)

Todesangst

Vinzenz Stöcklin rannte um sein Leben.

Der Waldboden unter seinen Füßen war tückisch uneben, er war schon mehrmals gestürzt, und jedes Mal war es ihm schwerer gefallen, sich wieder aufzurappeln. Das Pelzfutter seines teuren Wollmantels war längst zerrissen, hängen geblieben an den Zweigen der Fichten und Buchen, die in seiner wilden Fantasie Krallenhände nach ihm ausstreckten und ihn mit starken, hölzernen Fingern festhielten. Die Ledersohlen seiner Stiefel waren durchweicht vom Nachttau, der Wald rings um ihn her schwarz wie das Innere eines Kamins ohne Feuer.

Der Wagen mit den edlen Stoffballen, seinen Vorräten und seiner Geldkassette befand sich weit hinter ihm, zurückgeblieben irgendwo auf dem holprigen Pfad, der meilenweit durch den Schatten der Bäume hindurchführte. Die Wachen, die er für teures Geld angeheuert hatte, um ihn sicher nach Stuttgart zu bringen – zwei davon waren tot, die anderen beiden geflohen, bevor sie dasselbe Schicksal ereilen konnte. Und die Räuberbande, die ihm und seiner Eskorte kurz nach Sonnenuntergang aufgelauert hatte, war jetzt bestimmt hinter *ihm* her.

Er prallte blind gegen einen Baumstamm und sah in der Finsternis plötzlich Sterne. Ihm schwindelte, er schlotterte vor Angst, und sein Atem war ein schrilles, rasselndes Keuchen.

Er versuchte zu lauschen. Waren da Schritte? *Hatten sie ihn bald eingeholt?*

Und was würden sie ihm dann antun? Vor seinem geistigen Auge sah er sich bereits auf dem Waldboden liegen, all seiner Kleider beraubt, blutüberströmt und erschlagen. Dieses gottlose Gesindel würde zweifellos auch die Münzen finden, die ihm seine Frau als letzten Notgroschen in den Saum seines Wamses eingenäht hatte.

Arme Regula. Ohne ihn würde sie sich nie und nimmer gegen seine Mutter durchsetzen können. Wenn er jetzt und hier starb, dann war sie weiterhin zu einem elenden Schattendasein verdammt. Genau wie Veronika. Sein Kind. Sein wunderschönes Mädchen.

Der Gedanke an die beiden Frauen, die er liebte und die von seinem Schutz abhängig waren, verlieh ihm wieder ein wenig Kraft. Er stieß sich von dem Baum ab und stolperte eine kleine Ewigkeit weiter, ohne etwas zu sehen, die Hände nach vorne ausgestreckt, um sich vor einem weiteren schmerzhaften Aufprall zu schützen.

Da – jetzt hatte er hinter sich doch etwas gehört. Er blieb stehen und lauschte. Ein Wispern, ein Rascheln, ein Ast, der mit einem scharfen Knacken zerbrach, höchstens ein paar Ellen von ihm entfernt. Sie verfolgten ihn wirklich. *Und sie hatten ihn fast erreicht.* Er gab alle Vorsicht auf, setzte sich in Bewegung und rannte weiter, die Kehle eng in namenloser Furcht. Die Bäume rings um ihn her standen jetzt nicht mehr gar so nahe beieinander. Plötzlich sah er ein gutes Stück voraus ein schwaches Licht – und wo ein Licht brannte, da mussten auch Menschen sein, bei denen er sich in Sicherheit bringen konnte. Belebt von der unverhofften Aussicht auf Rettung steuerte er hastig und blindlings auf den Schein in der Ferne zu.

Ein jäher Windzug traf sein Gesicht, und etwas Weiches streifte seine Wange. Er hielt inne, schnappte nach Luft – und beim nächsten unsicheren Schritt trat sein Fuß ins Leere. Er warf die Arme hoch, stieß einen Schrei des Entsetzens aus und stürzte. Sein Körper rollte einen Steilhang hinab, überschlug sich, krachte mehrfach gegen unsichtbare Hindernisse und blieb endlich reglos liegen.

1

Zuflucht im Kloster

Das Erste, was ihm auffiel, als er langsam wieder zu sich kam, war ein leichter, aber deutlicher Duft nach Kräutern. Er erfüllte seine Sinne, während er mit geschlossenen Augen dalag, noch nicht ganz bei Bewusstsein, und die Eindrücke seiner Umgebung bruchstückhaft in sich aufnahm: ein kühles, glattes Laken unter seinem Körper; leiser Frauengesang in der Ferne, sanft auf- und absteigend mit einer beruhigend gleichförmigen Melodie; der dumpfe Schmerz in seinem rechten Bein, deutlich stärker als das Pochen und Stechen in seinem Kopf; und über allem das starke, bittersüße Aroma von Engelwurz.

Er blinzelte und sah, dass er tatsächlich in einem Bett lag. Das Bett stand in einem großen, lichtdurchfluteten Raum. Gleich mehrere Spitzbogenfenster ließen die Sonne ein, und er entdeckte ein halbes Dutzend weiterer Betten, schlicht aus Holz zusammengezimmert und bis auf eines alle leer. In dem lag ein älterer Mann. Er schien zu schlafen, aber was immer es auch für ein Leiden war, das ihn quälte, es hatte tiefe Linien in sein bleiches Gesicht gezeichnet, die auch der Schlaf nicht tilgen konnte.

Was war das hier? Wo war er bloß hingeraten?

Er machte den Versuch, sich aufzusetzen, und sank hilflos wieder auf das Laken zurück. In seinem Kopf drehte sich alles, seine Ohren klingelten, und ihm war übel. Er versuchte, sich die Ereignisse der vergangenen Stunden ins Gedächtnis zu rufen, stellte fest, dass er das nicht konnte, und fühlte sich noch elender. Er schloss die Augen wieder und hätte am liebsten geweint.

Das Dröhnen in seinem Kopf ertränkte die Schritte, die sich seinem Bett näherten, aber die leise, freundliche Stimme, die als Nächstes kam, übertönte es nicht.

»Seid Ihr wach, Herr? Könnt Ihr mich hören?«

Er tastete ziellos nach Halt; seine Hand wurde erfasst und in einem tröstlich warmen Griff festgehalten.

»*Deo gratias* – so ist's recht. Jetzt müsst Ihr mich nur noch anschauen und mit mir reden, dann habe ich eine Sorge weniger.«

Er öffnete die Augen einen Spaltbreit und sah, dass eine Frau auf einem niedrigen Schemel neben seinem Bett saß. *Eine Nonne.* Sie trug das schwarze Habit mit der weißen Haube, die ihr Gesicht eng einrahmte; ein kluges, eckiges Gesicht mit reiner, heller Haut, dessen Alter sich merkwürdigerweise nur schwer schätzen ließ. Vielleicht war sie Mitte zwanzig oder auch Anfang dreißig, er konnte es unmöglich sagen. Ihr Kinn sprang leicht vor, was von einer gewissen Sturheit sprach. Ihre Augen waren groß und von einem leuchtenden Haselnussbraun, in dem goldene und grüne Lichter tanzten.

»Wo … wo bin ich?«

Seine Stimme klang so heiser, als hätte er eine Handvoll Kieselsteine verschluckt.

»Ihr seid im Kloster Frauenalb, Herr«, sagte die Nonne. »Im Infirmarium, genauer gesagt. Unsere Knechte haben Euch letzte Nacht hergebracht, nachdem sie Euch fast in Sichtweite unseres Gasthofes besinnungslos aufgefunden haben. Ihr müsst böse gestürzt sein.«

»Ich …«

Plötzlich kehrte die Erinnerung zurück und traf ihn wie ein heftiger Schlag in die Magengrube. *Das Gebrüll der Räuber, die ihm und seinem Wagen aufgelauert hatten … Ein wilder Tumult aus klirrenden Schwertern und Schmerzensschreien … Im Licht der fast untergegangenen Sonne zwei grässlich verkrümmte Leichen auf dem Waldboden … Und er war geflüchtet, als wäre ihm der Leibhaftige auf den Fersen.*

»Wir wurden überfallen«, murmelte er. »Zwei der Wachen, die meinen Besitz schützen sollten, sind ermordet worden von dem Gesindel, das scharf war auf meine kostbaren Tuche und mein Gold. Die anderen beiden … Ich weiß nicht, wo sie abgeblieben sind.« Er stellte fest, dass er am ganzen Leib zitterte. »Vielleicht sind sie ja auch tot.«

Die Nonne schüttelte den Kopf. Ihr Daumen strich beruhigend über seinen Handrücken. »Nein. Sie haben genauso hergefunden wie Ihr. Und von ihnen haben wir auch gewusst, dass wir nach Euch suchen müssen. Die Mutter Oberin hat sofort unsere Knechte ausgeschickt, und ich bin dankbar, dass sie Euch so schnell entdeckt haben. Ein gebrochenes Bein ist übel genug – nach einer Nacht im Wald hättet Ihr Euch vielleicht auch noch eine Lungenentzündung zugezogen, Herr Stöcklin.«

Er bewegte versuchshalber das rechte Bein … und biss sich auf die Lippen, als der Schmerz bis hinauf in seine Leiste schoss.

»Es ist ein sauberer Bruch«, meinte die Nonne beruhigend. »Er ist ordentlich geschient, und bislang habt Ihr noch kein Fieber. Wenn Ihr lange genug stillhaltet und es mit Gottes Hilfe zu keiner Entzündung kommt, seid Ihr in ein paar Wochen so gut wie neu.«

Plötzlich war er sehr erschöpft.

»Mein … mein Wagen? Was ist mit meinem Wagen?«

»Das wissen wir nicht«, erwiderte die Nonne. »Wir haben uns erst einmal um Euch und Eure Verletzung gekümmert. Aber ich vermute, dass die Männer, die Euch überfallen haben, den Wagen ebenso mitgenommen haben wie das Zugpferd.«

Sein Herz sank. Er versuchte, zu überschlagen, wie hoch der Verlust sein mochte, den er erlitten hatte, aber die Zahlen vollführten in seinem Kopf nur einen verwirrenden Tanz. Er schloss die Augen und seufzte.

»Waren kann man ersetzen, Herr Stöcklin.« Die Stimme der Nonne war sanft, aber bestimmt. »Ein verlorenes Leben nicht.«

Jetzt klang sie deutlich näher. Er spürte, wie die Decke über ihm glatt gestrichen wurde, und der vertraute Kräuterduft verstärkte sich.

»Meine Mutter hat mir immer Engelwurz gegeben«, murmelte er. »Wenn mich mal wieder der Magen gedrückt hat vom guten Essen unserer Köchin.«

»Dann hat Eure Frau Mutter sich gut ausgekannt.« Er konnte hören, dass sie lächelte. »Ich gebe Euch jetzt auch etwas: ein Tonikum aus Weidenrinde und Mohn. Das hilft gegen die Schmerzen, gegen das Fieber, und es sorgt für einen ruhigen Schlaf. Könnt Ihr Euch hinsetzen, was meint Ihr?«

Er stemmte sich mühsam hoch, und ein erstaunlich kräftiger Arm half ihm, sich aufrecht zu halten. Der Rand eines Bechers berührte seine Lippen. Er öffnete den Mund, trank gehorsam und verzog das Gesicht. *Gallebitter.* Dann wurde er behutsam wieder zurück in die Kissen gebettet.

Er hörte Stoff rascheln und schaffte es mit einiger Anstrengung, noch einmal die Augen zu öffnen. Die Nonne hatte sich erhoben und stand neben dem Bett, die Hände in den weiten Ärmeln ihres Habits.

»Ruht Euch aus«, sagte sie. »Ein paar Stunden Erholung, und die Welt ist gleich ein gutes Stück heller. Ein Bote ist schon nach Freiburg unterwegs, um Eure Familie zu benachrichtigen, damit sie sich keine Sorgen mehr um Euch machen muss.«

»Danke.« Er schluckte. »Vergelt's Gott, Schwester. Darf ich … darf ich wissen, wie Ihr heißt?«

Sie lächelte und verneigte sich leicht.

»Fidelitas«, sagte sie. »Ich bin die Kräutermeisterin von Frauenalb. *Dominus vobiscum,* Herr Stöcklin. Schlaft gut.«

Sie drehte sich um und war im nächsten Moment mit leisen Schritten durch die Tür verschwunden.

Zwei Monate gingen ins Land; es war ein ausgesprochen nasser Frühling. Auch in den letzten Tagen hatte es fast ununterbrochen geregnet. Doch jetzt hoben sich endlich die Wolken, die wie ein schwerer grauer Mantel über dem Albtal hingen, und die Sonne kam heraus. Der Himmel am Horizont zeigte ein verwaschen bleiches Blau, hoffnungsvoll wie das junge Laub an den Bäumen, das den nahenden Sommer ankündigte.

Fidelitas von Frauenalb stand auf dem Friedhof des Klosters; er lag in kleinem Abstand von der Kirche – immer noch dicht genug bei den lebenden Schwestern, dass die sterblichen Überreste der Nonnen, die hier zur Ruhe gebettet worden waren, ein Teil der Gemeinschaft blieben. Jedes Grab trug auf einem schlichten Stein den Namen der Frau, die hier der Auferstehung entgegenschlief.

Auf dem Stein des Grabes zu ihren Füßen war der Name *Agatha* zu lesen, darunter das Geburts- und das Sterbedatum 1553. Sechsunddreißig Jahre hatte Agatha in Frauenalb gelebt, erst als Postulantin, dann als Novizin und nach den ewigen Gelübden als Schwester unter Schwestern. Sie hatte vor Fidelitas dem Kloster erst als Infirmarin und zuletzt als Kräutermeisterin gedient; von ihr hatte die jüngere Nonne alles gelernt, was sie heute über Medizin und die Heilung von Kranken mit den Pflanzen wusste, die in den Klostergärten wuchsen. Fidelitas hatte Agatha fast ebenso sehr geliebt wie die Ehrwürdige Mutter Scholastika, die ihr in Frauenalb ein Zuhause gegeben hatte, nachdem sie mit noch nicht einmal zehn Jahren hierhergekommen war, als Oblate in einem Pferdewagen, möglichst weit außer Sicht verfrachtet von einem Vater, der nicht bereit war, sie öffentlich als seine Tochter anzuerkennen.

Fidelitas' ewige Profess hatte Mutter Scholastika nicht mehr miterleben dürfen, und die nächste Äbtissin, Catharina von Remchingen, war dem Schützling ihrer Vorgängerin mit Misstrauen und instinktiver Abneigung begegnet. Als die Gräfin Johanna von Eberstein – Mäzenin des Klosters und Mitglied des Adelsgeschlechts, von dem das Kloster im zwölften Jahrhundert gegründet worden war – vor fünf Jahren darauf bestanden hatte, Fidelitas als private Pflegerin auf eine Reise mitzunehmen, war sie bei der Mutter Oberin auf bemerkenswert wenig Widerstand gestoßen.

Als Fidelitas nach neun Wochen von dieser – mehr als turbulenten – Reise in den Schoß ihrer Klosterfamilie zurückgekehrt war, neigte sich die Herrschaft der Catharina von Remchingen bereits dem Ende entgegen. Natürlich hatte das keiner von ihnen geahnt – aber im November 1550 zog die Äbtissin sich eine schwere Erkältung zu, die sich in ihren Lungen festsetzte und der sie kurz vor Weihnachten erlag.

Katharina II. von Wittstadt – genannt »die Hagenbachin« – hatte ihre Stelle als Ehrwürdige Mutter eingenommen, aber in den wenigen Jahren, während derer sie das Kloster führte, war es ihr kaum gelungen, einen prägenden oder wenigstens angenehmen Eindruck zu hinterlassen. Im Sommer 1554 war sie ganz plötzlich verstorben. Fidelitas vermutete bis heute ein Magenleiden, war aber mangels der nötigen Überprüfung auf Spekulationen angewiesen. Die Hagenbachin hatte ihr verantwortungsvolles Amt zuallererst als Werkzeug zur Mehrung ihres persönlichen Wohlstandes missverstanden; mehr als eine Abgabe der klösterlichen Lehenshöfe war stillschweigend in ihre persönliche Schatulle gewandert. Obendrein hatte sie ausgesprochen gern und reichlich gegessen – viel zu gern und viel zu reichlich, und Fidelitas hatte immer wieder versucht, ihr behutsam zuzureden, sie möge um ihrer Gesundheit willen und als Vorbild für ihre Töchter doch etwas mehr Maß halten.

Während die Mutter Oberin unbelehrbar der Sünde der Völlerei frönte, hatte Fidelitas' Lehrmeisterin Agatha zusehends den Appetit verloren. Im Frühjahr 1553 tat sie, geschwächt und abgemagert zu einem bloßem Schatten ihrer selbst, ihren letzten Atemzug, tief betrauert von Fidelitas und ihren Mitschwestern, deutlich tiefer jedenfalls als die Hagenbachin, die Agatha nur um dreizehn Monate überlebte.

Und nun war seit wenigen Monaten die dritte Katharina am Ruder, eine Freifrau von Bettendorf und die Schwester des Bischofs Dietrich von Worms. Sie war erst ein knappes Jahr vor dem Ableben ihrer Vorgängerin nach Frauenalb gekommen – eine energische Frau, hochgewachsen und so schmal wie eine Schwertklinge, mit harten Gesichtszügen, hinter denen sich eine unvermutete Güte verbarg, gepaart mit großer Klugheit. Fidelitas hatte sich auf Anhieb gut mit ihr verstanden, und als Katharina das Amt der Äbtissin übernahm, atmete sie ebenso erleichtert auf wie die anderen Nonnen. Dies war eine Ehrwürdige Mutter, die ebenso gut führen konnte wie ihre geliebte Mentorin Scholastika und die dabei das Wohl ihrer Töchter und das des Klosters gleichermaßen fest im Auge behielt.

Fidelitas senkte den Kopf und sprach das Gebet, das sie jedes Mal wiederholte, wenn sie hierherkam: *Requiem aeternam dona ei, Domine: et lux perpetua luceat ei.* Sie beugte sich vor und legte das mitgebrachte Kräutersträußchen aus Bärlauch, Huflattich und Schlüsselblumen vor Agathas Grabstein ab. *Ich vermisse dich,* dachte sie. *Möge Gott dir die ewige Ruhe schenken und das ewige Licht über dir leuchten lassen. Und mögen wir uns im Kräutergarten der Mutter Gottes wiedersehen.*

»Schwester …? Schwester Fidelitas?«

Fidelitas wandte den Kopf und sah Margaretha auf sich zukommen, das Habit gerafft, um auf dem unebenen Friedhofspfad nicht über den Saum zu stolpern. Margaretha stolperte *ständig* – über Betschemel, Gartenharken, Türabsätze und alles andere, das ihr unglückseligerweise in den Weg geriet. Sie befand sich im dritten Jahr ihres Noviziats und würde vermutlich auch über den Wortlaut der ewigen Gelübde stolpern … aber ablegen würde sie sie trotzdem, denn bei allem Ungeschick konnte es an ihrem hingebungsvollen Glauben nicht den Hauch eines Zweifels geben.

Es spielte keine Rolle, dass sie im Dienst bei der Schwester Mesnerin einen ganzen Kessel Bienenwachs verschüttet und sich dabei gefährlich verbrannt hatte. Es war auch gleichgültig, dass Schwester Saporosa, die seit dreißig Jahren in der Klosterküche für das leibliche Wohl der Nonnen sorgte, sich standhaft weigerte, Margaretha irgendetwas in die Hand zu geben, das schärfer war als ein Holzlöffel. Die neunzehnjährige Novizin war freundlich, mitfühlend und humorvoll und unter den Schwestern trotz ihrer Tollpatschigkeit ausgesprochen beliebt. Ihr sonniges Gemüt hatte ihr geholfen, die Tatsache zu verkraften, dass ihr Vater – ein kleiner Landjunker mit chronisch leerem Säckel – sie kurzerhand wie ein lästiges Möbelstück ins Kloster abgeschoben hatte, das eher bereit war als jeder adelige Bräutigam, die junge Frau ohne nennenswerte Mitgift zu akzeptieren. Auch ihre ständigen Unfälle ertrug sie mit philosophischer Gelassenheit.

Fidelitas runzelte die Stirn, als Margaretha atemlos vor ihr zum Stehen kam. »Langsam, Kind! Was ist denn los?« Ein alarmierender Gedanke schoss ihr durch den Kopf, und ihre Augen wurden schmal. »Der Hustensirup ist doch hoffentlich nicht angebrannt?«

Die Vermutung lag immerhin nahe, denn im letzten Herbst hatte Fidelitas Margaretha auf Anweisung der neuen Äbtissin unter ihre Fittiche genommen. Sie achtete sorgsam darauf, dass ihre Gehilfin mit den gefährlicheren Heilmitteln so wenig wie möglich in Berührung kam, leitete sie aber geduldig in der Gartenarbeit und Pflanzenlehre an, ließ sie unter Aufsicht Kräuter hacken, fertige Tränke abfüllen und in ihren Kesseln rühren. Und in den Kessel, den Margaretha augenblicklich zu überwachen hatte, waren Fidelitas' letzte Vorräte von getrocknetem Spitzwegerich gewandert, gemeinsam mit einem Krug Branntwein und einem ganzen Pfund kostbarem Tannenhonig.

»Nein, nein!« Margaretha wischte sich den Schweiß von der Stirn. »Der ist fertig, Schwester … genau so dick und süß, wie Ihr ihn haben wolltet. Ich hab ihn zum Abkühlen beiseitegestellt und das Feuer gelöscht.«

Fidelitas gab einen lautlosen Seufzer der Erleichterung von sich. »Sehr schön, Kind. Aber was ist denn *dann* der Anlass für diese Aufregung?«

»Die Ehrwürdige Mutter möchte Euch sehen«, erklärte Margaretha. »Sie bittet darum, Euch zu beeilen, da sie noch vor der Terz das Kloster für den Rest des Tages verlassen muss.«

Die Terz war das Stundengebet, das täglich um neun Uhr morgens stattfand. Fidelitas warf einen Seitenblick auf den Horizont, der inzwischen ganz hell geworden war; die frühe Sonne ließ die regennassen Rasenflächen zwischen den Grabsteinen blassgolden aufglitzern.

»Dann«, meinte sie, »sollte ich mich wohl besser beeilen.« Sie schenkte Margaretha ein rasches Lächeln. »Und du lässt bis zur Terz den Kessel nicht aus den Augen und rührst ihn regelmäßig durch, damit der Sirup keine Kristalle bildet.«

»Selbstverständlich, Schwester.«

Fidelitas eilte an der jungen Novizin vorbei. Das Quartier der Äbtissin befand sich in einem seitlich versetzten Nebengebäude, in bequemer Nähe zur Kirche. Sie öffnete die kleine Seitenpforte, die hineinführte; bei den letzten paar Schritten durch den Flur umrundete sie den Eimer einer jungen Magd, die mit einer Bürste den Steinboden scheuerte. Zwar wurden die Nonnen in Frauenalb strikt dazu angehalten, die Regeln des Heiligen Benedikts zu befolgen und nicht nur zu beten, sondern durchaus auch zu arbeiten, aber für die wirklich groben Dienste gab es Gesinde.

Sie grüßte das Mädchen freundlich und bekam einen scheuen Gruß zurück, und dann klopfte sie an die vertraute, mit Schnitzereien geschmückte Tür.

»Ehrwürdige Mutter? Ich bin es – Fidelitas.«

»Komm herein.«

Die Äbtissin saß hinter ihrem Schreibtisch direkt neben einem großen Ostfenster. Helles Sonnenlicht fiel auf die viereckig zugeschnittenen Pergamentbögen, die vor ihr gestapelt lagen; in einem Tintenfass steckte eine Schwanenfeder.

»Guten Morgen, meine Tochter«, sagte sie ruhig. »Steht bei deinen Kesseln und Phiolen alles zum Besten?«

Fidelitas lächelte. »Wegen Margaretha, meint Ihr? Keine Sorge – sie macht sich sehr gut. Außerdem ist sie die geborene Gärtnerin. Was sie sät oder pflanzt, das gedeiht, und sie hegt jeden Setzling so liebevoll wie eine Mutter ihr Neugeborenes.«

»Dann hat sie endlich ihren Platz in unserer Gemeinschaft gefunden?« Die Äbtissin betrachtete sie aufmerksam. »Ich muss sagen, das erleichtert mich. Mir ist schon aufgefallen, dass wir in den letzten Monaten weniger zerbrochenes Essgeschirr und weniger haarsträubende Missgeschicke zu beklagen hatten. Das tut dem lieben Kind sicher so gut wie uns allen. – Aber deswegen habe ich dich nicht hergerufen.«

Sie faltete die Hände auf dem Tisch vor sich.

»Wie würdest du das Befinden von Herrn Stöcklin einschätzen? Ist er gesund genug, um nach Hause zurückzukehren? Er hat mich gestern aufgesucht, und mir scheint, er ist ein wenig ungeduldig.«

»Das kann ich mir vorstellen.« Fidelitas nickte. »So lange von daheim entfernt und von seinen Lieben getrennt zu sein, das muss ihm schwerfallen.«

»Richtig. Obendrein macht er sich Sorgen um seine Geschäfte. Er hat mir gegenüber erwähnt, dass sein Tuchhandel in Freiburg im Moment von seiner Mutter geführt wird, und er brennt darauf, ihr die … äh … Zügel wieder aus der Hand zu nehmen. So schnell wie möglich.«

In den Augen der Äbtissin funkelte ein kleines, ironisches Licht, und plötzlich hatte Fidelitas eine ziemlich genaue Ahnung davon, wie sie sich die Mutter des Kaufmannes vorstellen musste. *Vermutlich kam der Gevatterin Stöcklin die lange Ab-*

wesenheit ihres Sohnes durchaus gelegen ... und der fürchtete nun, dass sie die Herrschaft ganz an sich riss.

»Das Bein ist gut verheilt«, erklärte sie. »Ein wenig empfindlich vielleicht, und er sollte es besser noch nicht allzu lange belasten, aber er ist gewiss reisefähig.«

»Schön.« Die Äbtissin wirkte zufrieden. »Dann können wir ihn wohl ziehen lassen.«

Fidelitas neigte den Kopf. »War das alles, Ehrwürdige Mutter?«

»Nicht ganz.« Die Äbtissin lehnte sich zurück und musterte sie scharf. »Er hat mich um einen Gefallen gebeten. Offenbar hast du mit deinen Kenntnissen und deiner Pflege großen Eindruck auf ihn gemacht. Und jetzt wünscht er sich, dass du ihn nach Freiburg begleitest.«

Fidelitas fuhr zusammen.

»*Ich?* Aber was soll ich denn in Freiburg?«

»Herr Stöcklin hat eine kranke Frau«, meinte Katharina von Bettendorf gelassen. »Sie ist seit Jahren schwächlich, und kein Medikus konnte bislang dauerhaft eine Besserung ihres Zustandes herbeiführen. Er hofft, dass du dank deiner Erfahrung die rechten Kräuter und Heilmittel findest, um ihr zu helfen.«

Fidelitas spürte, wie sich ihr Rückgrat versteifte. Die bloße Vorstellung, das Kloster zu verlassen, bereitete ihr fast körperliche Schmerzen. Aber dann erinnerte sie sich an die rheumatischen Beschwerden, unter denen die Äbtissin regelmäßig litt, und griff danach wie nach einem rettenden Strohhalm.

»Wenn Eure Hand- und Kniegelenke sich wieder fiebrig entzünden«, gab sie zu bedenken, »wer sorgt dann für Euch?«

Katharina von Bettendorf lächelte leicht ironisch; Fidelitas begriff, dass ihre Finte durchschaut worden war.

»Deine Lager sind gut gefüllt und deine Aufzeichnungen leicht verständlich. Unsere Infirmarin Schwester Maria Curatia kennt sich außerdem genügend mit der Kräuterkunde aus, um dich zu vertreten. Sollten meine unerfreulichen Gelenkschmerzen zurückkommen, weiß sie, wo sie deinen Weidenrindenextrakt findet.«

»Herr Stöcklin könnte mir die Anzeichen der Krankheit beschreiben, und ich könnte ihm eine passende Kräutermischung mitgeben.« Es war der letzte Versuch, dem Unvermeidlichen zu entgehen.

Die Äbtissin legte die Fingerspitzen aneinander und musterte sie mit hochgezogenen Augenbrauen.

»Ohne seine Frau je untersucht zu haben?«, fragte sie milde. »Ohne genau zu wissen, was ihr fehlt? Das wäre doch sicher ein wenig fahrlässig, meinst du nicht?«

Fidelitas biss sich auf die Lippen. »Natürlich, Ehrwürdige Mutter.«

»Überdies hat Herr Stöcklin dem Kloster eine stattliche Summe angeboten, wenn wir bereit sind, für – sagen wir – fünf oder sechs Wochen auf dich zu verzichten. Das sollte dir genügend Zeit geben, um die Natur ihrer Krankheit gründlich genug zu studieren und mit Gottes Hilfe das rechte Mittel zu finden, das sie wieder gesund macht. Immer gesetzt den Fall, ein solches Mittel gibt es.«

»Was ich nicht versprechen kann.« Fidelitas seufzte. Sie erkannte den in beharrliche Freundlichkeit gekleideten Befehl mehr als deutlich. »Es ist Euer Wunsch, dass ich nach Freiburg gehe.«

»Ganz recht. Herr Stöcklin wird übermorgen abreisen; wir stellen ihm einen Wagen zur Verfügung und werden ihm ein paar kräftige Knechte zur Begleitung mitgeben, damit er heil in Freiburg ankommt. Und du ebenfalls.«

Der Blick der Äbtissin wurde sanft.

»Keine Sorge – Maria Curatia wird sich auch um Schwester Margaretha kümmern.« Ihre Lippen kräuselten sich humorvoll. »Aber selbst wenn es uns gelingt, deine Abwesenheit ohne nennenswerte Zwischenfälle zu überstehen, werden wir uns sehr freuen, dich nach erfüllter Aufgabe daheim willkommen zu heißen.«

»Genauso wie ich, Ehrwürdige Mutter.« Fidelitas verneigte sich und ging hinaus, den Kopf gesenkt.

Bis zur Terz war es noch eine knappe halbe Stunde. Sie stellte fest, dass es sie nicht in die Kirche zog, um für eine sichere Reise zu beten. Stattdessen verließ sie das Hauptgebäude, eilte durch den Kreuzgang und am Friedhof vorbei und hatte endlich ihren geliebten Kräutergarten erreicht.

Margaretha war nirgendwo zu sehen, und in diesem Moment empfand Fidelitas große Dankbarkeit dafür. Sie wollte keinerlei Fragen beantworten oder gar die junge Novizin beruhigen müssen – denn die würde bei der Aussicht, wochenlang ohne ihre Lehrmeisterin auskommen zu müssen, vermutlich in Panik geraten. *Und sie war selbst schon panisch genug.*

Erinnerungen an ihren letzten »Ausflug« in die Welt stürmten auf sie ein. Auch damals hatte sie ihrer Äbtissin gehorcht und war fortgegangen, um eine Kranke zu pflegen und ihr Leiden zu lindern – und dadurch war sie in ein schreckenerregendes Chaos aus Verschwörungen, Mord und Totschlag geraten, das sie sich zuvor niemals hätte träumen lassen.

Sie hatte die Leiche eines vergifteten jungen Mannes entdeckt und ausgerechnet gemeinsam mit einem protestantischen Professor aus Tübingen versucht, das gefährliche Netz aus Lügen und Intrigen zu entwirren, das rings um sie her gewoben worden war. Sie war sogar niedergeschlagen, betäubt und verschleppt worden. Und noch heute dankte sie ihrem Schöpfer bei jedem Gebet, dass sie trotz allem lebend und mehr oder weniger unversehrt in die Sicherheit des Klosters und zu ihren Schwestern hatte heimkehren dürfen.

Sie hob die Augen zum Himmel. Nachdem die Wolken über die bewaldeten Hügel davongezogen waren, war er jetzt von durchsichtiger Klarheit, und die Kräuter in den Beeten noch nass von Regen und Tau. Der Duft nach frühem Thymian,

Frauenmantel, Rosmarin, Beinwell und Salbei stieg rings um sie her auf wie eine balsamische Wolke und besänftigte ihre innere Unruhe.

Fidelitas atmete tief durch und schloss die Augen.

Adiuva me, Domine, dachte sie. *Geh den Weg nach Freiburg an meiner Seite. Und bring mich danach schnell wieder zurück nach Hause.*

(14. Mai A. D. 1555)

Es scheint, als hätte ich mich zu früh gefreut.

Zwar ist mir der Überfall auf den dummen, vertrauensseligen Stöcklin wie ein unverhofftes Geschenk des Schicksals in den Schoß gefallen, aber genutzt hat er mir nichts. Die Räuber haben ihm zwar seine Waren abgenommen, doch bedauerlicherweise haben sie versäumt, ihn umzubringen, und er ist geflüchtet wie der Hase vor dem Fuchs. Dabei hat er sich ein Bein gebrochen, aber anstatt zu sterben, ist er ausgerechnet in einem Kloster gelandet, wo die frommen Frauen ihn wieder gesund gepflegt haben.

Und jetzt kommt er nach Hause zurück – noch dazu in Begleitung einer Nonne. Damit ist der Schatz, den ich schon im Sack zu haben geglaubt hatte, wieder in weite Ferne gerückt. Denn um ihn mir widerstandslos auszuliefern, ist Vinzenz Stöcklin bei all seiner erbärmlichen Schwäche wahrscheinlich nicht skrupellos genug. Anders als seine Mutter, die vermutlich nicht zögern würde, für eine Handvoll Goldmünzen ihr Seelenheil zu verkaufen.

Also werde ich mich in Geduld üben müssen.

Erst einmal jedenfalls.

11

Das Haus mit den Rosenfenstern

Die Reise von Frauenalb dauerte mehr als vier Tage, da der Wagen samt Zugpferd und Wachmännern nur sehr langsam vorankam. Vinzenz Stöcklin hatte zuerst um ein zusätzliches Pferd gebeten, um reiten zu können (und es auch erhalten), aber nach einem Tag im Sattel schmerzte das noch nicht vollständig verheilte Bein so heftig, dass er es vorzog, sich zu Fidelitas unter das Stoffdach zu setzen und dort auch für den Rest der Fahrt sitzen zu bleiben.

Am Morgen des fünften Tages erwachten sie in der Rheinebene; sie hatten Offenburg schon hinter sich gelassen und am Vorabend im Marktflecken Emmendingen frisches Brot und Obst gekauft.

»Wir sollten gut frühstücken, Schwester«, meinte einer der Knechte, die die Äbtissin zum Schutz mitgeschickt hatte. »Bis zur Stadt sind es vielleicht noch zwei Stunden, aber wenn wir am Tor aufgehalten werden, wartet sich's besser mit vollem Magen.«

»Als ob wir dort warten müssten!«, mischte Vinzenz Stöcklin sich ein, dem die Ungeduld deutlich anzusehen war. »Ich bin Bürger von Freiburg und sämtlichen Wachen an den Toren wohlbekannt.«

»Trotzdem kann es nicht schaden, wenn Ihr euch jetzt ein wenig die Beine vertretet«, gab Fidelitas sanft zu bedenken. »Dass Ihr nicht geritten seid, war hilfreich, aber das Gerüttel hat dem Knochen bestimmt nicht gerade gutgetan. Lasst uns ein paar Schritte machen, einen Becher Wasser trinken und eine Kleinigkeit essen. Keine Sorge – Ihr seid bald daheim.« Sie lächelte ihn an. »Und wenn Ihr Euch ein wenig warmgelaufen habt, müsst Ihr nachher nicht mühsam über die Schwelle Eures Hauses humpeln.«

Vinzenz Stöcklin zögerte, dann nickte er langsam. »Wie Ihr meint, Schwester.«

Zwei Knechte halfen ihm vom Wagen herunter, und er ging, auf Fidelitas' Arm gestützt, langsam die grasbewachsene Böschung seitlich der Straße entlang, darauf bedacht, das verletzte Bein nicht zu sehr zu belasten. Sie konnte sehen, dass ihn etwas beschäftigte.

»Vergebt mir meine Ungeduld«, sagte er endlich nach einer ganzen Weile des Schweigens. »Aber ich muss unbedingt wissen, wie die Dinge in Freiburg stehen. Vor einer Woche hat mich ein Brief meiner Mutter erreicht, und der hat nicht gerade dazu beigetragen, mir das Herz zu erleichtern.«

Fidelitas hielt es für reichlich rücksichtslos, einen Kranken, der sich erst auf dem Weg der Besserung befand, in Sorge zu versetzen, beschloss aber, ihre Ansicht für sich zu behalten.

»Hat der Überfall Euch viel Geld gekostet?«, fragte sie stattdessen. »Ist der Verlust so hoch, dass er Euren Geschäften dauerhaft schaden könnte?«

Vinzenz Stöcklin zog eine Grimasse.

»Wenn ich behaupten würde, dass es mir um die geraubten Stoffe und das Geld in meiner Kassette nicht leidtut, müsste ich lügen«, gab er zu. »Meine Mittel sind allerdings groß genug, dass ich die Sache immerhin verschmerzen kann. Meine Mutter sieht das anders. Was begreiflich ist, wenn man bedenkt, dass mein Vater als kleiner Händler angefangen und sein Lebtag hart gearbeitet hat, um meiner Familie einen respektablen Platz unter den Kaufleuten von Freiburg zu verschaffen. Jetzt, da Krankheit und Alter ihn bewogen haben, mir die Geschäfte zu überlassen, beschäftigt er sich lieber mit der Stadtgeschichte.« Er warf Fidelitas einen halb ironischen Blick zu. »Was immer Ihr über mein schönes Freiburg erfahren wollt – fragt ihn, und ich garantiere Euch, er wird es wissen.«

Fidelitas nickte, antwortete aber nicht, um seinen Gedankengang nicht zu unterbrechen. Sie wartete geduldig darauf, dass er fortfuhr.

»Mutter hat immer Angst, wir könnten eines Tages in Not geraten«, sagte er endlich. Er sprach leise, als verriete er ihr ein gut gehütetes Geheimnis. »Niemand führt unsere Bücher so gründlich wie sie, niemand prüft jede einzelne Lieferung so streng, und niemand feilscht so grimmig um jede Münze, die wir bezahlen müssen. Unsere Zulieferer fürchten sie wie den Leibhaftigen.«

Er räusperte sich ein wenig schuldbewusst.

»Wer hart für seinen Reichtum gearbeitet hat, hat sicherlich Angst, ihn eines Tages zu verlieren«, sagte Fidelitas langsam. »Das kann ich verstehen.«

»Tatsächlich?« Ein weiterer ironischer Blick. »Und das von einer Nonne, die lebenslange Armut gelobt hat? Ich muss sagen, Ihr erstaunt mich.«

»Der Orden sorgt für mein Wohl«, erwiderte Fidelitas ernsthaft, »und mein Kloster gibt mir ein Zuhause. Ich habe keinen Grund, mich vor Hunger und Besitzlosigkeit zu fürchten. Aber in der Welt ist das Leben ganz anders. Nicht wahr?«

»Richtig.« Vinzenz Stöcklin schnaubte leise. »In ihrem Brief hat Mutter mir vorgeworfen, ich hätte den Männern, die mich und meinen Wagen beschützen sollten, viel zu viel Geld gegeben. Schließlich hätten sie mich in der Stunde der Gefahr im Stich gelassen und wären schmählich geflohen.«

»Die beiden, die bei der Verteidigung Eures Besitzes ihr Leben verloren haben, hatten keine Gelegenheit mehr zur Flucht.« Fidelitas sah ihn an. »Die anderen beiden haben immerhin unsere Knechte zu Euch geführt. Und Euch damit das Leben gerettet.«

»Das weiß ich.« Vinzenz Stöcklin verzog den Mund. »Ich bezweifle bloß, dass meine Mutter das begreift.«

Fidelitas drückte tröstend seinen Arm. »Sie war in großer Sorge um Euch, als sie diesen Brief geschrieben hat«, sagte sie. »Und wer sich sorgt, der denkt nicht immer sehr vernünftig. – Wir sollten zurückgehen und essen, meint Ihr nicht?«

Sie tranken Wasser, das die Knechte aus dem letzten Bach im Wald geschöpft hatten; dazu gab es das Brot aus Emmendingen, ein paar Scheiben geräucherten Schinken, die von den Vorräten des Klosters noch übrig waren, ein paar frische Äpfel und Birnen. Danach halfen die Männer erst Fidelitas und dann Stöcklin wieder auf den Wagen, und der letzte Abschnitt der Reise begann.

Keine Wolke stand am Himmel, und während der Vormittag verstrich, wurde es frühsommerlich warm. Fidelitas legte ihren Reiseumhang ab und spähte an dem Knecht auf dem Kutschbock des Wagens vorbei; am Horizont tauchten verschwommen dunkle Umrisse auf: eine Stadtmauer, dahinter die Silhouetten von Häusern und ein hoher, schlanker Kirchturm. Je näher sie der Stadt kamen, desto deutlicher war er zu erkennen. Fidelitas musterte ihn staunend: Er wirkte so zart und elegant, als bestünde er nicht aus Stein, sondern aus feiner Spitze.

»Welche Kirche ist das?«, fragte sie.

Die Augen von Vinzenz Stöcklin leuchteten vor Stolz.

»Unser Münster«, sagte er. »Das müsst Ihr Euch unbedingt genauer ansehen, solange Ihr in Freiburg seid. Unsere Stadt ist reich und schön – aber das Münster ist ein Stein gewordenes Wunder.«

Fidelitas stellte fest, dass sie sich wirklich darauf freute, in diesem Münster zu beten. Ob sie sich auf die Familie von Vinzenz Stöcklin freuen sollte, wusste sie hingegen nicht so genau. Was der Kaufmann ihr mit solch erstaunlicher Offenheit über seine Mutter verraten hatte, sorgte für ein flaues Gefühl in ihrer Magengrube.

Sie konnte nur das Beste hoffen.

In der darauffolgenden Woche kam Fidelitas nicht dazu, das berühmte Münster zu besuchen; sie war viel zu beschäftigt damit, Stöcklins Familie kennenzulernen und sich um seine Frau zu kümmern.

Das Haus der Stöcklins lag einen kurzen Fußweg vom Münsterplatz entfernt, fast in Sichtweite des Martinstores und gerade weit genug weg vom Gerberviertel, dass man auch bei ungünstigem Wind die üblen Dünste nicht roch. Außer Vinzenz und seiner Mutter Gundis lebten dort noch Vinzenz' Frau Regula, sein Vater Heinrich und seine Tochter Veronika. Mit dem Hausgesinde waren es insgesamt neun Menschen, mit Fidelitas zehn.

Fidelitas bekam schnell heraus, dass Gundis Stöcklin in dem verwinkelten Fachwerkbau, den ihr Mann vor etwas mehr als vierzig Jahren gekauft hatte, herrschte wie eine Königin. Allerdings war ihr Regiment alles andere als milde. Die Dienerschaft hatte Angst vor ihr, und binnen kürzester Zeit hatte Fidelitas den starken Eindruck, dass es ihrer Familie keinen Deut besser ging.

Am ersten Tag hatte der Kaufmann sie freundlich gebeten, an den gemeinsamen Mahlzeiten im Speisezimmer teilzunehmen. Das war der größte Raum im ersten Stock, mit einer Kassettendecke aus dunkler Eiche, einem langen, glänzend polierten Tisch und Fenstern aus kostbarem Buntglas mit Rosen und Blätterranken. Gundis ließ allerdings keinen Zweifel daran, dass sie die Aussicht, mit der Pflegerin ihrer Schwiegertochter an einem Tisch zu essen, höchst unpassend fand.

»Ich bin sicher, die Schwester fühlt sich auch in der Küche wohl«, sagte sie, als Vinzenz ihr Fidelitas vorstellte und sie im selben Atemzug zum Mittagessen mit den Seinen einlud. Der

Kaufmann öffnete protestierend den Mund – und schloss ihn wieder, als wäre ihm bereits klar, dass es keinen Zweck hatte, seiner Mutter zu widersprechen. Fidelitas hielt es für unklug, gleich am ersten Tag Anlass für einen Familienzwist zu sein; sie war auf das Wohlwollen von Gundis Stöcklin angewiesen, um den Dienst, für den sie gekommen war, möglichst ungestört und ohne Anfeindungen verrichten zu können. Also nickte sie und verneigte sich mit einem höflichen Lächeln.

»Selbstverständlich, Frau Stöcklin.«

Gundis saß in einem Lehnsessel in ihrem Zimmer, in einem Kleid aus fein gesponnener dunkelblauer Wolle, ein goldenes Kruzifix an einer Kette aus geschliffenen Rosenquarzperlen auf der Brust. Ihr faltiges Gesicht mit dem schmal zusammengepressten Mund und den scharfen, dunklen Augen wurde von einer reich gefältelten weißen Haube eingerahmt, am Ringfinger ihrer Rechten, die auf der Armlehne ruhte, steckte ein auffälliger Goldring mit einem weiteren Rosenquarz. Ihre ganze Körperhaltung war darauf angelegt, einschüchternd zu wirken.

»Du kannst sie jetzt durch das Haus führen, Vinzenz«, sagte sie zu ihrem Sohn. »Und zu deiner Frau – schließlich ist sie ja hier, damit sie sich um Regula kümmert, oder nicht?«

Ein abschätziger Blick, ein leicht verächtliches Gekräusel der Mundwinkel.

»Wobei es mir ein Rätsel ist, wieso du dafür unbedingt eine Nonne hast herschleppen müssen – ich bin sicher, wir würden schon bald einen neuen Medikus finden, der vielleicht endlich herausbekommt, warum die Gute es seit Jahren nicht fertigbringt, sich zu irgendeinem nützlichen Beitrag in diesem Haushalt aufzuraffen.«

Vinzenz wurde bleich. In seinen Augen blitzte es wütend, aber erneut wagte er keinen Widerspruch. Fidelitas hielt es für angebracht, ihm beizustehen.

»Wer lange leidet, verliert irgendwann alle Kraft«, sagte sie sanft. »Das wird bei Frau Regula nicht anders sein. Aber ich versichere Euch, Frau Stöcklin – ich bin im Umgang mit Kräutern und Arzneien sehr erfahren und will mich bemühen, ihr zu helfen, so gut ich irgend kann.«

»Wir werden sehen.«

Gundis Stöcklin musterte sie von Kopf bis Fuß, als hoffte sie, irgendeinen Fehler oder eine Schwäche zu finden. Fidelitas erwiderte ihren Blick ruhig, und ohne mit der Wimper zu zucken. Dann verneigte sie sich zum zweiten Mal, drehte sich um und folgte Vinzenz Stöcklin zur Tür hinaus.

Erst, als er sich sicher war, dass seine Mutter ihn nicht mehr hören konnte, blieb der Kaufmann stehen und räusperte sich verlegen.

»Ihr müsst ihr vergeben«, sagte er. »Sie ist Fremden gegenüber misstrauisch, und leider macht dieser Argwohn auch nicht halt vor Eurem Habit.«

»Ich bin auf Euren Wunsch hier«, erinnerte ihn Fidelitas. »Aber ich habe nicht die Absicht, Streit in Euer Heim zu tragen, und ich brauche weder ein feines Quartier noch irgendeine andere Vorzugsbehandlung.« Sie lächelte ihn an. »Das wäre bestimmt auch nicht im Sinne der Ehrwürdigen Mutter.«

»Ihr meint, Ihr sollt die Tugend der Demut nicht nur zu Hause in Eurem Kloster üben, sondern auch hier?« Die Lippen des Kaufmanns zuckten. »Nun – ich fürchte, dazu werdet Ihr noch reichlich Gelegenheit haben!«

Er geleitete sie über eine schmale Stiege hinauf unter das Dach, wo eine überraschend geräumige Kammer auf sie wartete – mit einem Bett, das deutlich breiter war als das Nachtlager in ihrer Klosterzelle, mit einem Tisch samt Stuhl, Pergament und Schreibfeder und einer kleinen Truhe für ihre überschaubaren Habseligkeiten. Fidelitas' Bündel, ihre Kräuterkiste und das kleine Kruzifix, das sie begleitete, wo immer sie auch hinging, waren bereits heraufgebracht worden. Fidelitas gefiel dieses Quartier, und sie bedankte sich mit ehrlicher Freude.

Der Rest des Hauses zeugte – wenn man vom Speisesaal absah – zwar von einem soliden Vermögen, nicht aber von protzigem Reichtum. Vinzenz' Vater residierte in einem Zimmer zwei Türen weiter; jeder Zoll der Wände war mit Bücherregalen bedeckt, und es roch anheimelnd nach Leder und Pergament. Fidelitas vermutete, dass der alte Herr – der auf sie so sanftmütig wirkte wie seine Frau herrisch – sich hier ein Refugium geschaffen hatte, in dem er von Gundis nicht gestört wurde. Und Gundis ihrerseits war es vermutlich ganz recht, dass er sich schon lange nicht mehr in die Geschäfte von Frau und Sohn einmischte.

Vinzenz' Tochter Veronika lernte Fidelitas erst am späten Nachmittag ihrer Ankunft kennen, als das junge Mädchen von der Schneiderin zurückkam. Ihre Großmutter hatte für sie ein neues Kleid bestellt, vermutlich, um sie für Bewerber um ihre Hand noch anziehender zu machen. Dabei war sie auch ohne Samt, Spitze und Stickerei anziehend genug.

Ihre leuchtend blauen Augen wurden von langen Wimpern umkränzt, so dunkel wie ihre dichten, glänzenden Locken, die ihr offen vermutlich bis fast zur Hüfte reichten. Ihr Gesicht war ein sanftes, rosiges Oval, ihr Mund so zart wie eine Rosenknospe kurz vor dem Aufblühen. Ihr Vater betrachtete sie mit liebevollem Stolz, und als sie Fidelitas begrüßte, war ihre Stimme hell, leise und freundlich. Fidelitas ertappte sich bei dem inständigen Wunsch, dass diese überaus begehrenswerte Jungfer mehr Substanz besäße, als die glatte Fassade vermuten ließ. Denn sonst würde ihre Großmutter sie mit Sicherheit an den Höchstbietenden verschachern wie ein Stück Mastvieh auf dem Markt.

Vinzenz' Frau war Fidelitas bis dahin noch nicht begegnet; bei ihrer Ankunft hatte sie noch geschlafen. Als es gegen Abend endlich zu einem ersten Treffen kam, fühlte es sich an wie der Besuch in einer anderen, hermetisch abgeschlossenen Welt. Die kleinen Butzenfenster des Zimmers, in dem Fidelitas' neue Patientin sich hauptsächlich aufhielt, waren mit dicken Vorhängen abgedunkelt, die Luft warm und stickig. Die Uhr des Münsters hatte gerade erst fünf geschlagen, aber auf dem Tisch und dem Nachtkasten neben dem Bett brannten bereits ein Dutzend Kerzen in Silberleuchtern, als könnte die Kranke das Licht der Sonne nicht ertragen.

Regula Stöcklin erwies sich als bleicher Schatten ihrer schönen Tochter. Das dunkle Haar war grau gesträhnt, das Gesicht seltsam leblos und hohlwangig. Als sie Fidelitas die Hand entgegenstreckte, spürte die jeden einzelnen Knochen der dünnen Finger in ihrem Griff.

»Mein Mann hat mir geschrieben, Ihr könntet mich heilen«, sagte sie, ihre Stimme heiser und so atemlos, als bereite jedes Wort ihr Mühe. »Jedenfalls glaubt er das.«

»Ich werde versuchen, Euch zu helfen«, erwiderte Fidelitas freundlich, »und wenigstens dafür zu sorgen, dass Euer Zustand sich bessert. Wunder kann ich keine wirken – die liegen einzig und allein in Gottes Hand.«

Regula nickte. Sie sah aus, als würde sie sich wenig Hoffnung auf Heilung oder wenigstens auf eine Besserung ihres Zustandes machen. Fidelitas kam es so vor, als hätte ihr gebrechliches Gegenüber sich schon viel zu lange in der eigenen Schwäche eingerichtet; sie erschrak über diesen Gedanken und rief sich selbst streng zur Ordnung. Frau Regula war nicht die erste Kranke, der ihre Hinfälligkeit auch noch die letzte Zuversicht raubte. Viele ihrer Mitschwestern im Kloster, die im Alter von immer mehr Leiden geplagt wurden, hatten mit wachsenden Glaubenszweifeln und Ängsten zu kämpfen und mussten nicht nur behandelt, sondern auch ermutigt und getröstet werden. Sie würde in den nächsten Wochen versuchen müssen, beides zu tun.

Zuletzt wurde sie in die Gesindeküche geführt, wo Vinzenz Stöcklin sich von ihr verabschiedete. Dort lernte sie die Köchin kennen, die Spülmagd Gretel, die auch das Haus sauber hielt und bei der Zubereitung der Speisen half, den Kutscher Wulf und eine blutjunge Zofe namens Birgitta, deren einzige Aufgabe es war, Veronika zu bedienen, anzukleiden und zu frisieren. Sie sah in ihrem schlichten, braunen Gewand so schlank und geschmeidig aus wie ein junger Weidenzweig. Ihre straff gebundene Haube aus ungebleichtem Leinen konnte ihr Haar nicht vollständig bändigen; weiche, blonde Strähnen stahlen sich an den Schläfen hervor, und ihr Gesicht war frisch, wach und selbstbewusst.

Fidelitas vermutete, dass Gundis sie eingestellt hatte – weil sie, was die Zukunft ihre Enkelin anging, nicht bereit war, auch nur die kleinste Einzelheit dem Zufall zu überlassen. Ansonsten war sie sehr eindeutig nicht gewillt, mehr als absolut notwendig für den Lohn der Dienerschaft auszugeben. Sie selbst hatte genauso wenig eine Zofe wie ihre Schwiegertochter Regula, und dass die Spülmagd nicht nur dafür zuständig war, die groben Arbeiten in der Küche zu erledigen, sondern obendrein das ganze Haus sauber halten musste, ließ ebenfalls tief blicken.

Die Köchin – eine dralle, freundliche Matrone namens Irmhild – tischte ihr als frühen Abendimbiss frisch gebackenes Brot und ein Gemüse aus Zwiebeln, Erbsen und Rahm auf. Fidelitas beantwortete geduldig jede Frage zum Klosterleben, die Irmhild einfiel, zog sich dann in ihr Zimmer unter dem Dach zurück und sprach die Gebete der *Laudes*, bevor sie sich schlafen legte. Es war ein langer Tag gewesen, und das Leben in diesem Haus versprach, alles andere als einfach zu werden.

In den nächsten Tagen sondierte Fidelitas behutsam das Terrain. Was das Leiden von Regula Stöcklin anging, stand sie vor einem Rätsel: Ihre Patientin war keine zehn Jahre älter als sie, lebte in komfortablen Verhältnissen und hätte eigentlich gar nicht so krank sein dürfen, wie sie es war. Es waren keine typischen Anzeichen für die Schwindsucht zu finden (abgesehen von einer erschreckenden Magerkeit und Appetitlosigkeit). Fidelitas schloss Bauchwassersucht ebenso aus wie Krampfanfälle oder eine schleichende Vergiftung, denn Regula aß (wenn sie denn etwas aß) genau dasselbe wie der Rest der Familie. Und sie hatte auch kein Fieber.

Nach einer Woche war Fidelitas noch immer ratlos. Sie schlief schlecht, zermarterte sich das Hirn auf der Suche nach einer Krankheit, die sie nicht kannte oder übersehen hatte, und wünschte sich zunehmend verzweifelt Schwester Maria Curatia herbei, die Infirmarin aus ihrem Kloster. *Vielleicht hatte sie sich selbst überschätzt und wäre besser gar nicht erst hergekommen.*

Als sie wenig später mitten in der Nacht die Matutin betete, erinnerte sie sich plötzlich an etwas, das sie vor ein paar Monaten in den sorgfältigen Aufzeichnungen von Schwester Agatha gelesen hatte – über den schweren Unfall einer jungen Postulantin vor dreißig Jahren, über ihre Behandlung und die Folgen. Und ihr ging plötzlich etwas durch den Sinn, was Mutter Scholastika einmal zu ihr gesagt hatte: *Nicht immer hilft es, Fragen zu stellen, Kind. Manchmal ist es klüger, zu schweigen und stattdessen auf deinen Instinkt zu vertrauen.*

Nach Sonnenaufgang stieg sie – noch reichlich übernächtigt – in die Küche hinunter, bekam einen heißen Haferbrei mit eingelegten Pflaumen serviert und löffelte ihn dankbar, während sie darauf wartete, dass auch der Rest des Gesindes auftauchte. Vielleicht konnte sie von einer Tatsache profitieren, die ihr schon in früheren Jahren aufgefallen war: dass man einer Nonne manchmal ebenso viel Zutrauen entgegenbrachte wie einem Beichtvater und dass man sie für ebenso verschwiegen hielt – was weder auf Nonnen noch Beichtväter ohne jede Ausnahme zutraf, wie Fidelitas sehr wohl wusste.

Wenige Minuten später erschien Veronikas Zofe Birgitta auf der Türschwelle, gegen die Morgenkühle in ein wollenes Umschlagtuch gehüllt und einen kleinen, zugedeckten Korb über dem Arm, in dem es leise klirrte, als sie ihn auf den Tisch stellte.

Fidelitas bemerkte, dass sie erst ihr und dann der Köchin einen verstohlenen Blick zuwarf – als hätte sie nicht erwartet, die neue Hausgenossin hier vorzufinden. *Und als wollte sie nicht, dass Fidelitas sah, was sich in diesem Korb befand.*

Fidelitas entschied sich blitzschnell. Ehe die Zofe begriff, was sie plante, hatte sie den Korb bereits aufgeklappt und spähte hinein. Zwei Flaschen aus dunklem Glas lagen darin, verkorkt und mit Wachs versiegelt.

Sie hob den Kopf und begegnete den Augen der Köchin. »Was ist denn das?«

Ein langes, verlegenes Schweigen, dann wieder ein vielsagender Blickwechsel zwischen Zofe und Köchin.

»Ein Stärkungsmittel für Frau Regula«, sagte die Köchin endlich. »Der Medikus, der bis letztes Jahr versucht hat, ihr Befinden zu bessern, hat es extra für sie zusammengestellt, aus verschiedenen Kräutern. Hat er jedenfalls gesagt.«

»Ich mochte ihn nicht.« Das war Birgitta. »Immer, wenn er hier war, um Frau Regula zu behandeln und ihr ihre Medizin zu bringen, mussten wir ihn bedienen. Und anders als die arme Herrin hat er gefressen wie ein Scheunendrescher. Er hat sich's bei uns so gut gehen lassen wie ein gieriger Landjunker … und mich dabei jedes Mal mit den Augen ausgezogen. Ich war immer froh, wenn ich nicht allein war mit ihm. Herr Stöcklin hat ihm aber irgendwann nicht mehr vertraut. Er hat ihn hinausgeworfen und ihm verboten, jemals wieder das Haus zu betreten.«

Das junge Mädchen wirkte so unruhig wie ein Kind, das unerwartet bei einem zweifelhaften Streich ertappt worden war.

»Verstehe ich richtig, dass Frau Regula seit dem Verschwinden des Medikus nicht aufgehört hat, dieses Stärkungsmittel zu trinken?«, wollte Fidelitas wissen.

»Das … das ist wahr.« Birgitta wagte sichtlich nicht, etwas zu sagen; es war die Köchin, die antwortete. »Sie hat diesem Kurpfuscher ordentlich Geld für das Rezept gezahlt, bevor Herr

Vinzenz ihm verboten hat, je wieder hierherzukommen. Und jetzt lässt sie sich die Mixtur von einem Apotheker in Neuburg anrühren, immer zwei Flaschen auf einmal.«

Fidelitas runzelte die Stirn. »Und da Frau Regula sich diesen Trank wohl kaum selbst beschaffen kann, erledigt ihr beide das für sie?«, bohrte sie nach. »Ihr bringt die leeren Flaschen zurück und holt die vollen beim Apotheker ab?«

Die beiden Frauen nickten.

»Weiß Herr Stöcklin von diesen Botengängen?« Fidelitas ließ den Blick langsam von der Köchin zur Zofe schweifen. »Oder Frau Gundis?«

Wieder schüttelten beide Frauen den Kopf. »Frau Regula hat uns verboten, es ihnen zu sagen«, kam es von Irmhild. »Sie wollte nicht, dass Herr Stöcklin sich aufregt – schließlich war er es, der den Medikus hinausgeworfen hat. Sie meint, das Mittel täte ihr gut. Und sie bezahlt es aus ihrer Privatschatulle.«

Fidelitas nickte. »Damit Frau Gundis nicht mitbekommt, dass Geld aus dem Haushaltssäckel fehlt.« Sie streckte die Hand aus. »Würdet Ihr mir ein Messer geben, Irmhild?«

Die Köchin gehorchte. Fidelitas schälte die dicke Wachsschicht herunter, die den hölzernen Stopfen bedeckte, und zog ihn aus der Flasche. Sie schnupperte vorsichtig. Tatsächlich befanden sich in der unbekannten Mischung Kräuter. Sie entdeckte Thymian, Minze und vor allem reichlich Rosmarin. Aber auch sein kräftiges Aroma war nicht imstande, den typischen Geruch der Hauptzutat zu überdecken, aus der der angebliche Stärkungstrank bestand. *Branntwein … und mit an Sicherheit grenzender Wahrscheinlichkeit eine reichlich bemessene Dosis Mohnsaft obendrein.*

Sie stellte die Flasche auf den Tisch und korkte sie wieder zu.

»Ich bin sicher, ihr beide hattet nur das Beste für eure Herrin im Sinn«, sagte sie ruhig. »Was mehr ist, als ich über den Medikus sagen kann … oder über den Apotheker. Wie lange trinkt Frau Regula dieses Zeug schon?«

»Fast zwei Jahre«, antwortete die Köchin. Ihre Stimme war ein furchtsames Flüstern; ihr schien aufzugehen, dass sie und Birgitta der Herrin mit ihrer Komplizenschaft und ihrem Stillschweigen einen gefährlichen Bärendienst erwiesen hatten.

Fidelitas seufzte. »Bringt ihr erst einmal die Flaschen hinauf«, sagte sie. »Aber ich werde noch heute mit Herrn Stöcklin reden und ihm die Sache erklären.«

Die Köchin öffnete alarmiert den Mund, und Fidelitas hob die Hand.

»Ich werde ihm begreiflich machen, dass ihr getäuscht worden seid – genauso wie Frau Regula. Keiner von euch konnte ahnen, dass das, was ihr für eine Medizin gehalten habt, nichts anderes war als ein schleichendes, stümperhaft zusammengepanschtes Gift.«

»Es tut mir so leid!« Die Augen von Birgitta standen plötzlich voller Tränen. »Wir … wir wollten ihr doch nicht *schaden!*«

»Das weiß ich.« Fidelitas lächelte beruhigend. »Und ich werde Herrn Stöcklin gegenüber keinen Zweifel daran lassen, das verspreche ich euch.«

Trotz ihres Zornes auf den verantwortungslosen Kurpfuscher, der zum erbarmungswürdigen Zustand ihrer Patientin so entscheidend beigetragen hatte, fühlte sie sich gleichzeitig unendlich erleichtert.

Frau Regula mochte einen schweren Weg vor sich haben, aber mit Gottes Beistand konnte sie ihr wahrscheinlich helfen.

III

… und nichts ohne Gift

Im Speisezimmer des Hauses von Vinzenz Stöcklin herrschte Totenstille. Fidelitas stand mit dem Rücken zum Fenster. Der Kaufmann saß am Tisch, das Gesicht bleich und verkniffen.

»Ich müsste ja eigentlich erleichtert sein«, meinte Stöcklin endlich. »Es sollte mich freuen, dass meine Frau nicht so krank ist, wie ich die ganze Zeit gefürchtet habe. Aber jetzt sagt Ihr mir, dass sie seit Langem eine Arznei zu sich nimmt, die sie langsam vergiftet? Und dass sie es vorgezogen hat, mir das zu verschweigen?« Er sprach leise und mühsam beherrscht. »Das … das ist *ungeheuerlich.*«

»Ich kann mich natürlich irren.« Fidelitas blickte auf ihre gefalteten Hände hinunter. »Aber ich habe das Gebräu überprüft. Glaubt mir – wer das, was darin ist, zwei Jahre lang in den Mengen trinkt, wie Eure Frau es zweifelsohne getan hat, der fügt sich selbst mehr Schaden zu als manches schwere Leiden.«

Stöcklin starrte sie an. »Das will mir nicht in den Kopf. In vielen Medizinen ist Branntwein, und Mohnsaft hilft doch gegen Schmerzen – oder nicht?«

»Das ist richtig.« Fidelitas nickte. »Aber ›*alle Ding sind Gift und nichts ohn Gift – allein die Dosis macht, dass ein Ding kein Gift ist*‹. Das hat der große Medikus Paracelsus gesagt … und meine Lehrmeisterin im Kloster hat in ihren Aufzeichnungen von einer jungen Mitschwester berichtet, die sich einmal bei einem unglückseligen Sturz mehrere Knochen brach. Es hat Monate gedauert, bis alles einigermaßen verheilt war, und sie hatte schreckliche Schmerzen. Also bekam sie zur Linderung Mohn und in Branntwein gelöste Kräuter. Sehr viel davon und sehr regelmäßig. Die haben sie ebenso apathisch und kraftlos gemacht wie Frau Regula. Und auch, als sie wieder auf den Beinen war und im Infirmarium keinerlei Heilmittel mehr bekam, ist es ihr nicht wirklich besser gegangen.«

Stöcklin runzelte die Stirn. »Worauf wollt Ihr hinaus? Wenn Ihr mir Hoffnungen machen wollt, dann müsst Ihr Euch schon ein wenig mehr anstrengen, fürchte ich.«

Fidelitas holte tief Luft. »Die Geschichte ist noch nicht vorüber. Agatha – so hieß meine Lehrmeisterin – schrieb, dass sie nach einiger Zeit etwas Verblüffendes entdeckte: ihre Vorräte an Mohnsaft und Kräutertränken mit Branntwein nahmen auf rätselhafte Weise ab, obwohl sie genau Buch führte. Flaschen waren plötzlich halb leer, Phiolen verschwanden. Sie hat sich auf die Lauer gelegt und herausgefunden, dass es ausgerechnet die junge Schwester war, die sie in aller Heimlichkeit bestahl. Nachdem sie ertappt worden war und befragt wurde, hat sie Agatha und der Ehrwürdigen Mutter Oberin gestanden, dass sie ohne diese Heilmittel nicht mehr zurechtkäme … obwohl es die Knochenbrüche längst nicht mehr gab. Sie sagte, dass sie sie trinken *müsse*, um sich besser zu fühlen.«

Der Kaufmann starrte sie an. »Wollt Ihr mir allen Ernstes weismachen, meine Frau hängt an dem Zeug in diesen Flaschen wie – wie ein alter Trunkenbold im Wirtshaus an seinem Schnapskrug?«

Fidelitas biss sich auf die Lippen. »Das ist sehr … *unbarmherzig* ausgedrückt, Herr Stöcklin. Aber ich fürchte, genauso ist es.«

Vinzenz Stöcklin ließ sich mit einem Ruck in seinen Stuhl zurücksinken. Das Holz knarrte laut.

»Und was, wenn Ihr Euch *doch* irrt? Wenn meine Frau trotz Eurer Annahme unter einer schweren Krankheit leidet, die Ihr bloß noch nicht gefunden habt?«

»Dann«, sagte Fidelitas ruhig, »werde ich weiterforschen müssen. Aber bis dahin wird Frau Regula von mir nichts bekommen, was ihr noch weiter schadet. Im Gegenteil – ich werde dafür sorgen, dass sie das Mittel, auf das sie sich bisher verlassen hat, nicht mehr trinken kann. So finden wir am ehesten heraus, ob ich recht habe.«

Sie betrachtete ihr Gegenüber forschend.

»Die Köchin und die Zofe Eurer Tochter haben mir gesagt, Ihr hättet den Medikus, der diese Arznei für Frau Regula zusammengerührt hat, aus dem Haus gejagt. Darf ich wissen, was der Grund dafür war?«

Der Mund des Kaufmannes wurde schmal. Es dauerte eine Moment, bis er antwortete.

»Michel Sebald hat viele Monate hindurch seine Heilkünste an meiner Frau versucht«, sagte er langsam. »Und er hat sich reichlich dafür bezahlen lassen. Versteht mich recht: Wäre er imstande gewesen, Regula zu helfen, ich hätte ihm mein halbes Vermögen dafür geschenkt, und mit Freuden. Ehe er auftauchte, verkühlte sie sich schwer – vor etwas mehr als zwei Jahren, als wir einen besonders strengen Winter hatten. Davon hat sie sich seither nicht mehr richtig erholt, und zuerst war ich dankbar, als er kam und behauptete, er könnte sie wieder gesund machen.«

Fidelitas hob die Augenbrauen. »Hat er einfach bei Euch angeklopft und seine Dienste angeboten?«

»Natürlich *nicht!*« Vinzenz Stöcklin schnaubte. »Ich bin doch kein Simpel, der auf jeden dahergelaufenen Kurpfuscher hereinfällt! Nein – unser alter Medikus war gestorben, und Sebald hatte sein Amt übernommen. Soweit ich das beurteilen kann, hat er sich ordentlich um die Leute gekümmert … Klagen sind mir jedenfalls keine zu Ohren gekommen. Ich hab ihn rufen lassen, als der Zustand meiner Frau sich nicht bessern wollte, und von dem Moment an war er fast täglich im Haus.«

»Ich verstehe.« Fidelitas ging zum Tisch hinüber und setzte sich. »Aber irgendwann müsst Ihr alles Zutrauen in seine Fähigkeiten verloren haben … Sonst hättet Ihr ihm wohl kaum die Tür gewiesen.«

Der Mund des Kaufmanns verzog sich zu einem schwachen, freudlosen Lächeln.

»Meine Mutter hat angefangen, sich darüber zu beklagen, wie viel Geld die Mittel, Pülverchen und Tränke kosteten, mit denen er Regula traktierte«, sagte er. »Wie gesagt – ich hätte ihn trotzdem weiter gewähren lassen und gut bezahlt, wenn ich nur gesehen hätte, dass meine Frau sich wirklich erholt. Aber das war leider nicht der Fall. Im Gegenteil: je länger Sebald sich um sie kümmerte, desto schwächer, kraftloser und gleichgültiger wurde sie. Also hab ich beschlossen, etwas genauer hinzuschauen.«

Er umfasste mit beiden Händen die Tischkante, als suchte er daran Halt.

»Irgendwann fiel mir auf, dass er seine Aufmerksamkeit nicht nur auf meine Frau richtete. Er … er fing an, dem weiblichen Gesinde nachzustellen. Veronikas Zofe, zum Beispiel.«

Fidelitas nickte; sie erinnerte sich daran, was Birgitta ihr an diesem Morgen unten in der Küche erzählt hatte.

»Als Nächstes begann er, auch Veronika mit begehrlichen Augen anzusehen. Erst vorsichtig, damit ich es nicht merke, dann ganz unverhohlen, mehr als einmal. Sie hat mir gesagt, dass sie sich vor ihm fürchtet. Und ein paar Tage später … da hab ich ihn auf frischer Tat ertappt. Beim Diebstahl, mit den Fingern in meiner eigenen Goldschatulle. Er war wohl zu gierig geworden. Ich hab ihn am Kragen gepackt, die Treppe hinuntergezerrt und hinausgeworfen. Dann hab ich den Kutscher mit einer Nachricht zum Rat der Stadt geschickt. Doch als die Büttel zu seinem Haus kamen, hatte er sich bereits aus dem Staub gemacht.«

Er seufzte.

»Ich hätte ihn wohl besser erst einmal in den Keller gesperrt. Aber wenigstens hat meine Tochter keinen Schaden genommen.«

»Eure Frau schon«, sagte Fidelitas leise.

»Das ist mir jetzt auch klar.« Vinzenz Stöcklin seufzte wieder, dann sah er ihr in die Augen. »Versprecht Ihr mir, dass sie wieder gesund wird?«

»Ich verspreche Euch, alles dafür zu tun, was ich kann«, erwiderte Fidelitas. »Es wird sicherlich nicht einfach werden – die junge Mitschwester damals hat elend schwere Wochen durchlebt, bevor es endlich wieder aufwärtsging mit ihr. Aber irgendwann war sie tatsächlich vollkommen wiederhergestellt. Wir wollen Gott vertrauen und darauf hoffen, dass es Eurer Frau genauso geht.«

Fidelitas sollte recht behalten; die nächsten Wochen wurden wahrhaftig elend schwer.

Vinzenz Stöcklin nahm es nach ihrem Gespräch auf sich, seiner Frau zu erklären, was es mit dem angeblichen Stärkungstrank des betrügerischen Medikus auf sich hatte. Der Inhalt der beiden letzten Flaschen wurde draußen vor dem Haus in die Gosse geleert; ab sofort durfte die Kranke nur noch Quellwasser und mit Honig gesüßte, warme Kräutertränke zu sich nehmen.

In den ersten Tagen behielt sie sowieso kaum etwas bei sich. Sie übergab sich wieder und wieder, schwitzte heftig und behauptete, sie würde verbrennen. Im nächsten Moment klapperte sie mit den Zähnen vor Kälte; ihre Haut war kalt und feucht. Die wenigen Stunden, in denen sie schlief, waren von Albträumen erfüllt, und ihre wachen Momente waren kaum besser. Sie sah Gesichter, die gar nicht da waren, und stammelte etwas von »teuflischen Fratzen«, die aus den Wänden heraustäten und sie böse angrinsten. Dann schrie sie auf, klammerte sich an Fidelitas oder ihren Mann – je nachdem, wer von beiden bei ihr saß -, zitterte wie im Fieber und weinte verzweifelt.

Zwar war es vorrangig Fidelitas' Aufgabe, sich um Regula zu kümmern, aber sie war dankbar dafür, dass Vinzenz Stöcklin sich standhaft weigerte, ihr das ganz und gar allein zu überlassen. Denn Regulas Unruhe und ihre Angstzustände machten ihre Pflege aufwendig und überaus anstrengend, auch wenn Fidelitas kaum mehr für sie tun konnte, als ihr immer wieder Flüssigkeit einzuflößen, damit sie nicht austrocknete. Sie wusch Regulas zerbrechlich abgemagerten Körper mit einer Mischung aus Pfefferminzöl und warmem Wasser und hüllte ihn in Wolldecken. Mehr als einmal nickte sie bei den Stundengebeten ein und beruhigte ihr Gewissen damit, dass sie ohnehin ständig Zwiesprache mit ihrem Schöpfer und sämtlichen Heiligen hielt, wenn sie für Regula um Hilfe und Segen bat.

Gundis Stöcklin ließ sich kaum am Krankenbett ihrer Schwiegertochter blicken. Fidelitas wusste, dass Vinzenz Stöcklin ihr erklärt hatte, worunter Regula vermutlich litt, aber die Verachtung, die Gundis seiner Frau gegenüber an den Tag legte, war ihr noch frisch im Gedächtnis. Obendrein hielt Gundis Veronika gezielt von Regula fern. Als Fidelitas das junge Mädchen in ihrer Gegenwart freundlich dazu einlud, die Kranke zu besuchen, reagierte die alte Dame mehr als frostig.

»Die üblen Dünste in der Stube könnten ihr schaden«, sagte sie kurz und bündig. »Und sie hat Besseres zu tun, als den traurigen Wahn ihrer Mutter mit anzusehen … den die sich noch dazu selbst eingebrockt hat.«

Veronika wurde blass, erhob aber gegen diese offene Lieblosigkeit keinen Einspruch und fügte sich. Wieder einmal rätselte Fidelitas, wie viel eigener Wille und wie viel Kraft hinter dem hübschen Gesicht mit den niedergeschlagenen Augen steckten; sonderlich viel konnte es nicht sein. Allerdings hatte sie wenig Muße, sich länger darüber den Kopf zu zerbrechen. Sie musste sich wieder Regula widmen und Vinzenz Stöcklin Mut machen, den der Zustand seiner Frau zunehmend in Angst und Schrecken versetzte.

»Seid Ihr sicher, dass sie nicht vom Teufel besessen ist?«, fragte er eines Nachts auf dem stillen Flur, während Regula sich nebenan stöhnend in ihrem Bett hin und her warf. Im Licht der Kerze in dem kleinen Messinghalter, den Fidelitas bei sich trug, war sein Gesicht bleich und erschöpft, und sie sah, dass seine Hände bebten.

»Das ist nicht der Teufel«, erwiderte sie sanft. »Das ist ihre Krankheit. Nicht nur der Körper verlangt noch nach dem Gift, das sie ihm so lange zugeführt hat – auch der Geist leidet an dieser unseligen Gier. Der Schwester damals in unserem Kloster ist es genauso ergangen, meine Lehrmeisterin hat das in ihren Aufzeichnungen in allen Einzelheiten geschildert. Wir müssen – ebenso wie Eure Frau – nur noch eine kleine Weile durchhalten, dann ist es vorbei.«

»Aber sie ist so furchtbar geschwächt.« Fidelitas konnte selbst im Licht der Kerze die Furcht in seinen Augen überdeutlich erkennen. »Wird sie es denn wirklich überstehen? Sagt mir die Wahrheit – *bitte!*«

»Das weiß ich nicht«, sagte sie ehrlich. Sie hätte es sträflich gefunden, diesen guten Mann anzulügen. »Wir müssen hoffen und beten, dass ihre Kraft ausreicht. Ich tue seit Tagen nichts anderes.«

»Ihr tut viel mehr als das.« Jetzt war seine Stimme sanft. »Ich bin unendlich dankbar dafür, dass Ihr Euch bereit erklärt habt, mich nach Freiburg zu begleiten. Ich wüsste nicht, was ich in dieser Lage ohne Euch täte.«

»Ohne mich wärt Ihr doch gar nicht in dieser Lage«, konterte Fidelitas müde. »Immerhin ist es *mein* Einfall gewesen, Eure Frau dieser gefährlichen Rosskur auszusetzen. Und Ihr zahlt jetzt den Preis dafür.«

Er schüttelte entschieden den Kopf. »Ohne Euch würde meine Regula weiter vor sich hin siechen und jeden Tag ein wenig mehr sterben.« Er brachte es irgendwie fertig, sie anzulächeln. »Jetzt ist sie dank Gottes Gnade und Eurer Mithilfe vielleicht irgendwann wieder die Frau, die ich einmal geheiratet habe.«

Fidelitas wollte antworten, als ihr auffiel, dass es nebenan in Regulas Zimmer still geworden war – kein unablässiges Quietschen und Knarren des hölzernen Bettrahmens mehr, und das Stöhnen war verstummt. *Schlief die Kranke endlich ein wenig ruhiger? Hatten die entsetzlichen Träume aufgehört? Oder war sie etwa …*

Sie streckte die Hand nach der Klinke aus, von jäher Sorge gepackt. Und dann drang von jenseits der Tür eine schwache Stimme an ihr Ohr.

»*Vinzenz …? Schwester …?*«

Der Kaufmann fuhr heftig zusammen, machte förmlich einen Satz und riss im nächsten Moment die Tür weit auf. Fidelitas folgte ihm auf dem Fuß, den kleinen Halter mit der Kerze hoch erhoben.

Regula lag auf ihrer Matratze ausgestreckt, den Kopf in ihre Richtung gewandt. Das grau gesträhnte Haar war verwirrt und schweißnass, aber ihr bleiches Gesicht sah im schwachen Licht der einzelnen Flamme entspannt aus, und zum ersten Mal seit Tagen waren ihre Augen ruhig und klar.

Von Vinzenz Stöcklin kam ein erstickter Laut, eine Mischung aus Staunen und fassungsloser Erleichterung. In der nächsten Sekunde beugte er sich über seine Frau, streichelte ihre Wange und küsste sie auf die Stirn.

Fidelitas trat an das Bett, stellte den Kerzenhalter auf den Nachtkasten und griff nach Regulas Handgelenk. Unter ihrem Daumen konnte sie den Puls fühlen. Es war ein sachter, steter Rhythmus, der sie mit freudiger Hoffnung erfüllte.

»Wie geht es Euch?«, fragte sie leise.

»Ich weiß nicht recht …«, murmelte Regula. »Ich fühl mich furchtbar zerschlagen. Aber … aber ich glaube fast, ich habe ein klein wenig Hunger.«

Fidelitas lächelte.

»Irmhild hat unten in der Küche schon den ganzen Tag einen Topf mit Brühe auf dem Herd«, sagte sie. »Ich werde Euch sofort etwas davon bringen.«

Sie ging rasch hinaus und machte sich auf den Weg die Treppe hinab, jeder Schritt federleicht.

Deo gratias, dachte sie. *Danke, oh Herr ... dafür, dass du in deiner unendlichen Gnade mir ebenso beigestanden hast wie ihr.*

Von dieser Nacht an ging es aufwärts. Zwar erholte Regula sich nur langsam, aber die Albträume schwanden ebenso wie ihre Schreckensvisionen. Sie gewann ihren Appetit zurück, und Irmhild, die Köchin, bereitete für sie leichte Suppen und Gemüse zu, nachdem sie sich bei Fidelitas Rat geholt hatte, welche Kräuter sie hinzufügen sollte, um ihre Herrin zusätzlich zu stärken.

Die ganze Stimmung im Haus änderte sich. Je besser es Regula ging, desto fröhlicher wurde die Dienerschaft, desto aufrechter die Haltung von Vinzenz Stöcklin und desto zugänglicher seine Tochter. Nachdem Regula zum ersten Mal das Bett verlassen und einen kleinen Spaziergang unternommen hatte, saß Veronika täglich bei ihr; das Verbot ihrer Großmutter schien sie nicht länger zu kümmern.

Das Verhalten von Gundis stellte Fidelitas vor ein Rätsel. Bei ihrer Ankunft in Freiburg hatte die Strenge der alten Frau über dem Haus gehangen wie eine dunkle Wolke. Die Dienerschaft hatte nur mit gesenkter Stimme über sie gesprochen, als fürchteten die Leute, sie könnte sie belauschen, und ihre Familie hatte ihr offenbar wenig entgegenzusetzen. Aber jetzt ließ Gundis sich kaum noch blicken, und ihre scharfe, fordernde Stimme schien fast verstummt zu sein. *Oder aber ihre Umgebung war nicht länger bereit, ihr zu gehorchen.*

»Und das wundert Euch?«, sagte Heinrich Stöcklin kurz darauf zu ihr. »Ihr habt das Gleichgewicht in diesem Haus verändert, und das ist das Ergebnis.«

Fidelitas saß nach dem Abendessen bei ihm in seinem bücherduftenden Rückzugsort; seit Regula nicht mehr ständige Aufsicht brauchte, besuchte sie Vinzenz Stöcklins Vater häufig und genoss seine Gesellschaft ebenso sehr wie er die ihre. Jetzt musterte sie ihn stirnrunzelnd.

»Ich verstehe nicht, was Ihr meint. Wie soll ich das denn angestellt haben?«

»Ganz einfach – dank Euch wird Regula endlich gesund«, meinte er. »Und sobald sie wieder den Platz im Haus einnehmen kann, der ihr zusteht, wird meine Frau zwangsläufig ihre Macht verlieren.«

Der alte Herr lächelte sie an. Er hatte es sich in seinem Lesesessel am Fenster gemütlich gemacht, und seine Augen blinzelten humorvoll durch die in Horn gefassten Gläser, die mithilfe einer weichen, geschlitzten Lederpolsterung um den Bügel fest auf seiner Nase saßen.

»Meiner armen Gundis ist es immer schon schwergefallen, etwas, das sie einmal in den Händen gehalten hat, wieder loszulassen«, erklärte er. »Als es mir nach vielen Jahren harter Arbeit endlich gelungen war, meinen Platz unter den Kaufleuten dieser schönen Stadt zu finden, ist das ein großer Triumph für sie gewesen. Doch seither wird sie von der ständigen Angst geplagt, das Glück könnte eines Tages ein unzeitiges Ende nehmen – durch Raub, Betrug oder Ungeschick im Handel. Und eines muss man ihr lassen: Was den Handel angeht, war sie immer die Klügere von uns beiden. Nun ja – vielleicht ist sie ja auch einfach nur gerissener als ich.«

Er gluckste.

»Und sie wollte und will immer alles unter Kontrolle haben – die Bücher überwachen, mit den Gerbern und Tuchmachern verhandeln und am liebsten jedes Goldstück selbst in die Truhen legen. Ich hab sie gewähren lassen. Vielleicht ist das ein Fehler gewesen … Denn als ich mein Geschäft an Vinzenz übergeben habe, musste sie gemeinsam mit mir aufs Altenteil. Das hat ihr deutlich weniger geschmeckt als mir.«

Er nahm die Augengläser ab und rieb sich die kleine Druckstelle auf dem Nasenrücken, bevor er sie wieder aufsetzte.

»Vinzenz stellt sich gottlob genauso geschickt an wie sie. Und Regula … Ehe sie vor etwas mehr als zwei Jahren krank wurde, ist sie eine gute Hausherrin gewesen, freundlich zum Gesinde und streng nur dort, wo es darauf ankam. Die Dienerschaft hat sie geliebt. Aber dann zog sie sich durch ihr Leiden immer mehr zurück. Ich wollte – und konnte – mir die Last unseres Geschäfts nicht mehr auf meine Schultern laden, also war Vinzenz darauf angewiesen, dass Gundis hier wieder das Ruder übernahm. Sonst hätte er nicht reisen und in Frankreich oder Italien die besten Stoffe einkaufen können … und ein Tuchhändler, der keine Tuche mehr anzubieten hat, geht irgendwann am Bettelstab.«

Fidelitas nickte langsam. Sie erinnerte sich gut daran, was die Äbtissin zu ihr über Vinzenz Stöcklin und seine Mutter gesagt hatte. *Er brennt darauf, ihr die Zügel wieder aus der Hand zu nehmen. So schnell wie möglich.*

»Seid Ihr nie auf die Idee gekommen, Eure Frau in die Schranken zu weisen?«, wollte sie wissen – und biss sich gleich darauf auf die Lippen. »Ich bitte um Vergebung. Es steht mir nicht zu …«

»Gewiss nicht.« Heinrich Stöcklin lachte leise. »Platzt Ihr immer mit allem heraus, was Ihr denkt? Das dürfte Euch im Kloster Schwierigkeiten machen.« Fidelitas musste ihm im Stillen recht geben. »Es tut mir wirklich leid.«

»Aber wahr ist es trotzdem«, versetzte er. »Es ist bloß nicht gerade einfach, meine Gundis zu etwas zu bewegen, das sie nicht will. Sie ist so störrisch wie ein Maulesel. Und ich muss leider sagen, dass mir für einen heftigen Streit mit ihr heutzutage die Kraft fehlt. Nicht nur mein Augenlicht hat nachgelassen, auch mein Herz ist mit den Jahren ein wenig … müde geworden.«

Fidelitas starrte ihn an. »Ihr seid krank? Das wusste ich nicht – warum habt Ihr denn nichts gesagt?«

»Weil Ihr mit Regula sowieso schon alle Hände voll zu tun hattet«, meinte Heinrich Stöcklin gelassen. »Ich habe einen Apotheker, der mich zuverlässig mit Fingerhutessenz versorgt. Die Rezeptur stammt noch von dem alten Medikus *vor* dem unseligen Michel Sebald, dem wir Regulas ›Heilmittel‹ verdanken. Und der Apotheker ist ein alter Freund, dem ich vertraue … nicht der Panscher, bei dem die Zofe und die Köchin immer die Flaschen mit diesem Teufelszeug geholt haben.«

Und der an Regulas Leiden wahrscheinlich ebenso gut verdient hat wie Sebald, dachte Fidelitas.

»Trotzdem: Falls ich Euch in irgendeiner Weise helfen kann, sagt es mir«, meinte sie. »Solange ich noch hier bin, meine ich.«

»Aber gewiss.« Die Augen des alten Herrn funkelten verschmitzt. »Und Ihr *habt* mir schon geholfen, Schwester. Mit einer gesunden Regula an seiner Seite wird es Vinzenz viel leichter fallen, sich gegen Gundis durchzusetzen. Das gibt ihm mehr Selbstvertrauen. Und es wird meinem willensstarken Weib bestimmt nicht schaden, ein wenig zurückzustecken. – Habt Ihr eigentlich das Münster schon besucht?«

Fidelitas schüttelte den Kopf. »Nein. Mir hat bisher die Zeit gefehlt.«

»Das müsst Ihr unbedingt nachholen.« Die Stimme von Heinrich Stöcklin wurde lebhaft. »Es hat mehr als dreihundert Jahre gedauert, es zu errichten, und noch immer wird daran gebaut … Im Moment entsteht gerade eine neue Vorhalle, an der Südfassade.«

Er lachte.

»Der Freiburger Rat hat vor achtzig Jahren schon darüber geklagt, dass das Chorgewölbe viel zu kostspielig und immer noch nicht fertig war … und vor fünfundvierzig Jahren Gott dafür gedankt, dass der letzte Stein endlich eingefügt worden ist. Ihr seht, nicht nur meine Gundis schaut geizig auf jeden einzelnen Gulden.«

»Ihr habt recht.« Fidelitas erhob sich. »Ich muss unbedingt dorthin; vielleicht habe ich morgen endlich die Gelegenheit dazu.«

Sie lächelte Heinrich Stöcklin an, verneigte sich und ließ ihn mit seinen Büchern allein. Als sie kurze Zeit später in ihrem Zimmer die *Laudes* gesprochen hatte und vor dem Schlafen noch ein wenig in ihrem Buch mit den Kräuterrezepten der Hildegard von Bingen blättern wollte, das sie aus Frauenalb mitgebracht hatte, stellte sie fest, dass sie es wohl bei Irmhild in der Küche vergessen haben musste. Seufzend machte sie sich mit ihrer Kerze auf den Weg nach unten, so lautlos wie möglich, um den Rest der Familie, der sich längst zurückgezogen hatte, nicht zu stören.

In der stillen, leeren Küche führte das Licht der Kerzenflamme sie zum sauber geschrubbten Tisch, auf dem das Buch noch immer lag, und sie steckte es in die Tasche ihrer Tunika. Als sie auf dem Rückweg an der Haustür vorbeikam, hörte sie erst ein leises Kratzen und dann das unverkennbare Klirren eines Schlüssels, der ins Schloss gesteckt wurde. *Das kam von draußen.* Sie blieb stehen und blies instinktiv die Kerze aus.

Dann trat sie zur Seite und wartete, den eigenen Herzschlag als rasches Hämmern in den Ohren. Die Haustür quietschte und öffnete sich, erst einen kleinen Spalt, dann weiter. Vor wenigen Minuten hatte die Turmuhr des Münsters zehn geschlagen, und das schwache Restlicht der Abenddämmerung zeigte ihr eine schlanke, zierliche Gestalt, die hereinschlüpfte und die Tür vorsichtig wieder hinter sich zuzog. Mit einem Klicken wurde der Riegel vorgelegt, dann hörte sie, wie jemand tief und erleichtert durchatmete.

Fidelitas machte einen raschen Schritt vorwärts, streckte die Hand aus und bekam weichen Stoff zu fassen. Ein leiser

Schreckensschrei und ein panisch geflüstertes »*Heilige Mutter Gottes!*« Fidelitas schnappte verblüfft nach Luft, als sie die Stimme erkannte.

»*Veronika?* Wieso seid Ihr so spät noch unterwegs – und wo seid Ihr gewesen?«

Sekundenlange Stille, dann ein schwerer Seufzer.

»Das … das kann ich Euch nicht sagen. Aber bitte, bitte … verratet mich nicht!«

Fidelitas überlegte.

»Ich werde Euch nichts versprechen«, erwiderte sie endlich. »Nicht, ehe ich weiß, wieso Ihr Euch zu einer Zeit ins Haus schleicht, in der jede vernünftige Jungfer längst in ihrem Bett liegen sollte.«

Sie ließ Veronikas Mantel los und nahm ihren Arm.

»Kommt mit mir hinunter in die Küche; es ist bestimmt noch etwas Glut im Herd, an der ich meine Kerze anzünden und Euch ansehen kann, während wir miteinander reden.«

IV

Eine wertvolle Braut

Manchmal wünschte sich Veronika Stöcklin, sie wäre nicht als Mädchen geboren worden.

Ihre Freundinnen – Töchter von Ratsherren und wohlhabenden Kaufleuten in Freiburg – beneideten sie von jeher um ihre Schönheit und ihre guten Aussichten. Veronika fand inzwischen keines von beidem mehr sonderlich beneidenswert.

Im letzten Dezember war sie siebzehn geworden, und ihre Großmutter Gundis hatte diesen Geburtstag zum Anlass genommen, ernsthaft nach einer guten Partie für sie zu suchen. Wobei sie nicht lange suchen musste – der gewünschte Ehemann für ihre Enkeltochter hatte eigentlich schon festgestanden, als Veronika ihre Pausbacken und ihre kindliche Unbeholfenheit verlor, als ihre Gestalt zierlich und anziehend wurde und die jungen Burschen in den Gassen anfingen, ihr nachzustarren, wenn sie vorüberging. Und das war jetzt gut zwei Jahre her.

Im März hatte Gundis sie zu sich gerufen und ihr erklärt, wen genau sie zum Mann nehmen sollte – Martin Danner, den ältesten Sohn von Sebaldus Danner. Dieser war genau wie Vinzenz Stöcklin ein erfolgreicher Tuchhändler gewesen und letztes Jahr einem Schlaganfall erlegen. Gundis glaubte offensichtlich, dass die Ehe mit Sebaldus' Erben das Vermögen der Stöcklins so stark mehren würde, dass es sich gar nicht erst lohnte, im Kreise der angesehenen Ratsherren nach einem anderen Kandidaten für Veronika Ausschau zu halten. Das passte zu ihr – der jahrzehntelang heiß ersehnte und hart erarbeitete Aufstieg in die besseren Kreise von Freiburg war längst gelungen, jetzt hieß es, durch möglichst großen Reichtum dafür zu sorgen, dass es nie wieder zu einem Abstieg kam.

Veronika verstand das durchaus. Gundis wollte den Status der Familie sichern, koste es, was es wolle – und Veronika war das Mittel, mit dem sich genau dieses Ziel erreichen ließ. Das *einzige* Mittel – denn Veronikas Mutter Regula war es leider nicht gelungen, einen männlichen Erben zur Welt zu bringen, der den einträglichen Tuchhandel von Vinzenz Stöcklin eines Tages übernehmen konnte. Gundis hatte sie das deutlich spüren lassen.

Regula ihrerseits hatte die Tyrannei und die ständigen giftigen Vorwürfe ihrer Schwiegermutter nur schwer ertragen, sich aber selten wirklich zur Wehr gesetzt, um ihrem Mann – den sie innig liebte – das Leben nicht schwer zu machen.

Also war Veronika den Wünschen ihrer Großmutter mehr oder weniger schutzlos ausgeliefert. Noch hatte Gundis den Termin der Hochzeit mit Martin Danner nicht festgesetzt – was ausschließlich daran lag, dass der Tod seines Vaters erst sechs Monate zurücklag und ein großes Fest sich nicht mit der Trauerzeit vertrug. Aber Martin kam häufig zu Besuch und bewegte sich (wenigstens in Veronikas Augen) durch das Haus, als gehörte es bereits ihm – was eines Tages zwangsläufig der Fall sein würde, weil Veronikas Erbe nach der Hochzeit nach herrschendem Recht genauso an ihn fallen würde wie alles, was sie sonst noch besaß.

Dass Vinzenz Stöcklin nach dem Überfall auf seiner Reise durch den Schwarzwald gottlob gesund und wohlbehalten nach Hause zurückgekehrt war, änderte nichts an Gundis' Plänen. Dass die Nonne, die ihn begleitete, es tatsächlich fertiggebracht hatte, Veronikas Mutter aus dem gleichgültigen Nebel herauszuholen, in dem sie vor zwei Jahren versunken war, ebenso wenig. Veronika glaubte, dass Regula noch viel zu schwach und zu anfällig war, um den Kampf mit Gundis wieder aufzunehmen. Und sie war viel zu erleichtert, sie zurückzuhaben, und auch viel zu besorgt um ihr Wohlergehen, um ihr diesen Kampf jetzt zuzumuten.

Immerhin: Martin Danner war nicht nur reich, sondern auch gut aussehend. Er vertrug sich bestens mit Gundis, erwies Vinzenz Stöcklin stets eine makellose Höflichkeit und machte sich, obwohl das Verlöbnis bereits so gut wie feststand, immer noch die Mühe, Veronika mit Geschenken zu umwerben, hübsche Schmuckstücke und andere durchaus kostspielige Kleinigkeiten, die er für passend hielt. Inzwischen wurde sie von sämtlichen Freundinnen um ihren zukünftigen Ehemann beneidet.

Veronika verzichtete darauf, zu widersprechen. Sie sagte auch nichts darüber, dass sie statt der sorgsam ausgewählten Kleinodien, die Martin ihr zukommen ließ, lieber Bücher gehabt hätte. Sie las für ihr Leben gern, hatte aber den Verdacht, dass Martin Bücher nur dann zu schätzen wusste, wenn sie mit den Zahlenkolonnen seiner Rechnungen und Lieferungen gefüllt waren. *Genau wie ihre Großmutter.*

Außerdem gab es noch etwas, das sie nicht nur ihren Freundinnen, sondern auch Gundis, ihrem Vater und allen anderen verschwieg – nämlich den Grund, wieso sie seit einem halben Jahr mindestens zweimal die Woche abends den Schlüsselbund aus dem Zimmer ihrer schlafenden Großmutter stahl, warum sie dann in größter Heimlichkeit das Haus verließ und erst zwei oder drei Stunden später wieder ebenso heimlich zurückkehrte.

Sie wusste, dass es falsch war, was sie da tat, und gefährlich obendrein. Sie wusste, dass ihre Ehrbarkeit, ihr guter Ruf und sämtliche Aussichten, die sie besaß, dahin sein würden, wenn man sie ertappte. Sie würde Schande über ihre Familie bringen. Und Martin Danner würde sie auf keinen Fall mehr haben wollen … Weswegen sie sich in seltenen, besonders waghalsigen Momenten beinahe wünschte, bei dieser besonderen, bittersüßen Heimlichkeit ertappt zu werden. Damit sie endlich aufhören konnte zu lügen, damit ihre Großmutter keine Gelegenheit mehr hatte, sie wie eine Figur auf einem Spielbrett umherzuschieben – und damit die Welt erfuhr, was sie selbst wollte. Wenn das geschah, musste es *bald* geschehen – Veronika wusste genau, dass ihr die Zeit davonlief. Über kurz oder lang würde Martin Danner den Geschenken, mit denen er sie behängte, den Ehering folgen lassen, und dann war es zu spät.

Trotz alledem war sie zu Tode erschrocken, als sie sich an diesem Abend ins Haus schlich … als sie die Hand spürte, die sie am Umhang festhielt, und die ruhige Stimme hörte, die sie anwies, ihr hinunter in die Küche zu folgen.

Sie war verloren.

Abgesehen von dem kleinen Lichtkreis der Kerze, die Fidelitas mitgebracht hatte, war die Küche vollkommen dunkel.

Veronika saß auf einem Hocker am Tisch, die Schultern angespannt, den Kopf gesenkt. Den Umhang zog sie fest um sich zusammen, als könnte sie sich damit vor der Strafpredigt schützen, die ihr zweifellos bevorstand.

Aber die Nonne schwieg.

Veronika blickte auf und studierte ebenso schweigend das Gesicht, das sich vor ihr aus der Finsternis schälte – ebenmäßige Flächen, vergoldet vom Flammenschein, die gerade Nase, der volle, ein wenig herbe Mund, das eckige, willensstarke Kinn. Es kam ihr so vor, als würde sie Fidelitas zum ersten Mal richtig sehen, und ihr stockte das Herz bei dem Gedanken, dass diese fast vollkommen fremde Frau buchstäblich ihr Schicksal in den Händen hielt.

»Werdet Ihr meinem Vater erzählen, dass ich heimlich aus dem Haus war?«, fragte sie endlich, als sie die Stille nicht länger aushielt. »Oder … oder meiner Großmutter?«

»Euer Vater würde zweifellos beunruhigt und enttäuscht sein. Aber natürlich fürchtet Ihr Euch am meisten vor dem, was Frau Gundis zu solchen Eigenmächtigkeiten sagen würde.

Nicht wahr?« Fidelitas betrachtete sie forschend. »Kommt es häufiger vor, dass Ihr Euch heimlich davonschleicht? Oder ist das heute zum ersten Mal geschehen?«

Veronika hätte liebend gerne gelogen, brachte es aber einfach nicht fertig. »N… – nein. Ich mach das schon ein paar Monate.«

»Soso.« Fidelitas faltete die Hände vor sich auf dem Tisch. »Darf ich den Namen des jungen Mannes erfahren?«

Veronikas Kopf zuckte hoch. »Woher wisst Ihr …«

»Das ist nicht weiter schwer.« Die Nonne lächelte sachte. »Wenn Ihr eine Freundin aufsuchen wollt, könnt Ihr das jederzeit bei Tageslicht tun … und bei einem Händler wollt Ihr zu dieser späten Stunde wohl kaum noch etwas kaufen. Aber da Eure Großmutter im Moment Himmel und Hölle in Bewegung setzt, um Euch möglichst gewinnbringend unter die Haube zu bringen, bleibt eigentlich nur *eine* Sache übrig, die Euch zu solchen Heimlichkeiten treiben könnte – jemand, an den Ihr Euer Herz verschenkt habt, ohne dass Eure Familie davon wissen darf. – Wie heißt er?«

»Jörg.« Veronika sprach sehr leise. »Er … er ist ein guter, anständiger Mensch. Und wir haben nichts getan, was … ich meine, wir …« Sie biss sich auf die Lippen; ihre Wangen waren brennend heiß.

»Wenn er so ein anständiger Mensch ist, wie Ihr sagt – warum kommt er dann nicht her und bittet Euren Vater um Eure Hand?« Die Stimme der Nonne enthielt erstaunlicherweise nicht einen Hauch von Tadel, sondern ehrliche Anteilnahme. »Das würde Euch diese Heimlichkeiten mitten in der Nacht ersparen – und ehrbarer wäre es auch, meint Ihr nicht?«

Veronika starrte die Nonne an, und die Verzweiflung über den schmerzhaften Zwiespalt, in dem sie sich befand, schlug wie eine eiskalte Woge über ihr zusammen.

»Ehrbarer wäre es ganz sicher«, entgegnete sie bitter. »Aber in diesem Fall ist alle Ehrbarkeit vergebens, Schwester. Denn ich bin Martin Danner versprochen. Der ist reich, wohlhabend und angesehen und alles, was sich meine Großmutter als Bräutigam für mich erhofft hat. Jörg ist nichts davon.«

Sie schluckte heftig.

»Und außerdem … außerdem ist er Martins jüngerer Bruder.«

»Jörg Danner? Ja, freilich kenn ich den! Er ist ein wirklich guter Junge.«

Es war am folgenden Mittag. Fidelitas hatte Heinrich Stöcklin ein leichtes Essen hinaufgebracht, weil er sich heute zu schwach und müde fühlte, um mit am Familientisch zu sitzen. Sie hatte extra gewartet, bis sein Beichtvater – ein raubvogelgesichtiger und ziemlich furchteinflößender Priester namens Paulus Mayr, der ihn einmal wöchentlich besuchte – sich verabschiedet hatte und mit wehender Soutane durch die Haustür verschwunden war.

Nach gründlichem Abwägen und viel Gebet war sie sich inzwischen sicher, dass es klüger sein würde, nicht mit Vinzenz und erst recht nicht mit Gundis über das zu sprechen, was Veronika ihr erzählt hatte, sondern besser mit Veronikas Großvater. Und nachdem der Name des heimlichen Liebsten seiner Enkelin das erste Mal gefallen war, vergaß der alte Herr auf verblüffende Weise alle Schwäche und wirkte mit einem Mal ausgesprochen munter.

»Mein Mädel ist klug«, verkündete er, »genau wie Jörg. Es wundert mich gar nicht, dass *er* es war, der ihr Herz gewonnen hat, und nicht sein hochmütiger Laffe von Bruder. Ginge es nach mir, ich würde sie Jörg sofort zur Frau geben. Er mag keine Reichtümer und keinen Einfluss besitzen, aber er ist ehrlich und fleißig. Er lernt ein ordentliches Handwerk bei einem Uhrmachermeister, und eines Tages würde er sie sehr gut versorgen können, da bin ich ganz sicher.«

»Frau Gundis sieht das anders, nehme ich an?«, wollte Fidelitas wissen.

»Weiß Gott!«

Heinrich Stöcklin sank ein wenig in sich zusammen, als ginge ihm einmal mehr auf, dass es nicht *seine* Meinung war, die zählte.

»Schon seit Jahren ist sie hinter Martin her wie der Teufel hinter der armen Seele. Nicht, dass der sich sonderlich dagegen wehren würde – ganz im Gegenteil.« Er schnaubte verächtlich. »Er weiß genau, was für ein Schatz ihm in den Schoß fällt, wenn er sich zu dem unschuldigen Kind ins Brautbett legt. Kein Wunder, dass er auf die Mitgift verzichtet hat – ich wette, für das Versprechen, Veronika heiraten zu dürfen, hat er noch ordentlich Geld auf den Tisch gelegt. Denn wenn Vinzenz einmal nicht mehr lebt und er das Vermögen seiner Frau erbt, ist er auf einen Schlag der größte Tuchhändler in ganz Freiburg.«

Fidelitas schwieg eine Weile. Sie wusste, dass es ihr nicht zustand, ihre Meinung zu äußern, und sie konnte sich lebhaft das Stirnrunzeln ihrer Ehrwürdigen Mutter vorstellen, wenn sie sich hier einmischte. Außerdem war sie bei ihrem letzten »Ausflug« in die Welt jenseits der Klostermauern schon einmal zwischen die Fronten eines Familienstreites geraten und hatte dabei beinahe ihr Leben verloren. Es würde sicherlich weiser sein, sich aus diesem Konflikt herauszuhalten.

Doch sie konnte den trostlosen Jammer in Veronikas Gesicht nicht vergessen. *In diesem Fall ist alle Ehrbarkeit vergebens,* hatte sie gesagt.

»Ihr meint, Jörg sei ein guter Junge«, meinte sie. »Könnt Ihr mir etwas mehr über ihn erzählen?«

»Er war, was seine Geburt angeht, nicht gerade von Glück begünstigt«, meinte Heinrich Stöcklin. »Martin ist der Sohn von Sebaldus' erster Frau Marie. Die starb, als er fünf war, und Sebaldus heiratete zum zweiten Mal – Anna, eine sanfte, friedliche Seele. Die hat ihm dann Jörg geschenkt. Sebaldus hat ihn sehr geliebt, war aber an das Erbrecht gebunden, durch das dem Erstgeborenen das gesamte Vermögen zufällt.«

Er zog eine Grimasse.

»Die zweite Frau ist durch genau dieses Erbrecht samt ihrer Nachkommen auf das Wohlwollen des Erstgeborenen angewiesen … und Martin kann seine Stiefmutter auf den Tod nicht ausstehen. Nach Sebaldus' plötzlichem Ableben hat er ihr das Leben im Haus so sauer gemacht, dass sie inzwischen ein paar Meilen weit weg in Kirchzarten lebt, bei einer gebrechlichen alten Patin, die bereit war, sie aufzunehmen, und die reichlich Pflege braucht. Jörg schickt ihr regelmäßig einen Teil der Ersparnisse, die er zu Lebzeiten seines Vaters hat zusammentragen können, um sie zu unterstützen. Er befindet sich in einer sehr schwierigen Lage; er besitzt nicht die Mittel, um einen eigenen Hausstand zu gründen, und er weiß genau, dass sein Halbbruder ihn nur deswegen noch unter seinem Dach duldet, weil der plötzliche Auszug von Anna einiges Aufsehen erregt hat und Martin keine Lust hat auf noch einen Skandal.«

Der sich wohl kaum vermeiden lässt, wenn er sich eine Frau ins Haus holt, die eigentlich seinen Bruder liebt, dachte Fidelitas und zog schaudernd die Schultern hoch. Nicht zum ersten Mal sehnte sie sich heftig nach dem Frieden ihres Klosters zurück.

»Das Blatt kann sich für Jörg allerdings durchaus wenden«, fuhr der alte Stöcklin fort. »Der Meister, der ihn die Uhrmacherkunst lehrt, hält große Stücke auf ihn, und er hat außer einer verwitweten Schwester weder lebende Verwandte noch Kinder. Ein halbes Jahr noch, und Jörg hat ausgelernt. Sein Lehrherr hat ihm versprochen, dass er ihn – solange er ihm die Treue hält und weiter so gute Arbeit leistet, wie er es tut – zu seinem Erben macht. Und dann hätte er Veronika weit mehr zu bieten als jetzt.«

»Gibt es ein Schriftstück, das dieses Versprechen zweifelsfrei beweist?«, wollte Fidelitas wissen. »Vielleicht ein Testament?«

Stöcklin schnaufte überrascht durch die Nase. »Merkwürdig, dass Ihr das erwähnt. Das hab ich Jörg nämlich auch gefragt – denn mit diesem Testament wäre er für Gundis vielleicht endlich ein erstrebenswerter Kandidat für Veronikas Hand. Gesetzt den Fall, sie ist bereit, Martin den Schatz, den er bereits halb in der Tasche hat, im letzten Moment wieder vor der Nase wegzunehmen.«

Er seufzte.

»Aber leider gibt es kein Schriftstück – jedenfalls keines, von dem Jörg weiß. Der Junge geht nach Treu und Glauben und verlässt sich darauf, dass der Meister sein Wort hält, wenn es so weit ist.«

»Damit wird Eure Frau sich nicht zufriedengeben«, sagte Fidelitas. Es war eine Feststellung, keine Frage.

»Wahrscheinlich nicht.« Heinrich Stöcklin seufzte zum zweiten Mal. Sein Blick war traurig und ein wenig beschämt. »Ihr müsst mich für einen feigen Tropf halten, Schwester – dass ich Gundis die Herrschaft überlasse, anstatt sie in ihre Schranken zu weisen und das Zepter wieder selbst in die Hand zu nehmen.«

»Das ist nicht mehr Eure Aufgabe«, entgegnete Fidelitas sanft. »Es ist die Eures Sohnes. Und jetzt, da seine Frau sich von ihrem Leiden erholt, hat er vielleicht endlich die Kraft dazu.«

Sie streckte die Hand aus und legte sie leicht auf seinen Arm.

»Wisst Ihr noch? Ihr habt mir selbst gesagt, ich hätte das Gleichgewicht in diesem Haus verändert«, erinnerte sie ihn. »Euer krankes Herz mag Euch daran hindern, allein in die Schlacht zu ziehen. Aber es dauert nicht mehr lange, und Ihr werdet starke Verbündete haben. Herr Vinzenz und Frau Regula können gemeinsam mit Euch verhindern, dass Frau Gundis ihren Kopf durchsetzt und Martin Danner Veronika zur Frau nimmt. Alles, was Ihr braucht, ist ein wenig mehr Zeit.«

Heinrich Stöcklin straffte sich; in seinen Augen glomm plötzlich ein kriegerischer Funke.

»Dann«, meinte er, »muss ich wohl jetzt meine Lenden für die Schlacht gürten, nicht wahr?« Er lachte leise. »Ich muss sagen, Ihr macht mir Mut. Ich werde Gundis erst einmal bitten, die Hochzeit noch ein wenig weiter hinauszuschieben. Schließlich sollte Regula erst vollständig genesen, bevor sie ihre Tochter ziehen lässt. Und bis dahin lässt Jörgs Meister sich ja vielleicht dazu bringen, ein Testament zu Jörgs Gunsten aufzusetzen. Damit wir etwas in der Hand haben.«

Fidelitas wies mit einem Lächeln auf das Tablett mit der kleinen, zugedeckten Schüssel, das sie zu ihm heraufgebracht hatte.

»Ich wünsche Euch, dass Ihr Erfolg habt«, sagte sie. »Ihr solltet Euch für das Gespräch mit Eurer Frau stärken … Und außerdem wäre Irmhild bestimmt sehr enttäuscht, wenn ihr schönes Buttergemüse kalt wird. Sie hat extra für Euch Speckwürfel mit Wacholder hineingeschnitten.«

»Wirklich?« Heinrich Stöcklin hob den Deckel von der Schüssel und schnupperte genießerisch. »Dann will ich es mir schmecken lassen – und Ihr dürft Irmhild in meinem Namen herzlich danken. Sehen wir uns heute noch einmal?«

»Sehr gern – nach dem Abendessen, wenn Frau Regula sich schlafen gelegt hat.« Fidelitas erhob sich. »Aber vorher werde ich tun, was Ihr mir schon die ganze Zeit ans Herz legt, seit ich hier bin: Ich besuche endlich Euer berühmtes Münster und spreche darin ein Gebet.«

»Für mich?« Der alte Herr schmunzelte.

»Für Euch. Für alle, die in diesem Haus leben«, erwiderte Fidelitas ernst. »Und für mich ebenfalls.«

Es war tatsächlich das erste Mal, dass Fidelitas länger als für wenige Minuten das Haus verließ. Sie erkundete die fremde Stadt mit dem Eifer eines neugierigen Kindes, dem endlich gestattet wurde, die ersten selbstständigen Schritte ohne Begleitung zu tun, und sie fand sie gleichzeitig ehrfurchtgebietend, furchteinflößend und wunderschön.

Sie brauchte kaum zehn Minuten, um den Platz zu erreichen, über dem das Münster mitsamt seinem schwindelerregend hohen, grazilen Turm seinen Schatten warf. Bei einem ihrer Besuche in seiner Studierstube hatte Heinrich Stöcklin ihr augenzwinkernd von den vielen Wasserspeiern erzählt, die das Kirchendach säumten; speziell von dem »Hinternentblößer«, der den Gläubigen dreist seine nackte Kehrseite entgegenreckte. Allerdings war ihr im Moment nicht nach derben Scherzen zumute. Zu schwer wog die Verantwortung, die sie auf ihren Schultern lasten fühlte, seit sie Heinrich ermutigt hatte, den Kampf gegen Martin Danner und obendrein gegen seine eigene Frau aufzunehmen.

Bevor sie das Münster betrat, ging sie langsam an den Gebäuden entlang, die den Platz säumten. Sie betrachtete staunend die prächtige rote Fassade des Kaufhauses. Die Statuen der österreichischen Fürsten unter ihren goldgezierten Baldachinen sprachen von Hochmut, von ungezügelter Macht und dem Verlangen, eine unauslöschliche Spur im Strom der Geschichte zu hinterlassen. Eine ganze Weile blieb sie unter der gekrönten Statue von Karl dem Fünften stehen, der in einer Hand den Reichsapfel und in der anderen das erhobene Schwert hielt … Und plötzlich kam das Echo einer Stimme zu ihr zurück, die sie zuletzt vor fünf Jahren gehört hatte. *Die meisten hohen Herren verkaufen ihren Glauben und den ihrer Untertanen an den, der ihnen am meisten bietet, sei er nun Katholik oder Protestant.*

Diese Aussage war so wahrhaftig wie traurig, und trotzdem stellte Fidelitas fest, dass sie lächelte. Sie sah das Gesicht des Mannes vor sich, den sie kennengelernt hatte, als sie damals versucht hatte, das Rätsel um den Tod eines jungen Adeligen zu lösen, der auf heimtückische Weise an Gift gestorben war. Ein spanischer Landsknecht, ohne Skrupel und gefährlich wie eine scharf geschliffene Messerklinge. Und doch hatte er ihr das Leben gerettet.

Ich segne dich, Juan Alvarez de Santa Cruz y Fuego, dachte sie. *Möge dein Mut niemals sinken, möge kein Schwert dich fällen und Gott dir gnädig sein, solange du lebst. Falls du noch lebst, was ich trotz deiner Sünden inständig hoffe.*

Sie überquerte den Platz und näherte sich der kleinen Andreaskapelle, deren Keller lange Jahre als Beinhaus gedient hatte. Jedenfalls zu der Zeit, als rund um das Münster noch Freiburger Bürger regelmäßig ihre letzte Ruhestätte gefunden hatten; dieselbe Zeit, aus der auch die Mauer des ehemaligen Friedhofs rings um das Münster stammte. Heinrich Stöcklin hatte ihr davon erzählt, und von dem Befehl des österreichischen Kaisers Maximilian, der schon vor knapp vierzig Jahren angeordnet hatte, den Friedhof zu verlegen. Aber noch immer standen vor der Kapelle ein steinernes Kreuz und eine Säule mit einem ewigen Licht.

Das hölzerne Tor zum nördlichen Seitenschiff des Münsters knarrte leise, als Fidelitas es aufstieß, und dann nahm der stille, weihrauchduftende Dämmer der riesigen Kirche sie auf. Ihre Sandalen machten kaum ein Geräusch auf den Steinfliesen, während sie auf den Hochaltar zuging. Sie wusste, dass das Münster Maria geweiht war, und sie hielt den Blick fest auf das Bildnis gerichtet, das den Altar dominierte und selbst im Halbdunkel unter dem hohen Gewölbe noch strahlte, als würde es jeden Funken Licht, der durch die bunten Glasfenster fiel, einfangen und bündeln. Maria als Himmelskönigin – die Krone über dem lockigen, leicht zur Seite geneigten Kopf, das Gesicht lieblich und sanft, das Gewand golden und der Mantel tiefblau, schimmernd wie kostbarer Samt.

Sei mir gnädig, Mutter Gottes, betete Fidelitas. *Wenn ich meine eigentliche Aufgabe vergessen und mir wider besseres Wissen angemaßt habe, in das Leben von Menschen einzugreifen, die mir vertrauen, obwohl sie mich kaum kennen … dann vergib mir und wende ihr Schicksal trotz meiner Einmischung zum Guten. Vergib mir.*

(13. Juni A. D. 1555)

Ich könnte aus der Haut fahren.

Heinrich Stöcklin hat mich zu sich rufen lassen und mir mitgeteilt, dass er meine Absichten unter keinen Umständen zu unterstützen gedenkt. Der alte Zausel hat sich die letzten Jahre in seinen Büchern vergraben und keinen Mucks getan, und jetzt plötzlich droht er, all meine Pläne zu durchkreuzen. Obendrein erholt sich auch noch Frau Regula, die so lange im Hause Stöcklin überhaupt kein Hindernis gewesen ist. Wenn es Heinrich gelingt, sie auf seine Seite zu ziehen, dann wird auch Vinzenz folgen. Und dann ist der Schatz, um den ich mich monatelang bemüht habe, unwiederbringlich dahin.

Das alles hat mit dieser Nonne angefangen. Bevor sie nach Freiburg gekommen ist, lag mein Weg klar vor mir, ohne jedes Hindernis. Ich muss ihr Einhalt gebieten, um jeden Preis, genau wie Heinrich.

Und ich werde sie dafür büßen lassen. Alle beide.

V

Hölle und Verdammnis

Fidelitas war in ihrem Leben schon mehreren Priestern begegnet. Viele von ihnen waren wahre Diener Gottes gewesen, liebevoll gegenüber ihrer Gemeinde und bei aller Strenge nachsichtig zu ihren Beichtkindern, deren Schwächen sie nur zu gut kannten. Aber sie hatte auch andere Vertreter dieses geistlichen Standes kennengelernt. Allen voran Vater Matthias, der dem Kloster als Beichtvater gedient hatte, bevor ihr Noviziat begann. Vater Matthias hatte die Nähe zu den Frauen skrupellos dazu genutzt, um sie unsittlich zu berühren, und ihnen vorgelogen, die Ehrwürdige Mutter würde glauben, sie wollten ihn nur in Misskredit bringen, wenn sie ihr davon erzählten.

Monatelang hatte im Konvent eine Stimmung von Angst und Scham geherrscht – und es war die noch sehr junge Fidelitas gewesen, die am Ende den Knoten durchschlug. Sie hatte mit angehört, wie einige ihrer Mitschwestern flüsternd über den lüsternen Priester gesprochen hatten, sie hatte daraus die richtigen Schlüsse gezogen und Äbtissin Scholastika eingeweiht. Vater Matthias wurde auf frischer Tat ertappt und durfte fortan das Kloster nicht mehr betreten.

Paulus Mayr, der Beichtvater von Heinrich Stöcklin, hatte äußerlich nicht die mindeste Ähnlichkeit mit Vater Matthias. Der war klein gewesen, mit weichen Händen, hervortretenden Augen und so rundlich wie ein Frosch. Mayr war das absolute Gegenteil: hochgewachsen und besendürr, die Wangen hohl und das kurz geschorene Haar so grauschwarz wie seine abgetragene Soutane, die bei jedem seiner langen Schritte hinter ihm herflatterte wie die Flügel einer riesigen Fledermaus. Auch die Augen über seiner vorspringenden Nase waren dunkel, und in manchen Momenten glühten sie in wildem Eifer. Vor allem dann, wenn er Heinrich Stöcklin bei seinen Besuchen die Flammen des Fegefeuers vor Augen malte – wortreich und in starken Bildern, die den alten Mann jedes Mal in schreckliche Furcht versetzten.

Diese fortgesetzten Drohpredigten, nach denen sich der alte Herr jedes Mal in einem Zustand von großer Unruhe befand, waren vermutlich der Hauptgrund dafür, dass Fidelitas sehr schnell eine gründliche Abneigung gegen Mayr entwickelte. Und das nicht nur deswegen, weil sie inzwischen wusste, wie hinfällig Herr Heinrich war. Die Grundlagen ihres Glaubens, in jahrelanger Geduld von Mutter Scholastika in ihr Herz gepflanzt, sprachen von einem Gott, der Zuflucht und Trost schenkte. Obwohl sie als Oblate und keineswegs aus freien Stücken nach Frauenalb ins Kloster gekommen war, hatte sie beides dort gefunden, und das machte sie immun gegen die Angst vor einem rächenden Schöpfer, die die meisten ihrer Zeitgenossen heftig umtrieb und sie dazu brachte, sich mit gekauften Messen, Pilgerfahrten und reichlichen Spenden das Wohlwollen der allein seligmachenden Kirche und ihres himmlischen Herrn zu erkaufen.

Außerdem hatte ihr weltliches Abenteuer vor fünf Jahren sie gelehrt, nach anfänglichem Widerwillen erstaunlich weit über die eng gezogenen Mauern ihres katholischen Glaubens hinauszusehen. Sie war nach wie vor eine gehorsame und treue Tochter ihres Ordens, und sie wäre nie auf die Idee gekommen, die straffen Regeln ihrer Kirche in Frage zu stellen. Aber einige der Protestanten, die sie damals kennengelernt hatte und die für die Kurie nichts anderes waren als verdammenswerte Ketzer, hatten ihr ein paar Dinge über Freundschaft, Rücksichtnahme und schiere Nächstenliebe beigebracht, die sie nie vergessen hatte – und die sie auch nicht vergessen *wollte*, selbst wenn sie über die Lehren von Kloster und Kirche weit hinausgingen.

Obendrein hatte sie selbst im eigenen Konvent genügend Korruption und weltliche Begierden zu Gesicht bekommen, um sich über einen Mann wie Paulus Mayr keine Illusionen mehr zu machen. Seinen hauptsächlichen Dienst versah er im Armenspital in Neuburg, wo er bei den Johannitern Messen in der Nikolauskirche las; Reichtümer konnte er dort keine sammeln, und dass er sich durch seine Tätigkeit als Beichtvater für einen angesehenen ehemaligen Tuchhändler ein Zubrot verdiente, war im einfachen Priesterstand die Regel und nicht die Ausnahme. Allerdings hatte Fidelitas den Verdacht, dass Mayr sich die wöchentliche Beichte, das Abendmahl und die Fürbitten für Heinrich Stöcklin allzu üppig mit klingender Münze bezahlen ließ. Und dass er dem alten Herrn eine ständige Angst vor dem Zorn Gottes einjagte, um noch ein paar Messen zusätzlich herauszuschlagen, die er für dessen himmlische Seligkeit lesen sollte, nahm sie ihm ausgesprochen übel.

Es war also nur eine Frage der Zeit, bis sie, ungeachtet ihrer guten Vorsätze, mit dem Priester in Streit geriet.

Eines Abends Ende Juni ging sie hinauf, um Heinrich Stöcklin eine gute Nacht zu wünschen. Sie begriff erst, dass er nicht allein war, als sie vor der Tür zu seinem Zimmer stehen blieb und von drinnen die tiefe, grollende Stimme von Mayr hörte, der dem alten Mann offenbar etwas vorlas; er sprach laut genug, dass sie jedes Wort verstand.

»Die dritte Strafe des Sinnes, das heißt die Qualen des höllischen Feuers, ist ebenso klar. Daher heißt es in Exodus zwanzig: ›Ich, der Herr, bin ein Eiferer, der heimsucht die Sünden der Väter an den Kindern bis ins dritte und vierte Glied.‹«

Sie ließ die Hand sinken, die sie bereits erhoben hatte, um anzuklopfen, und lauschte. Eine Seite wurde geräuschvoll umgeblättert; der Priester räusperte sich, bevor er im selben Tonfall fortfuhr.

»Bezüglich der ewigen Verdammnis, die sie in Zukunft erleiden werden, möge niemand zweifeln, dass sie über alle Verdammten werden gepeinigt werden mit empfindlichsten Strafen. Denn wie das Sehen der Gnade im Reiche des Vaters, so folgt der Todsünde die Strafe in der Hölle; und wie die Grade der Glückseligkeit im Vaterreiche bemessen werden nach den Graden der Liebe und der Gnade im Leben, so auch das Maß der Strafen in der Hölle nach dem Maße der Vergehen im Leben.«

Sie schüttelte den Kopf und spürte, wie jäher Ärger in ihr aufstieg. Das waren mit Sicherheit keine Worte aus der Heiligen Schrift. Und es war gewiss kein Text, der sich dazu eignete, jemandem vorgelesen zu werden, der ein schwaches Herz und nicht mehr allzu viele Lebensjahre vor sich hatte. *Das war unverantwortlich.*

Kurz entschlossen drückte sie die Klinke herunter und trat in das Zimmer.

Heinrich Stöcklin saß in seinem Lesesessel, das Gesicht blass und eigenartig verkrampft. Vor ihm hatte sich Paulus Mayr aufgebaut, ein dickes, aufgeschlagenes Buch in beiden Händen. Als er sie hörte, fuhr er herum und musterte sie missbilligend. Fidelitas zwang sich, ihn anzulächeln und verneigte sich leicht.

»Guten Abend, Vater Paulus«, sagte sie höflich. »Bitte um Verzeihung, ich wollte nicht stören … Ich wusste nicht, dass Ihr hier seid.«

»Nun, das bin ich aber.« Seine Augenbrauen stiegen ruckartig nach oben. »Was habt Ihr hier zu suchen, Schwester?«

Sie erwiderte seinen Blick, so gelassen sie konnte; es fiel ihr schwerer als gedacht, denn seine Gegenwart wirkte so bedrückend wie eine Wolkenwand im Winter, in der sich gefährliche Schneemassen zusammenballten. *Und genauso eisig.*

»Ich sehe nach Herrn Stöcklin«, erwiderte sie. »Nachdem Frau Regula nicht mehr so viel Pflege braucht wie zu Anfang, bleibt mir genügend Zeit, auch ein Auge auf sein Wohlergehen zu haben.«

»Sein Wohlergehen dürft Ihr getrost *mir* überlassen.« Es klang gleichzeitig hochmütig und herablassend. »Ihr könnt mit Euren Kräutertränken wohl kaum zum Heil seiner Seele beitragen.«

Sie verneigte sich nochmals.

»Ihr habt recht«, sagte sie demütig und schlug die Augen nieder. »Aber ich kann zumindest für seine Gesundheit sorgen. – Darf ich wissen, was das für ein Buch ist, aus dem Ihr da vorlest? Vielleicht kann ich noch etwas lernen.«

Paulus Mayr klappte das Buch mit einem Knall zu. Es war in geprägtes Leder gebunden, die Seiten schon abgegriffen, als würde er es außerordentlich oft zur Hand nehmen. Erstaunlicherweise verzogen sich seine Lippen zu einem schmalen Lächeln.

»*Malleus Maleficarum*«, sagte er. »Verfasst vor fast siebzig Jahren von den beiden Inquisitoren und Hochwürdigsten Herren Heinrich Institoris und Jacobus Sprenger. Ist Euch der Titel ein Begriff?«

Sie nickte. »Der *Hexenhammer.* Ich weiß, was das ist, aber ich habe das Buch nie gelesen, und es befindet sich auch nicht in der Bibliothek unseres Klosters. Unsere Ehrwürdige Mutter denkt vermutlich, es sei keine angemessene Lektüre für mich und meine Schwestern.«

»Diese Ansicht kann ich nicht teilen.« Sein Lächeln wurde breiter, und in seinen Augen funkelte ein seltsames Licht. »Es ist auch für Frauen, die Gott dienen, höchst angemessen, ihre Feinde zu kennen. Vor allem dann, wenn sie dem eigenen Geschlecht entstammen … mit denselben verhängnisvollen Schwächen und Versuchungen.«

Er öffnete das Buch auf der ersten Seite und fing erneut an, vorzulesen. Diesmal richtete sich seine Konzentration nicht auf Heinrich, sondern ausschließlich auf sie.

»Sechstens«, zitierte er. »Über die Hexen selbst, die sich den Dämonen unterwerfen. Neuntens: Ob die Hexen durch gauklerische Vorspiegelungen die männlichen Glieder behexen, sodass sie gleichsam gänzlich aus dem Körper herausgerissen sind.«

Er beobachtete sie lauernd aus den Augenwinkeln; offenbar wollte er sehen, wie sie reagierte.

»Elftens: Dass die Hexen-Hebammen die Empfängnis im Mutterleibe auf verschiedene Weisen verhindern, auch Fehlgeburten bewirken und, wenn sie es nicht tun, die Neugeborenen den Dämonen opfern. Vierzehn: Die Erschrecklichkeit der Hexenwerke wird betrachtet. Siebzehn: Vergleichung der Schwere des Hexenverbrechens mit jedweder Sünde der Dämonen.«

Plötzlich begriff sie, dass ihm die Aufzählung dieser teuflischen Scheußlichkeiten tatsächlich Vergnügen bereitete. Sie verstand in einem Moment jäher Hellsichtigkeit außerdem, dass ihm ihr Nonnenhabit genauso gleichgültig war wie die heilige Würde, für die es stand. Für ihn zählte nur, dass sie eine Frau war. *Und dieser Mann hasste Frauen.*

»Mir scheint, als wären das ausschließlich Kapitelüberschriften«, unterbrach sie ihn, unendlich dankbar dafür, dass ihre Stimme so gelassen klang. »Das heißt, wir sind noch gar nicht zum Inhalt vorgedrungen. Und ich bin nicht sicher, ob ich überhaupt mehr hören *will.*«

»Eure merkwürdige Einstellung könnte man durchaus als Unbelehrbarkeit auslegen«, antwortete er und schlug das Buch zum zweiten Mal zu. »Wer die Sünde in jeglicher Form bekämpfen will, der muss sie kennen, jede einzelne davon. Meint Ihr nicht, Schwester?«

Er trat einen Schritt auf sie zu und kam ihr damit sehr nahe. Seine Soutane roch intensiv nach Staub, altem Fett und saurem Schweiß, und für einen Moment bekam sie buchstäblich keine Luft. Es gelang ihr trotzdem, nicht vor ihm zurückzuweichen.

»Ich bin in meinem Konvent die Kräutermeisterin«, sagte sie leise. »Meine Aufgabe besteht darin, mit dem, was Gott mir in Seinem Garten schenkt, den Kranken zu helfen, sie zu heilen und zu trösten. Das mag nicht der Kampf sein, der Euch vorschwebt, aber ich bin damit vollauf zufrieden.«

»Schwester Fidelitas?«

Sie spähte an Paulus Mayr vorbei und stellte fest, dass sie Heinrich Stöcklin in den letzten Minuten vollkommen vergessen hatte. Der alte Herr war immer noch sehr blass, aber er lächelte sie an.

»Würdet Ihr mir die Fingerhutessenz geben, die der Apotheker gestern geliefert hat?«, sagte er. »Die könnte ich jetzt wirklich brauchen. Ich gebe zu, ich fühle mich ein wenig … kurzatmig.«

Sein Blick wanderte zu Mayr hinüber und wurde kühl.

»Ihr, Vater Paulus, verabschiedet Euch jetzt, wenn ich bitten darf. Ich möchte demnächst zu Bett gehen, und Euer Besuch hat lange genug gedauert.«

Fidelitas sah, dass Mayr zusammenfuhr. Er hatte den unausgesprochenen Tadel genauso deutlich gehört wie sie. Er warf ihr einen Blick zu, der vor Wut loderte – als wäre es ausschließlich *ihre* Schuld, dass Heinrich Stöcklin ihn fortschickte. Dann nickte er kurz, wandte sich grußlos ab und war im nächsten Augenblick mitsamt dem *Malleus Maleficarum* zur Tür hinaus.

Der Raum blieb minutenlang vollkommen still.

»Ich wäre Euch jetzt wirklich sehr dankbar für einen Löffel von meiner Medizin«, sagte der alte Mann endlich. »Würdet Ihr …?«

»Sicher.«

Auf dem Pult standen ein sauberer Becher mit einem Zinnlöffel darin, daneben ein Krug mit Wasser und ein kleines Fläschchen aus dunklem Glas. Sie goss den Becher voll, entkorkte das Fläschchen und ließ die Fingerhutessenz behutsam in den Löffel rinnen. Dabei stellte sie ohne große Überraschung fest, dass ihre Hand zitterte. Trotzdem gelang es ihr, Heinrich

Stöcklin den Löffel zu bringen, ohne etwas zu verschütten. Er schluckte die Medizin hinunter und verzog das Gesicht.

»Wie kommt es, dass alles, was uns helfen soll, fast immer scheußlich schmeckt?«

»Wenn das *meine* Mixtur wäre«, versetzte Fidelitas, »dann würdet Ihr sie sicher lieber mögen. Sie enthält nämlich neben einem guten, kräftigen Rotwein noch etwas Honig.«

Allmählich fühlte sie sich besser. Sie kehrte zum Schreibpult zurück, ließ sich auf dem Stuhl davor nieder und sah den alten Mann an, der ihren Blick unverwandt erwiderte.

»Habt Ihr je erwogen, Euch einen anderen Beichtvater zu suchen?«, fragte sie. »Nehmt mir meine Offenheit nicht übel – aber ich glaube, dieser Mann tut Euch nicht gut.«

Heinrich Stöcklin seufzte.

»Damit könntet Ihr durchaus recht haben«, meinte er. »Soll ich ihm bestellen lassen, dass ich seine Dienste nicht länger brauche?«

Fidelitas nickte.

»Ich glaube, das solltet ihr«, erwiderte sie fest. »Ich bin sicher, es lässt sich ein guter Priester finden, der auch von der Gnade und Güte Gottes zu Euch spricht – anstatt Euch bloß zu lehren, Euch vor seinem Zorn zu fürchten.«

Beim schieren Gedanken an Paulus Mayr spürte sie, dass ihr ein kalter Schauer den Rücken hinunterrieselte.

Er machte ihr Angst.

Zwei Tage später ließ Vinzenz Stöcklin Fidelitas nach dem Abendessen zu sich rufen. Sein Gesicht war sorgenvoll. Er bat sie, Platz zu nehmen, brauchte aber Minuten, ehe er mit seinem Anliegen herausrückte.

»Meine Mutter ist zornig auf Euch«, sagte er endlich. »Sie wünscht, dass ich Euch in Euer Kloster zurückschicke, sofort.«

Fidelitas runzelte die Stirn. »Was habe ich denn getan, um mir den Zorn von Frau Gundis zuzuziehen?«, fragte sie. »Seit ich hier bin, habe ich keinen einzigen Streit mit ihr gehabt; genau genommen habe ich sie in den letzten Wochen kaum gesehen.«

»Dafür habt Ihr umso mehr Zeit mit meinem Vater verbracht«, versetzte er.

»Ich verstehe.« Fidelitas faltete die Hände im Schoß. »Eure Mutter glaubt, ich hätte Euren Vater gegen sie aufgebracht. Nicht wahr?«

»Ich kann mich erinnern, dass das Wort *aufwiegeln* fiel.« Der Kaufmann betrachtete sie nachdenklich. »Meine Mutter hat sehr genaue Pläne, müsst Ihr wissen … für meine Tochter und unsere Familie. Sie ist nicht gewöhnt daran, dass sie aus heiterem Himmel durchkreuzt werden.«

»Durch mich, meint Ihr?« Fidelitas schüttelte den Kopf. »Ihr solltet Eurem Vater durchaus einen eigenen Willen zutrauen.«

»Davon habe ich in den letzten Jahren aber wenig zu sehen bekommen.« Vinzenz Stöcklin blickte unbehaglich drein. »Sollte es wirklich ein Zufall sein, dass er ausgerechnet jetzt beschließt, wieder in die Geschicke des Hauses einzugreifen? Ganz ohne Euer Zutun? Dass er Martin Danner einfach so zu sich rufen lässt – nur um ihm zu sagen, dass er sich einen anderen Ehemann für Veronika wünscht? Und dass er aus heiterem Himmel auf die Dienste seines Beichtvaters verzichtet?« Er räusperte sich. »Ihr müsst wissen, der Priester hat sich ebenfalls über Euch beschwert.«

»Das tut mir leid«, sagte Fidelitas ruhig. »Aber Euer Vater hatte offenbar genug davon, dass ihm Vater Paulus mit Lesungen aus dem *Hexenhammer* Furcht vor der Hölle einflößt, anstatt ihm Hoffnung auf die himmlische Seligkeit zu machen. Das war ganz und gar seine Entscheidung.«

Sie schob die Hände in die weiten Ärmel ihres Habits.

»Und was das Fräulein Veronika angeht …«, fuhr sie fort, »Herr Heinrich liebt seine Enkeltochter. Und er ist der Ansicht, dass Martin Danner für sie nicht gut zum Ehemann taugt. Diese Meinung hat er sich ebenfalls gänzlich ohne mein Zutun gebildet – ich kenne Martin Danner kaum. Ich habe ihn höchstens ein- oder zweimal gesehen und dabei kein einziges Wort mit ihm gewechselt.«

Vinzenz Stöcklin schwieg eine Weile.

»Mir ist wohl bewusst, dass mein Vater Jörg Danner wesentlich lieber mag als Martin«, sagte er. »Aber der Junge ist vollkommen mittellos und kommt deswegen als Bräutigam für Veronika nun einmal nicht in Frage. Da bin ich mit meiner Mutter durchaus einer Meinung. Wenn ich eines Tages nicht mehr bin, soll mein Tuchhandel außerdem unter gar keinen Umständen an einen Mann aus einer anderen Zunft fallen, der dieses Geschäft nicht fortführen kann. Und genau das würde passieren, wenn Jörg meine Tochter zur Frau nimmt.«

Fidelitas unterdrückte ein Seufzen – und hörte die Stimme der Ehrwürdigen Mutter wie ein vorwurfsvolles Flüstern in ihrem Hinterkopf. *Genau das ist der Grund, mein Kind, weshalb du es unter allen Umständen hättest vermeiden sollen, dich in das Schicksal dieser Familie einzumischen.*

»Es ist nie meine Absicht gewesen, in diesem Haus für Zwist zu sorgen«, sagte sie leise. »Und noch viel weniger, Euren Vater zu beeinflussen. Ich habe ihm nur zugehört.«

»Was Ihr jederzeit und gerne tun dürft, wenn er Euch von der Geschichte unserer schönen Stadt erzählt, oder von seinen früheren Reisen«, antwortete Vinzenz Stöcklin freundlich. »Aber ansonsten solltet Ihr ihm Euer Ohr besser nicht gar so oft leihen. Meine Mutter hat für Veronika nur Gutes im Sinn – Martin Danner wird ihr ein sorgloses Dasein ermöglichen, und auch ihren Kindern wird es einmal an nichts fehlen.«

Er lächelte leicht.

»Natürlich kommt es nicht in Frage, dass Ihr jetzt auf der Stelle abreist – egal, was meine Mutter sagt.« Er stand auf. »Ich bin Euch unendlich dankbar, Schwester. Ohne Euren Mut und

Eure tatkräftige Mithilfe würde meine Frau noch immer vor sich hin dämmern. Und es tut meinem Vater zweifellos wohl, endlich wieder einmal jemanden zu haben, der sich Zeit für ihn nimmt. Aber denkt daran: In ein paar Tagen – vielleicht schon zu Mariä Heimsuchung – dürft Ihr wieder in Euer Kloster heimkehren. Dort sind die Regeln sicherlich einfacher als hier … oder Ihr kennt Euch besser damit aus.«

Fidelitas dachte an Veronikas verzweifeltes Gesicht und an die Hoffnung in den Augen ihres Großvaters und verspürte einen schmerzhaften Stich der Schuld. Aber sie wusste, dass der kaum verschleierte Vorwurf des Kaufmanns mitten ins Schwarze traf. Sie konnte keinem von beiden wirklich helfen, und was noch viel wichtiger war: Sie hatte nicht das Recht dazu. Außerdem war die Aufgabe, für die sie hergekommen war, inzwischen erfüllt, noch dazu ausgesprochen erfolgreich.

Es war höchste Zeit, wieder nach Hause zu gehen.

Den Rest dieses Tages verbrachte Fidelitas hauptsächlich bei Regula. Zu sehen, dass es Vinzenz' Frau besser ging, dass sie zunehmend wieder Anteil nahm an den Vorgängen rings um sie her und mit Appetit aß, tat ihr wohl. Sie mochte bei Veronika und Heinrich ihre Befugnisse überschritten haben, aber zumindest ihrer Patientin hatte sie *wirklich* geholfen. Trotzdem nahm sie sich vor, bei der nächsten Matutin zusätzlich um Vergebung für den eigenen Hochmut zu bitten und vor ihrer Abreise eine Kerze im Münster anzuzünden. Außerdem würde sie ihre Einmischung nach ihrer Heimkehr der Ehrwürdigen Mutter beichten müssen.

An diesem Abend wagte sie es nicht, zu Heinrich hinaufzugehen; die eigene Feigheit beschämte sie. Erst hatte sie ihm Hoffnung auf eine Änderung der Verhältnisse gemacht, und jetzt blieb wohl doch alles beim Alten. *Es war gut möglich, dass er enttäuscht war – nicht zuletzt von ihr.*

Sie legte sich schlafen, als die Turmuhr des Münsters zehn schlug, und schreckte aus einem unruhigen Schlaf hoch, als die Glocke zwölfmal zur Mitternacht läutete.

Schlaftrunken stieg sie aus dem Bett, angelte das Stundenbuch aus ihrer Truhe und kniete nieder, um die vertrauten Gebete zu sprechen. Für diesen Tag war der dreiundzwanzigste Psalm vorgesehen, und sie schöpfte Kraft und Mut aus den vertrauten Versen. Danach allerdings war ein Text des Kirchenvaters Augustinus an der Reihe. Seine Gewissensbisse über die Tatsache, dass er mit ein paar übermütigen Freunden Birnen gestohlen hatte, fand Fidelitas reichlich anstrengend, und sie quälte sich aus schierem Gehorsam durch seine endlosen Selbstanklagen. Trotzdem blieb ihr ein Satz aus dem dritten Buch von Augustinus' *Bekenntnissen* im Gedächtnis und verfolgte sie bis in ihre verschwommenen Träume hinein: *Fragt man nun nach der Ursache eines Verbrechens, so findet man keinen Glauben, wenn nicht die Begierde nach jenen Gütern, welche wir die niedrigsten nannten – oder die Furcht, sie einzubüßen.*

Als Fidelitas das nächste Mal aufwachte, schien eine frühe Morgensonne über die Dächer von Freiburg in ihre Kammer. Ihre Glieder waren schwer, aber sie stand trotzdem auf, wusch sich und legte ihr Habit an wie eine schützende Rüstung. Sie musste mit Heinrich Stöcklin reden – und falls er ihr die fruchtlose Einmischung in seine Familienangelegenheiten übel nahm, würde sie ihn um Vergebung bitten. Dann verließ sie die Kammer und klopfte kaum eine Minute später an seine Tür.

Es kam keine Antwort; in dem Zimmer blieb alles still. Fidelitas zögerte und überlegte, ob sie es später noch einmal versuchen sollte, aber dann änderte sie ihre Meinung und drückte vorsichtig die Klinke hinunter.

Die Tür war nicht abgeschlossen und öffnete sich sofort. Das einzige Licht in der Kammer fiel schwach durch die dicken Vorhänge. Für einen Moment bedauerte Fidelitas, dass sie Heinrich kein Frühstück aus der Küche mitgebracht hatte; aber das ließ sich ohne Weiteres nachholen. Sie ging zum Fenster, zog die Vorhänge zurück, und das Zimmer lag von einem Moment zum anderen in hellem Licht.

Sie wandte sich zum Bett. Der alte Mann lag darin, die Augen geschlossen wie in tiefem Schlaf … aber es dauerte nur Sekunden, bis sie begriff, dass seine Brust sich weder hob noch senkte.

Fidelitas spürte, wie sich ihr Atem in plötzlichem Schrecken in ihrer Kehle staute. Sie streckte eine zitternde Hand aus und umschloss mit festem Druck das Handgelenk des alten Mannes, auf der Suche nach einem Puls, den es nicht mehr gab.

Er war tot.

VI

Ach Scheiden, immer Scheiden …

Fidelitas ließ sich auf den Stuhl am Schreibpult sinken, ihr rascher Atem war der einzige Laut in der Stille. Ihr kam in den Sinn, dass sie erst wenige Abende zuvor dort gesessen und die Herzmedizin für Heinrich Stöcklin auf einen Löffel geträufelt hatte; jetzt zitterten ihr wieder die Hände, und ihr Herzschlag raste.

Ich hätte gestern doch noch zu ihm gehen sollen, dachte sie. *Vielleicht hat er vergessen, seine Tropfen zu nehmen. Vielleicht hat er …*

Langsam wurde ihr Kopf wieder klar. Dies war beileibe nicht die erste Leiche, die sie zu Gesicht bekam, und der alte Mann war krank gewesen. Trotz des finsteren Drohgetöses von Vater Paulus war sie zutiefst davon überzeugt, dass Gott Heinrich im Paradies willkommen heißen würde. Also war ihr kindischer Schrecken zwar verständlich, aber fehl am Platz.

Fidelitas rief sich selbst zur Ordnung, stand auf und trat näher an das Bett heran. Inzwischen hatte sie sich genügend beruhigt, um auch noch andere Einzelheiten als das stille, blasse Gesicht des Toten wahrzunehmen. Die Bettdecke hing halb von der Matratze herab, das Laken war zerknittert, als hätte Heinrich sich in seinen letzten Minuten heftig hin und her gewälzt. Offenbar war sein Ende durch einen plötzlichen Anfall verursacht worden und nicht etwa dadurch, dass sein schwaches Herz einfach stehen geblieben war.

Sein Nachthemd stand über der Brust offen, und seine rechte Hand hatte sich in den Stoff verkrampft. Sie versuchte behutsam, die Finger zu lösen, und stellte fest, dass sie es nicht konnte. Heinrichs Körper war unter ihren prüfenden Berührungen kalt und steif wie ein Brett, also musste er irgendwann am Vorabend seinen letzten Atemzug getan haben. Fidelitas verspürte plötzlich tiefen Kummer. Niemand war bei ihm gewesen. Er war ganz allein gestorben, ohne die Tröstungen der letzten Sakramente, ohne jemanden an seiner Seite, der ihn liebte.

Sie zeichnete ihm sanft ein Kreuz auf die Stirn. *Requiescat in pace*, dachte sie. *Ruhe in Frieden. Mögen die Engel des Höchsten dich vor seinen Thron geleiten.*

Dann ging sie zum Fenster hinüber und stieß es auf. Als sie sich wieder umdrehte, bemerkte sie etwas im Gesicht von Heinrich Stöcklin, das ihr zuvor nicht aufgefallen war – etwas Spinnwebfeines, das in einem Sonnenstrahl weiß aufleuchtete und sich in der leichten Brise von draußen bewegte. Sie ging zum Bett zurück, beugte sich über den Toten und betrachtete es genauer.

Es war eine winzige Feder, und sie hing in seinem Mundwinkel.

Fidelitas zupfte sie ab und betrachtete sie genauer. Sie sah aus, als stammte sie von einer Gans; zu Hause im Kloster wurden die Kopfkissen und die Winterdecken auch mit Gänsefedern gestopft.

Noch einmal beugte sie sich über den Toten, diesmal etwas tiefer, und jetzt entdeckte sie noch etwas, was ihr bislang entgangen war. Die Feder, die sie bereits in der Hand hielt, war nicht die einzige. Weicher Flaum hing an zwei Stellen kaum merklich zwischen seinen Lippen heraus – aber jetzt war er für ihr suchendes Auge deutlich sichtbar.

Fidelitas bekreuzigte sich und bat Heinrich stumm um Vergebung, ehe sie vorsichtig mit den Fingern seinen Mund öffnete.

Das ging leichter, als sie befürchtet hatte; in seinem Gesicht hatte die Starre, in die jeder Leib nach dem Tod für mehrere Stunden verfiel, bereits begonnen, sich wieder zu lösen.

Sie hatte richtig gesehen: Es *waren* zwei Federn, der Kiel der einen abgebrochen. Und in der Mundhöhle befand sich eine weitere Feder; sie klebte mitten auf seiner Zunge.

Fidelitas zögerte, dann hob sie Heinrichs Kopf an und zog das Kissen darunter hervor. Sie strich mit der Hand über den Bezug und entdeckte ein kleines Loch im Leinenstoff. Als sie die Fingerspitze anfeuchtete und hineinsteckte, blieben weitere Federn daran hängen.

Aber wenn die Federn aus dem Kopfkissen stammten, wie waren sie dann in seinen Mund gelangt?

Sie legte das Kissen zurück auf seinen Platz und bettete den Kopf des Toten wieder darauf. Langsam ging sie zu dem Lesesessel hinüber, in dem der alte Mann nie mehr sitzen würde, und ließ sich hineinsinken. Ihre Gedanken wirbelten ruhelos im Kreis.

Nicht immer bescherte ein krankes Herz seinem Besitzer ein leichtes Sterben. Es war ohne Weiteres möglich, dass Heinrich sich im Todeskampf wild umhergeworfen und selbst das Loch in den Stoff gebissen hatte. Oder es war vorher schon da gewesen, und er hatte es nicht bemerkt; in beiden Fällen waren die Federn in seinem Mund leicht zu erklären.

Und trotzdem. Sie hatte das wachsende Gefühl, dass hier irgendetwas nicht stimmte.

Wieder stand sie auf und trat an das Bett. Nach kurzem Zögern schob sie das Nachthemd des Toten so hoch, wie sie es bei den schweren, widerspenstigen Gliedern vermochte, und musterte ihn genau, Zoll für Zoll. Bislang konnte sie keine einzige Wunde finden, jedenfalls nicht auf der Brust oder der Vorderseite der Beine; die Haut war gänzlich unverletzt. Auch auf seinen Händen waren weder Kratzer noch Quetschungen zu erkennen.

Fidelitas blickte sich um. Auf dem Nachtkasten neben dem Bett standen ein Krug mit Wasser und ein Becher. Keines von beidem war umgekippt. Der Krug war noch halb gefüllt und der Boden neben Nachtkasten und Bett vollkommen trocken. Ein plötzlicher Gedanke schoss ihr durch den Kopf, und sie überprüfte das Fläschchen mit Heinrichs Medizin, das immer noch an derselben Stelle auf dem Schreibpult stand. Es fehlte höchstens ein Drittel von dem Inhalt – etwa dreimal so viel, wie sie ihm das letzte Mal verabreicht hatte. Er musste in den letzten Tagen selbst regelmäßig die übliche Dosis der Fingerhutessenz eingenommen haben.

Sie stellte den schicklichen Zustand von Heinrichs Kleidung wieder her und deckte ihn zu. Als sie dabei die halb herabgerutschte Decke aufhob und über ihn breitete, fiel etwas mit einem metallischen Klirren auf den Boden und rollte davon. Sie bückte sich rasch und griff danach, ehe es unter dem Bett verschwinden konnte. Als sie sich wieder aufrichtete und sah, was sie in der Hand hielt, runzelte sie die Stirn.

Es war eine goldene Kugel, so groß wie eine reife Aprikose, mit verschlungenen Mustern ziseliert, mit tropfenförmigen und runden Öffnungen auf der oberen Hälfte und in der Mitte geteilt durch etwas, das ihr vorkam wie eine Art Klappscharnier. Sie sah aus wie einer dieser Bisamäpfel, die manche adeligen Damen in ihren Gewändern mit sich führten und mit allerlei getrockneten Blütenblättern und Kräutern füllten, um sich mit dem Duft gegen Krankheiten und üble Dünste in der Luft zu schützen. Dass Heinrich so etwas besessen hatte, überraschte sie.

Die Kugel hing an einer feinen Kette; die war vermutlich in der Bettdecke hängen geblieben und hatte sich daraus gelöst, als sie sie ausschüttelte.

Aber was hatte sie in Heinrichs Bett verloren?

An seinem Nachthemd konnte Heinrich sie kaum getragen haben; wertvolle Besitztümer wie diese wurden mittels einer

Schlaufe oder einem Knopf an Wämsern oder Mänteln befestigt und zur Sicherheit in die Tasche gesteckt. Hatte sie im Nachtkasten gelegen, vielleicht in der Schublade? Hatte Heinrich sie herausgenommen – vielleicht, um sich durch den Duft Erleichterung zu verschaffen –, und sie war ihm aus den Fingern geglitten, als er starb?

Fidelitas hob die Kugel an ihre Nase und runzelte die Stirn; sie duftete weder nach Kräutern noch nach getrockneten Blütenblättern, wie sie es eigentlich erwartet hatte. Sie strich mit der Fingerspitze über das Scharnier, das sich in der Mitte rings um die Kugel zog, fand das Verschlusshäkchen und schnippte es behutsam hoch. Die Kugel öffnete sich, und endlich begriff sie, dass sie eine Taschenuhr vor sich hatte, mit einem Zifferblatt, um das Tierkreiszeichen und römische Zahlen angeordnet waren, im Zentrum eine eingravierte Sonne und die Zeiger geformt wie zwei winzige, grazile Schwerter.

Fidelitas klappte die Uhr wieder zu und legte sie auf den Nachtkasten. Sie ging zu dem Lesesessel zurück, blieb aber unschlüssig davor stehen. *Was war hier geschehen?*

Es waren gleich zwei Szenarien vorstellbar: Entweder hatte Heinrich Stöcklin einen schweren Herzanfall erlitten und dabei sein Kissen mit den Zähnen zerfetzt – wodurch die Uhr vom Nachtkasten gerollt und die Federn in seinen Mund geraten waren. Ein trauriges, aber nicht vollkommen unerwartetes Ende.

Oder aber … jemand hatte sich in Heinrichs Kammer geschlichen und dem schlafenden alten Mann das Kopfkissen so lange auf das Gesicht gedrückt, bis auch seine letzte Gegenwehr erstorben und er hilflos erstickt war.

Es mochte die Wahrheit sein. Es mochte *durchaus* die Wahrheit sein – was bedeutete, dass irgendwo ein ruchloser Mörder frei herumlief. Aber Fidelitas konnte es nicht beweisen.

Außerdem war es ohne Weiteres möglich, dass sie sich irrte. Sie hatte nur einen Verdacht, keine Gewissheit. Und wenn sie diesen Verdacht trotzdem laut aussprach, würde sie damit vielleicht die Pforten zur Hölle öffnen.

Genau wie vor fünf Jahren.

Jörg Danner schloss die Tür der Uhrmacherwerkstatt in der Großen Gass und verriegelte sie sorgfältig. Meister Ulrich Ströbel war bereits vor zwei Stunden hinauf in seine Wohnung gegangen, die über dem Laden und der Werkstatt lag, während Jörg an seinem Tisch am Fenster sitzen geblieben war, um auch noch den letzten Rest Tageslicht für sein Gesellenstück auszunutzen.

Er arbeitete jetzt seit fast einem Monat an einer Uhr nach dem Vorbild der Wunderwerke, die der berühmte Peter Henlein aus Nürnberg zu Lebzeiten angefertigt und mit großem Erfolg verkauft hatte. Meister Ulrich bewunderte Henleins Kunst sehr und hatte ihn sogar einmal in dessen Nürnberger Werkstatt besucht. Und er hatte seinen Lehrling all die Feinheiten gelehrt, die dazu nötig waren, eine solche Uhr mit eigenen Händen herzustellen – auch wenn das Ganze trotzdem noch schwierig blieb und bei Jörg für reichlich Kopfzerbrechen sorgte. Eigentlich, hatte der Meister lächelnd angemerkt, war das Projekt kompliziert genug, um ein Meisterstück abzugeben, aber er traute seinem zukünftigen Gesellen die Sache trotzdem schon jetzt zu.

Jörg war dankbar dafür. Denn die Konzentration auf die komplizierten Bauteile, das fragile Gleichgewicht der Unruh, die eine einzige Ungeschicklichkeit, ein einziges falsch platziertes Zahnrädchen dazu bringen konnte, dass der Rhythmus und damit die Anzeige der Zeit nicht mehr stimmten – all das lenkte ihn von der verzweifelten Lage ab, in der er sich befand. Und die ihm von Tag zu Tag verzweifelter vorkam.

Dass er im Haus seines verstorbenen Vaters wohnen musste, bei einem Halbbruder, der es fertiggebracht hatte, seine Mutter mit gezielter Grausamkeit zu vertreiben, und der ihn verabscheute, war schon übel genug. Dass er das Mädchen, das er liebte, wahrscheinlich niemals würde zur Frau nehmen dürfen … das trieb ihn fast in den Wahnsinn.

Seit Monaten traf er sich heimlich mit Veronika Stöcklin, und je länger dieses Versteckspiel andauerte, desto mehr ging es ihm gegen den Strich. Er hasste es zu lügen, und die Vorstellung, dass jedes neue Stelldichein mit seiner Liebsten zu einer wenig rühmlichen Entdeckung führen konnte, machte ihm Angst – weniger für sich selbst als für Veronika. Er konnte Freiburg nach Beendigung seiner Lehre jederzeit verlassen, Veronika blieb dieser Ausweg nicht. Sie würde, sobald ihre heimliche Liebschaft herauskam, als leichtfertige, lose Dirne dastehen, die ihrer Familie Schande gemacht hatte. Und was sein Bruder Martin tun würde, wenn er herausfand, dass Jörg ausgerechnet mit dem Mädchen angebandelt hatte, das er heiraten wollte – das mochte er sich gar nicht erst ausmalen.

Trotzdem war er jetzt auf dem Weg zu einem ihrer Treffpunkte; sie wechselten von Tag zu Tag, weil Veronika sich mindestens so sehr vor Entdeckung fürchtete wie Jörg. Dieses Mal wollten sie sich an der Andreaskapelle sehen, unweit des Lichtes, das die Bäckergilde seit fast fünfzig Jahren ununterbrochen am Leuchten hielt. Es reichte aus, seine Liebste zu erkennen, wenn sie kam; das Münster bot auch von außen genügend Schatten und Winkel, in denen man sich danach verbergen konnte.

Von der Werkstatt bis zum Münsterplatz waren es nur wenige Minuten zu Fuß. Die Sonne war vor knapp einer halben Stunde untergegangen, und jetzt wurde es rasch dunkel. Die Tür zu einer Schankstube links von ihm öffnete sich; flackerndes Licht drang hinaus auf die schmale Gasse. Jörg zog sich instinktiv in einen schmalen Durchgang zurück, während ein Mann, der sichtlich mehr getrunken hatte, als ihm guttat, schwerfällig in seine Richtung stapfte. Kaum drei Armlängen von ihm entfernt blieb er schwankend stehen. Jörg hörte seine Kleidung rascheln und dann ein geräuschvolles, langes Plätschern, als der Trunkenbold sich auf dem Kopfsteinpflaster erleichterte und dabei leise und falsch vor sich hin sang – obendrein ein Lied, das Jörg kannte. »*Dort hoch auf jenem Berge, da geht ein Mühlenrad, das mahlet nichts dann Liebe die Nacht bis an den Tag …*«

Es dauerte weitere lange Minuten, bis der Kerl davontorkelte und Jörg seinen Weg fortsetzen konnte; Veronika musste schon auf ihn warten, und sie würde sich Sorgen machen, wenn er nicht bald kam. Endlich trat er auf den Platz hinaus. Die riesige Kirche ragte vor ihm auf wie ein schwarzes Massiv, und direkt voraus warf das Bäckerlicht neben der Andreaskapelle einen kleinen, eng begrenzten Kreis aus schwacher Helligkeit auf das Kopfsteinpflaster. Jörg sah sich um; außer ihm war offenbar niemand unterwegs. Er sprach ein stummes Dankgebet und hastete auf die ehemalige Friedhofsmauer und die Säule mit der Kerze dahinter zu, so rasch und so leise er konnte.

»Jörg?«

Es war ein atemloses Flüstern. Er wandte den Kopf und sah Veronika auf sich zukommen. Sie hatte ein großes, dunkles Tuch um Schultern und Kopf geschlungen, und ihr Gesicht war kaum mehr als ein bleicher Fleck in der Nacht. Er streckte die Hand aus und bekam ihre zu fassen; die Finger waren eiskalt.

»Es tut mir leid, dass ich so spät komme«, sagte er rasch, »ich hab zu lange an der Werkbank gesessen. Geht es dir gut?«

»Nein.« Er sah schemenhaft, dass sie den Kopf schüttelte. »Nein. Ich … Jörg, mein Großvater ist letzte Nacht gestorben.«

»Dein Großvater?« Er spürte, wie ihm der Schreck in die Glieder fuhr, gefolgt von einem überwältigenden Gefühl tiefer Trauer. »Herr Heinrich ist tot? – *Lieber Gott.*«

Er kannte den alten Mann, seit er die ersten unsicheren Schritte auf den eigenen Beinen gemacht hatte und Veronika noch nicht mehr gewesen war als ein brüllendes Bündel in einer schön geschnitzten Holzwiege. Dass er jetzt auf einmal nicht mehr da sein sollte … Dass sie nie wieder – wie früher so oft – in der gemütlichen Stube unter dem Dach beieinandersitzen und über Heinrichs Abenteuer früherer Zeiten und Jörgs eigene Träume für die Zukunft reden würden … Das ging ihm in diesem Moment über den Horizont und sorgte dafür, dass er fror.

Veronikas Finger zitterten in seinem Griff, und er besann sich. Für sie musste es noch hundertmal schlimmer sein als für ihn; er wusste genau, wie sehr sie an ihrem Großvater gehangen hatte. Er machte einen raschen Schritt vorwärts, zog sie an sich und neigte den Kopf, um sie zu küssen, allerdings erwischte er nicht ihren Mund, sondern ihre Wange. Und die war trotz des lauen Sommerabends genauso kalt wie ihre Hand. Sekunden später wurde ihm klar, dass sie den Kopf weggedreht hatte, und er wich zurück, gleichzeitig verblüfft und erschrocken.

»Veronika? Liebste? Was …«

»Es ist vorbei«, sagte sie leise. »Großvater war der Einzige, der wirklich zu mir gehalten hat. Jetzt kann er mir … Jetzt kann er *uns* nicht mehr helfen. Großmutter und dein Bruder werden ihren Willen bekommen. Noch ein paar Monate, und ich stehe mit Martin vor dem Traualtar.«

»Nein!« Er packte sie an den Schultern und schüttelte sie leicht. »Das will ich einfach nicht glauben. Was ist mit deiner Mutter? Du hast mir gesagt, dass es ihr schon viel besser geht. Würde denn nicht wenigstens sie auf dich hören und sich für dich einsetzen?«

»Meine Mutter?« Sie gab ein kleines, unglückliches Schnauben von sich. »Du hast doch keine Vorstellung, in was für einem elenden Zustand sie war! Sie hat zwei Jahre in einem furchtbaren Dämmerschlaf zugebracht, sie kommt gerade erst wieder allmählich auf die Beine, und sie ist *schwach!* Viel zu schwach, um sich gegen Großmutter durchzusetzen! Das werde ich nicht zulassen!«

»Und ich werde nicht zulassen, dass du in die Ehe mit Martin getrieben wirst wie ein Lamm zur Schlachtbank!« Er merkte, dass er die Stimme erhoben hatte, und senkte sie rasch wieder. »Bitte, Liebste … Du kannst jetzt nicht aufgeben. Ich werde mit Meister Ulrich reden. Er will sich in nächster Zeit zur Ruhe setzen, er ist kinderlos und hat mich so lieb wie einen Sohn. Wenn ich erst mein Gesellenstück geschafft hab, wenn er mich zum Erben einsetzt und ich seine Nachfolge antreten kann in der Werkstatt …«

»… dann nützt dir das gar nichts und uns beiden genauso wenig.« Veronikas Stimme klang nüchtern und traurig. »Großmutter will für mich keinen Bräutigam aus einer anderen Zunft. Und mein Vater auch nicht.«

Er wusste, dass sie die Wahrheit sagte. Und trotzdem lehnte sich alles in ihm dagegen auf, diese endgültige Niederlage hinzunehmen. Er wollte Veronika nicht verlieren. *Er durfte sie nicht verlieren.*

»Du kannst jetzt nicht aufgeben!«, wiederholte er. Es klang wie eine verzweifelte Beschwörung. »Ich liebe dich. Ich will, dass du meine Frau wirst.«

»Das will ich auch. Mehr als alles auf der Welt.« Veronika gab ein leises, zutiefst elendes Schluchzen von sich. »Aber das war nichts als ein schöner Traum, den wir gemeinsam geträumt haben, Jörg. Und es wird Zeit, dass wir daraus aufwachen.« Sie wischte sich die Tränen ab. Dann berührte ihre Hand sein Gesicht, federleicht und sanft. »Leb wohl.«

Sie wandte sich ab und war gleich darauf in der Dunkelheit verschwunden.

Er schaute ihr stumm nach; seine Augen brannten, und das Herz lag ihm schwer wie ein Stein in der Brust. Plötzlich ging ihm der Gesang des Trunkenbolds wieder durch den Sinn, und ihm fiel das Ende des Liedverses ein. Es passte so gut zu seiner Lage, dass er nicht recht wusste, ob er lachen oder weinen sollte. *Ach Scheiden, immer Scheiden, wer hat dich doch erdacht, hast mir mein junges Herze aus Freud zum Trauern bracht …*

Eine Woche später stand Paulus Mayr unweit vom Hauptportal des Münsters und beobachtete den Trauerzug, der von der Nordseite her nach der Totenmesse und Beisetzung von Heinrich Stöcklin langsam und feierlich dem Heimweg antrat. Natürlich hatte der Alte sich mit einer kräftigen Spende in die Kasse der Münsterbauhütte einen Platz dicht bei »seiner« Kirche gesichert.

Wären die Dinge anders gelaufen, dachte Mayr erbittert, dann wäre er selbst dem Sarg vorausgegangen, und nicht nur die reichen Freiburger Ratsherren hätten an dem Begräbnis verdient, sondern auch in *seine* Taschen wäre ein reichlicher Obolus gewandert – und sei es nur aus Dankbarkeit für seine aufopfernden Dienste. So aber blieb ihm nur die Rolle des Zuschauers.

Er sah Regula Stöcklin, immer noch geisterhaft blass. Sie ging sehr langsam, auf ihren Mann gestützt. Den beiden voraus schritt Gundis, Heinrichs Witwe. Ihr Gesicht zeigte nicht die geringste Regung, und der Schleier ihrer Haube flatterte hinter ihr her wie ein dramatisches Banner. Veronika folgte ihren Eltern; im Gegensatz zu Gundis war ihr die Trauer um ihren Großvater deutlich anzusehen. Martin Danner stolzierte neben ihr her, den Arm besitzergreifend um ihre Schultern gelegt.

Ganz am Ende des Trauerzuges ging die Nonne. Ihre Hände waren in den Ärmeln ihres Habits verborgen, das vom weißen Kopftuch eng umrahmte Gesicht müde, als hätte sie in letzter Zeit nicht gut geschlafen. *Ich bin nicht sicher, ob ich überhaupt mehr hören will,* hatte sie zu ihm gesagt, als er ihr aus dem *Hexenhammer* vorlas. Natürlich wollte sie das nicht – um nicht der eigenen Schande ins Auge sehen zu müssen. Denn auch wenn die allein seligmachende Kirche zahllose weibliche Heilige kannte – er wusste, Frauen waren tief im Herzen samt und sonders *schwach*, den Versuchungen des Bösen ausgeliefert und für die Männer so schädlich wie Eva, die erste Frau in der Bibel.

Fidelitas von Frauenalb war überdies schuld an seiner höchstpersönlichen Vertreibung aus dem Paradies. Ihretwegen war die Quelle der Annehmlichkeiten, an die er sich in fast einem Jahr als Beichtvater von Heinrich Stöcklin gewöhnt hatte, vorzeitig versiegt. Vermutlich verfolgte sie höchst eigensüchtige Ziele – Reichtum für sich selbst, oder doch zumindest für ihr Kloster.

Verfluchtes Weibsbild, dachte Paulus Mayr wütend. *Irgendwann wird dich die Strafe ereilen, die du verdienst.*

VII

Es ist ein Schnitter, der heißt Tod

Gundis Stöcklin nahm die Haube mit dem langen Schleier ab und ließ sie achtlos auf den Stuhl neben sich fallen. Dann blieb sie vor dem hohen Spiegel an der Wand stehen.

Sie war keine eitle Frau. Irgendwelche Mittelchen und Salben, die jünger machten – oder wenigstens den Anschein erweckten –, hatte sie nie verwendet. Aber auch jetzt, mit Mitte sechzig, legte sie sehr viel Wert darauf, sich jederzeit angemessen zu kleiden. Mit Eitelkeit hatte das nichts zu tun. Das richtige Kleid, der passende Schmuck – diese Dinge zeigten den Platz, den sie jetzt in der Freiburger Gesellschaft einnahm. Das allein war es, was zählte. Dass jedermann sehen konnte, wohin sie gehörte.

Als Tochter eines kleinen Bäckers in Neuburg geboren, hatte sie von Kindheit an die reichen Ratsherren aus der Ferne bewundert; eine heftige Sehnsucht, die sich mit der Zeit in Neid verwandelte. Und in den brennenden Ehrgeiz, die enge Backstube ihres Vaters hinter sich zu lassen und aufzusteigen in die Kreise derer, die in Freiburg die Macht hatten, über das Wohl und Wehe der einfachen Leute zu entscheiden. Dass sie selbst zu diesen einfachen Leuten gehörte, war ein ständiger Stachel in ihrem Fleisch.

Dann war sie Heinrich Stöcklin begegnet. Er hatte sich auf der Stelle in sie verliebt und sie zur Frau genommen – gegen den erbitterten Widerstand seiner Mutter. Die heutige Gundis begriff das sehr gut; an der Stelle von Dietlind Stöcklin hätte sie sich genauso dagegen gewehrt, dass ihr Sohn ein Mädchen mit lächerlich geringer Mitgift und weit unter seinem Stand heiraten wollte, dem noch der Mehlstaub in den Rockfalten hing. Aber Heinrich hatte sich damals durchgesetzt, und damit hatte ihr gesellschaftlicher Aufstieg angefangen. In fast fünfzig Jahren war die Liebe, die sie anfangs für ihn empfunden hatte, wachsender Verachtung gewichen, und ihre Ehe war immer mehr abgekühlt. Doch obwohl er sich zuletzt vor ihrer Herrschsucht in seine Dachkammer und zwischen seine Bücherregale geflüchtet hatte – für den Status, den sie jetzt genoss, würde sie ihm immer dankbar sein.

Seit drei Tagen war er begraben, und noch kurz vor seinem Ableben hatte er mit seinem plötzlichen Starrsinn versucht, die Pläne zu durchkreuzen, die sie mit so viel Sorgfalt geschmiedet hatte. Sie zog eine ärgerliche kleine Grimasse. *Jahrelang hatte er es vermieden, ihr zu widersprechen … und dann musste er in letzter Minute doch noch einmal den Herrn des Hauses herauskehren. Sturer alter Narr.*

Sie straffte die Schultern, zog ihr Kleid glatt und wandte sich von ihrem Spiegelbild ab. Aufgeschoben war nicht aufgehoben; sie würde den Schwiegersohn, den sie für Veronika ausgewählt hatte, zu sich bitten müssen, um die nächsten Schritte zu besprechen. Natürlich kam ein sofortiges Hochzeitsfest in der Trauerzeit nicht in Frage; genau wie bei ihrer Kleidung achtete Gundis peinlich genau darauf, dass ihr auch bei Sitten und Gebräuchen kein Fehler unterlief. Aber spätestens im nächsten Frühjahr würde Veronika unter der Haube sein. Lieber früher, wenn es nach Gundis ging, und Martin würde ihr da sicher keinen Stein in den Weg legen.

Niemand in der Familie wusste, welche Vereinbarungen sie getroffen hatten und was es Martin kostete, ihre bildhübsche Enkelin zu heiraten. Mit einem kleinen Lächeln dachte Gundis an den geheimen Vertrag, der seit mehr als sechs Monaten in der Schublade ihres Schreibpultes lag. Immer noch gratulierte sie sich dazu, dass sie Martin dazu gebracht hatte, für die Eheschließung mit Veronika zu zahlen; immerhin würde ihm nach dem Tod von Vinzenz der florierende Tuchhandel der Stöcklins in den Schoß fallen, denn einen männlichen Erben gab es nicht. Er hatte also wahrlich keinen Grund, sich zu beklagen, und sie selbst genauso wenig.

Sie gönnte Heinrich einen weiteren freundlichen Gedanken. Durch seinen unerwarteten Tod waren die Dinge in diesem Haus wieder beim Alten, und das war kein geringer Vorteil.

Regula hatte ihren Absichten nichts entgegenzusetzen; sie war vollauf damit beschäftigt, wieder auf die Beine zu kommen. Vinzenz lag zu viel an Ruhe, Frieden und seiner eigenen Bequemlichkeit, um die Hochzeit seiner Tochter zu verhindern, selbst wenn Veronika ihn darum anflehte.

Blieb Fidelitas von Frauenalb. Gundis war sich sicher, dass sie es gewesen war, die Heinrich dazu aufgestachelt hatte, die Entscheidungen seiner Frau plötzlich in Frage zu stellen und Martin ins Gesicht zu sagen, dass er diese Ehe für einen Fehler hielt. Es hatte Gundis viel gutes Zureden gekostet, ihren zukünftigen Schwiegersohn nach diesem katastrophalen Auftritt zu beschwichtigen und ihm zu versichern, dass sie weiterhin fest entschlossen war, ihre Abmachung zu erfüllen.

Jetzt würde die lästige Nonne zum Glück bald wieder abreisen. Je eher, desto besser.

Von draußen schlug die Turmuhr des Münsters einmal. Eigentlich hätte die Köchin ihr schon vor einer halben Stunde das Mittagessen heraufbringen sollen. Vinzenz aß in letzter Zeit bevorzugt im Zimmer von Regula, und Veronika hatte das Haus gleich nach dem Frühstück in Begleitung ihrer Zofe verlassen, um eine ihrer Freundinnen zu besuchen. Gundis sah keinen Anlass, sie daran zu hindern. Das Mädchen war fügsam und hatte sich offensichtlich mit ihren Plänen abgefunden – da konnte es nicht schaden, ihr trotz der Trauerzeit ab und zu ein wenig Freiheit zu gönnen.

Gundis stellte fest, dass ihr der Magen knurrte. Offenbar musste sie Irmhild Beine machen. Es wurde wirklich Zeit, dass sie die Zügel in diesem Haus wieder fester anzog.

Sie verließ ihr Zimmer und stieg mit energisch raschelnden Röcken die Treppe hinunter. Als sie in die Küche kam, stand Irmhild am Herd und schöpfte gerade Eintopf in eine kleine Schale. Gundis hatte bereits den Mund zu der geharnischten Strafpredigt geöffnet, die sie sich zurechtgelegt hatte, als sie entdeckte, dass die Köchin nicht allein war. Am Tisch saß ein junges Mädchen in einem einfachen grauen Kleid, ein Häkeltuch um die Schultern und eine weiße Haube auf dem Kopf. Das Mädchen zuckte zusammen und starrte Gundis an, die bernsteinbraunen Augen ängstlich aufgerissen. Gundis blinzelte verblüfft.

»Wer ist das?«, fragte sie. »Und wieso empfängst du hier Besuch, anstatt mir endlich mein Essen zu bringen?«

»Bitte um Verzeihung, Frau Gundis!«, erwiderte Irmhild rasch und errötete. »Ich wäre gleich gekommen – aber das Mädel da wollte unbedingt auf Fräulein Veronika warten.«

Gundis betrachtete die Kleine genauer. Vermutlich eine Dienstmagd. Und dann erinnerte sie sich plötzlich daran, sie einoder zweimal im Haus von Martin Danner gesehen zu haben.

»Was hast du hier zu suchen?«, wollte sie wissen. »Und was hast du mit Veronika zu schaffen?«

Das Mädchen schwieg, sichtlich eingeschüchtert.

»Na los!« Gundis stemmte die Arme in die Hüften. »Oder bist du mit Stummheit geschlagen?«

»Ich muss ihr … was zeigen«, kam es leise.

»Und *was*, bitte sehr?«

Wieder Schweigen. Gundis bemerkte den Leinenbeutel, den das Mädchen auf dem Schoß hielt. Sie fasste einen raschen Entschluss.

»Du kommst jetzt mit mir«, sagte sie bestimmt. »Ich bin Gundis Stöcklin, Veronikas Großmutter. Was immer du meiner Enkeltochter auch zeigen möchtest, es schadet gewiss nicht, wenn ich es zuerst sehe.«

Sie packte die Kleine am Arm, zog sie hoch und hinter sich her aus der Küche. Nach einem kurzen, schwächlichen Versuch des Widerstandes ergab das Mädchen sich in sein Schicksal und folgte ihr die Treppe hinauf in ihr Zimmer. Gundis schloss die Tür und schob den Riegel vor.

»Du stehst im Haushalt von Martin Danner in Diensten – richtig?«

Ein Nicken.

»Wie heißt du?«

»W-Waltraud.«

Gundis wies mit dem Kinn auf den Leinenbeutel, den ihr Gegenüber so fest umklammert hielt, als enthielte er einen kostbaren Schatz.

»Was ist da drin?«

Das Mädchen öffnete den Beutel und zog ein Stück Papier heraus, sauber zusammengefaltet und obendrein mit einem Klecks Wachs versiegelt. Es sah verdächtig nach einem höchst offiziellen Dokument aus.

Gundis nahm es ihr aus der Hand und betrachtete es von allen Seiten. Sie hatte recht gehabt. Das hier war feines, glattes Papier ohne sichtbare Hadern, die teure Sorte, üblicherweise für wichtige, öffentliche Mitteilungen verwendet, die dazu bestimmt waren, in einem Archiv aufbewahrt zu werden. Als Nächstes studierte sie das Siegel. Die Buchstaben SB, umgeben von einem sauberen Kreis ... aber mitten durch diesen Kreis zog sich eine gezackte Linie, als wäre das Siegel schon einmal gebrochen und dann ungeschickt weder zusammengeschmolzen worden. Sie warf dem Mädchen, das unruhig von einem Fuß auf den anderen trat und am Saum ihres Häkeltuches herumfingerte, einen scharfen Blick zu. *Nein – die Kleine da hatte das ganz bestimmt nicht getan. Die konnte vielleicht den Boden schrubben und den Herd ausfegen, aber ganz bestimmt nicht lesen.*

»Woher hast du das?«

Das Mädchen biss sich auf die Lippen und schwieg. Diesmal war Gundis klug genug, einfach abzuwarten.

»Aus dem Schreibpult des Herrn Sebaldus.« Waltrauds Stimme zitterte leicht. »Da hat er es versteckt, bevor … bevor er gestorben ist.«

Sie musste Sebaldus Danner meinen, den verstorbenen Vater von Gundis' künftigem Schwiegersohn. Nichts anderes machte einen Sinn. *Wobei die ganze Sache bisher ohnehin verwirrend wenig Sinn machte.*

Gundis musterte sie ungläubig. »Und dann hast du nichts Besseres zu tun, als es an dich zu bringen? Du bestiehlst deinen Herrn und kommst damit ausgerechnet zu *mir?*«

»Zum Fräulein Veronika.« Das Mädchen schluckte. »Weil … weil sie es doch wissen muss.«

»Was muss sie wissen?«

Ohrenbetäubendes Schweigen. Es kam Gundis so vor, als sei Waltrauds restlicher Wagemut inzwischen restlos verraucht. *Höchste Zeit, die Angelegenheit in die eigenen Hände zu nehmen. Möglichst noch bevor Veronika zurückkam.*

Kurz entschlossen drehte sie das Pergament um, erbrach das Siegel, faltete es auseinander und fing an zu lesen.

Eine Stunde später verließ Fidelitas das Zimmer von Regula. Von dem frischen Brot, dass sie vorhin mit hinaufgebracht hatte, war ebenso wenig übrig wie von Irmhilds schmackhaftem Eintopf aus Möhren, Blumenkohl, Pastinaken und Speck. Ihre Patientin hatte in den letzten Wochen einen gesunden Appetit entwickelt, und sie freute sich darüber.

Noch ganz in Gedanken schloss sie die Tür hinter sich, das Tablett in einer Hand, und plötzlich rannte von rechts jemand geradewegs in sie hinein. Im nächsten Moment flogen Holzbrett, Löffel und Schale durch die Luft und polterten zu Boden. Fidelitas sah sich einem sehr jungen Mädchen gegenüber, das sich Brotkrümel und ein paar verirrte Möhrenscheiben vom Rock wischte und sie entsetzt anstarrte.

»Es … es tut mir so leid!«

»Schon gut.« Fidelitas lächelte, ein wenig überrumpelt. »Wohin geht's denn so eilig?«

»Hinaus. – Heim, meine ich.«

Dem Mädchen schien erst jetzt aufzufallen, was für ein Chaos sie angerichtet hatte. Sie beugte sich hastig nach den Scherben der Schale und fing an, sie aufzulesen. Fidelitas ihrerseits entdeckte einen Leinenbeutel, der bei dem Zusammenprall heruntergefallen und über die Holzdielen davongeschlittert war, und hob ihn auf. Dafür, dass er zuerst ausgesehen hatte, als wäre nichts darin, war er erstaunlich schwer. Sie schüttelte ihn sachte und hörte das unmissverständliche Klirren von Münzen. Ihre Augenbrauen stiegen in die Höhe.

»Gehört das dir?«

»Ja, das ist meins, Schwester.« Das Mädchen riss ihr den Beutel aus der Hand. »Ich hab's von Frau Gundis Stöcklin … Ihr könnt sie danach fragen. Und jetzt muss ich gehen … Bitte um Verzeihung.«

Sie ließ die aufgesammelten Scherben auf das Tablett fallen, drehte sich um und war gleich darauf mitsamt ihrem Leinenbeutel verschwunden. Fidelitas hörte ihre raschen, leichten Schritte auf der Treppe, dann schlug die Haustür hinter ihr zu.

Fidelitas runzelte die Stirn. *Hatte sie gerade eine Diebin laufen lassen?* Vielleicht war es doch besser, nachzufragen. Sie ging das kurze Stück zu Gundis' Zimmer hinüber und klopfte.

»*Wer ist da?*«, kam es ungnädig von drinnen.

Fidelitas nannte ihren Namen. »Habt Ihr einen Moment Zeit für mich?«

»*Aber wirklich nur einen Moment. Ihr seid eine ziemliche Heimsuchung, Schwester.*«

Da diese Aussage von Gundis kam, war Fidelitas nicht weiter überrascht. Nichtsdestotrotz trat sie ein und verneigte sich.

Gundis saß an ihrem Schreibpult; sie warf ihrer Besucherin einen missvergnügten Blick zu und drehte dabei einen kleinen Schlüssel in einem Schubladenschloss des Pultes um. Dann zog sie ihn heraus und ließ ihn in ihrer Rocktasche verschwinden. Ihre Linke war zwischen den Stofffalten in der anderen Rocktasche verborgen.

»Was wollt Ihr?«

»Ich bin gerade draußen einem fremden Mädchen begegnet«, erklärte Fidelitas höflich. »Einer Dienstmagd wahrscheinlich … und sie hatte ungewöhnlich viel Geld bei sich. Ich habe mich gefragt …«

»… ob sie mich beraubt hat?« Gundis schüttelte den Kopf. »Keineswegs, Schwester. Sie hat einen Botengang für mich gemacht, und ich hab sie … angemessen dafür entlohnt.«

Sie zog eine merkwürdige kleine Grimasse und lachte. Es klang ausgesprochen bitter. Dann blickte sie Fidelitas an, zum allerersten Mal ohne den stummen Groll, der sonst von ihr ausging und der von Fidelitas' erstem Tag in diesem Haus an zwischen ihr und der alten Frau gehangen hatte wie eine Gewitterwolke. Stattdessen lag in ihren Augen echte Neugier.

»Ich nehme an, Ihr kehrt bald in Euer Kloster zurück?«

Fidelitas musterte sie überrascht, dann verneigte sie sich zum zweiten Mal. »In einer Woche, denke ich. Herr Vinzenz hat mir versprochen, für eine sichere Begleitung zu sorgen.«

Gundis nickte, dann schwieg sie. Sie sah aus, als wäre sie tief in Gedanken. Ihre Linke kam aus der Rocktasche, und Fidelitas sah, dass die kleine Goldkugel darin lag, die sie nach dem Tod von Heinrich Stöcklin unter seinem Bett gefunden hatte.

»Eine schöne Uhr«, sagte sie freundlich. »Obwohl ich zuerst gar nicht wusste, dass es eine Uhr ist. Ich dachte, sie sei ein Bisamapfel.«

»Das war sie auch einmal.« Gundis rollte die Kugel rastlos wie eine große Murmel zwischen den Fingern. »Aber der Mann, von dem sie stammt, hat es irgendwie fertiggebracht, ein Uhrwerk darin unterzubringen ... zum ersten Mal. Peter Henlein, ein Nürnberger Meister – der lebt aber schon lange nicht mehr. Er hat diese Uhren an die Nürnberger Ratsherren verkauft, und die haben sich damit vor ihren Ehrengästen großgetan.«

Sie klang plötzlich stolz; vielleicht lag es daran, dass sie etwas besaß, was auch die mächtigen Herren in Nürnberg ihr Eigen nannten. Fidelitas wunderte sich über ihre Redseligkeit; offenbar hatte Frau Gundis es plötzlich gar nicht mehr eilig, sie loszuwerden. Und sie hatte in den vergangenen Minuten mehr mit ihr geredet als in all der Zeit, seit Fidelitas in Freiburg war.

»Heinrich ...«, fuhr Gundis fort. Jetzt war es, als spräche sie mit sich selbst. »Er hat das Ding von einer Reise aus Nürnberg mitgebracht, im Austausch gegen ein paar Ballen Samt für Henleins Tochter, die ein Kleid für ihre Hochzeit gebraucht hat. Und dann hat er es jahrelang an seiner Kette am Wams getragen.« Sie lachte wieder, leise und traurig. »Narr, der er war! Der Samt kam aus Italien und ist viel mehr wert gewesen als dieses eitle kleine Spielzeug. Aber Heinrich hat immer schon schlechter gerechnet als ich.«

Sie schob den Daumen unter das Häkchen am Uhrenscharnier, wie Fidelitas es vor ein paar Tagen neben Heinrich Stöcklins Bett getan hatte, und schnippte es hoch. Die Uhr klappte auf, Gundis starrte darauf hinunter ... und von einem Augenblick zum anderen wich jegliche Farbe aus ihrem Gesicht. Sie bewegte stumm die Lippen, aber aus ihrem Mund kam kein Laut.

Fidelitas fragte sich erschrocken, ob Heinrichs Witwe wohl seit Neuestem ein ebenso schwaches Herz hatte wie ihr verstorbener Mann, und machte unwillkürlich einen Schritt auf sie zu. »Was ist denn, Frau Gundis – ist Euch nicht wohl? Kann ich Euch helfen?«

Der Kopf der alten Frau zuckte hoch. »*Nein!*«

Sie klappte die Uhr wieder zu und ließ sie so schnell in ihre Rocktasche zurückfallen, als hätte sie sich daran verbrannt.

»Ich will, dass Ihr geht«, sagte sie schroff. »Auf der Stelle. Lasst mich allein.«

Fidelitas lagen angesichts dieses jähen Stimmungsumschwunges ein gutes Dutzend Fragen auf der Zunge, aber sie schluckte sie mitsamt der Kränkung durch Gundis' übermäßig rüden Ton schweigend hinunter. Stattdessen verneigte sie sich ein letztes Mal und ging leise hinaus.

Als sie die Tür geschlossen hatte, blieb sie stehen. Sie war trotz ihrer in langen Klosterjahren eingeübten Geduld aufgebracht, und in ihrem Kopf jagten sich die Gedanken.

Was war in diesem Zimmer gerade passiert?

Sie erinnerte sich, wie sie am Morgen nach Heinrich Stöcklins Tod die Uhr bei ihm gefunden und geöffnet hatte. Sie erinnerte sich an das Ziffernblatt, die zierlichen Zeiger und die feinen Gravuren.

Aber was hatte Gundis Stöcklin gerade eben in der Uhr gesehen? Oder besser: Was hatte sie darin entdeckt, das ihr, Fidelitas, entgangen war?

Gundis hätte die Entscheidung, die sie jetzt treffen musste, liebend gern verschoben und erst einmal eine Nacht darüber geschlafen. Sie war sogar aufgewühlt genug, einen Gang ins Münster in Betracht zu ziehen, um dort zu beten und sich von der Allerseligsten Jungfrau Rat zu holen … aber nur kurz. *Es war kaum anzunehmen, dass die Mutter Gottes ihr in dieser prekären Lage helfen konnte.*

Also was nun? Sollte sie sich an einen der Ratsherren wenden? Mit einem Dokument, das sie gar nicht hätte lesen dürfen, und einer Uhr, die …

Sie schüttelte den Kopf. *Dafür mochte es eine ganz harmlose Erklärung geben.* Ganz gleich, wie sie es drehte und wendete: Alles, was sie bis jetzt hatte, waren nicht wirklich Beweise, nur ein handfester Verdacht. Und das würde dem honorigen Rat möglicherweise nicht ausreichen. Vielleicht nicht einmal dazu, Büttel auszuschicken und den Verdächtigen zu befragen – und der wäre dann obendrein noch gewarnt. Vor allem dann, wenn die Obrigkeit ihm mitteilte, wer es war, der da Alarm geschlagen hatte.

Ihr war schwindelig. *Vielleicht hättest du der Nonne doch erklären sollen, was du gerade eben entdeckt hast,* flüsterte eine kleine Stimme in ihrem Hinterkopf. Sie klang so verzagt, dass Gundis sie kaum als ihre eigene wiedererkannte. *Immerhin hat sie als Einzige herausgefunden, dass deine dumme Gans von Schwiegertochter seit zwei Jahren eine Arznei genommen hat, die zu nichts anderem taugte, als sie zu betäuben. Vielleicht ist sie tatsächlich gewitzt genug, um dir zu helfen.*

Sie konnte freilich auch einen Brief schreiben, in dem alles stand, was sie ungern von Angesicht zu Angesicht sagen wollte, aber andererseits war sie noch nie einer Konfrontation aus dem Weg gegangen. Und sie hatte jetzt nicht die Absicht, damit anzufangen.

Sie schöpfte sich den Rest abgestandenen Wassers aus der Waschschale auf der Kommode ins Gesicht und fühlte sich ein wenig frischer. Vielleicht … Wenn sie es geschickt anfing … Wenn sie mit ihren Fragen behutsam die gefährlichsten Klippen umschiffte … Wenn sie ihn im Dunkeln darüber ließ, wie viel sie wusste oder doch zumindest ahnte …

Gundis straffte den Rücken, griff nach einem Leinentuch und trocknete sich sorgfältig das Gesicht ab. Dann machte sie sich zum zweiten Mal an diesem Tag auf den Weg hinunter in die Küche. Dort fand sie nur Irmhild vor; Birgitta war immer noch mit Veronika unterwegs und Gretel zum Fleischer geschickt worden. Und der Kutscher war im Stofflager zwei Straßen weiter, wo Vinzenz gerade eine neue Lieferung zusammenstellte. Immerhin wurde er jeden Moment zurückerwartet.

»Wenn er kommt, schick ihn zu mir herauf«, sagte Gundis.

Wieder in ihrem Zimmer, schloss sie die Schublade im Schreibpult auf und holte das Dokument heraus. Hier war es nicht sicher genug – Schubladen ließen sich viel zu leicht aufbrechen.

Sie schob den gewebten Wollteppich unter ihrem Waschtischchen beiseite, kniete sich hin und lockerte das Bodenbrett dicht an der Wand. Es ließ sich herausheben und offenbarte eine Vertiefung. Dort bewahrte Gundis die wenigen wirklich kostbaren Schmuckstücke auf, die sie besaß, aber vor allem ein paar Ledersäckchen mit Silbermünzen. Es konnte nie schaden, ein solches Versteck zu haben. Sie hatte es bereits wenige Jahre nach ihrer Heirat mit Heinrich angelegt, als heimlichen Hort für einen Schatz, von dem außer ihr niemand etwas wusste.

Jetzt wanderte das Dokument hinein, zusammengefaltet und in ein gewachstes Tuch eingeschlagen. Gundis zögerte, dann zog sie die Bisamuhr aus der Tasche. Sie ließ sie einen Moment an ihrer Kette baumeln und endlich zwischen die Lederbeutel fallen. Zuletzt holte sie noch den geheimen Vertrag mit Martin Danner aus der Schublade ihres Schreibpultes und wickelte ihn ebenfalls in das Wachstuch. Dann setzte sie das Dielenbrett wieder ein, rollte den Teppich darüber und strich ihn glatt. Sie kehrte zum Pult zurück und hatte gerade eine kurze Nachricht auf ein Blatt Papier gekritzelt, als es an der Tür klopfte. Unwillkürlich fuhr sie zusammen und rief sich selbst streng zur Ordnung.

»Wer ist da?«

»Ich bin's, Wulf. Irmhild hat gesagt, Ihr wollt mich sehen, Frau Gundis.«

Sie öffnete die Tür, hielt ihm das zusammengefaltete Papier entgegen und sagte ihm, wohin er es bringen sollte. Der Kutscher verbeugte sich, verstaute das Briefchen in seinem Wams und ging.

Gundis setzte sich auf den Stuhl vor dem Pult und blickte auf ihre Hände hinunter. Noch ein paar Stunden mehr, und sie würde hoffentlich klarer sehen.

Und vielleicht würde sie morgen tatsächlich mit der Nonne reden.

(5. Juli A. D. 1555)

Sie hat tatsächlich geglaubt, sie wäre klüger als ich, dieses widerliche alte Biest.

Monatelang hat sie mich hingehalten und mir mehr Geld aus dem Beutel geluchst als der ärgste Straßenräuber. Und jetzt hat sie von einem Tag zum anderen die Stirn, unseren Handel zu widerrufen. All die Zeit hat sie mir abwechselnd gedroht und geschmeichelt. Und heute Abend hat sie versucht, mich aus ihrem Haus zu werfen wie einen gewöhnlichen Strauchdieb.

Ich hab doch gewusst, dass mein Vater ein neues Testament verfasst hat – aber wo ist es die ganze Zeit gewesen? Und wer zum Teufel hat es der alten Vettel gegeben? Sie war immerhin schlau genug, es mir nicht unter die Nase zu halten … genauso wenig wie die Uhr. Aber gleichzeitig war sie so leichtfertig, mir davon zu erzählen und mir obendrein auf den Kopf zuzusagen, was ich getan habe. Dass ich in diesem Moment die Beherrschung verloren habe, war ganz und gar ihr Fehler.

Die raffgierige Kuh hat mir immerhin den Gefallen getan, über den Saum des Teppichs zu stolpern, als sie meinem Schlag ausweichen wollte. Den Schädel hat sie sich an der Kante von ihrem eigenen Schreibpult eingeschlagen wie ein Ei, und sie ist zu Boden gegangen wie ein gefällter Baum. Nur ein leises Stöhnen hat sie danach noch von sich gegeben … Aber das hab nur ich gehört, und es hat nicht mehr gebraucht als meine Hand über ihrem Gesicht für ein paar wenige Minuten, bis sie endlich aufgehört hat zu atmen.

Ich hab keine Zeit mehr gehabt, mich umzusehen – dass niemand den Krach von ihrem Sturz mitbekommen hat (und den lautstarken Streit zuvor) war schieres Glück. Ich hab lieber Fersengeld gegeben, bevor doch noch jemand aufwacht. Aber ich werde zurückkommen und ihr Zimmer durchsuchen, sobald sich die erste Aufregung gelegt hat. Dann bin ich in Sicherheit, und mir steht nichts mehr im Weg. Auch die dumme, leichtsinnige Gundis nicht. Am Ende ist sie doch nichts weiter gewesen als eine alte Närrin.

Jetzt muss ich nur noch diesen Kutscher loswerden. Schließlich ist er der Einzige, der weiß, dass das dämliche Weibsstück mich zu sich bestellt hat.

VIII

Verschwörung im Dunkeln

Es war Vinzenz Stöcklin, der am nächsten Morgen die Leiche seiner Mutter entdeckte.

Gundis war nicht wie sonst pünktlich zum Frühstück erschienen, und er beschloss nachzusehen. Als er nach mehrmaligem vergeblichem Klopfen und Rufen ihr Zimmer betrat, sah er sie auf dem Boden liegen, die Augen leer und glasig, den Mund zu einem stummen Schrei geöffnet. Ihre Arme hielt sie weit ausgebreitet – als hätte sie noch versucht, den tödlichen Sturz zu verhindern –, und Blut war aus einer Wunde am Hinterkopf gesickert. Die kleine Lache auf den Holzdielen war schon halb getrocknet.

Er taumelte entsetzt rückwärts und wäre um ein Haar über die Schwelle gestolpert. Draußen wurden ihm die Knie weich, und es dauerte aufreibend lange Minuten, bis er imstande war, Fidelitas zu holen, die sich mitten im Gebet der Terz befand, ihre Andacht aber sofort abbrach, nachdem sie einen einzigen Blick auf das aschfahle Gesicht des Kaufmanns geworfen hatte. Sie folgte ihm in Gundis' Zimmer, blieb einen Moment im Türrahmen stehen und wurde ebenso bleich wie er; dann bekreuzigte sie sich.

Vinzenz hatte seine Mutter noch nicht bewegt; Fidelitas besah sich jede Einzelheit – von der Lage der Leiche bis zu dem braunen Blutfleck an der Ecke des Schreibpultes – und kam vorerst zu dem Schluss, dass es sich hier um einen tragischen Unfall handeln musste. Vielleicht war Frau Gundis über die Kante des Webteppichs gestolpert und mit dem Kopf gegen das Pult geprallt. Wahrscheinlich hatte sie dabei das Bewusstsein verloren und war danach an ihrer schweren Verletzung gestorben.

Vinzenz ließ die Nonne bei Gundis zurück und zwang sich, die Treppe hinunterzusteigen. Er musste den Rest des Hausgesindes, das gemeinsam unten in der Küche frühstückte, von dem neuesten Unglück in Kenntnis setzen – und danach würde er es seiner Frau und seiner Tochter sagen müssen.

Die Wirkung auf die Bediensteten war so durchschlagend wie katastrophal. Veronikas Zofe gab einen spitzen Schrei von sich, die Magd Gretel fiel vor Schreck in Ohnmacht, und der Kutscher hätte sich um ein Haar übergeben. Die Köchin brach in Tränen aus und schluchzte die nächste Viertelstunde hindurch untröstlich in ihre Schürze. Danach hatte sie sich genügend gefasst, um die notwendigen Einkäufe auf dem Markt zu erledigen, wo sie die Nachricht über den Tod von Gundis Stöcklin an die Gevatterinnen weitergab, bei denen sie immer Kräuter, Obst und Gemüse kaufte – selbstverständlich unter dem Siegel der Verschwiegenheit.

Daheim hatte sich Vinzenz inzwischen von dem ersten Schock erholt und wieder genügend Kräfte gesammelt, um nach Irmhilds Rückkehr in der Küche ein strenges Machtwort gegen den allgemeinen Aufruhr zu sprechen. Außerdem war es ihm gelungen, sowohl Regula als auch Veronika zu beruhigen. Um der Wahrheit die Ehre zu geben, empfand keine von beiden eine wirklich tiefe Trauer; es überwog der Schreck, dass der Tod zweimal in so kurzer Zeit ihr Haus heimgesucht hatte.

Vinzenz selbst wusste nicht so recht, was er eigentlich fühlte. Vielleicht würden der Schmerz und die Erkenntnis, was er mit seiner energischen, willensstarken Mutter verloren hatte, sich erst später einstellen. Im Moment schwirrte ihm der Kopf von all den Dingen, die jetzt getan werden mussten.

Ein Begräbnis war vorzubereiten, ein Requiem musste bestellt und eine Grablege gekauft werden. Am besten neben der von Heinrich, auf der sich die Erde nach seinem Begräbnis noch kaum gesetzt hatte. Auch der Gedenkstein, der an der Mauer des Münsters an ihn erinnern sollte, war noch nicht fertig; jetzt würde er den Steinmetzen anweisen müssen, auch Gundis' Namen in den Granit zu meißeln.

Für ein paar Sekunden schoss Vinzenz die Frage durch den Kopf, ob sein Vater wohl damit einverstanden gewesen wäre, dass die Frau, vor der er sich während seiner letzten Lebensjahre fast ständig in seiner Studierstube verkrochen hatte, nun bis zum Jüngsten Gericht dicht neben ihm ruhen würde. Zu seiner größten Verlegenheit hätte er beinahe gelacht. Er verbannte diesen ketzerischen Gedanken eilig in den hintersten Winkel seines Herzens und wandte sich der nächsten Hürde zu, die er zu überwinden hatte.

Welcher Geistliche sollte seine Mutter zu ihrer letzten Ruhestätte begleiten? Vinzenz fiel Paulus Mayr ein, der Heinrich immerhin fast zwei Jahre als Beichtvater gedient hatte, bevor der sich entschlossen hatte, ihm den Laufpass zu geben. Vielleicht konnte er *ihn* bitten, das Requiem zu lesen und die Beerdigung durchzuführen. Vinzenz atmete erleichtert auf und kam sich ausgesprochen diplomatisch vor. Ein paar nette Worte und ein angemessenes Geldgeschenk würden sicherlich Balsam auf Mayrs Kränkungswunde sein und viel dazu beitragen, sich den Priester wieder gewogen zu machen.

Blieb noch sein größtes Problem: Martin Danner.

Vinzenz' Hochstimmung verflog. Schon zweimal hatte die Hochzeit wegen eines Todesfalls verschoben werden müssen – erst wegen Martins Vater Sebaldus, dann wegen Heinrich –, und jetzt kam noch ein dritter dazu. Er würde Martin noch um ein wenig mehr Geduld bitten müssen und konnte nur hoffen, dass der das nötige Verständnis aufbrachte.

Was Veronika anging … Obwohl seine Tochter sich in dieser Angelegenheit ihm gegenüber sehr zurückhielt, war ihm durchaus aufgefallen, dass sie dem Mann, den sie heiraten sollte, nicht wirklich große Zuneigung entgegenbrachte und seinen Halbbruder Jörg viel lieber mochte. Das tat ihm zwar ehrlich leid, aber auch seine Ehe mit Regula war damals nicht im Himmel geschlossen worden. Seine Eltern hatten das schüchterne, recht unscheinbare Mädchen ihrer üppigen Mitgift wegen für ihn ausgesucht, und bei der Trauung hatte sie kaum gewagt, ihn anzusehen.

Es hatte fast ein Jahr gedauert, bis er begriff, dass hinter der Fassade aus stiller Scheu eine beherzte und kluge Frau steckte, die ihn faszinierte und ihm immer besser gefiel. Und irgendwann war aus einem vagen Wohlwollen und dem Vorsatz, sie gut zu behandeln, tatsächlich Liebe geworden. Zwar hatte Gundis es mit ihrer Art immer wieder fertiggebracht, Regula – und damit auch ihm – das Leben sauer zu machen, aber bis zu der schweren Krankheit, die seine Frau so dramatisch verändert hatte, war er mit ihr sehr glücklich gewesen. *Und er würde es jetzt mit Gottes Hilfe wieder sein.*

Vinzenz empfand einen plötzlichen Stich der Scham, als er sich ins Gedächtnis rief, wie sehr er sich über die Einmischung der Nonne bei seinem Vater geärgert hatte. Er verdankte es zuallererst Fidelitas, dass Regula inzwischen (fast) wieder die Frau war, in die er sich vor zwanzig Jahren verliebt hatte. Wenn er die Ordensschwester in der nächsten Woche wieder zurück in ihr Kloster schickte, würde sie mit seinem tief empfundenen Segen abreisen, und er würde der »Leihgebühr«, die er mit der Äbtissin von Frauenalb vereinbart hatte, noch ein hübsches Sümmchen hinzufügen.

Aber jetzt musste er zuerst einmal mit Veronikas künftigem Ehemann reden. Vinzenz Stöcklin seufzte und machte sich zum dritten Mal an diesem Tag auf den Weg hinunter in die Küche, um den Kutscher zum Haus von Martin Danner zu schicken.

Martin traf knapp zwei Stunden später ein und brachte als Erstes in sehr wohlgesetzten Worten sein Bedauern und sein

Mitgefühl über das neuerliche Unglück der Familie Stöcklin zum Ausdruck.

Vinzenz hörte ihm zu, bedankte sich und dachte nicht zum ersten Mal, dass Martin Glück gehabt hatte; seine Mutter Marie, die in ihrer Jugendzeit eine gefeierte Schönheit gewesen war, hatte ihrem einzigen Sohn nicht nur die hochgewachsene, schlanke Gestalt, sondern auch das rotblonde, wellige Haar, die klaren, grauen Augen und die ebenmäßigen Gesichtszüge vererbt.

Jörg kam mehr nach seinem Vater Sebaldus, den Vinzenz immer ein wenig … bäuerlich gefunden hatte. Er war deutlich kleiner als Martin, mit dunklem, widerspenstigem Haar, tiefbraunen Augen und einer kräftigen Gestalt, die ihn eher wie einen Schmied aussehen ließ als wie einen Handwerker, der mit filigranem Werkzeug geschickt winzige Uhrwerke zusammensetzte.

Die Muskeln, die Jörg so kräftig und schnell machten, hatten sich bei Sebaldus während seiner letzten Jahre allerdings in eine üppige Fettschicht verwandelt. Deswegen hatte es Vinzenz auch wenig gewundert, als Sebaldus letztes Jahr in einer eisigen Dezembernacht der Schlag getroffen hatte. Martin erbte nach üblichem Brauch alles, was Sebaldus besaß. Und zu diesem Erbe gehörte sein Halbbruder, der für ihn vermutlich kaum mehr war als ein lästiges Anhängsel und eine ungeliebte Erinnerung daran, dass sein Vater nach dem Tod seiner Mutter ein zweites Mal geheiratet hatte.

»… etwas für Euch tun, Herr Vinzenz?«, sagte Martin gerade, und Vinzenz wurde abrupt aus seinen Gedanken gerissen.

»Wie bitte?«

Die scharfen, grauen Augen betrachteten ihn aufmerksam. Für einen flüchtigen, sehr irritierenden Augenblick kam sich Vinzenz vor wie ein Käfer unter einem Brennglas. Er schüttelte das unbehagliche Gefühl rasch ab und lächelte.

»Es tut mir leid. Ich war ein wenig abgelenkt.«

»Das wundert mich nicht«, erwiderte Martin freundlich. »Ihr seid im Moment mit allzu vielen Dingen belastet. Deswegen wollte ich wissen, ob ich Euch nicht das eine oder andere abnehmen kann.«

Vinzenz war gerührt.

»Das ehrt Euch sehr«, sagte er, »zumal ich Euch schon zum zweiten Mal mitteilen muss, dass die Hochzeit, auf die wir alle so lange hingearbeitet haben, noch einmal verschoben werden muss. Ich versichere Euch, es tut mir unendlich leid. Aber zwei Tote in der Familie hindern mich daran, einfach so weiterzumachen, als sei nichts geschehen.«

Martin schwieg eine Weile.

»Das verstehe ich gut«, sagte er endlich. »Und solange ich weiß, dass ich Veronika eines Tages die Meine nennen darf, bin ich gerne bereit, noch zu warten … bis der richtige Tag gekommen ist.« Er nickte Vinzenz zu. »Und welcher Tag das ist, das bestimmt allein Ihr.«

Vinzenz fühlte sich erleichtert.

»Es ist wirklich schön, das zu hören«, erwiderte er mit ehrlicher Wärme. »Ihr dürft mir glauben, ich bin genauso froh wie Ihr, wenn ich Veronika endlich in Eure Obhut übergeben darf.« Er zögerte, dann fügte er fast gegen seinen Willen hinzu: »Ihr werdet ihr doch ein guter Ehemann sein, nicht wahr?«

»Ich werde tun, was ich kann.« Martin Danner verneigte sich leicht. »Und mein Angebot war ernst gemeint. Kann ich Euch in irgendeiner Weise behilflich sein?«

»Im Moment nicht.« Vinzenz schüttelte den Kopf. »Es sei denn – Ihr könntet vielleicht den Kutscher noch einmal zu mir heraufbitten, bevor Ihr uns wieder verlasst. Ich werde ihn zu dem Priester schicken, der meinem Vater in letzter Zeit beigestanden hat. Vielleicht ist Paulus Mayr bereit, meine Mutter zu Grabe zu tragen – obwohl mein Vater erst kürzlich beschlossen hat, auf seine Dienste zu verzichten.«

»Hat er das? Tatsächlich?« Martin Danner hob die Augenbrauen. »Wie eigenartig. – Ich kann sofort hinuntergehen, falls Ihr das wünscht.«

»Wenn es Euch nichts ausmacht …«

Martin verneigte sich erneut, eilte zur Tür hinaus – und kam schon wenige Minuten später wieder zurück, sichtlich verwirrt.

»Es tut mir leid, Herr Vinzenz … aber der Kutscher ist nicht da.«

»Wieso das?« Vinzenz musterte ihn stirnrunzelnd. »Seid Ihr denn nach meiner Nachricht nicht mit ihm gemeinsam hierhergekommen?«

»Nein.« Martin Danner blickte ein wenig besorgt drein. »Ich hatte noch verschiedene Angelegenheiten zu erledigen, bevor ich aufbrechen konnte, und Euer Kutscher – er heißt Wulf, nicht? – ist sofort wieder gegangen, nachdem er mir Euren Brief übergeben hat. Eure Köchin hat mir versichert, seither hätte ihn hier niemand mehr gesehen.«

Vinzenz rieb sich die Stirn, hinter der ein plötzlicher, bohrender Kopfschmerz lauerte. Er erinnerte sich deutlich daran, dass Wulf, als er von Gundis' Ableben erfuhr, fast sein Frühstück wieder von sich gegeben hatte. Außerdem kannte er Wulfs Vorliebe für Branntwein und Bier. Er war – obwohl er seine Pflichten für die Familie Stöcklin stets verlässlich ausführte – ein regelmäßiger Besucher der Wirtshäuser in der näheren Umgebung. Möglicherweise hatte er den Schreck über den Tod seiner gestrengen Dienstherrin in einem ordentlichen Rausch ertränken wollen und war deshalb noch nicht nach Hause zurückgekehrt.

»Dann werde ich mich jetzt wohl selbst auf den Weg zu Mayr nach Neuburg machen müssen«, sagte er niedergeschlagen. »Er sollte möglichst rasch erfahren, dass er hier noch einmal gebraucht wird.«

»Nicht doch.« Die Stimme von Martin Danner klang mitfühlend. »Ich bitte Euch – lasst mich das übernehmen. Ich werde zu Vater Paulus gehen und ihm Eure Bitte vortragen. Natürlich nur, wenn Ihr damit einverstanden seid.«

»Das bin ich.« Vinzenz lehnte sich in seinem Sessel zurück und spürte, wie ein schweres Gewicht von seinen Schultern fiel. »Ihr seid wirklich eine große Hilfe, Martin.«

»Ich freue mich sehr, wenn ich Euch beistehen darf«, sagte Martin und lächelte bescheiden. »Es ist das Mindeste, was ich für Euch tun kann.«

Vinzenz Stöcklin bekam nie heraus, was Martin Danner dem Priester gesagt hatte. Aber es musste äußerst überzeugend gewesen sein, denn am nächsten Morgen sprach Paulus Mayr in seinem Haus vor und wurde in das Esszimmer mit der Kassettendecke geführt.

»Ich bin dankbar, dass Ihr gekommen seid«, begrüßte ihn Vinzenz, nachdem er ihn gebeten hatte, Platz zu nehmen. »Ich fand Euer … Zerwürfnis mit meinem Vater äußerst bedauerlich.«

»Es war gewiss eine unglückliche Entscheidung von Herrn Heinrich, auf meine Dienste zu verzichten«, erwiderte der Priester salbungsvoll. »Aber ich denke, sie hatte mit seinem Alter und seiner Schwäche zu tun. Deshalb bin ich gerne bereit, zu vergeben und zu vergessen.«

Vinzenz fand das reichlich herablassend, schluckte seinen Ärger aber rasch hinunter. Schließlich wollte er Frieden mit dem Mann schließen, und dabei spielte es keine Rolle, wie aufgeblasen er ihn fand.

»Ich möchte Euch bitten, das Requiem für meine Mutter zu lesen«, sagte er. »Ich nehme an, Herr Danner hat Euch mitgeteilt, dass sie von uns gegangen ist?«

Das hagere Gesicht verzog sich zu einem Ausdruck kühler Trauer. »Der Tod von Frau Gundis ist in Freiburg inzwischen Stadtgespräch. Dass sie so kurz nach ihrem Mann gestorben ist, obwohl sie bei bester Gesundheit war, sorgt anscheinend bereits für unschöne … äh … Gerüchte. Sosehr ich das bedauere.«

Vinzenz fuhr zusammen und räusperte sich unbehaglich. »Es ist kein schöner Gedanke, dass meine Familie plötzlich zum Ziel für Klatsch und Tratsch geworden ist.«

Paulus Mayr nickte gemessen.

»Ich werde Frau Gundis zu Grabe tragen, wie es sich gehört«, versicherte er. »Und danach wird das unnütze Gerede sicherlich einschlafen. Schließlich war es nichts weiter als ein schrecklicher Unfall. Nicht wahr?«

»Das meint jedenfalls Schwester Fidelitas«, erwiderte Vinzenz. »Sie vermutet, meine Mutter ist über die Teppichkante gestolpert und unglücklich gestürzt.«

»Tut sie das?« Der Blick des Priesters wurde scharf. »Und Ihr seid sicher, dass das stimmt?«

»Natürlich.« Vinzenz runzelte die Stirn. »Warum sollte sie sich irren? Meine Mutter war an ihrem letzten Abend allein. Soweit ich weiß, hat sie keinerlei Besuch empfangen. Also kann es sich nur um einen schrecklichen Unfall handeln.«

»Ich verstehe.« Paulus Mayr schwieg und starrte lange auf seine gefalteten Hände hinunter. »Dann sollten wir jetzt ein Datum für das Begräbnis festsetzen. Wird Frau Gundis aufgebahrt?«

»Ich habe bereits den Sargmacher verständigt«, erklärte Vinzenz. »Er hat mir versichert, dass er bis morgen mit dem Sarg fertig ist und ihn herbringen kann. Wir werden meine Mutter angemessen herrichten, damit die Herren der Zunft und des Stadtrates von ihr Abschied nehmen können.«

»Dann werde ich das Requiem in drei Tagen lesen«, beschloss der Priester. »Im Münster, nehme ich an. Denn Frau Gundis wird doch sicher neben Herrn Heinrich zur Ruhe gebettet?«

»So ist es geplant«, antwortete Vinzenz ein wenig steif. Wieder schoss ihm der Gedanke durch den Kopf, dass sein Vater sich nicht wirklich darüber gefreut hätte, neben Gundis zu liegen. Aber diesmal war ihm nicht mehr zum Lachen zumute. »Ich denke, der Rat wird uns in dieser Hinsicht keinerlei Schwierigkeiten machen.«

»Schön.« Der Priester erhob sich. »Dann werde ich Euch jetzt verlassen.«

»Vielleicht …« Vinzenz zögerte. »Ihr könntet hinunter in die Küche gehen. Dort wird Euch meine Köchin gern ein Frühstück geben. Falls Ihr das möchtet.«

»Das käme mir sehr gelegen.« Paulus Mayr neigte den Kopf. »Ich bin seit dem ersten Hahnenschrei unterwegs und hatte noch keine Zeit, irgendetwas zu essen.«

»Dann solltet Ihr das unbedingt nachholen.« Vinzenz nickte dem Priester zu und verfolgte mit einer gewissen Erleichterung, wie der Mann hinausging und die Tür des Esszimmers mit einem entschiedenen Knall hinter sich schloss.

Er wusste nicht wirklich, warum, aber er konnte Mayr nicht leiden. Hoffentlich würde er ihn nach dem Begräbnis nie mehr wiedersehen.

Hans Veltin Schnewlin von Kranzenau war Schultheiß in Freiburg und hatte es durch Arbeit, den Einfluss seiner in Freiburg hoch angesehenen Familie und gute Beziehungen in den erlesenen Kreis der zwölf Männer geschafft, die die Stadt regierten. Er betrachtete es als seine wichtigste Aufgabe, den Frieden zu bewahren, was für ihn bedeutete, dass er bei einem Streit unweigerlich Partei für die Seite ergriff, die ihm am meisten Vorteile versprach. Dabei ging er allerdings stets so geschickt vor, dass seine Manipulationen und seine einträglichen Absprachen nicht auffielen. Auch das hatte in der Familie alte Tradition; vierzehn Zweige hatte das Adelsgeschlecht, das sich bis ins 13. Jahrhundert zurückverfolgen ließ, und man war stolz darauf, dass schon kurz nach der Stadtgründung ein Konrad Schnewlin auf dem Stuhl des Schultheißen gesessen hatte. Die Schnewlins besaßen Burgen und zahllose Ländereien, und das Patrizierhaus, in dem Hans Veltin Schnewlin seine Studierstube erst jüngst nach dem neuesten Geschmack hatte einrichten lassen, war nur eines der zahlreichen Gebäude, die die Familie in der Stadt ihr Eigen nannte.

Der Sitz unter den »Zwölf Beständigen« wurde lebenslang verliehen, was der Grund war, wieso er nicht so rasch befürchten musste, das begehrte Amt könnte ihm wieder genommen werden. Aber gut hundert Jahre zuvor hatte die Stadt schon einmal das Recht reformiert und die alten Herrschaftsverhältnisse zerschlagen; dabei hatte seine Familie auf einen Schlag fast alle Privilegien eingebüßt. Inzwischen war sie wieder zu altem Glanz aufgestiegen, aber für Hans Veltin Schnewlin blieb die Erkenntnis, dass nichts wirklich sicher war auf dieser Welt, schon gar nicht jegliche Form der Macht.

Aus diesem Grund hatte er sich immer gut mit Gundis Stöcklin vertragen. Die herrschsüchtige alte Dame war in der Zunft der Kaufleute mehr gefürchtet als geachtet gewesen, und niemand hatte jemals gewagt zu kritisieren, dass nach Heinrichs Rückzug nicht etwa ihr Sohn Vinzenz, sondern immer noch Frau Gundis im Haus und im Stöcklin'schen Tuchkontor das Sagen gehabt hatte. Das war etwas, das Hans verstand. Gundis' Einfluss war hart erarbeitet, und sie war nie bereit gewesen, auch nur ein Jota davon wieder aufzugeben.

Und jetzt war sie tot – gestorben durch einen unsinnigen, banalen Unfall, nur sechs Tage, nachdem auch ihr Mann das Zeitliche gesegnet hatte. Heinrich hatte man rasch und im engsten Familienkreis zu Grabe getragen, aber Gundis wurde im Speiseraum des Hauses im offenen Sarg aufgebahrt, damit die, die sie gekannt hatten, kommen und von ihr Abschied nehmen konnten. *Vermutlich,* dachte Hans mit einem ironischen Glucksen, *sind viele nur deswegen erschienen, um sicherzugehen, dass sie tatsächlich tot ist. Sie war wirklich ein Drachen.*

Wiederum drei Tage später lag Gundis neben ihrem Mann dicht beim Münster begraben (was dem Rat ein ordentliches

Sümmchen für die Münsterbauhütte eingetragen hatte), und Vinzenz Stöcklin würde versuchen müssen, in die Fußstapfen seiner Mutter zu treten. Er war als Händler sehr erfolgreich und ausgesprochen wohlhabend, aber Hans setzte insgeheim auf Martin Danner, der nun schon seit mehr als einem halben Jahr darauf wartete, endlich Vinzenz' Tochter zu ehelichen. Sobald er – wenn Veronika ihren Vater einmal beerbte – im Haus Stöcklin das Ruder übernahm, würde man sich vorsehen müssen. Hans hielt Martin hinter dessen Fassade makelloser Höflichkeit für genauso machtversessen wie Gundis. *Vielleicht nicht gefährlich, aber ausgesprochen gerissen.*

Es klopfte an der Tür zu seinem Studierzimmer. »Ja, bitte?«

Die Tür öffnete sich; sein Majordomus stand auf der Schwelle und verneigte sich.

»Unten ist ein Priester«, sagte er, »der darum bittet, Euch sprechen zu dürfen, Herr Schnewlin.«

Hans zog eine Grimasse. »Eigentlich wollte ich in spätestens einer Viertelstunde ins Rathaus«, sagte er. »Ihr solltet ihn auf später vertrösten; er kann ja morgen wiederkommen.«

»Es scheint aber sehr wichtig zu sein«, gab der Majordomus zu bedenken. »Ich habe bereits versucht, ihn fortzuschicken, aber er lässt sich nicht abweisen.«

»Hat er seinen Namen genannt?«

»Paulus Mayr. Er meint, er sei der Beichtvater von Heinrich Stöcklin gewesen, und dass er ein Verbrechen melden will.«

»Ein *Verbrechen?*« Hans' Augenbrauen schossen in Richtung Haaransatz. »Jetzt werde ich langsam neugierig. In Gottes Namen – schickt ihn herauf.«

Wenige Minuten später stand der Priester vor seinem Schreibtisch. Hans betrachtete ihn prüfend. Hochgewachsen und so dürr, dass sein Priestergewand ihn umschlotterte wie ein Sack, das Gesicht hager, der Mund schmal, die Haare ein tiefschwarzer, bleich gesträhnter Schopf. *Sieht aus wie eine Friedhofskrähe,* dachte Hans.

Er faltete die Hände über seinem durch zahlreiche üppige Mahlzeiten wohlgerundeten Bauch. »Grüß Gott, Vater Paulus. Man sagt mir, Ihr wollt über ein Verbrechen reden – was für ein Verbrechen soll das denn sein?«

Der Priester antwortete nicht gleich. Es schien, als hätte die direkte Frage ihn überrumpelt.

»Ich … ich habe Heinrich Stöcklin zwei Jahre als Beichtvater beigestanden«, sagte er endlich. »Und ich kann wohl behaupten, mit der Familie sehr vertraut zu sein. Immerhin bin ich in ihrem Haus lange genug fast täglich ein und aus gegangen.«

»Das mag wohl sein«, bemerkte Hans Veltin Schnewlin milde. »Aber das erklärt noch nicht, wieso Ihr auf ein Verbrechen kommt.«

Der Priester straffte sich.

»Ihr wisst, dass sowohl Heinrich Stöcklin als auch seine Frau erst vor Kurzem gestorben sind?«, fragte er.

Hans nickte. »Das weiß hier in Freiburg wohl so ziemlich jeder. Ich habe selbst an der Beerdigung von Frau Gundis teilgenommen.«

»Ja, aber beide sind möglicherweise vor ihrer Zeit aus dem Leben geschieden«, sagte der Priester. »Ich halte es für möglich, dass man sie ermordet hat.«

Hans fuhr zusammen und starrte ihn ungläubig an.

»*Was?*« Er rang um Fassung. »Das ist eine schwerwiegende Behauptung, Vater Paulus. Und Ihr tätet gut daran, sie auch zu beweisen. Ihr … Ihr habt nicht zufällig eine Ahnung, *wer* die beiden ermordet haben soll?«

»Doch, das habe ich.« Mayr verschränkte die Arme vor der Brust. »Ich beschuldige eine Nonne, die seit knapp zwei Monaten bei den Stöcklins im Haus lebt. Meiner Überzeugung nach hat sie sich das Vertrauen der Familie erschlichen und eben dieses Vertrauen mit einer widerlichen Untat belohnt. Ihr Name ist Fidelitas … Fidelitas von Frauenalb.«

IX

Auf dem Weg der Sünder

Mariä Heimsuchung war gekommen und vorübergegangen, und noch immer war Fidelitas nicht in den Schwarzwald zurückgekehrt.

Doch am nächsten Morgen würden drei Knechte eintreffen, dazu angeheuert, um Fidelitas' überschaubare Besitztümer in einen der Wagen von Vinzenz Stöcklin zu laden und sie sicher nach Hause zu geleiten.

Sie brauchte nicht lange, um ihre kleine Truhe zu packen – ihr zweites Habit und ihr zweites Hemd, von Irmhild frisch gewaschen und getrocknet auf einem Wiesenstück an der Dreisam, das die Familie besaß, dazu das zweite Paar Sandalen, das sie in den letzten Wochen nicht einmal getragen hatte, und ihren Reisemantel. Freiburg badete in der Wärme eines strahlenden Frühsommers, es hatte seit Tagen nicht mehr geregnet, und sie würde auch auf dem Heimweg kaum frieren müssen.

Ihr Kruzifix hing noch an der Wand, und ihr Gebetbuch lag auf dem Nachtkasten; heute würde sie die vertrauten Gebete ein letztes Mal allein sprechen, und die Gewissheit tat ihr gut, dass sie das in wenigen Tagen wieder in der Gemeinschaft ihrer Schwestern tun konnte.

Fidelitas musste der Ehrwürdigen Mutter so manches beichten – zum Beispiel, dass sie sich ungebührlich in die Angelegenheiten der Familie eingemischt hatte, in deren Diensten sie auf Anweisung der Äbtissin stand, oder die Tatsache, dass sie immer noch nicht sicher war, ob Heinrich Stöcklin eines natürlichen Todes gestorben war. Und dass sie sich in manchen zutiefst verstörenden Augenblicken fragte, ob in Wahrheit nicht nur der freundliche alte Herr ermordet worden war, sondern auch seine herrische Witwe.

Natürlich blieb die Möglichkeit, dass die alte Frau über einen Teppich gestolpert und so unglücklich gestürzt war, dass sie an den Folgen starb. Aber es war genauso möglich, dass jemand bei diesem Sturz nachgeholfen hatte.

Fidelitas klappte die Truhe zu, die Hände flach auf dem mit Leder überzogenen Holz gespreizt. So viele Rätsel ... und keines davon hatte sie wirklich lösen können. Vielleicht musste sie es ihrem Schöpfer überlassen, die Wahrheit ans Licht zu bringen. So sehr ihr das auch widerstrebte.

Unten im Erdgeschoss läutete gedämpft die Türglocke, gefolgt von energischem Klopfen. Dann waren Stimmen zu hören, und hastige, stolpernde Schritte kamen die Treppe hoch.

Die Tür zu ihrer Kammer flog auf, und vor Fidelitas stand Veronikas Zofe Birgitta, die adrette Leinenhaube ein wenig schief auf dem Kopf, das Gesicht sehr blass.

»Schwester ...«, sagte sie atemlos, »Ihr müsst herunterkommen. Da sind ein paar Büttel, die ... die wollen mit Euch reden. Sofort, haben sie gesagt.«

Fidelitas stutzte. »Mit mir?«

Büttel bedeuteten Gerichtsbarkeit, aber sie hatte sich nichts zuschulden kommen lassen. Also gab es eigentlich keinen Grund zur Sorge.

»Ich bin gleich da«, sagte sie ruhig. »Und du gehst am besten zu Herrn Vinzenz und erklärst ihm die Lage. Er wird als Hausherr darüber Bescheid wissen wollen.«

Birgitta nickte hektisch und verschwand. Fidelitas warf dem Kruzifix aus Lindenholz an der Wand einen Blick zu. Das Gesicht der geschnitzten Christusfigur war so gelassen und schicksalsergeben wie immer.

Steh mir bei, Herr.

Sie überprüfte den Sitz der Haube und zog ihr Habit glatt. Dann verließ sie das Zimmer und machte sich auf den Weg die Treppe hinunter.

Drei Männer warteten auf sie, in der kleinen Diele zusammengedrängt. Während Fidelitas die letzten Stufen der steilen Stiege hinter sich brachte, richteten sich ihre Augen mit scharfem, fast gierigem Interesse auf sie.

»Guten Abend, meine Herren«, sagte sie. »Was kann ich für Euch tun?«

»Ihr seid Fidelitas?«, fragte der Mann, der offensichtlich das Wort führte. Sein Gesicht war gerötet, und er wirkte so massiv und bedrohlich wie ein angriffslustiger Stier. »Die Nonne aus dem Schwarzwald, die Herr Stöcklin seit zwei Monaten in diesem Haus beherbergt?«

»Das ist richtig«, erwiderte Fidelitas. »Herr Vinzenz hat mich hierher geholt, damit ich mich um seine leidende Frau kümmere. Und ich bin froh, Euch mitteilen zu können, dass es ihr inzwischen schon viel besser geht.«

Hinter ihr polterten schwere Schritte die Stufen hinab. Im nächsten Moment stand Vinzenz Stöcklin neben ihr. Er trug einen feinen Hausmantel aus bestickter Wolle – ein sicheres Indiz dafür, dass er die Absicht gehabt hatte, demnächst schlafen zu gehen.

»Schwester Fidelitas ist mein Gast«, sagte er sehr bestimmt. »Und eigentlich wollte sie morgen früh in ihr Kloster zurückkehren. Was geht hier vor sich? Ich wäre Euch dankbar, meine Herren, wenn Ihr mir erklären könntet, was Euer Besuch hier zu bedeuten hat!«

Der Wortführer starrte erst Vinzenz Stöcklin, dann Fidelitas an und schnaubte durch die Nase.

»Die Nonne wollte abreisen?«, fragte er, die Stirn misstrauisch gerunzelt. »Dann sind wir anscheinend gerade noch rechtzeitig gekommen, bevor sie die Gelegenheit hatte, sich aus dem Staub zu machen.«

Fidelitas holte tief Atem. *Das musste ein furchtbares Missverständnis sein.*

»Ich habe überhaupt keinen Anlass, mich – wie Ihr das ausdrückt – aus dem Staub zu machen«, sagte sie mit aller Gelassenheit, die sie zustande brachte. »Wie ich Euch bereits mitgeteilt habe, ist Frau Regula auf dem Weg der Besserung, und meine Aufgabe ist erfüllt.«

»Genauso ist es.« Vinzenz Stöcklin nickte energisch. »Und ich würde jetzt wirklich sehr gern wissen, was genau Ihr Schwester Fidelitas unterstellt. Denn wenn Ihr außer unbestimmten Vorwürfen nichts mitgebracht habe, muss ich Euch bitten, auf der Stelle mein Haus zu verlassen. Euer Betragen ist unerhört!«

Der Wortführer schien für einen kurzen Augenblick zu schrumpfen, und die beiden Männer hinter ihm traten unbehaglich von einem Fuß auf den anderen. Dann raffte er seine Autorität zusammen, richtete sich auf und deutete mit dem Finger auf Fidelitas.

»Diese Nonne da«, verkündete er, »steht im dringenden Verdacht, einen Mord begangen zu haben. Möglicherweise sogar *zwei.*«

Fidelitas öffnete den Mund und schloss ihn wieder, ohne ein Wort zu sagen. Sie stellte fest, dass ihre Hände ebenso heftig zitterten wie ihre Knie.

»Ich soll jemanden getötet haben?«, flüsterte sie, als sie endlich ihre Sprache wiederfand. »Aber wen denn, um Himmels willen?«

»Man verdächtigt Euch, die Schuld am Tod von Herrn Heinrich Stöcklin zu tragen«, antwortete der Büttel, von ihrem Entsetzen eindeutig ermutigt. »Der Rat argwöhnt außerdem, dass auch Frau Gundis Stöcklin durch Eure Hand ums Leben gekommen ist.«

Fidelitas schwankte und war unendlich dankbar dafür, dass Vinzenz Stöcklin ihren Arm ergriff und sie stützte.

»Ich begreife das nicht«, murmelte sie mühsam. »Ich habe niemandem in diesem Haus ein Leid zugefügt. Im Gegenteil – ich bin hergekommen, um zu *helfen!*«

»Und genau das hat sie getan.« Der Griff von Vinzenz Stöcklin um ihrem Arm verstärkte sich. »Was für ein Wahnwitz ist das, meine Herren? Diese Anschuldigungen sind lächerlich – wie kommt der Rat bloß auf die Idee, dass daran auch nur ein Hauch Wahrheit sein könnte?«

»Nicht meine Sache, Herr«, erwiderte der Büttel. »Ihr dürft natürlich bei Herrn Hans Veltin Schnewlin vorsprechen. Er hat uns angewiesen, die Nonne aus diesem Haus zu holen und festzusetzen. So rasch wie möglich.«

»Aber …« Vinzenz Stöcklin räusperte sich. »Muss das denn wirklich sein? Kann Schwester Fidelitas nicht wenigstens bis morgen früh hierbleiben?«

»Ganz bestimmt nicht.« Der Büttel schüttelte energisch den Kopf. »Wer sagt mir denn, dass Ihr sie nicht bei Nacht und Nebel aus der Stadt und aus dem habsburgischen Hoheitsgebiet schafft? Wenn sie erst einmal in ihrem Kloster ist, hat der Rat wahrscheinlich das Nachsehen.«

Fidelitas konnte erkennen, dass ihr Gastgeber angestrengt nachdachte. Sie fühlte sich, als stünde ihre Welt auf dem Kopf, und die Angst schnürte ihr die Kehle zu. *In was für eine Katastrophe war sie nur dieses Mal wieder hineingeraten?*

»Also gut.« Vinzenz Stöcklin seufzte schwer. »Ich gestatte Euch, die Schwester mitzunehmen, wenn auch unter Protest. Ich verlasse mich allerdings darauf, dass sie anständig untergebracht und gut behandelt wird. Und Ihr könnt Euch sicher sein, dass ich gleich morgen früh bei Herrn Schnewlin Widerspruch gegen diesen unfassbaren Irrsinn einlegen werde.«

»Das dürft Ihr gerne tun, Herr Stöcklin.« Der Büttel, der begriff, dass der Hausherr seine Gegenwehr erst einmal aufgegeben hatte, gestattete sich ein zufriedenes Lächeln. »Aber an Eurer Stelle würde ich warten, bis der Rat die Nonne befragt hat. Denn vorher wird sich wohl kaum klären lassen, ob sie schuldig ist oder nicht. Oder ob sie in diesem Haushalt womöglich Verbündete hatte, die sie bei ihren Taten bereitwillig unterstützt haben.«

Jetzt war es Vinzenz Stöcklin, der den Mund öffnete und wieder schloss, ohne dass ein Wort herauskam. Fidelitas schluckte.

»Lasst uns gehen«, sagte sie leise, aber fest. »Für heute Abend hat es in diesem Haus genügend Aufruhr gegeben, und ich hoffe und bete, dass sich alles so schnell wie möglich aufklärt.«

Sie wandte sich ihrem Gastgeber zu. Vinzenz Stöcklin war bleich; das ermutigende Lächeln, dass er ihr zuzuwerfen versuchte, gerann zu einer gequälten Grimasse.

Sein Gesicht war das Letzte, was sie sah, ehe sie sich abwandte und hocherhobenen Hauptes dem Büttel folgte, seine beiden Männer als Wache auf ihren Fersen. Und dann fiel die Tür des Hauses mit den Rosenfenstern zu und schloss sie aus.

Sie wurde durch die abendlich leeren Straßen geführt, ohne eine wirkliche Ahnung zu haben, wohin es ging; die Männer sprachen nicht mit ihr, und Fidelitas war zu erschüttert und zu fassungslos, um von sich aus das Wort an sie zu richten. Dabei schwirrte ihr der Kopf von Fragen, die sie liebend gern gestellt hätte. *Wie kam der Rat auf die Idee, sie könnte allen Ernstes zwei Menschen ermordet haben? Hatte sie jemand bei den honorigen Herren angezeigt – und wer konnte das gewesen sein?*

Sie hörte die Turmuhr des Münsters erst halb neun, dann drei viertel neun schlagen. Nach etwa fünfzehn Minuten schweigendem Fußmarsch wurde es langsam dunkel. Aber es blieb noch genügend Tageslicht, dass Fidelitas irgendwann die Stadtmauer mit einem wuchtigen Eckturm vor sich aufragen sah. Endlich wagte sie es, den Anführer der Büttel anzusprechen.

»Werde ich hier eingesperrt?«

»Ganz genau«, sagte er. »Das ist der Predigerturm, und da drin werdet Ihr bis morgen früh bleiben. Danach führen wir Euch dem Rat der Vierundzwanzig vor, damit die Herren Euch befragen können.«

Er stieg ihr voraus die Stufen zum Wehrgang hoch, zog einen großen, klirrenden Schlüsselring aus seinem Wams und sperrte eine schmale Holztür auf, die seitlich in den Turm führte. Drinnen ging es eine enge, unebene Treppe hinauf bis fast unter das Turmdach und zu einer weiteren Tür mit breiten Eisenbeschlägen. Diese führte in einen kahlen Raum mit ungetünchten Steinwänden. Das einzige Möbelstück, das sich darin befand, war eine schlichte Holzbank; in der Mauer gegenüber der Tür befand sich ein Fenster, so schmal wie eine Schießscharte. Fidelitas trat langsam ein und drehte sich zu dem Büttel um, der auf der Schwelle stehen geblieben war.

»Ist es erlaubt, dass man mir ein paar Kleidungsstücke und mein Stundenbuch bringt?«, fragte sie. »Euer Besuch kam sehr … unerwartet, und ich habe vorhin nicht daran gedacht.«

»Dann solltet Ihr darauf hoffen, dass Herr Stöcklin daran denkt«, erwiderte der Büttel. »Er hat Euch immerhin sehr entschlossen verteidigt.«

»Zu Recht«, sagte Fidelitas leise. »Ich bin unschuldig, Herr … Verzeihung, aber wie ist Euer Name?«

»Beierlein«, antwortete der Büttel kurz. »Franz Beierlein. Und ich habe nicht darüber zu richten, ob Ihr getan habt, was man Euch vorwirft. Es spielt nicht einmal eine Rolle, ob ich Euch glaube.«

Sein gleichgültiger Blick wurde ein wenig weicher; offenbar spürte er überdeutlich, wie verängstigt sie war.

»Ihr habt noch Glück gehabt, Schwester. Hier im Haberkasten wartet sich's um einiges bequemer auf das Verhör als im Christoffelturm. Hier spannt Euch keiner in den Block, und sauber ist es auch.«

»In den Block spannen?« Fidelitas starrte ihn an. »Geschieht das hier oft mit Euren Gefangenen?«

»Freilich!« In dem Blick des Büttels war jetzt fast ein wenig Mitleid zu lesen. »So lehrt man die meisten Übeltäter, die Obrigkeit und das Gesetz zu respektieren, und nach drei, vier Tagen mit den Armen und Beinen im Block und so krumm gebogen wie eine Brezel – da wird auch der größte Schreihals kleinlaut. Das seid Ihr wohl aus Eurem Kloster nicht gewöhnt, was?«

»Nein«, flüsterte Fidelitas; ihr Mund war trocken. »Ganz gewiss nicht.«

Franz Beierlein besann sich plötzlich wieder auf seine Pflichten.

»Ich hole Euch morgen früh, wenn der Rat sich mit Eurem Fall befasst. Bis dahin werdet Ihr ohne Essen und Wasser auskommen müssen.«

»Das macht nichts.« Fidelitas' Stimme war tonlos. »Ich habe keinen Hunger.«

»Jetzt vielleicht nicht.« Der Büttel trat über die Schwelle zurück. »Aber verlasst Euch drauf, das kommt noch.«

Er schaute sie an, als wollte er noch etwas hinzufügen, schwieg dann aber und schloss die Tür. Fidelitas konnte hören, wie sich der Schlüssel drehte und ein Riegel knirschend vorgeschoben wurde. Dann entfernten sich Schritte die Treppe hinunter, und es wurde still.

Sie blickte zu dem kleinen Fenster hinauf, durch das nur noch ein schwacher Lichtschimmer fiel. Plötzlich fiel ihr die Matutin ein, die sie während dieser Nacht ein letztes Mal in Freiburg hatte beten wollen, und der Psalm, der dazugehörte.

»*Beatus vir qui non abiit in consilio impiorum*«, flüsterte sie, ließ sich auf der Bank nieder und lehnte sich gegen die Mauer, die Hände fest im Schoß gefaltet. »*Et in via peccatorum non stetit in cathedra derisorum non sedit.*«

Sie schloss die Augen.

Ich bin nicht den Weg der Sünder gegangen, dachte sie. *Und ich habe immer versucht, die Gottlosen und die Spötter zu meiden … bis zu dem Tag vor fünf Jahren, als ich den armen, ermordeten Jungen in der Kammer des Hauses in Cannstatt gefunden habe. Und jetzt bin ich scheinbar in genau dieselbe Falle getappt wie damals.*

Vor ihrem inneren Auge sah sie Gundis tot auf dem Boden ihres Zimmers liegen, die Arme weit ausgebreitet, den Kopf umgeben von einer klebrigen Blutlache. Und sie sah Heinrich Stöcklin in seinem Bett, eine Hand in sein Nachthemd verkrampft, die Federn aus dem eigenen Kopfkissen im Mund.

Vielleicht hatte sie recht gehabt und Herr Heinrich war tatsächlich umgebracht worden. Und vielleicht – nur vielleicht – war Gundis auch nicht einfach bloß über ihren Teppich gestolpert. Jetzt bereute Fidelitas es bitter, ihren nagenden Verdacht nach dem Tod des alten Mannes nicht laut geäußert zu haben.

Die Wahrheit wird euch frei machen, sagte die Heilige Schrift. Aber dafür musste man sie erst erkennen und offen aussprechen. Sie hatte aus Angst und Unsicherheit weder das eine noch das andere getan, und dieses Versäumnis rächte sich nun auf furchtbare Weise.

Denn wenn die Richter, die über ihre Schuld oder Unschuld zu befinden hatten, diese Wahrheit ebenfalls nicht erkannten und ihr nicht glaubten, dann war sie verdammt.

Am nächsten Morgen kam Franz Beierlein, um sie zum Verhör zu bringen. Diesmal musste sie nicht zu Fuß durch die Stadt, sondern wurde in einen geschlossenen Karren gesetzt, der in Richtung Rathaus rumpelte. Fidelitas war dankbar dafür; sie mochte sich die Neugier und die starrenden Blicke der Leute nicht vorstellen, die bei ihrem Anblick darüber spekulierten, was eine Klosterfrau in Begleitung eines Büttels vor Gericht zu suchen hatte.

Nur Minuten später kam der Karren vor dem Rathaus zum Stehen. Fidelitas kletterte heraus und blieb einen Moment stehen, den Blick auf die prächtige, leuchtend rote Fassade mit dem geschwungenen Giebel gerichtet. Dann nahm Beierlein ihren Arm, führte sie durch das riesige Holztor, die morgendlich kühle Eingangshalle und hinaus auf einen Innenhof, wo sich ein weiteres Gebäude erhob, weiß getüncht und mit einem überdachten Treppenaufgang.

»Die Gerichtslaube«, erklärte Beierlein. »Hier tagt das Blutgericht, und hier wird man Euch befragen.«

Sie sah ihn an. »Und was geschieht danach mit mir?«

»Weiß ich nicht.« Der Büttel zuckte die Achseln. »Das hängt ganz davon ab, ob die Euch glauben, Schwester. Oder davon, was sie Euch beweisen können.«

»Es gibt nichts zu beweisen«, sagte Fidelitas leise. »Ich habe mir nichts zuschulden kommen lassen.«

»Auch das weiß ich nicht.« Der Büttel wandte das Gesicht ab, nahm ihren Arm und führte sie durch den Eingang in das Gebäude. Nach wenigen Schritten öffnete sich die nächste Tür vor ihr; dahinter lag ein großer, lichtdurchfluteter Saal, an dessen Kopfende drei reich geschnitzte Holzsessel standen. Daneben wartete ein schlichter, niedriger Hocker mit einem Schreibpult davor.

Beierlein führte sie vor die Stühle, ließ sie stehen und ging ohne ein weiteres Wort hinaus. Fidelitas kämpfte gegen den plötzlichen Impuls an, hinter ihm herzurennen, die Treppe wieder hinunter und hinaus ins Freie.

Für ein paar panische Sekunden bekam sie keine Luft, dann nahm sie sich mit einer gewaltigen Willensanstrengung zusammen und schob die Hände in die weiten Ärmel ihrer Tunika. Die vertraute Geste beruhigte sie ein wenig. Sie musste jetzt vergessen, dass sie seit vierzehn Stunden nichts gegessen und getrunken hatte, dass sie in ihrem Habit geschlafen und keine Möglichkeit bekommen hatte, sich zu waschen.

Ihr werdet die Wahrheit erkennen, dachte sie, die Worte gleichzeitig Beschwörung und flehentliches Gebet. *Und die Wahrheit wird euch frei machen.*

Die Tür in ihrem Rücken wurde erneut geöffnet, und dann erschienen drei Männer in ihrem Blickfeld, allesamt sehr gut gekleidet. Sie ließen sich in den Stühlen nieder und musterten sie schweigend. Fidelitas begegnete dem Blick des Herren, der in der Mitte saß. Er war wohlbeleibt, und auf seinem Kopf saß ein Barett aus Samt. Das Wissen um die eigene Bedeutsamkeit umgab ihn wie eine dichte Weihrauchwolke. Als er merkte, dass sie ihn ansah, blinzelte er und räusperte sich.

»Ihr seid Fidelitas von Frauenalb?«, fragte er.

»Ja, Herr.« Sie verneigte sich. »Das bin ich.«

»Gegen Euch werden beunruhigende Vorwürfe erhoben«, sagte der Mann. »Ich bin Hans Veltin Schnewlin von Kranzenau, Schultheiß dieser Stadt, Mitglied der Zwölf Beständigen und des Rates der Vierundzwanzig, die hier über alle schweren Verbrechen, die in unserer Stadt begangen werden, zu Gericht sitzen. Also ist es meine Aufgabe, festzustellen, ob Ihr schuldig seid oder nicht.«

»Dann verlasse ich mich auf Euren Scharfblick und Eure Weisheit«, erwiderte Fidelitas. »Ich werde jede Frage, die Ihr mir stellt, nach bestem Wissen und Gewissen beantworten.«

Wieder öffnete sich die Tür, und ein vierter Mann trat ein – offenbar ein Schreiber, denn er nahm nach einer tiefen Verbeugung vor den Ratsherren und einem neugierigen Blick auf Fidelitas auf dem Stuhl hinter dem Pult Platz. Dann holte er aus einer kleinen Ledertasche an seinem Gürtel eine Feder, ein verkorktes Tintenfass und einen zusammengerollten Papierbogen, den er auf dem Pult vor sich sorgfältig ausbreitete und glatt strich.

Hans Veltin Schnewlin räusperte sich erneut.

»Wieso seid Ihr nach Freiburg gekommen, Schwester Fidelitas?«

»Herr Stöcklin hat mich gebeten, seine kranke Frau zu pflegen.« Fidelitas sprach leise und überlegt. »Sie befand sich seit fast zwei Jahren in einem beklagenswerten Zustand, der sich erst gebessert hat, als ich herausfand, dass ihr letzter Medikus ihr eine sehr gefährliche Medizin verordnet hat. Herr Stöcklin hat ihn aus dem Haus geworfen, aber sie hat sich das Mittel trotzdem weiterhin von einem Apotheker anmischen lassen. Dadurch kam sie gesundheitlich sehr zu Schaden, doch das konnte sie nicht wissen.«

Der Schultheiß beugte sich in seinem Sessel vor und musterte sie gespannt. »Aber *Ihr* habt es gewusst.«

»Ich bin die Kräutermeisterin meines Klosters«, erwiderte Fidelitas. »Es ist meine Aufgabe, die Menschen in unserem Infirmarium mit dem zu heilen, was in meinen Gärten wächst. Und bei uns hat es einmal eine Schwester gegeben, die an einer ähnlichen Krankheit litt wie Frau Regula Stöcklin. Daran habe ich mich erinnert, und nur deswegen konnte ich ihr helfen.«

Die Feder des Schreibers kratzte in der Stille laut auf dem Papier, die beiden Männer rechts und links von Hans Veltin Schnewlin – deren Namen Fidelitas immer noch nicht kannte – starrten sie an. Eine seltsame Spannung lag in der Luft.

»Was könnt Ihr mir zum Tod von Herrn Heinrich Stöcklin sagen?«, wollte Schnewlin wissen.

»Er hatte ein schwaches Herz«, erklärte Fidelitas. »Das wusste ich zuerst nicht, aber er hat es mir selbst gesagt. Er hat regelmäßig eine Essenz aus Fingerhut dagegen eingenommen.«

»Habt *Ihr* ihm die gegeben?« Die Frage kam von dem Mann, der rechts von Schnewlin saß. Er klang ausgesprochen misstrauisch.

Sie schüttelte den Kopf. »Nein. Er hatte einen verlässlichen Apotheker – nicht der, von dem die Medizin für Frau Regula stammte –, und der hat ihn beliefert. Von meinen eigenen Rezepturen hat er nie etwas bekommen.«

»Nicht ein einziges Mal?«

»Nein.«

»Ich habe gehört, Ihr hättet ihn am Morgen nach seinem Tod entdeckt«, meinte Schnewlin. »Hattet Ihr nie den Verdacht, jemand könnte bei seinem Ableben nachgeholfen haben?«

Fidelitas zögerte.

»Nun?«

»Ich sagte Euch ja, sein Herz war schwach«, sagte sie endlich. »Und es hat alles danach ausgesehen, als hätte er in seiner letzten Nacht einen schweren Anfall erlitten. Allerdings … ich habe Federn gefunden, zwischen seinen Zähnen und in seiner Mundhöhle. Vielleicht hat er sich in Agonie herumgeworfen und dabei ein Stück Stoff aus seinem Kissen herausgerissen. Auf diese Weise könnten die Federn dorthin geraten sein, wo sie waren.«

»Und Ihr habt keinen Anlass gesehen, jemandem von Eurer Entdeckung zu berichten?« Schnewlin runzelte die Stirn, und wieder starrten die beiden Ratsherren sie an.

»Er war krank und erschöpft«, antwortete Fidelitas ruhig. »Und er war ein geliebtes und geachtetes Mitglied seiner Familie. Dort hat ganz bestimmt niemand einen Grund gehabt, sein Leben vorzeitig zu beenden. Genauso wenig wie ich.«

»Trotzdem gibt es jemanden, der Euch für seine Mörderin hält«, sagte Schnewlin ernst. »Und nicht nur für seine. Er denkt, Ihr hattet beim Tod von Frau Gundis ebenfalls die Finger im Spiel.«

Fidelitas atmete tief. »Habe ich ein Recht, zu erfahren, wer mein Ankläger ist?«, fragte sie. »Vielleicht wäre es dann leichter für mich, seine Vorwürfe zu widerlegen.«

»Das trifft sich gut.« Schnewlin lehnte sich in seinem reich geschnitzten Sessel zurück und faltete die Hände auf seinem voluminösen Bauch. »Er müsste inzwischen eingetroffen sein und ist sicher bereit, seine Aussage auch vor Euch zu wiederholen.«

Er warf dem Schreiber einen befehlenden Blick zu. Der legte hastig seine Feder beiseite, stand auf und eilte in Richtung Tür.

Er öffnete sie, sagte etwas in den Korridor, das Fidelitas nicht verstand, und trat dann zur Seite, um den Mann vorbeizulassen, der draußen gewartet hatte.

Paulus Mayr ging mit langen Schritten durch den Saal, an Fidelitas vorbei. Er würdigte sie keines Blickes, sondern richtete seine Aufmerksamkeit zur Gänze auf den Schultheißen und die beiden Ratsherren.

»Schwester Fidelitas wünscht zu wissen, wer sie beschuldigt«, sagte Hans Veltin Schnewlin und sah sie an. »Ihr kennt Vater Paulus?«

Sie nickte. Ihre Hände zitterten und ihre Wangen fühlten sich eiskalt an; sie spürte, dass ihr das Blut aus dem Gesicht gewichen war. »Er war der Beichtvater von Herrn Heinrich Stöcklin. Aber ich begreife nicht …«

Schnewlin nickte dem Priester auffordernd zu. »Sagt ihr, was Ihr mir gesagt habt.«

»Ich beschuldige diese Nonne des Mordes an Herrn Heinrich Stöcklin.« Der Priester straffte den Rücken; seine Stimme war scharf und durchdringend. »Ich habe mit verschiedenen Zeugen im Haus der Familie Stöcklin gesprochen, deren Aussage nahelegt, dass bei der sogenannten ›Heilung‹ von Frau Regula Stöcklin Teufelswerk im Spiel war. Was immer Fidelitas von Frauenalb mit ihr angestellt hat, es führte dazu, dass die Kranke schreckliche Visionen von Fratzen hatte, die sie aus den Wänden anstarrten – vermutlich Dämonen aus der Hölle.«

Er verschränkte die Arme vor der Brust und hob das Kinn.

»Also muss ich nach inständigem Gebet, nach dem gründlichen Studium der Heiligen Schrift und des ›*Hexenhammers*‹ davon ausgehen, dass die Schwester mit dem Leibhaftigen im Bunde war. Ich gehe weiterhin davon aus, dass sowohl Heinrich Stöcklin als auch seine Frau Verdacht schöpften und versuchten, Fidelitas von Frauenalb aus dem Haus zu entfernen. Und um nicht entlarvt zu werden, hat sie beiden das Leben genommen – mit Kräutern vielleicht oder mit heimtückischer Gewalt.«

Zum ersten Mal blickte er sie an, und Fidelitas wich unwillkürlich vor ihm zurück. In seinen Augen brannte ein wilder, ungezügelter Hass.

»Ganz gleich, *wie* sie es getan hat – sie ist eine Hexe, eine Gespielin des Satans. Und die Bibel sagt uns unzweideutig im zweiten Buch Mose: ›Die Zauberinnen sollst du nicht am Leben lassen!‹«

X

Lug und Trug

Es war am frühen Nachmittag desselben Tages, als Vinzenz Stöcklin von einem Besuch beim Schultheißen in sein Haus zurückkehrte, das Gesicht ernst und voller Sorgenfalten. Er hatte seiner Frau versprochen, sofort Bericht zu erstatten, aber er ging nicht gleich zu ihr hinauf. Stattdessen machte er sich auf den Weg in die Küche, wo er die Köchin allein vorfand.

Als er hereinkam, legte Irmhild das Messer beiseite, mit dem sie gerade Scheiben von einem Schinken schnitt, starrte Vinzenz an und verdrehte mit den Händen ihre Schürze zu einem Knoten.

»Wie … wie geht es Schwester Fidelitas?«, fragte sie. »Haben die – was haben die mit ihr gemacht?«

»Bislang noch gar nichts«, antwortete Vinzenz und unterdrückte ein Seufzen. »Aber das kann sich jederzeit ändern – zumal unser unglückseliger Gast nicht mehr nur unter dem Verdacht steht, meinen Vater und meine Schwiegermutter ermordet zu haben.«

Irmhild schluckte nervös. »W-was denn noch?«

»Der Rat vermutet, es sei Hexerei im Spiel«, sagte Vinzenz, während er seine Köchin unverwandt im Blick behielt. Irmhild verfärbte sich grau und schlug eine Hand vor den Mund. Ihre Augen waren voller Entsetzen.

»Ich frage mich, wie die hochwürdigsten Herren darauf kommen«, fuhr er fort. »Aus diesem Haus kann ihnen doch wohl kaum jemand diesen Floh ins Ohr gesetzt haben. Oder was meinst du?«

Irmhild wankte zum Tisch hinüber und ließ sich auf einen der Stühle fallen, als würden ihre Beine sie nicht länger tragen. Es war ihr anzusehen, dass sie nach Worten rang. Vinzenz empfand Mitleid mit ihr, aber sein Zorn war stärker.

»Hat einer der Bediensteten hier etwas gesagt, das dazu führen könnte, dass man die Schwester verdächtigt?«, fragte er. »Könnte es Birgitta gewesen sein, oder Gretel, die Spülmagd? Oder vielleicht der Kutscher?«

Irmhild antwortete nicht. Aber sie zitterte am ganzen Körper und sah aus, als würde sie jeden Moment in Ohnmacht fallen.

»Also bist *du* es gewesen.« Vinzenz verschränkte die Arme vor der Brust. »Und mit wem hast du über Schwester Fidelitas gesprochen? Na los, raus damit!«

Die Köchin schluckte mühsam und brach im nächsten Moment in Tränen aus.

»Es tut mir so schrecklich leid!«, schluchzte sie. »Ich hab das nicht gewollt, ich schwöre! Aber der Priester …«

»Der Priester?« Vinzenz musterte die Köchin stirnrunzelnd. »Meinst du Vater Paulus? Paulus Mayr?«

Irmhild nickte und schnäuzte sich geräuschvoll in einen Zipfel ihrer Schürze.

»Er war hier, kurz nach dem Tod von Frau Gundis. Wisst Ihr noch?« Ihre Lippen bebten. »Erst hat er nach Wulf gefragt, aber der war nicht da.«

Vinzenz nickte. Das war jetzt zehn Tage her. Seither hatte niemand den Kutscher mehr gesehen, weder hier im Haus noch anderswo in der Stadt. Und alle Versuche, festzustellen, wo er sich aufhielt, waren zu Vinzenz' Verwirrung und nicht geringer Besorgnis im Sande verlaufen.

»Und dann hat er mir lauter Fragen über die Schwester gestellt.« Irmhild schniefte verzweifelt. »Ganz kirre gemacht hat er mich damit. Ob sie Frau Regula eine besondere Medizin gegeben hat, wollte er wissen. Oder ob Herr Heinrich von ihr irgendwelche Tränke bekommen hat – und ich hab doch nichts darüber gewusst!«

»Hat er …« Vinzenz räusperte sich. »Hat er einen Verdacht gegen die Schwester geäußert?«

»N-nein.« Wieder verkrampften sich die Hände der Köchin um den zerknitterten Schürzenstoff. »Aber er hat dauernd nachgebohrt. Ob bei der Heilung von Frau Regula ungewöhnliche … Dinge geschehen wären, zum Beispiel. Ob es was gab, das mir Angst gemacht hat.«

Vinzenz' Herz sank. Er erinnerte sich nur zu deutlich an Regulas grässliche Albträume, nachdem Fidelitas sie daran gehindert hatte, weiterhin die Medizin des Quacksalbers Michel Sebald zu nehmen. In diesem Moment konnte er die panische Stimme seiner Frau fast hören. *Sie kommen aus den Wänden, ihre Augen glühen, als stünden sie in Flammen, und ich kann ihre scharfen Zähne glänzen sehen wie poliertes Silber. Sie tun mir so weh! Ständig stürzen sie sich auf mich, und ich kann mich nicht gegen sie wehren.*

Irmhild biss sich auf die Lippen.

»Frau Regula hat so geschrien und so schrecklich geweint«, murmelte sie. »Bis in die Küche haben wir sie gehört. Es war, als wäre ihr der Gottseibeiuns auf den Fersen.«

Vinzenz spürte, wie sich sein Magen zu einem harten, schmerzenden Knoten zusammenzog. »Und das hast du Vater Paulus genau so gesagt?«

Irmhild nickte. »Es … es tut mir leid.«

»Kein Wunder, dass der Mann jetzt glaubt, da wären böse Mächte am Werk gewesen.« Vinzenz verschränkte die Arme vor der Brust. »Hast du mit ihm auch über Frau Gundis gesprochen oder über Herrn Heinrich? Und darüber, wie die beiden gestorben sind? Hast du Schwester Fidelitas vielleicht sogar bei ihm angeschwärzt? «

Die Köchin schüttelte so energisch den Kopf, dass die Bänder ihrer Haube flatterten.

»*Nein!* Ich hab ihm bloß erzählt, dass die Schwester mit Herrn Heinrich immer gut ausgekommen ist und dass sie sehr erschüttert war, als sie ihn leblos in seinem Bett gefunden hat.«

»Hm.« Vinzenz sah ihr in die Augen. »Ich würde da gern noch etwas wissen. Du bist doch an dem Morgen nach dem Tod von Frau Gundis auf den Markt gegangen, nicht?«

Irmhilds Gesicht wurde erst brennend rot und dann wieder bleich. Sie nickte stumm.

»Und dort hast du die Nachricht von dem zweifachen Unglück, das uns ins letzter Zeit befallen hat, in die Gegend hinausposaunt. Das musst *du* getan haben, denn der Rest der Familie hat es vorgezogen, schweigend zu trauern und meine Schwiegermutter ebenso würdig und mit der gebotenen Rücksichtnahme zu Grabe zu tragen wie meinen Vater.«

Er machte einen Schritt auf die Köchin zu, die prompt zurückwich und mit dem Rücken gegen den Herd prallte.

»Wir fanden das Ganze schon schlimm genug, ohne dass sich ganz Freiburg über uns das Maul zerreißt. Inzwischen ist wahrscheinlich schon von Mord und Totschlag die Rede und jetzt dank Vater Paulus obendrein von üblem Hexenwerk. Zum Glück wissen die Leute wenigstens *davon* noch nichts – doch es wird bestimmt nicht mehr lange dauern, bis sich auch das verbreitet wie ein Lauffeuer. Das bringt nicht nur Schwester Fidelitas in Gefahr, sondern uns alle.«

»Aber … ich hab doch nur mit zwei oder drei Frauen geredet auf dem Markt!« Es war ein klagender Protestschrei. »Von Mord hab ich kein Wort gesagt – und ich hab der Schwester nie schaden wollen!«

»Das«, erwiderte Vinzenz, »wird ihr jetzt wenig nützen. Und unnützer Klatsch ist *immer* von Übel. Ich kann nur hoffen, dass die ganze Sache ein gutes Ende findet – auch für dich, Irmhild. Du stehst wie lange in unserem Dienst?«

»F-fünfundzwanzig Jahre, Herr.« Jetzt war die Stimme der Köchin nur noch ein Flüstern.

»Wenn du noch weiter hier in der Küche in den Töpfen rühren willst, würde ich dir raten, mit niemandem mehr zu reden. Hast du das verstanden?«

»Ja, Herr.« Irmhild fing wieder an zu weinen.

Vinzenz drehte sich auf dem Absatz um und ging hinaus.

»Es ist zum Auswachsen!«

Vinzenz ging aufgebracht im Speisezimmer hin und her. Am Tisch saßen seine Frau und seine Tochter, denen er – auch wenn es ihm heftig widerstrebte – die neueste und höchst beunruhigende Entwicklung der Dinge nicht vorenthalten wollte.

»Offensichtlich treibt spätestens seit dem Tod von Mutter Gundis der Tratsch in Freiburg giftige Blüten. Bis dato ist es noch kein öffentlicher Skandal – aber könnt ihr euch vorstellen, was auf uns zukommt, wenn der Rat den Anschuldigungen von Vater Paulus Glauben schenkt und die Schwester allen Ernstes der Hexerei anklagt?«

»Um Himmels willen!« Regula musterte ihn erschrocken. »Schwester Fidelitas hat mir geholfen, sie hat mich geheilt! Wieso verfällt jemand auf den Gedanken, sie sei mit dem Teufel im Bunde? Das begreife ich einfach nicht!«

»Ich genauso wenig.« Vinzenz blieb stehen und biss die Zähne zusammen. »Was im Kopf von Vater Paulus vorgeht, ist mir ein Rätsel. Nach dem, was Irmhild gesagt hat, war er ganz erpicht darauf, Beweise gegen die Schwester zu finden. Als hätte er es auf sie abgesehen. Dass es ihm gelungen ist, sich mit seinen Verdächtigungen beim Rat Gehör zu verschaffen, ist eine Katastrophe.«

»Großvater … Großvater hat mir erzählt, Schwester Fidelitas hätte ihm empfohlen, sich einen neuen Beichtvater zu suchen.« Es war das erste Mal, dass Veronika das Wort ergriff. »Er hatte sie sehr gern. Und er war froh, dass Vater Paulus nicht mehr zu ihm kam. Er hat ihm schreckliche Angst gemacht, glaube ich.«

»Das«, erwiderte Vinzenz betrübt, »hat mir Schwester Fidelitas auch gesagt.«

Regula stand auf und legte ihm eine Hand auf den Arm.

»Es muss doch irgendetwas geben, das wir für sie tun können!«, sagte sie. »Wir dürfen sie auf keinen Fall ihrem Schicksal überlassen!«

Vinzenz zog sie an sich und küsste sie auf den Scheitel. Wieder einmal war er dankbar dafür, wie sehr sie sich in den letzten Wochen verändert hatte. Kein blasser, halb betäubter Schatten mehr, sondern eine Frau, die zunehmend wieder am Leben in ihrem Haushalt teilnahm. Die Jahre der Krankheit hatten zahlreiche Falten in ihrem vertrauten Gesicht hinterlassen, und in ihrem dunklen Haar überwog inzwischen das Grau, aber ihre Augen waren hellwach, aufmerksam und voller Leben. Nicht zum ersten Mal wurde ihm siedend heiß bewusst, dass er diesen Segen einzig und allein dem Mut und der Risikobereitschaft von Schwester Fidelitas zu verdanken hatte.

»Soll ich ehrlich sein, Liebste?« Er küsste Regula noch einmal. »Ich habe keine Ahnung, was wir tun können. Meine Versuche, Schultheiß Schnewlin davon zu überzeugen, dass es sich um einen schrecklichen Irrtum handeln muss, waren nicht gerade von Erfolg gekrönt. Er hat mir sehr deutlich zu verstehen gegeben, dass ich mich aus der Sache heraushalten soll, wenn ich nicht will, dass meine Einmischung für unsere Familie unliebsame Folgen hat.«

»Was denn für Folgen?« Veronika schaute ihn an. Vinzenz schwieg eine Weile; er musste seine Worte sorgsam wählen.

»Hexenprozesse sind *gefährlich*, Kind«, antwortete er endlich. »Ich weiß von Orten, wo sich die Verdächtigungen und Gerüchte binnen kürzester Zeit ausgebreitet haben wie die Pestilenz. Und am Ende sind Menschen nur deswegen auf dem Scheiterhaufen gelandet, weil jemand die hochnotpeinliche

Befragung nicht mehr ausgehalten und ihre Namen genannt hat, damit die Qual endlich vorüber ist.«

Er sah den jähen Schrecken in ihrem Augen, als sie begriff, wovon er sprach. »Werden die auch Schwester Fidelitas so befragen?« Ihre Stimme zitterte.

»Ich weiß es nicht.« Er presste die Lippen zusammen. »Im Moment kann ich nur hoffen, dass ihr das erspart bleibt.«

Und wenn nicht, dann musste er darum beten, dass sie unter der Folter nicht sinnlos Dinge behauptete, die ihn und die Seinen mit in den Abgrund rissen.

Lastendes Schweigen breitete sich rings um den Tisch aus. Plötzlich klopfte es an der Tür. Vinzenz' Kopf fuhr herum. »Ja, bitte?«

Birgitta kam herein. »Herr Martin Danner ist hier und wünscht Euch zu sehen.«

Vielleicht hatte sein zukünftiger Schwiegersohn ja eine Idee, was zu tun war; in seiner augenblicklichen Verfassung hätte Vinzenz bereitwillig nach jedem Strohhalm gegriffen.

»Bitte ihn herauf.«

Wenige Minuten später kam Martin herein. Er verbeugte sich vor Vinzenz und Regula, streifte Veronikas Hand mit einem formvollendet zurückhaltenden Kuss und setzte sich erst mit an den Tisch, als Vinzenz auf einen der Stühle wies.

»Ich habe bereits gehört, was in der Stadt geredet wird«, meinte er teilnahmsvoll. »Deswegen bin ich hier; kann ich irgendetwas für Euch tun?«

»Ich wüsste nicht, was.« Vinzenz verkrampfte die Hände auf der Tischplatte. »Mir wurde nahegelegt, mich von der Untersuchung des Rates und von der Schwester möglichst fernzuhalten.«

»Ein weiser Ratschlag.« Martin nickte. »Wenn Ihr allzu sehr Partei für die unglückselige Nonne ergreift, könnte das die gesamte Familie in Schwierigkeiten bringen.«

»Schwester Fidelitas ist aber keine Hexe!« Veronikas Stimme war laut und wütend. »Ganz egal, was Vater Paulus sagt! Der verabscheut sie doch nur deswegen, weil sie der Grund dafür war, dass er die einträgliche Stellung bei Großvater Heinrich verloren hat!«

Vinzenz musterte seine Tochter mit überraschter Anerkennung. Zum ersten Mal seit langer Zeit fiel ihm wieder auf, wie sehr sie Regula ähnelte, und der Gedanke gefiel ihm. Martin hingegen wirkte irritiert; vermutlich hatte er zuvor noch nie erlebt, dass seine zukünftige Frau ihm widersprach. Aber er fasste sich rasch und warf Veronika ein begütigendes Lächeln zu.

»Es ehrt dich, dass du sie verteidigst, Liebes«, sagte er sanft. »Du hast die Schwester in diesem Haus nur als gütig und hilfsbereit erlebt, aber du kannst ihr nicht ins Herz sehen. Eine Frau, die mit dem Teufel im Bunde ist, wird sicher alles tun, um das vor den Menschen rings um sie her zu verbergen. Meinst du nicht?«

»Ich hab keine Ahnung vom Teufel«, erwiderte Veronika fest. »Und soweit ich weiß, hat Schwester Fidelitas im Kloster gelebt, seit sie ein Kind war, unter lauter heiligen Frauen. Sie verstellt sich nicht; sie ist *wirklich* gütig und hilfsbereit.«

»Dann wollen wir hoffen, dass sie von allen Verdächtigungen freigesprochen wird und gesund und munter in ihr Kloster zurückkehren kann.« Martin tätschelte Veronikas Hand, als wäre sie ein aufgeregtes Kind. »Vielleicht solltest du dich jetzt zurückziehen; die ganze Sache regt dich verständlicherweise sehr auf. Ich bin sicher, alles Weitere kann ich mit deinen Eltern klären.«

Veronika sah aus, als wollte sie widersprechen, und warf ihrer Mutter einen hilfesuchenden Blick zu. Die schüttelte kaum merklich den Kopf. Veronika presste die Lippen zusammen, stand auf und ging mit raschen Schritten hinaus.

Martin schaute ihr kurz nach, dann wandte er sich Vinzenz zu.

»Wisst Ihr, ob bereits ein Verhör stattgefunden hat?«, fragte er.

»Man hat die Schwester heute Morgen zum ersten Mal befragt, in der Gerichtslaube«, antwortete Vinzenz. »Aber das wird nicht die letzte Befragung gewesen sein.«

»Davon ist auszugehen.« Martin blickte nachdenklich drein. »Ihr wisst nicht, was genau sie ausgesagt hat?«

»Nein, natürlich nicht.« Vinzenz schüttelte den Kopf. »Schultheiß Schnewlin hat sich ausgesprochen bedeckt gehalten. Aber ein Geständnis hat die Schwester bestimmt noch nicht abgelegt; *das* hätte er mir wahrscheinlich erzählt.«

»Die Spatzen würden es inzwischen von den Dächern pfeifen«, meinte Martin trocken. »Eine Nonne, die sich der Hexerei schuldig bekennt – so etwas ist für jegliche Gerüchteküche ein gefundenes Fressen.«

»Wir sollten das Kloster von Schwester Fidelitas benachrichtigen«, warf Regula plötzlich ein, die die Unterhaltung bisher schweigend verfolgt hatte. »Die Äbtissin muss unbedingt erfahren, in welcher Gefahr sie schwebt. Vielleicht kann sie ihr helfen, indem sie für sie aussagt – oder jemanden schickt, der das an ihrer Stelle tut.«

»Kein schlechter Einfall.« Martin schaute sie an. »Auch wenn man unmöglich sagen kann, ob das Blutgericht eine Einmischung in seine Justizangelegenheiten zulässt.«

»Es kann doch bestimmt nicht schaden, wenn die Schwester jemanden hat, der ihr zur Seite steht und sie verteidigt. Und ich bin sicher, das Wort einer Äbtissin hat Gewicht.« Regula stand auf. »Wenn du einverstanden bist, Vinzenz, werde ich einen Brief schreiben. Und den sollten wir dann einem reitenden Boten übergeben, damit er möglichst rasch im Kloster ankommt.«

»Darum kann ich mich kümmern«, bot Martin an. »Einer meiner Männer bricht morgen nach Karlsruhe auf, mit einem Wechsel für Seidensamt aus einer badischen Weberei. Sein Weg führt ihn ganz in die Nähe von Kloster Frauenalb; ich werde ihn anweisen, seine Reise dort zu unterbrechen und die Äbtissin ins

Bild zu setzen. Wenn die Ehrwürdige Mutter erst weiß, was hier geschehen ist, ist sicherlich bald Hilfe unterwegs.«

»Das würdet Ihr tun?« Ein Lächeln breitete sich auf Vinzenz' Gesicht aus. »Damit würdet Ihr mir wirklich eine schwere Last von der Seele nehmen.«

»Aber sicher.« Martin erwiderte das Lächeln. »Genau deswegen bin ich doch hergekommen.«

Veronikas Zofe wurde herbeigerufen, um einen Imbiss für Martin Danner zusammenzustellen; sie brachte frisches Brot, Schinken, Käse und eine Karaffe mit Wein herauf, damit der hilfsbereite Gast sich stärken konnte, während Frau Regula noch an dem Brief saß. Als der fertig war, wurde er versiegelt und an Martin übergeben, der sich verabschiedete, das wichtige Schriftstück sorgsam in seinem Mantel verwahrend.

Vinzenz stand an einem der geöffneten Rosenfenster, sah ihm nach, während Martin raschen Schrittes die Straße hinunterging, und leistete seiner verstorbenen Schwiegermutter im Stillen Abbitte für die Zweifel, die er an ihren Absichten gehegt hatte.

Er war beileibe nicht immer mit ihren Entscheidungen einverstanden gewesen, aber offenbar hatte sie genau den richtigen Schwiegersohn für Veronika ausgesucht.

Am Abend dieses Tages verließ der Gerichtsschreiber das Rathaus. Er hatte das Protokoll des Verhörs mit der verdächtigen Nonne noch einmal sauber ins Reine übertragen und die Kopie an die Ratsherren übergeben. Das nächste Verhör würde vermutlich erst in ein paar Tagen stattfinden.

Der Schreiber hieß Johann Armbroster; er war lang und mager, bemerkenswert unauffällig und hatte es bislang noch nicht fertiggebracht, sich eine Frau zu nehmen. Meistens war er ganz glücklich darüber, denn von seinem Lohn hätte er sie ohnehin nicht ernähren können, und eine Familie mit Kindern schon gar nicht.

Seine Eltern hatten nie viel besessen und waren früh gestorben, ohne ihm nach dem Verkauf ihrer letzten paar Habseligkeiten mehr als ein Beutelchen Geld zu hinterlassen. Also hauste er in einer kleinen Kammer unter dem Dach der verwitweten Ulrike Stapelmann, einer Matrone Mitte fünfzig, die ihren Lebensunterhalt damit verdiente, dass sie bei sich vor allem *Studiosi* der Freiburger Universität beherbergte. Sie konnte ihn gut leiden, denn er zahlte pünktlich seine Miete, er war weder so ausgelassen noch so schlampig wie die Studenten, und er neigte auch nicht dazu, nachts lärmend durch die Gassen zu ziehen. Außerdem trank er beileibe nicht so viel wie manche der jungen Männer, die abends nach den Seminaren in die Wirtshäuser strömten; höchstens ein, zwei Humpen Bier oder bei besonderen Gelegenheiten einen kleinen Krug Wein.

Eine bestimmte Schwäche hatte er aber doch, und er war froh darüber, dass die rechtschaffene Witwe nichts davon ahnte. Das Ganze hatte angefangen, als er vor gut drei Jahren bei seinem Stammwirt von einer Gruppe Zimmerleuten auf der Walz zu einem Würfelspiel eingeladen worden war. An diesem Abend hatte er gewonnen und auf dem Heimweg fröhlich mit den Münzen in seiner Westentasche geklimpert. Auch an den nächsten Abenden war das Glück ihm hold gewesen, und seitdem hatte er der Versuchung nie widerstehen zu können, ein Spiel zu riskieren, wenn sich ihm die Gelegenheit dazu bot.

Irgendwann stellte er fest, dass er nicht mehr ins Wirtshaus ging, um Bier zu trinken, sondern um zu würfeln. Und inzwischen verlor er weit häufiger, als dass er gewann. Manchmal reichte das Geld in seinem Beutel gerade so aus, um seine Spielschulden zu bezahlen; ein Bier (oder gar mehrere) konnte er sich dann aber nicht mehr leisten. In solchen Nächten kehrte er niedergeschlagen und beschämt in sein einfaches Quartier zurück und schwor sich selbst, zukünftig ein für alle Mal die Finger vom Würfelbecher zu lassen.

An diesem Abend allerdings war er außerstande, sich vom Wirtshaus fernzuhalten. Das Verhör der Nonne spukte ihm noch immer im Kopf herum; er konnte die ruhige Stimme nicht vergessen, mit der sie auf die bohrenden Fragen des Schultheißen und der Ratsherren geantwortet hatte, genauso wenig wie den Schrecken auf ihrem Gesicht und die jähe Angst in ihren Augen, als der Priester sie der Hexerei angeklagt hatte. Er maßte sich nicht an, ein Urteil über die arme Frau zu fällen, hielt es aber heimlich für durchaus möglich, dass man ihr Unrecht tat.

Natürlich war ihm vollkommen bewusst, dass sich niemand für seine Meinung interessierte. Aber er wusste auch, was Frauen geschah, die in diesen furchtbaren Verdacht gerieten, und die Nonne tat ihm ehrlich leid.

Versunken in diese düsteren Gedanken betrat er den vertrauten Schankraum des Wirtshauses und ließ sich einen Humpen Bier an den ruhigen, kleinen Tisch in der Ecke bringen, wo er üblicherweise saß. Die Schankstube füllte sich zusehends, und sein Humpen war bereits halb leer, als ihn jemand ansprach.

»Ist hier noch ein Platz frei?«

Johann Armbroster blickte auf und sah einen hochgewachsenen Mann, der ihn freundlich anlächelte.

»Warum nicht?«

Er rückte beiseite, damit der Mann sich neben ihm auf die Holzbank setzen konnte. Der rief mit einem Kopfnicken die Schankmagd herbei, die sofort am Tisch stand. Armbroster musterte den Fremden etwas gründlicher. Das Haar unter seinem schlichten Barett war rotblond. Der leichte Sommermantel, den er neben sich auf der Bank abgelegt hatte, bestand aus feinem, dünnem Wollstoff, das Wams darunter aus einem glatten Tuch, das wahrscheinlich mehr gekostet hatte, als Armbroster in einem halben Jahr an Lohn nach Hause brachte.

Binnen weniger Minuten hatte der neue Gast einen Krug mit dunklem Bier vor sich stehen, und die Magd erkundigte sich, ob er auch etwas zu essen wünschte. Sie klang ausgesprochen eifrig; offenbar erkannte sie genau wie Armbroster, dass sie es mit einem Mitglied der besseren Gesellschaft zu tun hatte. Aber der Mann bestellte nichts zu essen. Er widmete sich schweigend und mit sichtbarem Genuss dem Bier, dann wandte er sich zum zweiten Mal an seinen Tischgenossen.

»Lust auf ein Spiel?«

Er holte einen Lederbecher aus der Manteltasche, dazu einen kleinen Stoffbeutel, aus dem er zwei aus Horn geschnitzte Würfel auf die Tischplatte schüttelte. Armbroster folgte ihnen mit den Augen, unfähig, dem Sirenengesang der Versuchung zu widerstehen.

»Warum nicht?«

Er nahm den Würfelbecher, wog ihn in der Hand und warf. Nach einer halben Stunde hatte er ein Häufchen gewonnener Münzen vor sich liegen. Eine weitere halbe Stunde später waren sie wieder verschwunden, und danach ließ ihn Fortuna endgültig im Stich. Als allmählich auch die letzten Gäste den Schankraum verließen, hatte er alles Geld verloren, das er bei sich trug, und dazu gehörte bedauerlicherweise auch der Teil seines Lohnes, den er eigentlich am nächsten Morgen der Witwe Stapelmann für die fällige Monatsmiete hatte übergeben wollen.

Armbroster hockte wie ein Häufchen Elend auf der Bank, während der Fremde – von dem er inzwischen nicht mehr wusste, als dass er Märten hieß – Becher und Würfel wieder in seinem Mantel verstaute und die Zeche beim Wirt beglich. Endlich stand Armbroster auf und schlurfte langsam hinaus, niedergeschlagener als jemals zuvor. Er merkte nicht einmal, dass der andere ihm folgte, bis sich eine Hand auf seine Schulter legte.

»Tut mir leid, mein Freund«, sagte Märtens Stimme dicht an seinem Ohr. »Heute Abend war ich wohl mehr vom Glück begünstigt als du, was?«

»Sieht ganz so aus«, knurrte Armbroster mürrisch. »Dank Eurem Glück kann ich mir nicht einmal mehr mein Zimmer leisten.«

»So kann's gehen, wenn man auf die Würfel vertraut.« Der Fremde lachte. »Aber vielleicht weiß ich ja einen Ausweg für dich.«

»Was für ein Ausweg soll das denn sein?« Armbroster blieb mitten auf der Gasse stehen und drehte sich um. Märtens Gesicht konnte er im schwachen Laternenschein kaum erkennen. »Wollt Ihr mir zurückgeben, was Ihr mir abgenommen habt? Ihr müsst mich für einen elenden Bettler halten!«

Was er im Augenblick genau genommen auch war. Die Reaktion der Witwe, wenn er ihr morgen früh beichten musste, dass er sie nicht bezahlen konnte, mochte er sich gar nicht vorstellen.

»Wie viel zahlst du denn üblicherweise für dein Zimmer?«

Armbroster nannte die Summe und dachte erbittert, dass sein Gegenüber so viel wahrscheinlich normalerweise achtlos im Mantel bei sich trug. *Wie es wohl war, sich niemals über seinen Lebensunterhalt Sorgen machen zu müssen?*

»Dann«, meinte der Fremde gut gelaunt, »schlage ich dir einen Handel vor. Du tust mir einen kleinen Gefallen, und ich gebe dir nicht nur den Gewinn zurück, sondern obendrein genug, dass es gleich ein paar Monate für deine Miete reicht. Natürlich nur dann, wenn du dir das Spielen verkneifst.«

Das klang fast zu schön, um wahr zu sein. Irgendwo musste die Sache einen Haken haben.

Armbroster runzelte misstrauisch die Stirn. »Was denn für einen Gefallen?«

Der Fremde sagte es ihm.

(9. Juli A. D. 1555)

Es hat sich wahrhaftig ausgezahlt, den halben Nachmittag vor dem Rathaus auf diesen Simpel zu warten. Und ihm dann zu folgen und ihm bei einem Spiel auch noch den letzten Groschen aus der Tasche zu ziehen war genauso einfach – wie leicht sich gewisse Kreaturen erpressbar machen, wenn man sie bei ihren Schwächen packt! Der Dummbeutel war so erleichtert, seine Geldsorgen loszuwerden, dass er mir wahrscheinlich auch noch sein letztes Hemd überlassen hätte.

Das Protokoll war so aufschlussreich wie beunruhigend. Diese Nonne hält sich wacker, und sie ist klüger, als ich dachte. Dass sie die Federn im Mund von Heinrich Stöcklins Leiche entdeckt hat, könnte mich noch in Schwierigkeiten bringen, falls der Rat seinen Verdacht von ihr fort und in eine andere Richtung lenkt. Vielleicht sollte ich mit einem anonymen Brief die Untersuchung gegen sie noch ein wenig anfeuern.

Von dem Brief, den Regula Stöcklin an die Äbtissin der Schwester geschrieben hat, ist nur noch ein Häuflein Asche übrig – und wenn man im Kloster vom traurigen Schicksal der Fidelitas von Frauenalb erfährt, wird von ihr hoffentlich genauso wenig übrig sein.

Wann man wohl den Kutscher der Stöcklins in der Dreisam entdeckt? Der Fluss steht hoch, seine Leiche steckt in einer Aushöhlung unter der Böschung wie ein Korken in der Flasche, und er ist mit genügend Steinen beschwert, um noch lange nicht an die Oberfläche zu kommen. Im schlimmsten Fall bleibt sein aufgeblähter Kadaver in ein paar Wochen in einem Wehr hängen.

Oder er verfault mit etwas Glück spurlos genau dort, wo ich ihn versenkt habe.

XI

Die verschollene Magd

Zwei Tage nach Fidelitas' Verhaftung saß Veronika Stöcklin schon gegen sieben beim Frühstück. Ihr Vater war vor einer Viertelstunde eilig in sein Stofflager aufgebrochen, wo es im Moment besonders viel zu tun gab; Lieferungen aus Italien und Frankreich waren eingetroffen, und der Kutscher, der sonst oft Botengänge für ihn erledigt und die Frachtpapiere ins Haus gebracht hatte, blieb noch immer spurlos verschwunden.

Veronika nippte an ihrem Becher mit warmer Milch und fragte sich ernstlich, ob Wulf inzwischen wohl die schockierenden Gerüchte um Schwester Fidelitas und die Familie mitbekommen und genau deswegen klammheimlich Fersengeld gegeben hatte. Andererseits – er diente den Stöcklins seit fast zehn Jahren. Und dass er so gar nichts von sich hören ließ und nicht wenigstens zurückkam, um seine Stellung zu kündigen, fand sie mehr als eigenartig.

Die Tür zum Speisezimmer öffnete sich, und ihre Zofe trat ein. Sie trug auf einem Tablett einen Korb mit Rosinenbrötchen, eine Butterschale und einen Topf Erdbeermarmelade vor sich her und stellte es auf dem Tisch ab. Allerdings ging sie nicht wieder hinaus, sondern blieb neben Veronikas Stuhl stehen.

»Danke, Birgitta«, sagte Veronika freundlich. »Ist noch etwas?«

»Bitte um Verzeihung«, antwortete das Mädchen zögernd, »aber es geht um Irmhild. Herr Vinzenz war gestern sehr … hart zu ihr. Und jetzt macht sie sich Sorgen, dass er sie hinauswirft. Weil sie über den Tod von Frau Gundis geredet hat, auf dem Markt. Und mit dem Priester.«

»Das war leider nicht sehr klug von ihr.« Veronika stellte den Becher mit einem nachdrücklichen Knall auf den Tisch, und die Zofe fuhr nervös zusammen.

»Sie … sie sitzt unten in der Küche und weint. Könntet Ihr vielleicht mit ihr reden und sie ein wenig beruhigen?«

»Ich kann's versuchen.« Veronika stand auf. »Du solltest dir bloß nicht zu viele Hoffnungen machen. Wenn mein Vater wirklich beschlossen hat, künftig auf ihre Dienste zu verzichten, dann kann ich sehr wenig dagegen tun.«

»Natürlich.« Birgitta nickte, aber sie schaute trotzdem hoffnungsvoll drein. Veronika gönnte den Brötchen und der Marmelade einen bedauernden Seitenblick, dann folgte sie der Zofe hinaus und die Treppe hinunter.

Irmhild sah tatsächlich erbarmungswürdig aus; die Augen gerötet und geschwollen, das Gesicht bleich und zu einer elenden Grimasse verzogen. Als Veronika in die Küche kam, sprang sie von ihrem Stuhl auf und stürzte ihr händeringend entgegen.

»Fräulein Veronika!« Ein frischer Tränenausbruch. »Bitte, bitte, helft mir! Wenn mich Euer Herr Vater auf die Straße setzt, wo soll ich denn dann hin?«

»Äh … Davon ist doch gar nicht die Rede.« Veronika, die im Stillen nur hoffen konnte, dass sie sich nicht irrte, nahm die Köchin bei den Schultern und drückte sie sanft wieder auf den Stuhl zurück. »Was sollen wir denn ohne dich machen? Ich würde sehr ungern auf deine Dienste verzichten – schließlich bin ich an deine gute Küche gewöhnt, seit ich selbst einen Löffel halten kann. Und mein Vater wird dich bestimmt nicht fortschicken.«

»Wirklich?« Irmhild schnüffelte, sichtlich bemüht, sich zu fassen.

»Wirklich.« Veronika sah sich nach Birgitta um, aber die war verschwunden. »Wenn es dir hilft – ich kann gerne mit ihm reden. Du musst seinen Ärger verstehen. Schwester Fidelitas ist unser hochgeschätzter Gast, und er macht sich Sorgen.«

»Das tu ich doch auch!« Die Augen der Köchin drohten schon wieder überzulaufen. »Die Schwester ist ein so guter Mensch, und ich schwöre bei der Heiligen Mutter Gottes, das hab ich alles nicht gewollt!«

»Ich glaub's dir.« Veronika nickte tröstend. »Wir wollen darum beten, dass man sie bald von allen Vorwürfen freispricht. Und jetzt würde ich vorschlagen, du nimmst dich zusammen und fängst mit den Vorbereitungen für das Mittagessen an. Mein Vater ist vorhin ohne einen Bissen aus dem Haus gegangen, und wenn er nachher zurückkommt, hat er bestimmt Hunger.«

Die Köchin sprang auf, wandte sich mit frischem Eifer einer Ansammlung verschiedener Gemüse zu, die neben dem Herd auf ihre Verarbeitung warteten, und griff nach einem Messer. Dann hielt sie inne und drehte sich wieder zu Veronika um.

»Da … da ist noch was«, sagte sie. »Ich wollte es Euch schon die ganze Zeit erzählen, aber dann war Frau Gundis plötzlich tot, und in dem ganzen Aufruhr danach hab ich's einfach vergessen.«

»Was denn?«

»Am Tag, bevor Frau Gundis starb, da ist ein Dienstmädchen hierhergekommen«, erklärte Irmhild. »Sie hat gesagt, dass sie Waltraud heißt und im Haus von Herrn Danner arbeitet und dass sie unbedingt mit Euch sprechen muss. Weil sie Euch was zeigen will.«

Veronika stutzte. »Sie wollte mir etwas zeigen? Weißt du, was das war?«

Die Köchin zuckte die Achseln. »Keine Ahnung, Fräulein. Ich hab ihr einen Teller Suppe gegeben und ihr erlaubt, auf Euch zu warten. Ihr seid aus dem Haus gewesen. Und dann ist Frau Gundis gekommen und hat sie gefragt, was sie von Euch will. Das Mädel hat herumgedruckst, und Frau Gundis ist ungeduldig geworden. Ihr wisst ja, wie sie sein konnte.«

Das wusste Veronika in der Tat. »Und dann?«

»Sie hat sie beim Arm genommen und geradezu aus der Küche geschleift. Danach hab ich die Kleine nicht mehr gesehen.«

Veronika versuchte, diese unvermutete Information zu verdauen. *Was konnte ein Dienstmädchen von Martin ihr zeigen wollen? Und wenn es so wichtig gewesen war, dass sie eigens auf sie gewartet hatte, warum war sie später nicht noch einmal wiedergekommen?*

»Ich werde schon herausfinden, was sie von mir gewollt hat«, sagte sie schließlich. »Ich kann ja jederzeit Herrn Martin nach dem Mädchen fragen.«

Sie überließ die Köchin den grünen Bohnen und Petersilienwurzeln und machte sich nachdenklich auf den Weg zurück nach oben. Hatte diese Waltraud vielleicht Gundis gezeigt, was eigentlich sie, Veronika, hätte sehen sollen? *Und was immer es war – wo befand es sich jetzt?*

Kurz entschlossen ließ sie das Speisezimmer links liegen und ging weiter zum verwaisten Quartier ihrer Großmutter. Vor der Tür blieb sie stehen und zögerte. Wo sollte sie anfangen zu suchen? Und hatte sie überhaupt das Recht dazu? Als sie die Hand nach der Klinke ausstreckte, hörte sie plötzlich etwas – leise Schritte im Inneren des Raumes, das Rascheln von Papier und ein Geräusch, als würde jemand eine Schublade öffnen.

Sie riss blitzschnell die Tür auf und entdeckte zu ihrer Verblüffung Martin Danner, der sich über das Schreibpult ihrer Großmutter beugte.

»*Martin?* Was tut Ihr denn hier?«

Er fuhr herum; für die Dauer eines Wimpernschlages wirkte er ertappt, aber dann entspannte er sich.

»Wie schön, dich zu sehen, meine Liebe«, sagte er leichthin. »Deine reizende kleine Zofe – Birgitta, nicht? – hat mich hereingelassen. Sie meinte, du würdest sicher gleich heraufkommen.«

»Und hier bin ich.« Veronikas Augen wurden schmal. »Aber das ist keine Erklärung dafür, was Ihr hier in diesem Zimmer und am Schreibpult meiner toten Großmutter zu suchen habt.«

»Oh, *das* ist einfach.« Er wiegte sich auf den Fußballen hin und her, ein selbstzufriedenes Lächeln auf dem Gesicht. »Ich war auf der Suche nach dem Ehevertrag, mein Kind.«

»Was für ein Ehevertrag?« Sie musterte ihn verwirrt. »Mein Vater hat Euch meine Hand versprochen – aber von einem Ehevertrag weiß ich nichts.«

»Es gibt vieles, wovon du nichts weißt«, entgegnete er gönnerhaft, »und vieles musst du auch gar nicht wissen. Den Vertrag habe ich an dem Tag mit Frau Gundis geschlossen, an dem wir uns einig wurden, dass du meine Frau werden sollst. Auch wenn meine Vorfreude auf den Tag unserer Vermählung auf eine harte Geduldsprobe gestellt wird, muss ich sagen.«

Veronika sah ihm in die Augen. »Darf ich wissen, was in diesem Vertrag steht?«

»Ich glaube nicht, dass du deinen hübschen Kopf damit belasten musst«, meinte er freundlich. »Für dich sollte es ausreichen, dass du irgendwann in allernächster Zukunft mit mir vor einem Priester stehst, um mir die eheliche Treue und lebenslangen Gehorsam zu schwören.«

Sie blickte ihn an, als sähe sie ihn zum allerersten Mal. Oder als schaute sie zum ersten Mal hinter die glatte, gefällige Maske vollendeter Liebenswürdigkeit, die er immer so leicht und mühelos trug, dass man sie sonst gar nicht bemerkte.

Martin Danner war der Überzeugung, dass sie ihm bereits ganz und gar gehörte, noch vor dem Eheschwur, dem Segen der Kirche und dem Ring an ihrem Finger. Sie konnte zwar nur vermuten, was er mit ihrer Großmutter ausgehandelt hatte, aber sie war sich sicher, dass er glaubte, sie genauso gekauft zu haben wie den teuren Tand, den er ihr seit Monaten schenkte.

Und in diesem Moment begriff sie, dass sie nicht länger bereit war, sich stumm und demütig zu fügen. Nicht jetzt, wo Martin so offensichtlich versuchte, aus den zahlreichen Unglücken, die ihre Familie getroffen hatten, persönliches Kapital zu schlagen. Nicht jetzt, wo Schwester Fidelitas in einem Kerker saß und von einer Anklage bedroht wurde, die ausreichte, um sie im schlimmsten Fall auf den Scheiterhaufen zu bringen.

»Ich bin sicher, Ihr habt recht«, sagte sie, ihre Stimme so sanft und unterwürfig, wie sie es zustande brachte. »Aber Ihr solltet wohl besser meinen Vater nach dem Ehevertrag fragen; meine Großmutter wird ihn doch darüber unterrichtet haben, meint Ihr nicht?«

Martin lächelte.

»Das ist ein guter Rat, meine Liebe«, entgegnete er. »Ich denke, genau das werde ich tun. Aber erst nach meinen heutigen Geschäften, fürchte ich. Und jetzt muss ich dich leider verlassen.«

»Dann will ich Euch nicht aufhalten«, sagte Veronika und schlug sittsam die Augen nieder. »Darf ich Euch zum Abendessen einladen? Ich werde Irmhild bitten, etwas besonders Feines zu kochen.«

»Sehr freundlich.« Er nahm ihre Hand und küsste sie. »Ich freue mich darauf, mit meiner künftigen Frau und meinen künftigen Schwiegereltern zu essen.«

Er ging hinaus, und sie hörte, wie er mit beschwingten Schritten die Treppe hinuntereilte. Dann schlug die Haustür zu, und sie gestattete sich einen erleichterten Atemzug.

Sie musste dringend mit Jörg sprechen – so schnell wie möglich. Vielleicht hatte er eine Ahnung davon, ob Martin tatsächlich den Ehevertrag im Schreibpult ihrer Großmutter gesucht hatte; außerdem konnte sie genauso gut *ihn* nach Waltraud fragen.

Zum Glück wusste sie ganz genau, wo sie Jörg finden konnte.

Jörg Danner blickte mit zusammengekniffenen Augen durch das dicke Lupenglas auf das inzwischen fast vollständige Uhrwerk der Bisamuhr. Das helle Sonnenlicht, das direkt neben ihm durch das Fenster fiel, zeigte ihm jede Feder und jedes filigrane Zahnrad.

Die Spitze des Werkzeuges, das er in der rechten Hand hielt, war nur durch das Lupenglas zu erkennen und fast so fein wie ein Haar, aber jedes andere wäre zu grob gewesen, um die winzigen Schrauben anzuziehen, die seine Arbeit zusammenhielten. Besagte Schrauben, sämtliche Zahnräder und alles Werkzeug hatte Meister Ulrich eigens für ihn aus Nürnberg kommen lassen, genauso wie das fein vergoldete und ziselierte Messinggehäuse. Dort gab es die besten Handwerker, die sich auf die Herstellung dieser Dinge verstanden. »Stolz auf deine Arbeit sein kannst du trotzdem«, hatte er lächelnd zu Jörg gesagt. »Das Material mögen andere gemacht haben, aber die fertige Uhr wird trotzdem das Werk deiner Hände sein.«

Dieser Morgen war nicht nur deswegen bedeutungsvoll, weil die Arbeit an der Uhr sich ihrem Ende näherte, er markierte auch eine entscheidende Wende in Jörgs Schicksal. Denn Meister Ströbel war unterwegs zum Rat, um dort sein Testament bestätigen zu lassen; heute würde er die Ankündigung, die er vor gut einem Jahr zum ersten Mal ganz beiläufig gemacht hatte, in die Tat umsetzen. Sobald das Dokument unterzeichnet und beglaubigt war, würde Jörg Danner der offizielle und legale Erbe von Werkstatt, Werkzeug und Geschäft seines Meisters sein. Und damit war seine Zukunft weit über das hinaus gesichert, was er sich noch vor Wochen in seinen kühnsten Träumen auszumalen gewagt hätte.

Nun konnte er zum ersten Mal ernsthaft darüber nachdenken, sich eine Frau zu nehmen und eine Familie zu gründen. Dumm nur, dass die einzige Frau, die er jemals hatte haben wollen, demnächst den Ehering seines Bruders am Finger trug.

Jörg schob das Lupenglas beiseite, seufzte und rieb sich die Augen. Der Gedanke an Veronika setzte seiner guten Stimmung – wie fast immer – einen kräftigen Dämpfer auf. Seit zwölf Tagen hatte er sie nicht mehr gesehen oder auch nur ein

Wort von ihr gehört. Stattdessen musste er es aushalten, dass Martin selbstbewusst durch das Haus stolzierte und sich in Andeutungen darüber erging, wie viel leichter es ihm fallen würde, Jörg vor die Tür zu setzen, wenn er erst einmal mit Veronika verheiratet war. »Ein junges Paar und ein unbeweibter Mann in deinem Alter unter einem Dach«, hatte er erst gestern beim Abendessen angemerkt, »das schickt sich nun wirklich nicht. Du solltest dich schon einmal auf die Suche nach einer Zimmerwirtin machen, die bereit ist, dir für fast nichts irgendein winziges Loch zu überlassen, kleiner Bruder.«

Bisher hatte er tunlichst vermieden, mit Meister Ströbel über ein so empfindliches Thema wie Geld zu reden, aber sobald sein Gesellenstück fertig war, würde er endlich einen Lohn erhalten. Wenn Ströbel sich bereit erklärte, ihm diese Summe ab sofort zu zahlen, dann konnte er so schnell wie möglich ausziehen. Jedes »winzige Loch« war besser als das Leben in dem Haus, in dem sein Vater gestorben und aus dem schon seine Mutter vertrieben worden war.

Er hörte das leise Klingeln der Glocke über der Ladentür, schob seinen Hocker zurück und machte sich rasch auf den Weg in das Uhrmachergeschäft, das gleich neben der Werkstatt lag; ein wenig Abwechslung und das Gespräch mit irgendeinem Kunden würden ihm guttun. Doch dann betrat er den kleinen, vom Ticken der zahlreichen Wanduhren erfüllten Raum und sah, wer dort auf ihn wartete. Er blieb wie angewurzelt stehen.

»Veronika?«

Sie schaute ihn unverwandt an, die Arme fest vor der Brust verschränkt.

»Grüß dich, Jörg«, sagte sie leise. »Es … es tut mir leid, dass ich nicht schon früher gekommen bin.«

Er rang nach Luft und versuchte, seinen jagenden Herzschlag zu beruhigen. »Ich habe überhaupt nicht mehr erwartet, dich wiederzusehen«, meinte er und stellte fest, dass seine Stimme schwankte. »Schon gar nicht hier.«

»Ich muss mit dir reden«, sagte sie. »Ganz dringend.«

Ihre Worte rauschten an ihm vorbei, ohne dass er sie wirklich verstand. Zu sehr war er von ihrem Anblick gefangen, von den schwarzen Locken, die unter ihrer bestickten Haube hervorquollen, von dem Licht, das durch das Ladenfenster auf ihre Haut fiel, und von dem sanften Glanz ihrer Augen. Er konnte nicht fassen, dass sie zu ihm zurückgekommen war.

»Jörg?«

Er riss sich zusammen. »Am besten gehen wir nach hinten in die Werkstatt. Bist du allein gekommen oder hast du deine Zofe mitgebracht?«

»Ich bin allein.«

Sie folgte ihm durch die schmale Tür nach hinten, blieb neugierig stehen und schaute sich um. Die Uhren, die Jörg und Meister Ströbel gerade reparierten und neu bauten, reihten sich auf einem langen Tisch an der Wand auf; es roch nach Metall, nach Holz und ganz leicht nach dem Rizinusöl, mit dem die Uhrwerke gefettet wurden. Auf Jörgs Arbeitstisch lagen neben dem Lupenglas in dessen hölzernem Halter seine Werkzeuge und das komplizierte Werk der Bisamuhr. Veronikas Blick blieb daran hängen.

»Was ist das?«

»Mein Gesellenstück.« Stolz schlich sich in seine Stimme. »Ein, zwei Wochen noch, dann kann ich es abgeben und bin kein Lehrling mehr.«

»Das … das hatte ich ganz vergessen.« Sie drehte sich rasch zu ihm um und warf ihm ein unsicheres Lächeln zu. »Und das tut mir genauso leid wie alles andere.«

»Schon gut.« Er erwiderte ihr Lächeln und hätte sie am liebsten in die Arme genommen. Aber er wagte nicht einmal, nach ihrer Hand zu greifen. »Was … was hast du denn auf dem Herzen?«

Sie ließ sich auf seinem Arbeitshocker nieder. »Weißt du, was mit Schwester Fidelitas passiert ist?«

»Nein. Was denn?«

Sie erzählte es ihm. Dass Gundis gestorben war, hatte er natürlich gewusst, auch wenn er nicht bei der Leichenfeier gewesen war und es noch nicht einmal gewagt hatte, Veronika einen Brief zu schreiben, um sie zu trösten. Wovon er hingegen noch nichts geahnt hatte, war der Vorwurf des Mordes und der Hexerei gegen die Nonne.

»Sie ist unschuldig«, sagte Veronika. »Sie hat meiner Mutter geholfen, wieder gesund zu werden. Und sie hat ganz gewiss weder Großvater Heinrich noch Großmutter Gundis jemals etwas angetan. Ich hab keine Ahnung, wie man ihr beistehen kann. Aber die Äbtissin ihres Klosters wird bald Bescheid wissen und ihr bestimmt zu Hilfe kommen. Meine Mutter hat ihr einen Brief geschrieben.«

Sie faltete die Hände im Schoß.

»Heute habe ich etwas Merkwürdiges herausgefunden«, fuhr sie fort. »Unsere Köchin hat mir gesagt, dass am Abend vor Großmutters Tod eine Magd aus eurem Haus bei uns war. Sie hat mich unbedingt sehen und mir etwas zeigen wollen, aber ich war nicht da. Großmutter hat sie bei Irmhild entdeckt und mit auf ihr Zimmer genommen, und danach hat Irmhild sie nicht mehr gesehen. Sie sagt, sie hieß Waltraud. Kennst du sie?«

Jörg nickte. *Ein schmales Ding mit verschreckten Bernsteinaugen.* In der Danner'schen Küche war sie für die groben Dienste zuständig gewesen – bis zu dem Morgen, an dem ihre wenigen Habseligkeiten aus ihrer winzigen Kammer unter dem Dach verschwunden waren, genau wie das Mädchen selbst. Martin hatte die Achseln gezuckt, etwas Abfälliges über *dieses dämliche, wetterwendische Weibsvolk* gemurmelt und die Köchin angewiesen, eine neue Magd zu suchen. *Am Morgen nach dem Tod von Gundis Stöcklin.*

»Das heißt«, sagte er langsam, »am Abend vor dem Tod deiner Großmutter ist Waltraud bei euch und will dich unbedingt sehen. Und am nächsten Morgen ist sie weg. Du hast recht – das ist *sehr* merkwürdig.«

»Und das ist noch nicht alles«, erwiderte Veronika. »Vorhin ist dein Bruder in unser Haus gekommen und hat sich heimlich in Großmutters Zimmer geschlichen. Dort hat er ihr Schreibpult durchwühlt, um irgendetwas zu finden. Ich hab ihn gefragt, was es ist, und er hat gemeint, es wäre ein Vertrag.«

Jörg runzelte die Stirn. »Was denn für ein Vertrag?«

Veronika errötete. »Ein ... ein Ehevertrag. Er meinte, ich müsste nichts darüber wissen. Aber ... aber ich glaube ihm nicht. Dass er den Vertrag gesucht hat, meine ich.«

Jörg ging ein Licht auf. »Du denkst, er wollte vielmehr diese geheimnisvolle Sache finden, die Waltraud dir zeigen wollte? Und dass er geglaubt hat, dass sie sich in Frau Gundis' Zimmer befindet?«

»Ich denke schon.« Veronika blickte ausgesprochen kriegerisch drein, und er betrachtete sie voller Staunen. *Er hatte sie noch nie so entschlossen erlebt.*

»Hast du eine Ahnung, wo eure Magd hingegangen sein könnte?«, wollte sie wissen. »Weißt du, wo sie herkommt? Vielleicht ist sie zu ihren Eltern zurück.«

»Hm.« Jörg überlegte. »Ich könnte meine Mutter fragen. Du weißt ja, dass sie bei ihrer Patin in Kirchzarten lebt. Sie hat Waltraud vor zwei Jahren zu uns ins Haus geholt, von einem kleinen Hof im Nachbardorf. Die Bauersleute kamen gerade so eben über die Runden und sind froh gewesen um jedes Kind, das sie nicht mehr durchfüttern mussten.«

Er strich sich über das Kinn.

»Ich könnte sie besuchen. Morgen ist Samstag, da habe ich frei. Sobald ich weiß, wo genau sich der Hof von Waltrauds Eltern befindet, mach ich mich sofort auf den Weg dorthin, und falls sie wirklich zu ihnen gegangen ist, rede ich mit ihr. Wenn ich sie dazu bringen kann, mir zu verraten, was sie dir zeigen wollte, dann sind wir schon klüger.«

»Das klingt wunderbar.« Veronikas Augen leuchteten, und jetzt brachte Jörg endlich den Mut auf, sich ihr zu nähern und ihre Hand zu nehmen. Sie zog sie nicht weg, und ihm wurde vor Glück und Erleichterung schwindlig.

»Ich bin so froh, dass du zu mir gekommen bist«, sagte er weich. »Aber mein Meister ist bald zurück, und er sollte uns hier besser nicht zusammen erwischen. Sollen wir uns zu unserem Lieblingsplatz an der Dreisam davonschleichen? Ich habe dir eine Menge zu erzählen.«

Veronika trat dicht an ihn heran, stellte sich auf die Zehenspitzen, und ihre Lippen streiften seine Wange. Sie roch so zart und lieblich wie ein Veilchenstrauß.

»Ich gehe voraus«, sagte sie. »Vielleicht kannst du dich ja von deinem Meister auf einen Botengang schicken lassen. Und dann kommst du nach.«

Jörg nickte. Sie schenkte ihm ein strahlendes Lächeln, drehte sich um und verschwand durch die Tür. Er starrte ihr nach und fragte sich für einen kurzen, unwirklichen Augenblick, ob er sich ihren Besuch wohl bloß eingebildet hatte. Aber der Veilchenduft, der sie umgab, war nicht ganz verflogen, und er spürte die Wärme ihrer Finger noch immer wie ein sanftes Kribbeln auf der Haut.

Sie war zu ihm zurückgekommen. Von nun an würde er immer an Wunder glauben.

XII

Das vierte Gebot

Jörg machte sich tags darauf mit dem ersten Gesang der Vögel auf den Weg. Der Himmel war noch dunkelgrau; nur im Osten war ein schmaler, leuchtend roter Streifen Licht am Horizont zu sehen. Er schätzte, dass er in zwei bis drei Stunden bei seiner Mutter sein würde, je nachdem, wie viel Zeit er sich ließ.

In der Tasche, die er bei sich trug, befanden sich ein Kanten Brot, etwas Schinken und ein Stück Käse. Außerdem lag ein kleines Lederbeutelchen darin, das den Teil seiner Ersparnisse enthielt, die er Monat für Monat seiner Mutter gab, damit sie nicht ganz und gar mittellos war. Auf diese Weise blieb ihm zwar selbst kaum etwas übrig, aber er wusste genau, dass sie diese kleine Zuwendung dringend brauchte, um nicht völlig von ihrer Patin abhängig zu sein. *Und wenn Meister Ströbel ihn demnächst bezahlte, würde er die Summe sogar noch ein wenig erhöhen können.*

Er wechselte ein paar freundliche Worte mit der gähnenden Wache auf der Stadtmauer, ließ das gerade erst geöffnete Schwabentor hinter sich und wanderte der Sonne entgegen, die mit ihren Strahlen die Wiesen vergoldete. Noch waren nicht viele Menschen unterwegs; in der ersten halben Stunde begegnete er nur einer Bäuerin, die zwei Körbe mit Obst Richtung Stadt schleppte. Er kaufte ihr einen rotbackigen Juniapfel ab, den er zum Frühstück mit seinem restlichen Proviant aß.

Sein Ziel lag im Dreisamtal, und gut zwei Stunden später kam Jörg vom bewaldeten Giersberg herunter. Er konnte die

Häuser von Kirchzarten in der Senke liegen sehen, um die St. Gallus-Kirche versammelt wie ein Häuflein Küken um die Glucke. Der Zastler Bach glitzerte silbern in der Morgensonne, und er beschleunigte seine Schritte, denn jetzt hatte er sein Ziel fast erreicht.

Margarete Henseler – die betagte Patin, bei der seine Mutter Zuflucht gefunden hatte – lebte am Dorfrand. Ihr Haus mit dem niedrig gezogenen Walmdach duckte sich mitten zwischen Beeten voller Blumen und Gemüse. Als Jörg das Gartentor aufstieß, entdeckte er seine Mutter. Sie hatte einen kleinen Korb neben sich stehen und pflückte grüne Bohnen, die sich dicht an dicht um hohe Stangen rankten.

»Grüß Gott, Mama!«

Sie blickte auf und lächelte überrascht. »Guten Morgen, lieber Junge – was tust du denn hier? Ich hatte dich erst nächste Woche erwartet!«

»Darf ein Sohn nicht ein bisschen Sehnsucht nach seiner Mutter haben?« Jörg erwiderte das Lächeln, trat auf sie zu und nahm sie in die Arme. Sie roch wunderbar vertraut nach Seife und Kräutern.

»Aber sicher.« Anna Danner trat zurück und streichelte seine Wange. »Vor allem so ein guter Sohn wie du. Hast du heute schon etwas im Magen? Ich habe Brot gebacken, und in der Küche gibt's frische Milch und Eier.«

»Bis jetzt hatte ich noch nicht viel.« Jörg lachte. »Können wir hier draußen essen? Ich sitz sonst den ganzen Tag in der Werkstatt, da tut mir ein bisschen Sonne im Gesicht zur Abwechslung ganz gut.«

Er folgte ihr ins Haus, wo er die Patin begrüßte, die in der Wohnstube saß, trotz der milden Sommerwärme mit einer Wolldecke über den Beinen. Sie strahlte ihn zahnlos an und begrüßte ihn sogar mit seinem Namen; bei früheren Besuchen hatte sie ihn hin und wieder mit seinem Vater Sebaldus verwechselt. *Ihr Geist ist viel älter und gebrechlicher als ihr Leib,* pflegte seine Mutter immer zu sagen. *Aber sie freut sich trotzdem über jeden Morgen, an dem sie noch aufwacht.*

Ein wenig später schleppte Jörg ein Tischchen hinaus zu der Holzbank, die neben einem Beet voller dicker Wirsingköpfe stand. Anna trug Brotscheiben, Butter, Käse und hart gekochte Eier für ihn auf und goss ihm frische Milch in einen Becher. Während sie gemeinsam frühstückten, erzählte er ihr, dass sein Gesellenstück fast fertig war, und er berichtete von Ströbels Testament.

Die Augen seiner Mutter leuchteten. »Das heißt, du bist bald kein Lehrling mehr – und ein gutes Auskommen hast du in Zukunft auch noch, dank deinem gütigen Meister. Ich werde gleich nachher in St. Gallus eine Kerze für ihn anzünden.«

Jörg betrachtete zufrieden ihr glückliches Gesicht. Dann beschloss er ein wenig widerstrebend, die Sache anzusprechen, wegen der er eigentlich hergekommen war.

»Sag mal, Mama – du erinnerst dich doch an Waltraud? Die Kleine, die du vor zwei Jahren als Magd zu uns ins Haus geholt hast?«

»Die Tochter des Maurerbauern in Burg? Ja, natürlich! Wieso fragst du?«

»Sie hat uns vor nicht ganz zwei Wochen verlassen«, erklärte er, »allerdings, ohne uns zu sagen, dass sie gehen will. Sie hat sich einfach aus dem Staub gemacht. Und ich würde wirklich gern wissen, wohin.«

Anna Danner starrte ihn an, und ihr Ausdruck verdüsterte sich schlagartig. »Sie hat nicht erklärt, wieso sie ihren Dienst aufkündigt?«

»Nein, mit keinem Wort. Sie war von einem Tag auf den anderen nicht mehr da.«

»Ich verstehe.« Seine Mutter stellte ihren Becher hin und blickte an ihm vorbei, die Stirn gerunzelt, als sähe sie etwas vor ihrem inneren Auge, das ihr nicht gefiel. Dann gab sie sich einen Ruck.

»Als ich Waltraud nach Freiburg geholt hab«, sagte sie langsam, »da war sie gerade dreizehn, und der Maurerhof hatte ein schlechtes Jahr hinter sich. Ihr Vater war dankbar, sie in Lohn und Brot zu wissen, und sie hat sich sehr auf die Stadt gefreut.«

Sie seufzte und schob eine halb gegessene Brotscheibe auf ihrem Teller hin und her.

»Dass die Arbeit bei uns schwer war, hat ihr nichts ausgemacht. Auf dem Hof daheim ist es sicherlich noch härter gewesen für sie. Aber dann, nach fast einem Jahr …«

Sie brach ab und ihr Mund wurde schmal.

»Aber dann – was?« Jörg wurde ein wenig ungeduldig. »Ich muss das wirklich wissen, Mutter. Es ist wichtig!«

»Dann«, sagte seine Mutter zögernd, »wurde Martin auf sie aufmerksam. Ich will nicht schlecht über ihn reden – trotz allem, was er sich nach dem Tod deines Vaters herausgenommen hat. Er ist schließlich genauso der Sohn deines Vaters wie du. Aber er … Er hat eine sehr ungehörige Art, mit Frauen umzuspringen. Vor allem dann, wenn sie nicht von seinem Stand sind.«

»Irgendwie überrascht mich das nicht«, erwiderte Jörg grimmig. »Mit dir ist er genauso ungehörig umgesprungen – und du bist immerhin seine Stiefmutter und Vaters Witwe.«

»Ich weiß.« Anna nickte. »Aber auf mich hatte er wenigstens kein Auge geworfen – auf Waltraud schon. Eines Tages bin ich unversehens dazugekommen, als er die arme Kleine in der Küche betatscht hat. Und ich hab ihn zur Rede gestellt.«

Jörg beugte sich gespannt vor. »Hat er sich entschuldigt?«

»Keineswegs.« Anna verzog das Gesicht zu einer Grimasse. »Er war der Ansicht, er könnte mit ihr umgehen, wie es ihm passt. Dass ich ihm nichts zu befehlen und ihn schon gar nicht zu schelten hätte, hat er mich angefahren, und dass eine ›Bauerndirne‹ wie Waltraud doch froh sein sollte, dass es ein Herr aus besseren Kreisen ist, der ihr seine Gunst schenkt, und nicht irgendein Stallknecht.«

Jörg biss die Zähne zusammen und spürte, wie Zorn in ihm hochstieg. Ihm war durchaus bewusst, dass so mancher »Herr aus besseren Kreisen« die Dienstmägde in seinem Haushalt für Freiwild hielt und dass Jahr für Jahr so manche junge Frau mit Schimpf und Schande davongejagt wurde, weil die leichtfertigen Techtelmechtel Folgen hatten. Im Haus der Danners war so etwas zu Lebzeiten seines Vaters allerdings nie vorgekommen; Sebaldus war ein anständiger Dienstherr gewesen, der außer seiner innig geliebten Anna ohnehin keine andere Frau angesehen hätte und genauso wenig zuließ, dass sich jemand dem weiblichen Gesinde gegenüber Freiheiten herausnahm. *Jedenfalls hatte Jörg das bisher geglaubt.*

»Hast du Vater davon erzählt?«, wollte er wissen.

Anna nickte knapp. »In der Tat. Er hatte kurz darauf einen heftigen Streit mit Martin, und es blieb nicht der letzte. Sie haben sich in den Tagen danach hinter der verschlossenen Tür von Sebaldus' Hauskontor gegenseitig angebrüllt, mehr als einmal. Ich … Ich denke, das hat deinem Vater alles andere als gutgetan. Wenig später hat ihn der Schlag getroffen.«

Wieder brach sie ab.

»Warum hab ich von alldem nichts mitbekommen?«, fragte Jörg endlich nach einem langen, unbehaglichen Schweigen.

Annas Blick wurde sanft.

»Wir wollten dich nicht damit belasten«, sagte sie. »Du hast damals schon mehr Zeit in der Werkstatt von Meister Ströbel verbracht als daheim, und dein Vater war der Ansicht, er würde mit der Sache besser fertig, wenn nicht die ganze Familie in den Zwist verwickelt wäre.« Sie lächelte wehmütig. »Wenn es um seine Tuche ging und um den Wettstreit mit anderen Händlern, dann ist er keinem Kampf aus dem Weg gegangen, aber daheim war ihm das zuwider. ›In meinem Haus will ich Frieden haben‹, hat er immer zu mir gesagt.‹«

Jörg nickte langsam. Der Zorn auf Martin hielt ihn noch immer fest im Griff. Dass der so mit einem unschuldigen Mädchen in seinen Diensten umging, schockierte ihn. Und mit seiner Stiefmutter war sein sauberer Bruder genau genommen kein Stück besser verfahren. Wie würde er dann wohl Veronika behandeln, wenn er sie erst einmal als Frau in sein Haus geholt hatte?

Er durfte nicht zulassen, dass sie seinen Bruder heiratete. Unter gar keinen Umständen.

»Kannst du dir vorstellen, dass Waltraud nach Hause zu ihren Eltern zurückgekehrt ist?«, meinte er.

»Wo soll sie denn sonst hin? In Freiburg hat sie außer uns niemanden gekannt, und in Zeiten der Not nimmt doch jedes Kind Zuflucht bei Vater und Mutter. Die Maurers sind einfache, aber gute Leute. Sie werden ihre Tochter ganz bestimmt nicht im Stich lassen.«

»Dann muss ich jetzt nach Burg und herausfinden, ob du recht hast.« Jörg stand auf. »Danke für Speis und Trank.«

»Es ist ja nicht weit«, meinte Anna. Jetzt lächelte sie wieder, auch wenn der Ernst noch nicht ganz aus ihren Augen verschwunden war. »Magst du nachher noch mal hierherkommen? Dann kannst du auch mit mir zu Mittag essen, und vielleicht hast du anschließend noch ein paar Stunden für deine Mutter übrig. Ich bekomme dich viel zu selten zu Gesicht, mein Junge.«

»Sehr gern, Mama.«

Er küsste seine Mutter auf die Wange und ging rasch durch den Garten davon.

Der Weg nach Burg war tatsächlich kaum der Rede wert. Jörg wanderte wenige Minuten den Pfad entlang, der sich durch die Weizenfelder und Obstgärten rings um Kirchzarten schlängelte, und kam gleich darauf an dem ersten Hof vorbei, der zum Weiler gehörte. Eine Frau streute dem Federvieh vor dem Haus Körner hin und lächelte ihn an, als er sie freundlich grüßte.

»Wo finde ich den Maurerhof?«, rief er zu ihr hinüber.

»Noch ein Stück weiter, junger Herr«, meinte sie, »und dann rechts an den Apfelbäumen vorbei. Die gehören schon dem Maurerbauern.«

Jörg bedankte sich und setzte seinen Weg fort. Bald konnte er die angekündigten Apfelbäume sehen, dicht mit hellem Sommergrün belaubt. Er bog wie angewiesen rechts ab und sah den Maurerhof ein Stück weiter vor sich liegen. Das Bauernhaus war klein, mit weiß gekalkten Wänden, das Dach mit Stroh gedeckt. Auch hier scharrten Hühner, und rechts neben dem Gebäude dampfte ein Misthaufen. Im Erdgeschoss des Hauses bellte irgendwo ein Hund; wahrscheinlich lebte dort auch das Vieh und sorgte in den Wohnräumen darüber im Herbst und Winter für die nötige Wärme.

Jörg zögerte und blieb stehen. *Sollte er die Bauersleute einfach nach ihrer Tochter fragen?* Er beschloss, erst einmal abzuwarten, wagte sich ein paar Schritte weiter und ging hinter einer gewaltigen alten Eiche in Deckung.

Es dauerte fast eine halbe Stunde, bis sich die Haustür öffnete. Jörgs Herz machte einen Satz, als er das Mädchen erkannte, das über die Schwelle trat. *Seine Mutter hatte tatsächlich recht gehabt.*

Er trat hinter dem Baum hervor. »Waltraud?«

Sie zuckte zusammen und starrte ihn an, als wäre er ein Gespenst. »H… Herr Danner? Was macht Ihr denn hier?«

»Mit dir reden.« Jörg sprach so behutsam, als hätte er es mit einem scheuen Tier zu tun. »Keine Sorge – ich will dir nichts Böses. Ich soll dich von meiner Mutter grüßen … und ich muss dir ein paar Fragen stellen.«

»W-was denn für Fragen?«

»Ich würde gern erfahren, wieso du uns verlassen hast. Und ich muss herausfinden, wieso du am Tag vor dem Tod von Gundis Stöcklin in ihrem Haus gewesen bist«, erwiderte Jörg. »Von mir hast du nichts zu befürchten, das schwöre ich dir. Und ich werde meinem Bruder nichts verraten.«

Waltraud rührte sich nicht. Ihr Gesicht hatte jetzt wieder ein wenig Farbe, aber sie wirkte noch immer ängstlich und wachsam.

»Kommt mit mir in den Stall«, sagte sie endlich. »Ich möchte nicht, dass meine Eltern Euch sehen, Herr Jörg. Ich hab ihnen schon jetzt mehr als genug Kummer gemacht.«

Sie huschte eilig um das Haus herum, an dem Misthaufen vorbei und auf einen kleinen Holzverschlag zu. Sie entriegelte die grob gezimmerte Tür und verschwand darin; er folgte ihr und stand gleich darauf in staubigem Dämmerlicht, wo es nach Stroh und überwältigend nach Ziegen roch. Hinter einer hüfthohen Absperrung aus jungen Baumstämmen drängten sich in der Stallecke drei Geißen zusammen. Vor ihnen stand ein Ziegenbock mit respekteinflößendem Gehörn. Er funkelte Jörg an und meckerte unheilverkündend.

Jörg wich unwillkürlich zurück, und Waltraud gab ein winziges Glucksen von sich.

»Der tut doch bloß so, als wär er gefährlich«, sagte sie. »Dabei hat er eigentlich viel zu viel Angst vor allem, was auch nur einen Fingerbreit größer ist als er.« Sie streckte die Hand über die Absperrung und kraulte den Bock zwischen den Hörnern. »Ich hab ihn selbst aufgezogen, erst mit einem in Milch getauchten Lumpen und dann mit dem Löffel.«

Ihr Gesicht wurde wieder ernst.

»Das war, bevor Eure Mutter mich nach Freiburg geholt hat. Und jetzt … Jetzt wünschte ich, ich wär nie von hier weggegangen.«

Jörg lehnte sich gegen die Wand des Verschlages und betrachtete sie. Ihr herzförmiges Gesicht mit den großen Bernsteinaugen war immer noch sehr kindlich. Ihr Haar war unter einer schlichten, grauen Haube verborgen und die Ärmel ihrer Leinenbluse hochgekrempelt. Sie trug eine zerknitterte Schürze voller Mehlflecken.

»Meine Mutter hat mir erzählt, Martin hätte dir nachgestellt«, meinte er sanft. »Stimmt das?«

Waltraud wurde erst rot und dann sehr blass. Sie nickte unglücklich.

»Erst hat er mich bloß immer angestarrt«, sagte sie. »Dauernd hab ich seinen Blick im Rücken gespürt, egal, wo im Haus ich gewesen bin. Das hat mir nicht gefallen, aber was konnte ich schon sagen? Er war der Erbe von Eurem Herrn Vater. Und schließlich hatte er mich noch nicht … angefasst.«

Jörg räusperte sich unbehaglich. »Aber das kam noch. Nicht wahr?«

Waltraud nickte wieder und schluckte krampfhaft. »Irgendwann hat er angefangen, mir zu folgen. Sogar in die Küche! Und wenn die Köchin nicht da war, dann ist er immer ganz dicht an mich heran und hat mir … Sachen ins Ohr geflüstert.«

»Was für Sachen?«

»Dass ich hübsch bin. Und d-dass ich ihm gefalle.« Sie schloss für einen Moment die Augen. »Und … und w-was für Dinge er mit mir anstellen will, wenn ich ihn lasse.«

Sie sah ihn an. Ihr Blick war gleichzeitig zornig und flehend.

»Herr Jörg! Ich hab ihn nicht ermutigt, ganz bestimmt nicht! Ich b-bin anständig geblieben! Monatelang hab ich geradezu Verstecken mit ihm gespielt, weil ich Angst vor ihm gehabt hab – und weil ich Eure Frau Mutter nicht hab enttäuschen wollen. Nach allem, was sie für mich getan hat.«

»Sie hat dir die Anstellung verschafft und dich nach Freiburg geholt«, antwortete Jörg.

»Ja … Aber sie hat noch viel mehr für mich getan!« Waltrauds Stimme war voller Eifer. »Sie hat gemeint, ich wäre klug. Und deswegen hat sie mir Lesen und Schreiben beigebracht.«

»Wirklich?« Jörg starrte sie an. »Das hab ich gar nicht gewusst.«

»Das hat *niemand* gewusst. Nicht einmal der Herr Sebaldus. Jedenfalls nicht gleich. Irgendwann hat er's natürlich rausgefunden, und er hat Eure Frau Mutter gescholten, weil er geglaubt hat, sie setzt mir Flausen in den Kopf. Aber dass ich lesen kann, hat mir später sehr genützt. Vor allem bei dem Testament.«

Jörg stutzte. »Bei dem Testament? Welches Testament?«

Waltraud sah ihm unverwandt in die Augen. »Das von Eurem Herrn Vater. Da hatte Frau Anna gerade herausgefunden, dass Herr Martin hinter mir her war … Sie hat ihn ertappt, als er mich in die Ecke getrieben hat. Mein Mieder und meine Bluse hat er zerrissen und mir an die Brust gefasst.«

Sie spie die Worte in rascher abgehackter Folge aus wie Bissen von verdorbenem Obst.

»Aber dann ist Eure Mutter gekommen und dazwischengegangen. Ich hab mich so schrecklich geschämt, aber sie hat mich getröstet. Und dann hat sie den Herrn Martin hinter sich hergezogen, in ihr Zimmer. Ein bisschen später ist er wieder herausgekommen und die Treppe hinuntergepoltert. Ich … ich hab mich zu Frau Anna geschlichen, um zu sehen, ob es ihr gut geht. Sie ist so weiß gewesen wie Molke, aber auf ihrer Wange hatte sie einen roten Fleck.«

Jörg spürte, wie eine Woge aus glühendem Zorn über ihn hinwegschwappte. »Er hat sie *geschlagen?*«

»Ich … ich glaub schon.« Waltraud biss sich auf die Lippen. »Der Herr Sebaldus hat das auch gesehen. Deswegen hat er sich mit Herrn Martin gestritten. Und weil es ihm gar nicht gefallen hat, was er … was er mit mir tun wollte.«

»Ich verstehe.«

Jörg überlegte, und plötzlich wurde ihm etwas vollkommen klar. Er beugte sich vor.

»Sag mir, Waltraud – hast du am Abend vor dem Tod von Frau Gundis dieses Testament in unser Haus gebracht, um es Veronika Stöcklin zu zeigen?«

Es dauerte eine kleine Ewigkeit, bis sie antwortete. Jörg wartete; er war so angespannt, dass er fast einen Satz machte, als der Ziegenbock neben ihm schnaufend Anlauf nahm und seine Hörner gegen die Absperrung krachen ließ.

»Das hab ich«, sagte sie endlich leise. »Das Testament, das Herr Sebaldus nach dem Streit mit Herrn Martin geschrieben hat und in dem er ihm alles wegnimmt, was er ihm eigentlich hat vererben wollen.«

Wieder sah sie ihm in die Augen.

»Ich dachte mir, seine Braut muss doch wissen, dass sie einen Habenichts heiraten soll.«

Es wurde Abend, ehe Jörg sich endlich auf den Heimweg Richtung Freiburg machte. Nach der Begegnung mit Waltraud war er fast zwei Stunden ziellos durch die frühsommerlichen Felder gestreift – um sich zu beruhigen und den Versuch zu machen, das, was sie ihm erzählt hatte, in sein Weltbild einzuordnen.

Ihm schwirrte der Kopf. Dass sein Bruder einem blutjungen Mädchen nachgestellt, dass er es um ein Haar missbraucht und seine Stiefmutter geschlagen hatte, machte ihn so fassungslos wie wütend. Sein Vater musste ebenso wütend gewesen sein, oder er hätte sich wohl kaum zu dem radikalen Schritt entschlossen, seinen Erstgeborenen zu enterben.

Wenn das, was Waltraud sagte, die Wahrheit war (und daran zweifelte er nicht), dann war dieser brisante letzte Wille von niemandem in seinem heimischen Haushalt bezeugt worden, sondern stattdessen von dem alten Medikus Albert Stammheim, der sich gut dreißig Jahre um Sebaldus' körperliches Wohl gekümmert hatte, und von Michel Straffler aus der Zunft der Kaufleute, der von Kindesbeinen an mit seinem Vater eng befreundet gewesen war. Sebaldus hatte einen Tag gewählt, an dem seine Frau mit der Köchin auf dem Markt und Martin im Danner'schen Stoffkontor gewesen war.

Waltraud hatte die beiden Herren zu Sebaldus geführt und ihnen auf seinen Wunsch ein Glas Wein gebracht. Als sie in die Küche geschickt wurde, um auch noch ein paar Rosinenbrötchen zu holen, und mit dem Teller zurückkam, hatte sie Jörgs Vater mit seinen Gästen reden hören und ihre Schlüsse daraus gezogen. Und sie hatte gesehen, wie Sebaldus das kostbare Dokument in seinem Schreibpult einschloss.

Sein Tod nur wenige Tage darauf hatte das Testament allerdings gänzlich aus ihrem Kopf verdrängt, und auch der Freiburger Rat wusste offenbar nicht das Geringste von der Sache, oder die Zeugen wären längst offiziell befragt worden. Stattdessen musste Waltraud – genau wie Jörg – miterleben, dass Martin seine Stiefmutter in den nächsten Monaten durch Missachtung und gezielte Gemeinheiten vertrieb. Während dieser Zeit war wenigstens das Mädchen nicht mehr Zielscheibe seiner Aufmerksamkeit gewesen – vermutlich auch deswegen, weil Martin bereits damit begonnen hatte, Veronika zu umwerben. Trotzdem hatte Waltraud schon damals mit dem Gedanken gespielt, wieder zu ihren Eltern zurückzugehen, denn die Stimmung im Haus der Danners war inzwischen so düster und unerfreulich, dass sie es kaum noch dort aushielt.

Als die Köchin sie dann eines Tages anwies, das verwaiste Privatkontor von Herrn Sebaldus gründlich sauber zu machen, fand sie in dem leer geräumten Schreibpult das Testament. Sie war beim Abstauben mit ihrem Ärmel an einem winzigen Häkchen hängen geblieben, und vor ihren Augen war ein Geheimfach aufgesprungen, in dem Sebaldus vor fast einem Jahr sein Testament verborgen hatte. Ohne nachzudenken, hatte sie es unter ihre Schürze gesteckt und mitgenommen.

»Am liebsten hätte ich es Frau Anna gegeben«, hatte Waltraud in dem Ziegenstall zu ihm gesagt. »Aber die war doch nicht mehr da … und da hab ich überlegt, ob ich es Euch geben soll. Nur eins hab ich ganz sicher gewusst – dass ich es *nicht* Herrn Martin geben will.«

Stattdessen hatte sie ihren ganzen Mut zusammengenommen und das Unerhörte gewagt. Sie hatte das Wachssiegel erbrochen und sich bei Kerzenlicht abends in ihrer Kammer durch den letzten Willen von Sebaldus Danner gekämpft. Sie hatte Stunden gebraucht, um den Inhalt des Dokumentes ganz zu verstehen. Aber als ihr erst einmal klar war, was darin stand, war ihr Entschluss gefasst: Sie würde Veronika Stöcklin reinen Wein einschenken. Und danach würde sie zurück zu ihren Eltern gehen.

»Aber als ich zu den Stöcklins kam, da war das Fräulein gar nicht zu Hause«, hatte Waltraud ihm erzählt. »Und stattdessen hatte ich's plötzlich mit ihrer Großmutter zu tun. Und die hat mir das Testament weggenommen und es gelesen, und sie hat mich gefragt, ob ich weiß, was darin steht. Ich hab dumm getan und ihr vorgelogen, ich wüsste bloß, dass das ein heimlicher Letzter Wille von Herrn Sebaldus wäre. Danach hat sie mir ein Beutelchen mit Geld gegeben – dafür, dass ich niemandem ein Sterbenswörtchen von der Sache erzähle und dass ich verschwinde. Ich hab's ihr versprochen und gemacht, dass ich aus dem Haus und aus der Stadt kam.«

An diesem Punkt hatte Jörg seine ziellose Wanderung abgebrochen und war zu seiner Mutter zurückgekehrt. In den nächsten Stunden hatte er es tunlichst vermieden, Anna auf die Ereignisse vor und nach dem Tod seines Vaters anzusprechen. Wahrscheinlich hatte sie aus Scham beschlossen, ihm nichts von Martins Übergriff zu erzählen – ganz genauso, wie sein Vater ihm den erbitterten Zwist mit seinem Halbbruder verschwiegen hatte. Also aß er mit ihr einen Eintopf aus frischen Bohnen und Speck, plauderte mit ihr über den Alltag in Freiburg und verabschiedete sich, als die Sonne bereits recht tief stand.

Während er den Giersberg hinauf und in den Wald hineinwanderte, grübelte er weiter über das Testament nach. Waltraud hatte es gelesen und es nicht ganz freiwillig Gundis Stöcklin überlassen, die es ebenfalls gelesen hatte. Zuvor hatte es fast ein Jahr lang gänzlich unentdeckt im Schreibpult von Sebaldus gelegen, dem keine Gelegenheit mehr geblieben war, es vom

Rat beglaubigen zu lassen. *Aber was noch viel wichtiger war: Wo befand es sich jetzt?*

Inzwischen war das Tageslicht tiefrot, und er schalt sich selbst dafür, nicht früher den Heimweg angetreten zu haben. Wenn die Tore Freiburgs geschlossen wurden, bevor er die Stadt erreichte, würde er seine liebe Not haben, noch eingelassen zu werden.

Er folgte dem Pfad zwischen den Bäumen hindurch, stolperte über Baumwurzeln – und blieb ruckartig stehen, als er plötzlich links von sich flackernden Flammenschein sah und Stimmen hörte. *Vielleicht konnte er ja um einen Platz zum Schlafen und ein Stück Brot bitten und erst am nächsten Morgen nach Freiburg weitergehen.*

Er verließ den Weg und bewegte sich auf die Stimmen und das warme Licht zu. Dann hatte er den Rand der kleinen Lichtung erreicht und blieb versteckt hinter einer Buche stehen, um die Lage zu sondieren.

Fünf Männer saßen um ein loderndes Feuer herum; vier von ihnen hielten Stöcke über die Glut, und es roch nach brutzelndem Fleisch und Speck. Ein paar andere Männer lagen bereits in ihre Mäntel eingerollt auf dem Waldboden, sprachen leise miteinander oder schliefen. Im Hintergrund waren zwei Pferde mit den Zügeln an die Bäume gebunden. Die Gruppe wirkte zwar ein wenig abgerissen, aber wie Räuber sahen sie eigentlich nicht aus. Jörg spürte, wie die instinktive Spannung aus seinem Körper wich, machte einen Schritt hinter dem Baum hervor und öffnete den Mund, um auf sich aufmerksam zu machen.

Im nächsten Moment traf ihn etwas mit betäubender Wucht seitlich am Kopf, und die Welt wurde schwarz.

XIII

Begegnung mit einem Fremden

Jörg stöhnte leise.

Die rechte Seite seines Schädels brannte wie Feuer, und eine Baumwurzel presste sich schmerzhaft in sein Kreuz. Es roch noch immer nach Feuer und nach gebratenem Fleisch – und jetzt fiel ihm wieder ein, was geschehen war. *Jemand hatte ihn von hinten niedergeschlagen.*

Er wagte nicht, die Augen zu öffnen. Stattdessen lag er ganz still und wäre um ein Haar zusammengefahren, als dicht über ihm eine leise, barsche Männerstimme ertönte.

»Was hast du dir eigentlich dabei gedacht, du blöder Simpel? Ziehst diesem Hänfling eins über die Birne, anstatt ihn gleich abzustechen … und jetzt haben wir ihn am Hals.«

Das Blut in Jörgs Adern verwandelte sich von einer Sekunde zur anderen in klirrend kaltes Eiswasser. *Heilige Maria Mutter Gottes.* Jetzt wagte er es noch nicht einmal mehr, richtig zu atmen.

»Eigentlich sieht er ja ganz harmlos aus.« Eine weitere leise Stimme, tief und ein wenig verlegen.

»Dann hättest du ihn ungeschoren lassen sollen. Du bist wirklich ein Dummkopf.« Wieder der erste Mann. »Der Hauptmann wird nicht erfreut sein, wenn er ihn sieht.«

»Muss er doch gar nicht.« Die Verlegenheit war spurlos aus der tiefen Stimme verschwunden; plötzlich klang sie lauernd. »Wenn ich ihn gleich erledige und wir ihn irgendwo dahinten im Wald verscharren, dann kriegt der Hauptmann gar nichts davon mit.«

Das Eiswasser in Jörgs Adern gefror. Über ihm ertönte ein abfälliges Prusten.

»Willst du die anderen auch erledigen und verscharren – alle acht? Der Hauptmann ist der Einzige, der diesen Unglücksraben noch *nicht* gesehen hat, und wenn wir beide es ihm nicht verraten, dann tut es einer der Jungs hier. Also mach dich nicht lächerlich.«

Jörg hätte beinahe vor Erleichterung nach Luft geschnappt. *Vielleicht musste er doch noch nicht dran glauben. Aber was war das für ein Hauptmann?*

Plötzlich waren neben den beiden Stimmen auch noch andere zu hören, ein gedämpftes, murmelndes Durcheinander. Als Nächstes leise, auf dem weichen Waldboden fast lautlose Schritte – und ein zorniger Ausruf.

»Wer von euch beiden war das? Du, *capullo*? Kann man euch denn nicht einmal für eine halbe Stunde allein lassen?«

»Tut mir leid, Hauptmann.« Der Mann, der ihn niedergeschlagen hatte, schien Angst zu haben. »Ich hab gedacht, er ist ein Büttel oder so was.«

»Dann, *ojo de culo*, hättet ihr euch zusammenreißen und ihn mit Wein und Fleisch füttern sollen. Söldner anzuwerben ist nicht verboten, aber wie oft muss ich euch noch begreiflich machen, dass ihr nicht schon *hier* anfangen dürft, euch aufzuführen wie die Landsknechte nach einer Schlacht? In diesem Land herrscht kein Krieg, und wenn ihr nicht demnächst in Freiburg am Galgen baumeln wollt, dann lasst uns hoffen, dass du nicht zu fest zugeschlagen hast.«

Eine warme Hand berührte sein Gesicht, dann ertönte ein amüsiertes Glucksen.

»Ihr seid sogar zu blöd, um zu merken, dass er längst wieder wach ist. Na komm, mach die Augen auf, *chico* … Keine Angst, wir bringen dich schon nicht um.«

Jörg blinzelte. Das Lagerfeuer irgendwo links von ihm loderte nicht hell genug, um in der nächtlichen Dunkelheit irgendetwas deutlich zu erkennen. Das Einzige, was er sah, war der diffuse Glanz von Augen, die ihn musterten.

»Glaubst du, du kannst ein paar Schritte laufen?«

Der Hauptmann half ihm, sich gerade hinzusetzen, und zog ihn mit einem kräftigen Ruck auf die Beine. Jörg schwindelte, das Brennen auf seiner rechten Kopfseite verstärkte sich, und ihm wurden die Knie weich.

»*Ay va!* Du hast doch mehr abgekriegt, als ich dachte.«

Jörg wurde rasch gestützt, zum Feuer geführt und dort behutsam wieder auf den Boden hinuntergelassen. Der Hauptmann setzte sich neben ihn, ein Bein bequem ausgestreckt.

Erst jetzt hatte Jörg die Gelegenheit, ihn im Feuerschein etwas genauer zu betrachten. Ein eckiges Gesicht mit kräftig geschwungenen Brauen, darunter dunkle, schwerlidrige Augen. Kinn und Wangen wurden von einem sauber gestutzten Backenbart eingerahmt, der fast vollständig ergraut war – anders als das dichte, tiefschwarze Haupthaar, durch das sich aber bereits zahlreiche silberne Strähnen zogen. Das Wams, das er trug, war aus robustem Leder, genau wie seine Stiefel.

»Dreh den Kopf, *chico*. Lass mich mal sehen.«

Jörg gehorchte. Der Mann musterte die verletzte Stelle und pfiff leise durch die Zähne. »Ein ordentlicher Kratzer, und morgen wirst du eine Beule haben – aber ich versichere dir, deswegen krepieren wirst du nicht.« Er betrachtete Jörg neugierig. »Was machst du eigentlich um diese Zeit hier im Wald?«

»Das könnte ich genauso gut *Euch* fragen!«, platzte Jörg heraus und hätte sich im nächsten Moment am liebsten die Zunge abgebissen. Der Hauptmann lachte.

»Das *pollo* hat Federn gelassen, aber krähen kann es immer noch!« Sein Blick war erfüllt von humorvollem Respekt. »Ich, mein Junge, werbe Söldner an – für den guten *rey Carlos*, der in Spanien herrscht und aus unerfindlichen Gründen auch Kaiser des Heiligen Römischen Reiches ist. Weswegen er pausenlos mit allen möglichen Fürsten im Streit liegt, vor allem dann, wenn sie protestantischen Glaubens sind. Das ist für seine allerkatholischste *majestad* ein rotes Tuch.«

»Davon weiß ich nicht viel«, erwiderte Jörg, unendlich erleichtert, dass seine vorwitzige Bemerkung ihn nicht das Leben kostete. »Wie die hohen Herren miteinander umgehen, kümmert mich wenig, solange ich in meiner Werkstatt sitzen und Uhren bauen kann.«

»Du bist ein *relojero?* Schau an.« Der Hauptmann lachte erneut. »Das ist ein ausgesprochen friedliches Handwerk – im Gegensatz zu meinem. Lebst du in Freiburg, *chico?*«

Jörg nickte. »Ich hab die Lehrzeit schon fast hinter mir – sobald mein Gesellenstück fertig ist.« Er betrachtete sein Gegenüber mit einem leichten Stirnrunzeln. »Woher kommt Ihr? Ihr sprecht meine Sprache, aber Ihr seid doch bestimmt nicht von hier.«

»Ich bin in Spanien geboren«, erwiderte der Mann, »in einem Kaff namens Santa Cruz auf einer Insel mitten im Ozean. Da bin ich aber schon mindestens vierzig Jahre nicht mehr gewesen. Und außerdem geht's hier gerade nicht um mich, sondern um dich. Wenn du Geselle bist, nimmst du dir bestimmt ein hübsche kleine *guapa* zur Frau, oder?«

»Ich wünschte, ich *könnte!*« Es war das zweite Mal binnen kürzester Zeit, dass Jörgs Mund rascher war als sein Kopf. »Das Mädchen, das ich haben will, muss wahrscheinlich meinen Bruder heiraten.«

Ihm fiel siedend heiß wieder ein, was er heute herausgefunden hatte.

»Aber … aber vielleicht auch nicht. Mein Vater hat ihn nämlich vor seinem Tod noch enterbt. Glaube ich jedenfalls.«

Der Hauptmann runzelte die Stirn. »*Hablas con acertijos*«, sagte er. »Du sprichst in Rätseln, Kleiner. Aber du kannst mir gern davon erzählen, wenn du magst. Langsam werde ich wirklich neugierig. Oder willst du vorher vielleicht noch was essen?«

Plötzlich stellte Jörg fest, dass er – trotz seines brummenden Schädels – gewaltigen Hunger hatte. »Ich würde gern was essen. Wirklich *sehr* gern.«

Der Hauptmann sah sich um und machte eine lässige, befehlende Geste. Jörg stellte fest, dass die Männer, die noch wach waren, sich zurückgezogen hatten, als wollten sie das Gespräch ihres Befehlshabers mit dem unerwarteten Gast nicht stören. Ihm wurde klar, dass sein Gegenüber die ganze Gruppe fest im Griff hatte. Seine Autorität war lautlos und allumfassend, und zum allerersten Mal in dieser Nacht fühlte er sich tatsächlich *sicher.*

Einer aus der Gruppe brachte einen Napf mit gebratenem Fleisch und ein Stück Brot, ein anderer einen mit Wachs versiegelten Tonkrug und zwei Becher. Der Hauptmann öffnete den Tonkrug, füllte die Becher mit Wein und hielt einen davon Jörg entgegen.

Jörg nahm einen vorsichtigen Schluck – er hatte keine Ahnung, was der Wein nach dem Schlag auf den Kopf mit seinen Sinnen anstellen würde –, dann stellte er den Becher neben sich auf den Boden, wandte sich dem Essen zu und aß mit großem Appetit. Mit dem letzten Stück Brot wischte er den Fleischsaft aus dem Napf.

»Danke«, sagte er. »Nicht bloß für das Abendessen. Auch dafür, dass Ihr Eure Leute daran gehindert habt, mich umzubringen. Ich hab wirklich gedacht, ich muss sterben.«

Der Hauptmann grinste, und seine Augen funkelten im Feuerschein. »Wären wir uns ein paar Jahre früher begegnet, dann *wärst* du gestorben, das darfst du mir glauben.«

»Jetzt nicht mehr?« Jörg legte den Kopf schräg. »Wieso?«

»Lange Geschichte, *chico.*« Die Mundwinkel des Hauptmanns zuckten. »Aber eigentlich wolltest du mir doch *deine* Geschichte erzählen, nicht? Vielleicht muss ich dir ein bisschen mehr Wein eintrichtern, damit du endlich damit anfängst.«

Jörg nahm noch einen Schluck aus dem Becher, diesmal etwas mutiger. Und dann erzählte er tatsächlich – von seinen Vater Sebaldus, von seiner Mutter Anna und davon, wieso sie als Witwe nicht mehr im Haus leben durfte. Er sprach von Meister Ströbel und von dessen Testament, das ihm die Zukunft sicherte und ihn hoffentlich bald aus der misslichen Lage erlösen würde, in der er sich augenblicklich noch befand. Und obwohl er den Becher austrank und sein Gegenüber ihm prompt noch einmal nachschenkte, ließ er Veronika aus – dass er vorhin von ihr gesprochen hatte, erfüllte ihn mit Scham. *So eine Blöße wollte er sich nicht noch einmal geben.*

Allerdings hatte er nicht mit der Hartnäckigkeit des Hauptmanns gerechnet. Der leerte den Rest aus dem Tonkrug in seinen eigenen Becher, drehte ihn zwischen den Händen und betrachtete Jörg nachdenklich. »*Muy intrigante.* Sehr spannend, das alles. Aber was war das mit diesem Mädchen, das angeblich deinen Bruder heiraten soll?«

Jörg verfluchte die eigene Geschwätzigkeit. Am liebsten hätte er dem Mann gesagt, dass Veronika ihn einen feuchten Kehricht anging. Allerdings war ihm klar, dass er nur deshalb nicht in einer flachen Grube irgendwo auf dem Giersberg verscharrt worden war, weil dieser Fremde beschlossen hatte, ihn zu verschonen. *Sich jetzt stur zu stellen war vielleicht doch keine so gute Idee.*

»Ich … ich kenn sie, seit sie ein Kind war«, erwiderte er endlich widerstrebend. »Mein Vater und ihrer sind – sie waren beide in der Zunft der Kaufleute. Und auch, wenn sie sich jahrzehntelang gegenseitig die Kunden und die Lieferungen abgejagt haben, sind sie gut miteinander ausgekommen. Außerdem hab ich Veronikas Großvater sehr gern gemocht … anders als ihre Großmutter, die seit Monaten nichts anderes wollte, als dass Veronika meinen Bruder heiratet. Aber dann ist sie vor Kurzem gestorben … nur wenige Tage nach Veronikas Großvater.«

»Schade um den *abuelo*, aber wenn die *abuela* aus dem Weg ist, nützt dir das ja vielleicht sogar. Oder wer ist jetzt noch übrig, der *la chica* Veronika dazu zwingen könnte, deinen Bruder zu heiraten – wenn sie in Wirklichkeit dich haben will?« Der Hauptmann nahm einen kräftigen Zug aus dem Becher. »Das heißt, *falls* sie dich haben will.«

»Das wollte sie.« Jörg senkte den Kopf. »Und wir haben uns heimlich getroffen, monatelang. Aber als ihr Großvater starb, hat sie aufgegeben. Nicht einmal sehen wollte sie mich mehr. Sie ist erst wieder zu mir gekommen, nachdem man die Nonne festgenommen und eingekerkert hat.«

Der Hauptmann gab ein verblüfftes kleines Glucksen von sich. »Erst ein hübsches Mädchen und tragisch unerfüllte Liebe, dann ein enterbter Bruder und zwei dahingeschiedene Großeltern, und jetzt auch noch eine eingekerkerte Nonne. Klingt wie eine ausgewachsene Moritat. Du solltest damit als Bänkelsänger über die Märkte ziehen, *chico.*«

Jörg starrte ihn an. Er hatte das Gefühl, gefoppt zu werden.

»Für Veronika war das alles sehr schlimm«, sagte er ernsthaft. »Schon bevor ihr Großvater starb, meine ich. Ihre Mutter war jahrelang sehr krank und niemand konnte ihr helfen, bis die Nonne nach Freiburg gekommen ist. Denn die hat endlich herausgefunden, was ihr fehlt, und sie wieder gesund gemacht. Deswegen macht sich Veronika jetzt ja auch so große Sorgen um Schwester Fidelitas!«

Wein schwappte aus dem Tonbecher und tropfte zu Boden. Jörg konnte trotz des warmen Feuerscheins deutlich erkennen, dass das Gesicht des Hauptmanns alle Farbe verloren hatte. Seine Augen hingegen waren plötzlich pechschwarz.

»Diese Nonne … Sie heißt *Fidelitas?*«, fragte er. »Bist du sicher?«

Jörg nickte ein wenig verwirrt. »Ja. Sie hat die letzten zwei Monate im Haus von Veronikas Eltern verbracht, und Veronika hat mir viel von ihr erzählt. Natürlich bin ich sicher.«

»Was weißt du noch über sie?« *Worte, so schnell abgefeuert wie Schüsse aus einer Muskete.* »Weißt du, aus welchem Kloster sie kommt? Und wie sie aussieht? Weswegen hat man sie festgenommen?«

»Aus dem Kloster Frauenalb im Schwarzwald, glaube ich.« Jörg starrte den Hauptmann an. »Ich kann Euch nicht sagen, wie sie aussieht, ich bin ihr nie begegnet. Ich weiß bloß, was Veronika mir von ihr erzählt hat. Dass sie freundlich ist und klug, dass sie ihrer Mutter geholfen und ihren Großvater dazu gebracht hat, den Priester zu entlassen, der ihm immer solche Angst vor der Hölle gemacht hat. Der hat sie jetzt auch beim Rat angeklagt. Er wirft ihr vor, Veronikas Großeltern umgebracht zu haben. Entweder durch Gift oder durch Hexenkunst.«

»Das klingt ganz und gar nach ihr. *Tia loca – cojones*!«

Es war ein scharf gezischtes Flüstern. Aus den Augenwinkeln registrierte Jörg, dass die Männer sich genähert hatten und ihn und den Hauptmann als bedrohlicher Halbkreis umstanden. Hier und da blitzte eine Messerklinge, im Feuerschein rot wie Blut. Der Hauptmann hob rasch die Hand.

»*Tranquilo!*« Jetzt sprach er vollkommen ruhig, und ohne die Stimme zu erheben. »Ganz ruhig, Männer. Legt euch schlafen, wir haben morgen noch ein gutes Stück Weg vor uns. Und lasst den Jungen in Frieden – wer ihn anrührt, wird noch nicht einmal Frankreich erreichen. *Cachai?* Habt ihr das kapiert?«

Zögerndes, zustimmendes Gemurmel. Die Männer wichen zurück und verschmolzen wieder mit der Dunkelheit. Der Hauptmann wandte sich an Jörg und lächelte ihn an; ein knappes, freudloses Lächeln, aber immerhin.

»Du legst dich auch hin, *chico*«, sagte er. »Ich muss jetzt nachdenken … und möglicherweise meine Pläne ändern. Morgen früh sprechen wir darüber.«

Ein sicherer Instinkt sagte Jörg, dass es besser war, nicht nachzufragen und zu gehorchen. Er tat es den Männern gleich, ging ein paar Schritte weg vom Feuer und suchte sich eine Stelle auf dem Waldboden, die sich glatt und einigermaßen weich anfühlte. Dann wickelte er sich in seinen leichten Sommermantel und rollte sich halbwegs bequem zusammen.

Erstaunlicherweise war er trotz aller Aufregungen erschöpft genug, dass ihm die Augen zufielen. Als Letztes ging ihm durch den Kopf: *Ich weiß noch nicht einmal, wie der Mann heißt.*

Im nächsten Moment war er eingeschlafen.

Er erwachte von leisem Stimmengewirr, setzte sich auf und schaute sich um. Er sah, dass die Männer sich zum Aufbruch bereit machten. Ränzel wurden gepackt, ein Stück von ihm entfernt zog ein bärtiger Riese eine eindrucksvolle Messerklinge über einen kleinen Schleifstein, und jemand kippte den Rest aus einem Becher in das Lagerfeuer, das aufzischte und qualmte.

»*Hola!* Auch schon munter?«

Der Hauptmann kam auf ihn zu. Jetzt konnte Jörg ihn zum ersten Mal bei vollem Tageslicht sehen und fragte sich, wie alt er wohl war. Vierzig? Fünfzig? Trotz des grauen Bartes und der grauen Strähnen in seinem Haar war das schwer zu schätzen, denn er bewegte sich so schnell und geschmeidig wie jemand, der sich in seinem Körper wohlfühlte und nicht im Mindesten unter den Schmerzen litt, die das Alter irgendwann unweigerlich mit sich brachte.

Er trug einen Napf mit etwas Brot und Käse und einen Becher, dessen Inhalt nach Dünnbier roch, und reichte Jörg beides.

»Das ist der Rest von unserem Proviant, *chico.* Wenn du üppiger frühstücken möchtest, musst du erst nach Freiburg zurück.«

Was wohl hieß, dass er wirklich gehen durfte. Jörg schnaufte erleichtert durch, bedankte sich und aß. Der Hauptmann ging weg und sprach mit zweien der Männer; dabei schauten alle mehrmals zu Jörg hin, der sein instinktives Unbehagen darüber rasch hinter dem Becher verbarg. Dann kam er wieder zurück.

»Ich gehe mit den Männern bis Breisach. Dort wartet mein *ayudante* auf mich, der sie durch Frankreich nach Spanien bringen wird, zum Heer von *rey* Carlos.«

Das war eine Überraschung.

»Ich dachte, Ihr würdet sie begleiten«, meinte Jörg. »Ihr habt sie doch angeworben, oder?«

»Klar hab ich das.« Der Hauptmann zuckte die Achseln. »Aber ich bin weiß Gott nicht dafür nötig, dass sie in Madrid ankommen. Und auf diese Weise kann ich mir die elende Kletterei über die Berge sparen. Die Pässe der Pyrenäen sind sogar im Sommer alles andere als ein Vergnügen.«

Er lächelte Jörg an, aber seine Augen blieben ernst.

»Nein. Sobald ich diese künftigen Söldner an meinen *ayudante* übergeben habe, komme ich nach Freiburg.«

»Nach *Freiburg?*« Jörg starrte ihn ein paar Sekunden an, ohne zu begreifen, dann ging ihm endlich ein Licht auf. »Wegen der Nonne? Wegen Schwester Fidelitas?«

»Wegen Schwester Fidelitas.« Der Hauptmann nickte. »Weil ich ganz ohne jeden Zweifel weiß, dass die Frau, die ich kenne, niemals eine Hexe war und auch nie im Leben einen Menschen töten würde. Damit kann sie unmöglich Schuld am Tod der Großeltern deiner *guapa* haben, *no?* Aber wenn *sie* es nicht getan hat, dann muss es ein anderer gewesen sein … und den werde ich finden. Mit deiner Hilfe, hoffe ich.«

Jörg schossen ein Dutzend Antworten gleichzeitig durch den Kopf, aber keine davon sprach er aus. *Wie wollte der Hauptmann einen Mörder finden, dem man die Taten wahrscheinlich kaum beweisen konnte? Wie wollte er eine angebliche Hexe retten, wenn das Freiburger Blutgericht keinen Wert auf Zeugen legte, die sie davor bewahren konnten, auf dem Scheiterhaufen oder unter dem Beil des Henkers zu enden?*

Stattdessen betrachtete er den Mann, der vor ihm stand, und verspürte einen unerwarteten Hauch von Hoffnung. Er hatte einen Verbündeten gefunden, der vielleicht nicht nur der unglückseligen Nonne helfen konnte, sondern auch ihm und Veronika. Weil er – und da war Jörg sich ausgesprochen sicher – mehr über menschliche Bosheit, über Mord und Totschlag wusste als sie beide zusammen.

»Wie finde ich dich in der Stadt, *chico*?«

»In der Großen Gass, in der Uhrmacherwerkstatt von Meister Ulrich Ströbel«, erklärte Jörg. Er streckte dem Hauptmann die Hand hin. »Ich bin übrigens Jörg Danner. – Was bedeutet eigentlich dieses *tschiko?*«

Diesmal erreichte das Lächeln auch die Augen.

»Das bedeutet *Kleiner* oder *Junge*. Denn das bist du, *sì?* Ich würde mein bestes Messer darauf verwetten, dass du dich noch nicht lange rasieren musst … wenn überhaupt.«

»Schon seit zwei Jahren!« Aber Jörg war nicht wirklich empört. Neben diesem Mann kam er sich in der Tat sehr jung und unzulänglich vor. »Ich bin im März achtzehn geworden.«

»Achtzehn!« Der Hauptmann schnaubte leise. »Vielleicht bist du doch schon ein Mann, *Jorge* Danner. Wir werden sehen. – Aber jetzt muss ich wirklich aufbrechen, sonst muss mein *ayudante* zu lange auf mich warten. Wir sehen uns in Freiburg, spätestens in zwei, drei Tagen.«

Er wandte sich ab. Jörg sprang rasch auf. »Moment noch!«

»Was denn?«

»Ihr solltet mir erzählen, woher Ihr die Schwester kennt«, sagte Jörg. »Und Euren Namen wüsste ich auch gern, Herr – meinen wisst Ihr doch jetzt auch.«

»Woher ich *la monja* kenne, das erzähle ich dir vielleicht, wenn wir uns in Freiburg wiedersehen.« Der Hauptmann verneigte sich mit einer Mischung aus förmlicher Höflichkeit und leisem Spott. »Und mein Name ist Juan Alvarez de Santa Cruz y Fuego.« Er grinste. »Juan reicht, würde ich sagen.«

Damit drehte er sich erneut um und ging zu dem Pferd hinüber, das noch am Rande der Lichtung angebunden war. Er löste den Zügel vom Baumstamm, schwang sich in den Sattel und ritt langsam davon, gefolgt von dem beladenen Packpferd und den Söldnern, die in einer langen Reihe hinter ihm hermarschierten.

Jörg blieb neben den qualmenden Resten des Lagerfeuers zurück, die Gedanken ein wirres Durcheinander im Kopf. Und während er sich auf den Weg nach Hause machte, fragte er sich die ganze Zeit, ob er sich die turbulenten Ereignisse seit gestern Abend wohl nur eingebildet hatte. Die Beule seitlich an seinem Kopf bewies ihm allerdings das Gegenteil.

Ob dieser Hauptmann wohl wirklich nach Freiburg kommen würde?

Die schwere Holztür schlug krachend hinter ihr zu.

Fidelitas stolperte ein paar Schritte hinein in völlige Dunkelheit, verlor das Gleichgewicht und schaffte es gerade noch, ihren Sturz nach vorn mit beiden Händen abzufangen. Der Steinboden des Gelasses, in das man sie hineingestoßen hatte, war feucht und kalt, und es stank nach Schimmel und schmutziger Fäulnis.

Im Haberkasten wartet sich's um einiges bequemer auf das Verhör als im Christoffelturm. Hier spannt Euch keiner in den Block, und sauber ist es auch.

Franz Beierlein hatte das zu ihr gesagt, der Büttel, der sie vor vier Tagen festgenommen hatte. Er hatte recht gehabt – denn das hier *war* der Christoffelturm, und der Haberkasten nahm sich dagegen in der Rückschau aus wie ein luxuriöses Quartier.

Außerdem hatte Beierlein nur vom Christoffelturm gesprochen. Das Marterhäusle – das sich direkt daneben befand – hatte er nicht erwähnt. Fidelitas wusste nicht, ob sie ihm dafür dankbar sein sollte – vielleicht war es besser, dass sie nichts davon gewusst hatte. *Bis heute jedenfalls.*

Denn heute hatte man sie vom Predigerturm zum Marterhäusle und darin in einen großen Raum mit allerlei Gerätschaften gebracht, die sie zuvor noch nie gesehen hatte. Sie hatte stumm den riesigen Holztisch angestarrt, auf dem Zangen lagen, seltsam geschmiedete Klammern, an denen lange Ketten hingen, kleine und große Schraubstöcke mit Eisenplatten und scharf geschliffenen Spitzen. »Wir werden Euch kein Haar krümmen«, hatte einer der beiden gut gekleideten Herren gesagt, die kurz nach ihr und den drei Bütteln, die sie aus dem Predigerturm geholt hatten, den Raum betraten. »Jedenfalls nicht, wenn Ihr Eure Taten gesteht. Aber wenn Ihr schweigt, dann seht Ihr hier die Mittel, mit denen es uns sicher gelingen wird, ein Geständnis von Euch zu bekommen. Ihr solltet uns besser die Wahrheit sagen, bevor wir diese Mittel anwenden müssen.«

Fidelitas hatte es irgendwie fertiggebracht, die furchtbare Angst, die in ihr aufstieg, hinunterzuschlucken. »Die einzige Wahrheit, die ich für Euch habe, ist die, dass ich unschuldig bin«, hatte sie gesagt.

Der Wortführer – dessen Namen sie nicht kannte – hatte sich an die Büttel gewandt. »Zieht ihr das Habit aus, rasiert ihr die Haare ab und sucht nach Hexenmalen.« Seine Stimme hatte sich so gelassen angehört, als wollte er die Männer anweisen, eine simple Besorgung für ihn zu erledigen. Fidelitas hatte ihn fassungslos angestarrt; ihr war keine Zeit mehr geblieben, gegen diese Ungeheuerlichkeit zu protestieren oder wenigstens darum zu bitten, sich selbst entkleiden zu dürfen. Im nächsten Moment hatten zwei der beiden Büttel ihr Tunika, Skapulier, Kopftuch und Schleier heruntergerissen, und sie stand nackt wie am Tag ihrer Geburt vor fünf Männern, die sie so ungeniert und ausdauernd anstarrten, als wollten sie sich jede Einzelheit ihres Körpers einprägen. Sie spürte ihre Blicke auf sich wie gierig grapschende Hände und wäre am liebsten auf der Stelle gestorben.

Dann hatten zwei der Büttel sie festgehalten, und der dritte hatte ein Messer zur Hand genommen. Damit hatte er ihr den Kopf, die Achseln und die Scham kahl geschoren. Er ging mit brutaler Gründlichkeit vor, und sie war so starr vor Entsetzen, dass sie sich nicht rühren konnte, wodurch sie bei dieser entwürdigenden Prozedur wenigstens nur vereinzelte Schnittverletzungen und Kratzer davontrug.

Aber das war nur der Anfang des Schreckens gewesen.

Als Nächstes hatte er das Messer beiseitegelegt und eine lange Nadel zur Hand genommen. Er hatte ihren ganzen Körper nach Muttermalen abgesucht; fand er eines, stach er mit der Nadel hinein. Die Demütigung war dabei zuerst beinahe schlimmer als die Schmerzen, obwohl auch die irgendwann unerträglich wurden, denn auf Fidelitas' heller, empfindlicher Haut befanden sich zahllose Leberflecken und Muttermale. Je fester und je öfter er zustach, desto mehr Blut floss. Es tropfte ihre Arme und Beine hinunter, rieselte über ihren Hals und ihre entblößten Brüste.

Zuerst hatte Fidelitas noch versucht, die Pein schweigend zu ertragen, aber nicht lange. Eine albtraumhafte Ewigkeit später – sie sollte nie herausfinden, wie lange die Tortur wirklich gedauert hatte – wurde sie nur noch vom harten Griff der Büttel aufrecht gehalten. Ihr Gesicht war tränenüberströmt, die Stimme gebrochen und heiser. Als der Mann, der die Befehle gab, ihrem Peiniger befahl, aufzuhören, war sie so erleichtert, dass sie ihm beinahe gedankt hätte.

»Kein zweifelsfrei festgestelltes Hexenmal«, hatte er gesagt, »aber die sind ohnehin nicht allzu aussagekräftig. Schmerzen kann man auch vortäuschen.« Dann hatte er sie angesehen, die Augen so ausdruckslos wie die einer Statue. »Das nächste Mal, wenn wir uns hier begegnen«, hatte er erklärt, »wird es nicht bei der Suche nach dem *stigma diabolicum* bleiben. Wenn Ihr weiter so verstockt seid, Fidelitas von Frauenalb, dann werden wir die Daumenschrauben zur Anwendung bringen, und wenn Ihr danach noch immer leugnet, dann landen Eure Beine in den Spanischen Stiefeln. Seid Ihr sicher, dass Ihr so starrsinnig sein wollt?«

Sie hatte ihm keine Antwort gegeben. Sie hatte keine Stimme mehr gehabt, keinen Mut und keine Kraft. Das Einzige, was sie sich jetzt noch wünschte, war ein stiller, dunkler Ort, an dem man sie endlich in Frieden ließ.

Und genau dort war sie jetzt – im Christoffelturm, in übel riechender Finsternis, bekleidet nur mit ihrer Tunika, denn der Rest von ihrem Habit war im Marterhäusle geblieben. Ihr gesamter Leib war ein flammender Schmerz. Sie krümmte sich auf dem feuchten Stein zusammen und rang nach Worten, mit denen sie Gott um Rettung anflehen konnte. Aber alles in ihr war vor Qual erstarrt und stumm.

Vor ihrem inneren Auge blitzte das Bild der Himmelskönigin aus dem Freiburger Münster auf, bruchstückhaft und verschwommen. *Der leuchtend blaue Mantel, das sanfte Gesicht, Augen, die sie voller Mitgefühl anschauten.* Und dann wurde sie zurückgetragen … In eine Zeit lange vor Mutter Katharina, vor Schwester Agatha, vor Mutter Scholastika. *Arme, die sie zärtlich hielten, und eine warme Stimme, die ihr leise etwas vorsang.*

Sie presste die Stirn gegen den kalten Stein und schloss die Augen.

Mama.

XIV

Verräterische Initialen

Jörg kam in die Stadt zurück, als die Tore gerade geöffnet worden waren. Er schlich sich ins Haus, erfuhr von der Köchin, dass sein Bruder zur Messe aufgebrochen war und dass er anschließend eine Verabredung mit einigen anderen Händlern aus der Zunft der Kaufleute hatte. Jörg seufzte vor Erleichterung, holte sich Wasser aus dem Bächle, das vor dem Haus mitten durch die Straße plätscherte, und wusch sich gründlich. Danach suchte er sich etwas Frisches zum Anziehen.

Als er und Veronika sich zwei Tage zuvor in dem Wäldchen an der Dreisam getroffen hatten, waren sie gemeinsam auf die Idee gekommen, ein Zeichen zu vereinbaren. Vor Monaten hatte Jörg ihr ein feines, mit Kornblumen besticktes Kopftuch geschenkt, und falls sie Neuigkeiten für ihn hatte, würde sie es außen am Rahmen ihres Fensters befestigen, das auf die Straße hinausging. Als Hinweis, dass er es gesehen hatte, würde er den roten Schal, den ihm seine Mutter einmal gestrickt hatte, deutlich sichtbar unten an den Stamm der Efeuranke binden, die die Fachwerkfassade des Hauses direkt gegenüber hinter einem Vorhang aus dichten, grünen Blättern verschwinden ließ.

Also wanderte er jetzt über den Münsterplatz zum Haus ihres Vaters und spähte hoffnungsvoll nach oben. Sein Herz tat einen jähen Satz: das Tuch flatterte im Wind.

Er band den Schal fest, machte auf der Stelle kehrt und eilte in die Werkstatt zurück. Meister Ströbel würde jetzt mit Sicherheit in der Sonntagsmesse sein, und er besaß als zukünftiger Geselle und Erbe schon seit einem Jahr die Schlüssel.

Außerdem zog sich der Meister in letzter Zeit schon in seine Wohnung zurück, bevor der Laden schloss, und ging früh zu Bett. Lange Jahre in der Werkstatt und die Konzentration auf die winzigen Bestandteile der feinen Uhren, die er fertigte, hatten ihren Tribut gefordert. Obwohl er schon seit Längerem Augengläser trug, hatte seine Sehkraft stark nachgelassen, und wirklich zufriedenstellend (nach seinen eigenen, strengen Maßstäben) konnte er nur noch bei hellem Tageslicht arbeiten. Also überließ er die Feinheiten gegen Abend dankbar Jörg. Der hatte, wenn er nach dem Angelusläuten um sechs noch zu tun hatte, die Werkstatt zuverlässig für sich – und wenn er Veronikas Tuch sah, blieb er so lange dort, bis Veronika kam.

Es dauerte kaum eine Viertelstunde, bis die Glocke an der Ladentür leise klingelte und sie in der Tür stand. Bei ihrem Anblick erstarb ihm das willkommen heißende Lächeln auf dem Gesicht. Sie war außer Atem, aber trotzdem reichlich blass, und sie sah verstört aus.

»Was ist denn los, Liebste? Fehlt dir etwas?«

»Mir nicht.« Ihre Stimme bebte. »Aber Schwester Fidelitas. Mein Vater war gestern Nachmittag beim Rat. Und die Herren haben ihm gesagt, sie hätten bei ihr die … die Hexenprobe gemacht.«

Jörg starrte sie an. Er hatte eine ziemlich genaue Vorstellung davon, was das war, und der Gedanke daran ließ ihn schaudern vor Entsetzen.

»Wieso so schnell?« Es war das Einzige, was ihm einfiel.

»Sie … sie haben von einem Brief geredet.« Jetzt klang sie, als würde sie jeden Moment in Tränen ausbrechen. »Der Rat behauptet, darin würden genau die gleichen Vorwürfe gegen die Schwester erhoben, wie sie schon der Priester geäußert hat. Dass sowohl Herr Heinrich als auch Frau Gundis geargwöhnt hätten, dass sie eine Hexe sei, und dass Schwester Fidelitas beide ermordet hätte, um sie zum Schweigen zu bringen.«

»Aber wer schreibt denn bloß so etwas Ungeheuerliches?«

»Ich hab keine Ahnung. Die Ratsherren haben sich strikt geweigert, es meinem Vater zu sagen.« Veronika wischte sich wie ein Kind die Nase mit dem Kleiderärmel. »Vermutlich jemand, dem Schwester Fidelitas irgendwie im Weg ist oder der sie genauso sehr hasst wie dieser furchtbare Priester. Wenn ich bloß wüsste, wer!«

»Ich weiß es genauso wenig wie du, Liebste«, sagte Jörg, so ruhig er konnte. »Und ich kenn die Schwester leider nicht wirklich. Aber wenn du mir sagst, dass sie unschuldig ist, dann weiß ich, dass es wahr ist.«

Jetzt brach sie endgültig in Tränen aus, und er nahm sie in die Arme.

»Sie … sie haben Papa gesagt, er soll sich fernhalten!«, schluchzte sie in sein Hemd hinein. »Sie haben ihm gesagt, es s-sei gefährlich, mit dem Feuer zu spielen, und dass er achtgeben muss, dass seine H-Hilfsbereitschaft einer Nonne gegenüber, die mit dem T-Teufel im Bunde ist, nicht schreckliche F-Folgen für seine Familie hat. *Gedroht* haben sie ihm!«

Das war bitterernst. Jörg spürte, wie ihm kalt wurde. Er wusste nicht, wie er sie trösten oder wenigstens beruhigen sollte. Er hätte sie gern mit der Geschichte über sein Abenteuer in der vergangenen Nacht abgelenkt. Er wollte von dem geheimnisvollen Spanier erzählen, dem er gestern begegnet war und der Schwester Fidelitas kannte – woher auch immer –, aber just in diesem Augenblick kam ihm eine Idee, die ihn auf der Stelle dazu brachte, das auf später zu verschieben.

»Du hast mir doch erzählt, Martin hätte im Schreibpult deiner Großmutter etwas gesucht«, sagte er langsam. »Einen … Ehevertrag, richtig?«

»Das hat er jedenfalls behauptet.« Veronika löste sich von ihm, nahm das Taschentuch, das er ihr hinhielt, und trocknete sich damit das Gesicht. »Aber ich glaube immer noch, dass er gelogen hat.«

»Deine Familie ist doch jetzt auch bei der Messe, oder?«

Sie nickte. »Und danach will Vater mit meiner Mutter einen kleinen Ausflug machen, damit sie auf andere Gedanken kommt. Er muss selbst die Zügel in die Hand nehmen … Unser Kutscher ist am Tag nach Großmutters Tod verschwunden, und seither haben wir ihn nicht wiedergesehen.«

Jörg registrierte den Kutscher, der sich in Luft aufgelöst hatte, höchstens als Randnotiz; die Idee, die ihm eben durch den Sinn gegangen war, feuerte ihn zu sehr an, um irgendeinen anderen Gedanken zu erlauben.

»Lass uns davon ausgehen, Liebste«, sagte er, »dass Martin im Zimmer von Frau Gundis nicht finden konnte, wonach er gesucht hat. Schließlich hast du ihn gestört.« Er nahm sie bei den Schultern und sah ihr in die Augen. »Vielleicht haben wir beide ja mehr Glück – was meinst du?«

Vom Münsterturm schlug es halb zehn, als sie das Haus betraten; Veronika war klug genug gewesen, den Schlüsselbund einzustecken, bevor sie in die Werkstatt kam. Offenbar waren nicht nur Vinzenz und Regula, sondern auch das vollständige Gesinde zur Messe gegangen. Jörg verstand das sehr gut. Solange die Anklage gegen Fidelitas von Frauenalb über dem Haus schwebte wie eine schwarze Drohung, flüchtete sich der gesamte Haushalt unter den Schutz der Gottesmutter – die mit Sicherheit gnädiger war als der Priester, der die Nonne zuerst verklagt hatte. *Jedenfalls hoffte er das.*

Sie stiegen schweigend die Treppe hinauf in den ersten Stock und gingen geradewegs in das Zimmer von Gundis. Es war aufgeräumt, das Bett gemacht, und auf dem blank polierten Schreibpult warteten noch immer Tintenfass und Feder, als könnte Veronikas Großmutter jederzeit zurückkommen und einen Brief schreiben. Jörg betrachtete das Möbel nachdenklich.

»Glaubst du, Martin hat es geschafft, *alle* Schubladen zu durchsuchen, bevor du hereingekommen bist?«

»Ich weiß nicht.« Veronika trat an das Pult heran und zog die oberste Schublade auf. »Schau – hier sind ihre letzten Kontenbücher. Sie hat jede Lieferung durchgesehen und jede Rechnung überprüft. Alles musste zuerst durch *ihre* Hände gehen.«

Jörg sah sie an. »Vermisst du sie?«

Sie zögerte. »Manchmal. Aber am Anfang ... Mag sein, dass ich mich damit versündige, aber da war ich fast *erleichtert.* Weil die Hochzeit mit Martin durch ihren Tod erneut in die Ferne gerückt war. Und weil sie nicht mehr da war, um mich zu etwas zu zwingen, das ich gar nicht will.«

Sie öffnete die nächste Schublade; sie enthielt zugeschnittene Pergamentbögen, ein kleines Ersatzfässchen mit Tinte und mehrere frisch zugespitzte Federn. In den anderen Fächern lagen unvollständige Warenlisten, ein paar Blöcke Siegelwachs und in einer Holzschachtel ein Bündel Briefe, mit einem verblassten Seidenband verschnürt.

»Vielleicht sind die ja von deinem Großvater«, mutmaßte Jörg, und Veronika lachte unwillkürlich. Sie zog einen der Briefe aus dem Bündel und faltete ihn auseinander; er war dicht beschrieben, und eine gepresste Rosenblüte, farblos und brüchig wie altes Pergament, segelte auf das Pult hinunter.

»Doch, das ist seine Schrift.« Ihre Stimme war weich. »Und er hat sie ›Liebste‹ genannt – so wie du mich.«

Jörg lächelte sie an. Für ein paar kostbare Augenblicke klammerte er die Tatsache aus, dass sie gerade verstohlen die Besitztümer einer toten Frau durchwühlten, und freute sich einfach darüber, dass sie ungestört miteinander allein waren. *Er würde nicht zulassen, dass er Veronika wieder verlor. Er würde verhindern, dass sie Martins Frau werden musste – egal, wie.*

Veronika ließ sich auf den Stuhl vor dem Pult sinken und seufzte. »Keine Ahnung, was Martin *wirklich* finden wollte ...

Hier ist es jedenfalls nicht. Und ich habe nicht gesehen, dass er irgendetwas eingesteckt hat.«

»Der Schreibtisch meines Vaters hat ein Geheimfach«, meinte Jörg. »Vielleicht gibt es hier auch eins. Such nach einem Häkchen oder einem Hebel.«

Also fuhr Veronika behutsam mit der Hand jede einzelne Fläche, jeden Winkel und jeden noch so kleinen Spalt entlang, aber ohne Erfolg. Nirgendwo sprang ein Extrafach heraus, nirgendwo öffnete sich eine geheime Tür. Sie schauten einander ratlos an. Wenn sie nicht bald etwas entdeckten, würden sie ihre heimliche Suche abbrechen müssen, bevor die Familie nach Hause käme.

Jörg dachte fieberhaft nach. Ihm fiel ein, was er als Junge getan hatte, wenn er nicht wollte, dass sein Vater – und vor allem Martin – einen seiner Schätze entdeckte. Er hatte nie ein Schreibpult besessen, und sein Schrank hatte sich nicht gegen neugierige Blicke verschließen lassen. *Aber ein besonderes Versteck hatte er trotzdem gehabt.*

»Vielleicht«, mutmaßte er, »hat deine Großmutter gefürchtet, das Pult wäre nicht sicher. Als ich acht Jahre alt war, habe ich im Fußboden meines Zimmers eine Holzdiele durchgesägt; darunter war ein Hohlraum. Viel hat nicht hineingepasst, aber viele Schätze hab ich damals sowieso keine besessen.« Seine Mundwinkel zuckten. »Genau wie heute.«

Veronika schüttelte den Kopf.

»Martin hat dir zu lange eingeredet, du wärst ein nutzloser Hungerleider«, sagte sie entschieden. »Du solltest nicht den Fehler machen, ihm zu glauben. Ich tu's auch nicht – ich hab das sowieso nie geglaubt.«

Jörg spürte, wie wohltuende Wärme sich in ihm ausbreitete; nicht nur deswegen, weil seine Zukunft dank des Testaments von Meister Ströbel in wesentlich helleren Farben vor ihm lag als zunächst erwartet, sondern weil das Mädchen, das er liebte, sich offenbar endgültig für ihn entschieden hatte. Er hätte sie jetzt gern in die Arme genommen, sie geküsst und ihr gedankt. Aber dann riss er sich zusammen. Sie hatten hier noch etwas zu tun, und sie mussten sich beeilen.

»Wir sollten den Boden ebenso gründlich absuchen wie das Pult«, sagte er. »Deine Großmutter könnte auf dieselbe Idee gekommen sein wie ich.«

Die nächste Viertelstunde arbeiteten sie sich langsam und methodisch quer durch den Raum, spähten unter den einzigen Schrank an der Seitenwand (ohne mehr zu entdecken als ein paar verirrte Staubflusen) und schoben die zwei Flechtteppiche beiseite, die neben Gundis' Bett und unter ihrem Waschtischchen lagen. Und unter diesem Waschtischchen wurde Jörg schließlich fündig. Ein bestimmtes Stück Diele ragte unter seinen Fingern geringfügig zwischen den anderen heraus.

Er gab einen kleinen, triumphierenden Laut von sich. Veronika zog ihre Hand unter Gundis' Nachtkasten hervor, wischte sie an ihrem Rock ab und kam rasch zu ihm herüber. Gemeinsam gelang es ihnen, das ausgeschnittene Dielenbrett aus seiner Lücke zu hebeln. Die Aushöhlung darunter war größer als erwartet.

Veronika griff hinein und zog einen Gegenstand nach dem anderen heraus: zwei Dokumente, sauber gefaltet, versiegelt und in ein Wachstuch eingeschlagen, vier prallvolle Lederbeutel, die sich ausgesprochen schwer anfühlten, und noch ein weiterer Beutel, deutlich kleiner, in dem sie unter der Oberfläche einen runden Gegenstand ertasten konnte.

Jörg nahm den Beutel in die Hand und drehte ihn hin und her; er brannte darauf, ihn zu öffnen und hineinzuschauen.

»Nicht jetzt«, sagte sie rasch. »Nicht jetzt und nicht hier. Meine Eltern können jeden Moment zurückkommen. Ich möchte ihnen nicht erklären müssen, wieso wir heimlich Großmutters Kammer durchsuchen – und ganz bestimmt nicht, was *du* hier tust.« Sie stand auf. »Geh in die Werkstatt, ich komme nach.«

Jörg zögerte. »Und wenn sie dich nicht fortlassen?«

Sie beugte sich zu ihm hinunter und gab ihm einen raschen Kuss mitten auf den Mund. Als sie zurückwich, sah sie die Freude in seinen Augen und lächelte.

»Keine Sorge, ich werde ihnen erzählen, ich hätte immer noch schlimmes Kopfweh«, sagte sie. »Das hat mir vorhin schon erspart, mit in die Messe zu müssen. Birgitta hat ihren freien Tag, und wenn meine Eltern nach dem Mittagessen ihre Ausfahrt machen, komme ich nach.«

Sie passten das abgesägte Bodenbrett wieder ein, legten den Teppich darüber und kehrten ins Erdgeschoss zurück, wo Veronika Jörg eine Leinentasche gab, die gerade groß genug war, dass ihre geheimnisvolle Beute hineinpasste. Er huschte zur Tür hinaus, und sie wartete herzklopfend, während er mit raschen Schritten davonging. Dann eilte sie wieder hinauf, schlüpfte in ihrem Zimmer aus ihrem Kleid und in ihr Nachthemd. Sie hatte sich gerade hingelegt, als sich unten der Schlüssel im Schloss drehte; ihre Familie war wieder zurück.

Wenige Minuten später näherten sich Schritte auf dem Flur, und die Tür zu ihrem Zimmer öffnete sich. Ihre Mutter kam herein.

»Wie geht es dir, Kind?« Regula setzte sich auf die Bettkante und nahm ihre Hand. »Gut genug, um deinen Vater und mich nach dem Mittagessen zu begleiten?«

Veronika rieb sich die Stirn, produzierte ein leidendes Seufzen und brachte es gleichzeitig fertig, ihre Mutter anzulächeln.

»Besser nicht«, erwiderte sie. »Vielleicht kann mir Irmhild gleich eine Kleinigkeit heraufbringen, und ich werde versuchen, danach noch ein bisschen zu schlafen. Ich bin sicher, wenn ich aufwache, fühl ich mich wohler.«

Regula schwieg eine Weile; ihr Daumen strich zart über Veronikas Handrücken.

»Dann ist es wohl gut, dass ich Martin Danner nicht eingeladen habe, mit uns zu essen«, sagte sie endlich. »Er war mit uns in der Messe, und er hat es sehr bedauert, dich nicht zu sehen.«

Veronika zog die Decke ein wenig höher. *Martin war so ziemlich der letzte Mensch, dem sie im Augenblick begegnen wollte.* In diesem Moment sehnte sie sich schmerzhaft danach, ihrer Mutter von Jörg zu erzählen, von Martins arroganter Anmaßung und von den Dingen, die sie unter der Diele in Gundis' Zimmer gefunden hatten. Aber es war noch zu früh. Noch musste sie schweigen … Wenigstens so lange, bis sie mehr wusste.

»Danke, Mama«, sagte sie liebevoll. »Ich … ich hoffe, du hast Freude an eurer kleinen Ausfahrt. Du bist schon viel zu lange nicht mehr aus der Stadt gekommen; ich bin sicher, es wird dir guttun.«

Regula beugte sich vor und küsste sie auf die Stirn.

»Das glaube ich auch. Ruh dich aus, mein Kind.«

Sie stand auf, verließ das Zimmer und schloss die Tür leise hinter sich. Veronika holte tief Atem und schloss die Augen.

Noch eine Stunde oder ein wenig länger, dann konnte sie endlich wieder aus dem Haus und zu Jörg. Dann würde sie endlich herausfinden, was es war, das ihre Großmutter so sorgsam vor aller Welt versteckt hatte … und vielleicht auch, warum.

Es war fast zwei, als es Veronika endlich gelang, sich davonzustehlen, in dem einfachsten Kleid, das sie besaß, ein dunkles Wolltuch über dem Haar. Mehrmals schaute sie sich um, weil sie sich davor fürchtete, dass ihr Blicke oder Schritte folgten. Aber es war niemand zu sehen.

Jörg hatte bereits mit wachsender Ungeduld auf sie gewartet; als sie endlich durch die kleine Pforte auf der Rückseite des Hauses eintrat, seufzte er vor Erleichterung.

»Ich dachte schon, du kommst doch nicht mehr.« Er nahm ihre Hand und küsste sie. »Meister Ströbel besucht seine verwitwete Schwester und ist mit etwas Glück erst in zwei, drei Stunden zurück.«

Er holte die Leinentasche aus einem Schrank in der Ecke, und sie breiteten den Inhalt auf Jörgs Werktisch aus. Jörg schnürte einen der schweren Lederbeutel auf, und ein Strom glänzender Münzen ergoss sich auf das zerschrammte Holz. Rasch öffnete er auch die anderen drei Beutel und spähte hinein.

»Heilige Mutter Gottes!« Er blinzelte verblüfft. »Allein dieser Haufen da, das sind mindestens fünfzig Gulden. Deine Großmutter hat in diesem Loch ihre Reichtümer gehortet wie ein Eichhörnchen seine Nüsse für den Winter! Wieso denn nur? Sie hatte doch genug davon!«

»Großmutter konnte nie *genug* Geld haben«, erwiderte Veronika ein wenig bitter. »Und sie hat sich zeitlebens davor gefürchtet, alles wieder zu verlieren. Das muss so etwas wie ihr Notgroschen für schlechte Zeiten gewesen sein.«

»Ein üppiger Notgroschen.« Jörg verzog den Mund. »Von dem, was sich in diesen Beuteln befindet, könnte ich mehr als ein Jahr leben.«

Veronika sah ihn an, und ihr schlug das Gewissen. Wieder einmal erinnerte sie sich daran, wie lange er die Dinge hatte entbehren müssen, die sie haben konnte, wann immer sie wollte. Verlegen wandte sie sich ab und griff nach einem der beiden Dokumente; es war mit einem Wachssiegel verschlossen, das sie kannte, einem von Blumenkränzen umgebenen, üppig verschlungenen G.

»Großmutters Siegel«, sagte sie. »Vielleicht ist das der Ehevertrag, von dem Martin gesprochen hat.«

»Mach es auf!«

»Ich … ich weiß nicht.« Sie drehte das Papierviereck unschlüssig zwischen den Händen. »Es kommt mir vor, als würde ich sie verraten.«

»Das ehrt dich.« Jörg lächelte schwach. »Aber sie hat über dich verfügt, als wärst du nichts anderes als ein wertvolles Faustpfand, erinnerst du dich? Und wenn du mehr darüber wissen willst, was sie mit deinem Leben vorgehabt hat – ohne dich zu fragen, was du willst –, dann solltest du dir jetzt ein Herz fassen.«

»Und wenn es doch nicht der Vertrag ist, sondern etwas ganz anderes?«

»Das werden wir erst erfahren, wenn du dich entscheidest, das Dokument zu lesen«, erwiderte er ruhig.

Veronika nickte entschlossen und erbrach das Siegel – nicht ohne bei dem leisen Knacken unwillkürlich zusammenzufahren. Sie faltete den Bogen auseinander und betrachtete den Text; jedes Wort säuberlich gemalt, und am unteren Ende des Blattes die Unterschrift ihrer Großmutter und daneben die von Martin Danner, jeder Buchstabe steil und arrogant. Erst jetzt begann sie wirklich zu lesen … und ließ, als sie die letzte Zeile erreicht hatte, das Dokument auf den Tisch fallen.

Jörg sah sie an. »Ist es der Vertrag?«

Sie nickte und widerstand dem Impuls, sich die Hände am Rock abzuwischen. Scham und Abscheu schnürten ihr die Kehle zu und schmeckten in ihrem Mund wie bittere Galle.

»Es gab keine offizielle Mitgift. Wozu auch? Wenn mein Vater eines Tages nicht mehr da ist, erbt Martin als mein Ehemann ohnehin alles.« Veronika schluckte krampfhaft. »Großmutter und Martin haben sich auf eine Art Prämie geeinigt. Eine Prämie für *mich* … Sie hat zweihundert Gulden für das Verlöbnis mit mir von ihm verlangt, als Entgelt im Voraus … Und sobald er mich zur Frau genommen hätte, wollte sie noch einmal achthundert.«

Sie deutete auf den Haufen Münzen. »Vielleicht ist *das* diese Vorauszahlung, säuberlich vor den Augen der Familie versteckt, damit niemand sie fragen konnte, wo das Geld herstammte. Und jetzt … Lieber Gott, jetzt komme ich mir vor wie eine Preiskuh!«

Sie sah, dass sich ihr eigener Zorn in seinen Augen widerspiegelte.

»Sie hat dich mehr oder weniger an ihn verkauft«, sagte er leise. »Jeder Groschen Lohn an Mariä Lichtmess für einen Knecht oder eine Magd ist ehrbarer als *das.*«

Veronika war ihm unendlich dankbar, dass er sie verstand. Sie ließ sich auf den Hocker sinken, auf dem er wahrscheinlich immer saß, wenn er arbeitete. »Und das andere Dokument?«

Erst jetzt sah sie, dass er es bereits auseinandergefaltet in der Hand hielt; er musste es gelesen haben, während sie den Vertrag studierte.

»Das Siegel hat vor mir schon jemand geöffnet – siehst du?« Er zeigte ihr den Riss, der sich durch das rote Wachs zog. »Und im Gegensatz zu dir, Liebste, bin ich mir schon vorher ganz sicher gewesen, was das hier ist – nämlich das Testament meines Vaters.«

Ihre Augen wurden groß. »Aber wieso …?«

»Weil es genau das ist, was Waltraud dir zeigen wollte, als sie am Abend vor Frau Gundis' Tod zu euch ins Haus kam. Sie hat es mir gesagt … Sie ist es gewesen, die die Männer eingelassen hat, die kamen, um dieses Testament für meinen Vater zu bezeugen. Außerdem hat sie genau gewusst, was darin stand, denn meine Mutter hat sie Lesen und Schreiben gelehrt. Nach Papas Tod blieb es monatelang verschwunden, aber Waltraud hat es durch Zufall entdeckt, in einem Geheimfach. Und dann hat sie es gelesen und beschlossen, dir mitzuteilen, dass Martin nach dem Letzten Willen meines Vaters keinen Pfennig von seinem Vermögen erbt … und von seinem Tuchhandel auch nicht.«

Veronika schlug die Hand vor den Mund. Ihre Gedanken drehten sich in einem schwindelerregenden Wirbel und kamen zu einem jähen Halt.

»Aber wenn Martin das *gewusst* hat …«

»… dann hatte er jeden Grund, danach zu suchen«, vollendete Jörg den Satz. Seine Stimme war grimmig. »Denn mein Vater hatte nicht mehr die Gelegenheit, das Testament dem

Rat vorzulegen und es bestätigen zu lassen. Deswegen ist es rechtlich noch nicht bindend – trotz der Zeugen, die es unterschrieben haben. Und die wahrscheinlich deswegen noch nichts gesagt haben, weil Martin als rücksichtsloser Kaufmann gilt und einflussreiche Freunde im Rat besitzt. Vielleicht hat er sie sogar eingeschüchtert, wer weiß? Und wenn er das Testament vernichten kann, bevor die hohen Herren es zu Gesicht bekommen …«

»… dann ist es, als wäre es nie aufgesetzt worden!«, platzte Veronika heraus. »Und dann behält Martin das Geld und den Tuchhandel!«

Sie stutzte.

»Aber … aber *woher* hat er davon gewusst? Wenn es die ganze Zeit im Schreibpult deines Vaters versteckt war, bis Waltraud es fand, dann hatte er doch bestimmt keine Ahnung davon! Oder glaubst du, dein Vater hat ihm ins Gesicht gesagt, dass er vorhat, ihn zu enterben?«

»Das kann ich mir nicht vorstellen.« Jörg runzelte die Stirn. »Vater hat sich zwar mit Martin gestritten, bevor er starb, aber er hat die Zeugen offenbar in aller Heimlichkeit eingeladen und dafür gesorgt, dass niemand im Haus von dem Testament erfuhr.«

»Mag sein.« Veronika sah ihn an. »Aber … Ich glaube immer noch, dass Martin in Großmutters Schreibpult nicht nur nach diesem schändlichen Ehevertrag gesucht hat. Vielleicht wusste er *doch* davon.«

»Oder er wollte etwas ganz anderes finden.«

Jörg griff nach dem letzten Beutel, der einzige, dessen Inhalt sie noch nicht kannten. Er zog den Bändel auf, der ihn verschloss; eine kleine, goldene Kugel rollte auf den Tisch, blieb vor dem Münzenhaufen liegen und glänzte in der Sonne, die durch das Fenster fiel.

»Aber das … das ist ja Großvaters Bisamuhr!«, rief Veronika aus. »Schwester Fidelitas hat sie unter seinem Bett entdeckt, als sie ihn … als sie ihn am Morgen nach seinem Tod gefunden hat. Ich weiß, sie hat Großmutter die Uhr gegeben.«

Jörg drehte die kleine Kugel zwischen den Fingern und betrachtete sie von allen Seiten, dann schüttelte er langsam den Kopf.

»Das ist … *merkwürdig*«, sagte er langsam und fast widerwillig. »Ich kenne die Uhr von Herrn Heinrich, er hat sie mir oft genug gezeigt. Peter Henlein aus Nürnberg hat sie gebaut, und der ist schon seit dreizehn Jahren tot. Außerdem hat Heinrich seine Uhr so oft in die Hand genommen, dass die Vergoldung an ein, zwei kleinen Stellen abgerieben war. Man konnte das Kupfer darunter sehen, unten am Boden und auf der oberen Hälfte, bei den Zieröffnungen. Hier«, er deutete auf die geschwungenen Lochmuster dicht unterhalb der Anhänger-Öse, »und hier auch.« Er zeigte ihr den Boden der Kugel. »Diese Uhr hat aber weder Schäden noch Kratzer; sie sieht aus wie neu. Hat dein Großvater sie vielleicht irgendwann einmal frisch vergolden lassen?«

»Nein«, antwortete Veronika im Brustton der Überzeugung. »Er hätte sie niemals aus der Hand gegeben. Martin wollte ihm die Uhr sogar einmal abkaufen, weil sie ihm so gut gefiel. Aber Großvater hat ihn bloß ausgelacht.«

Jörg klappte die Uhr auf und betrachtete das feine Zifferblatt. Und dann sah Veronika, wie er jäh blass wurde. Er blieb eine kurze Ewigkeit lang vollkommen reglos, dann hielt er ihr die Kugel hin.

»Schau in den Deckel«, sagte er sehr leise.

Sie tat, wie ihr geheißen, und entdeckte eine zarte Gravur – sanft geschwungene Buchstaben, die sich vor ihren Augen langsam zu Worten formten.

Martinus Danner A. D. 1554

Sie hob den Kopf.

»Was … was bedeutet das?«

»Das bedeutet«, erwiderte er, die Stimme immer noch sehr leise, »dass das hier nicht die Uhr deines Großvaters ist. Sie gehört Martin. Und er hat sie offenbar letztes Jahr anfertigen lassen, weil Herr Heinrich ihm seine Uhr nicht überlassen wollte.«

»Aber warum hat Schwester Fidelitas sie dann neben Großvaters Bett gefunden?«

Veronika sah im Geiste ihren Großvater vor sich, der die Uhr genauso zwischen den Fingern drehte, wie Jörg es gerade tat, und der ihr dabei von Peter Henlein erzählte. Dutzende Male hatte er das getan. Vielleicht hatte er die Uhr auch in der Nacht seines Todes zur Hand genommen, um sich an ihrer Schönheit zu erfreuen. Und dann …

»Martin muss dort gewesen sein«, flüsterte sie. »Er hat seine Uhr verloren …«

»… aber vielleicht schon vorher«, gab Jörg zu bedenken. »Martin ist oft genug in eurem Haus zu Gast. Und dein Großvater kann seine Uhr auch schon vor längerer Zeit verlegt haben, meinst du nicht? Vielleicht hat Martin sie ja schon viel früher aus Versehen mitgenommen.«

»Und hat nie die abgenutzten Stellen entdeckt und seinen Irrtum bemerkt?«, widersprach Veronika. »Das kann ich mir nicht vorstellen. Und warum hat Großvater nie gesagt, dass er seine Uhr vermisst? Er hat sehr daran gehangen, und wenn er nicht mehr gewusst hätte, wo sie war, hätte er uns bestimmt gebeten, danach zu suchen.«

Sie schüttelte energisch den Kopf.

»Nein … Ich glaube, *beide* Uhren sind heruntergefallen, als Martin bei Großvater war. Und Martin wollte hinterher so schnell wie möglich fort, deswegen hat er nicht gründlich genug hingesehen und die falsche Uhr eingesteckt.«

Sie wusste, dass diese Vermutung geradewegs in die Finsternis führte, aber sie ging den Weg trotzdem entschlossen weiter.

»Großmutter hat das Testament bestimmt gelesen.« Sie schluckte. »Unsere Köchin hat mir gesagt, sie hätte Waltraud bei ihr in der Küche entdeckt und hinausgezerrt. Hat sie Waltraud gezwungen, es ihr zu geben?«

Jörg nickte langsam.

»Dann hat sie *gewusst*, dass Martin nach dem Willen deines Vaters kein Anrecht mehr auf sein Erbe hatte.«

Veronika ballte die Hände zu Fäusten.

»Wenn … wenn Großmutter wütend wurde, konnte sie die Beherrschung verlieren und alle Vorsicht in den Wind schlagen. Sie mag klug genug gewesen sein, ihm ihre Beweise nicht zu zeigen – aber was, glaubst du, würde dein Bruder tun, wenn sie ihm an den Kopf wirft, dass er als Bräutigam ohne Geld für mich nicht mehr in Frage kommt?«

Jörgs Mund öffnete sich und schloss sich wieder.

»Nein«, murmelte er. Er klang wie betäubt. »Nein, das kann nicht sein, Liebste. Du musst dich irren.«

»Das glaube ich nicht.« Veronika versuchte noch immer, ihren jagenden Herzschlag zu beruhigen und wieder zu Atem zu kommen. »Erst stirbt mein Großvater – der Martin rundheraus meine Hand verweigert hat. Dann findet meine Großmutter heraus, dass Martin nicht mehr der Erbe deines Vaters ist … und am nächsten Morgen ist sie tot.«

Jörg machte einen raschen, unsicheren Schritt auf sie zu und nahm sie in die Arme. Sie klammerten sich aneinander wie zwei verschreckte Kinder. Veronika spürte, wie er sein Gesicht in ihrem Haar vergrub.

»Großer Gott!« Sie wurde von einem heftigen Zittern erfasst. »Was sollen wir denn jetzt bloß tun?«

XV

Ein Schlachtplan

In der Nacht nach ihrem Treffen mit Jörg fand Veronika keinen Schlaf. Stundenlang lag sie in ihrem Bett und starrte mit brennenden Augen an die Decke, während das, was sie an diesem Tag herausgefunden hatte, in ihren Gedanken kreiste wie ein scharfkantiges Mühlrad.

Zu gern hätte sie sich selbst eingeredet, dass die beiden Schicksalsschläge in ihrer Familie und die Verhaftung von Schwester Fidelitas dazu geführt hatten, dass ihre überreizte Fantasie ihr Streiche spielte. Und dass ihr Vater zwar einem Mann ihre Hand versprochen hatte, den sie nicht liebte – aber dass dieser Mann kein Mörder war.

Doch das gelang ihr nicht. Je öfter sie die Dinge, die sie und Jörg heute entdeckt hatten, vor ihrem inneren Auge hin und her wendete, je öfter sie über die Tatsache nachgrübelte, wieso ihre Großmutter Uhr und Testament so sorgsam in ihrem Zimmer verborgen hatte, desto mehr war sie sich sicher, dass sie die richtigen Schlüsse zog.

Jörg hatte ihr, bevor sie nach Hause zurückkehrte, noch von seinem Abenteuer am Vortag erzählt. Die Begegnung mit dem geheimnisvollen spanischen Hauptmann fand Veronika zwar so spannend wie schockierend, und sie dankte Gott gleich mehrfach dafür, dass der Mann ihrem Liebsten das Leben gerettet hatte.

Aber anders als Jörg glaubte sie nicht daran, dass der Fremde tatsächlich nach Freiburg kommen würde, um Fidelitas vor dem Tod auf dem Scheiterhaufen oder unter dem Beil des Henkers zu bewahren. Jörg mochte sich an dieses Versprechen klammern wie an einen rettenden Strohhalm und dem zwielichtigen Mann obendrein zutrauen, dass er ihnen half, das tödliche Rätsel zu lösen, in das sie sich verstrickt hatten – Veronika tat es nicht. Während die Nacht alterte, hatte sie das Gefühl, als wäre sie in den letzten Tagen über ihre Jahre hinaus gereift – und als wäre das, was an ihr noch kindlich und vertrauensvoll gewesen war, nun unwiderruflich dahin.

Als es hinter den Vorhängen ihres Fensters endlich langsam hell wurde, schlug sie die Decke zurück. Sie stand auf und wusch sich gründlich. Ihr Rücken schmerzte, aber trotz aller Müdigkeit war ihr Geist seltsam klar. Als sie es auch ohne die Hilfe von Birgitta fertiggebracht hatte, in ein frisches Kleid zu schlüpfen und ihr Haar zu einem festen Zopf zu flechten, ging sie in die Küche hinunter, wo Irmhild bereits den Herd angefeuert hatte. Dampfkringel stiegen von einem Tiegel auf, und es roch nach warmem, süßem Teig.

»Guten Morgen, Fräulein Veronika!« Die Köchin war sichtlich überrascht, sie zu dieser frühen Morgenstunde auf ihrer Türschwelle vorzufinden. »Möchtet Ihr schon etwas essen? Die Milch ist gleich fertig, aber die Küchlein brauchen noch ein Weilchen. Ich kann Euch gern das Frühstück nach oben bringen, wenn Ihr noch ein wenig warten wollt.«

»Das wäre sehr freundlich, danke schön«, sagte Veronika. »Aber deswegen bin ich gar nicht gekommen. Mir ist die ganze Nacht etwas durch den Kopf gegangen, und es lässt mir einfach keine Ruhe. Weißt du noch, dass du mir von Waltraud erzählt hast? Von dem Dienstmädchen der Danners, das an dem Abend hier war, bevor meine Großmutter starb?«

»Gewiss doch.« Irmhild nickte. »Wieso?«

Veronikas Herz schlug schneller.

»Du hast gesagt, Großmutter hätte Waltraud hinter sich her aus der Küche gezerrt. Und danach hättest du sie nicht mehr gesehen. Hat … hat meine Großmutter an diesem Abend noch einmal mit dir gesprochen?«

»Ja!« Die Antwort kam ohne jedes Zögern. »Sie kam später in die Küche, um mir zu sagen, dass ich Wulf zu ihr schicken soll, sobald er aus dem Tuchkontor zurück ist.«

Der Kutscher. Der seit dem Tag nach dem Tod ihrer Großmutter spurlos verschwunden war.

Veronika tastete instinktiv nach der Stuhllehne und ließ sich auf den Stuhl sinken.

»Ist er noch einmal heruntergekommen?«, fragte sie, vage überrascht, dass ihre Stimme vollkommen ruhig klang. »Hat er dir vielleicht gesagt, was sie von ihm gewollt hat?«

»Er hat mir erzählt, dass er jetzt sofort einen Botengang machen soll«, erwiderte Irmhild arglos. »Und tüchtig darüber geärgert hat er sich. Wieso er für Frau Gundis noch einen Brief durch die Stadt tragen muss, obwohl er doch schon seinen Dienst für den Tag beendet hat. ›Wenn sie nicht so furchtbar geizig wäre‹, hat er zu mir gesagt, ›dann müsste ich nicht ständig für sie springen und könnte jetzt schon vor meinem ersten, wohlverdienten Humpen sitzen.‹«

Veronika nickte stumm. Dass Wulf den Großteil von seinem Lohn gern in die Wirtshäuser trug, war alles andere als ein Geheimnis. *Nur eine Frage noch. Aber die Antwort darauf war entscheidend.*

»Hat er dir erzählt, für wen dieser Brief bestimmt war?«

Die Köchin dachte nach, und Veronika wartete gespannt; sie spürte ihren raschen, unruhigen Herzschlag bis in die Fingerspitzen.

»Nein«, antwortete Irmhild endlich langsam. »Nein, das hat er nicht gesagt. Tut mir leid, Fräulein Veronika. Ist das wichtig?«

»Wahrscheinlich nicht«, log Veronika. »Und ist danach noch irgendjemand zu Besuch hier gewesen?«

»Nicht dass ich wüsste.« Irmhild runzelte die Stirn. »Besuch im Haus hatten wir erst am nächsten Tag, den jungen Herrn Danner und danach diesen … diesen furchtbaren Priester.« Sie schauderte leicht zusammen. »Euer Vater hat Wulf nach Neuburg schicken wollen, um Vater Paulus zu holen; aber nachdem Wulf im Haus der Danners war, um Herrn Martin herzubitten, ist er nicht wiedergekommen. Deswegen ist dann ja auch der junge Herr an seiner Stelle nach Neuburg gefahren. Um Eurem Vater behilflich zu sein. Ich fand das sehr freundlich von ihm.«

Veronika nickte stumm; sie fror innerlich.

Dass Gundis den Kutscher vor ihrem Tod zu Martin geschickt hatte, konnte sie noch nicht beweisen. Aber jetzt wusste sie, dass zumindest der allerletzte Botengang vor seinem rätselhaften Verschwinden Wulf mit Sicherheit zu Martin geführt hatte.

Es gelang ihr, die Köchin anzulächeln, obwohl es ihr schwerfiel. »Ich will dich nicht länger aufhalten. Und auf die Küchlein freue ich mich – die duften wunderbar.«

Sie ging hinaus und stieg die Treppe hinauf, Schritt für Schritt, die Gedanken im Kopf wie einen langsamen Reigen verschwommener Bilder.

Ihr Großvater, der in seinem Bett starb … Zwei Uhren, die einander nur auf den ersten Blick glichen wie ein Ei dem anderen … Ein Testament, das erst dann gültig wurde, wenn der Freiburger Rat es zu Gesicht bekam … Ihre Großmutter, die genau in der Nacht ihr Leben verlor, als sie herausfand, dass der Schwiegersohn, den sie unbedingt für Veronika haben wollte, völlig mittellos war … Und Martin, der das Schreibpult ihrer Großmutter durchwühlte und seine Braut anschaute wie eine Ware, für die er teures Geld bezahlt hatte.

Vielleicht bildete sie sich das Ganze tatsächlich nur ein, aber die seltsame Gewissheit, die sie das erste Mal empfunden hatte, als sie Martin im Zimmer ihrer Großmutter vorfand, wurde durch keinen Zweifel erschüttert.

Der Brief, den Wulf widerwillig hatte überbringen müssen, war für Martin Danner bestimmt gewesen. *Sie war sich dessen vollkommen sicher.* Martin war hergekommen, um herauszufinden, was Gundis Stöcklin von ihm wollte. Und dann hatte Großmutter ihm gesagt, dass sie das Testament kannte, und vielleicht hatte sie ihm auch von der Inschrift in der Uhr erzählt. Vielleicht hatte sie – genau wie Veronika und Jörg – begriffen, wer für den Tod von Großvater Heinrich *wirklich* verantwortlich war. Vielleicht hatte sie genau deswegen in dieser Nacht sterben müssen.

Und vielleicht war Wulf, der Martin den Brief ihrer Großmutter so widerwillig überbracht hatte, genau deswegen tags darauf spurlos verschwunden. Weil er ein gefährlicher Mitwisser gewesen war. *Ein Zeuge.*

Wenn das alles stimmte … Wenn Veronika sich nicht irrte … Dann war Martin möglicherweise nicht nur für zwei Tode verantwortlich. Dann hatte er vielleicht sogar *drei* Menschen umgebracht.

Veronika schlug die Tür ihres Zimmers hinter sich zu, warf sich auf das Bett und zog sich die Decke über den Kopf. Ihr war speiübel, und sie hatte Angst.

Drei Morde.

Nach dem Frühstück hätte Veronika ihr Tuch am liebsten sofort aus dem Fenster gehängt. Aber sie wusste, dass Jörg jetzt in der Werkstatt saß und keine Zeit hatte, danach Ausschau zu halten. Also musste sie sich den ganzen Tag gedulden, saß wie auf glühenden Kohlen und fürchtete sich davor, dass Martin vielleicht zu Besuch käme. Zum Glück blieb ihr eine solche Heimsuchung erspart.

Sie nickte kurz vor dem Zwölfuhrläuten über einer Ausgabe des *Till Ulenspiegel* mit zahlreichen Holzschnitten ein. Nachmittags versuchte sie sich an einer unvollendeten Stickerei, musste aber alles wieder auftrennen, obwohl sie sonst mit der Nadel ausgesprochen geschickt war. Beim Abendessen – butterzart gebratenes Huhn mit Knoblauch und Walnüssen – stocherte sie so lustlos auf ihrem Teller herum, dass es ihren Eltern auffiel.

»Schmeckt es dir nicht?«, erkundigte sich Regula besorgt. »Das magst du doch sonst so gern, und Irmhild hat sich viel Mühe damit gemacht!«

»Ich habe keinen rechten Hunger«, behauptete Veronika.

Sie hätte alles darum gegeben, ihrer Mutter zu erzählen, was sie jetzt über Martin Danner zu wissen glaubte, aber sie wagte es nicht. Noch war nichts bewiesen. Noch *konnte* sie nichts beweisen. Dazu mussten sie und Jörg mehr herausfinden, und dafür brauchten sie noch mehr Zeit. Sie dachte an Schwester Fidelitas. Plötzlich fragte sie sich bange, wie es der unschuldigen Nonne wohl seit der Hexenprobe ergangen war, und wandte sich an ihren Vater.

»Hast du noch einmal beim Rat vorgesprochen? Ist Schwester Fidelitas gesund, ist sie …« Sie brach ab, als sie den Ausdruck in seinen Augen sah. Es war tiefer Kummer, gemischt mit Schuldbewusstsein und einer großen Hilflosigkeit.

»Im Moment hat das nicht viel Zweck, Kind«, sagte er leise. »Dass ich mich immer wieder nach ihr erkundige, stößt bei den hohen Herren auf einigen … Widerwillen. Und so ungern ich das sage – ich möchte nicht mehr Aufmerksamkeit auf unsere Familie ziehen als nötig. Verstehst du das?«

Veronika biss sich auf die Lippen. Wieder wäre sie am liebsten mit der schrecklichen Gewissheit herausgeplatzt, die sie die ganze letzte Nacht wach gehalten hatte, aber wieder verschloss ihr die Furcht, zu früh vorzupreschen, den Mund.

Regula schien zu merken, wie aufgewühlt sie war, und tätschelte ihr beruhigend die Schulter.

»Die Äbtissin der Schwester weiß doch inzwischen Bescheid«, meinte sie. »Der Brief muss sie schon erreicht haben. Martin hat mir fest versprochen, dass er schnell und sicher ankommt.«

»*Martin?*« Veronika spürte, wie ihr das Blut aus dem Gesicht wich. »*Wann* hat er dir das versprochen?«

»Vor fünf Tagen war er doch hier, erinnerst du dich?« Regula nahm ihre Hand. »Am nächsten Tag sollte sein Bote nach Karlsruhe aufbrechen und den Brief für die Äbtissin mitnehmen. Lass mich nachdenken … Er kann höchstens zwei Tage bis ins Kloster gebraucht haben, also hat die Äbtissin bestimmt schon Maßnahmen ergriffen, um Schwester Fidelitas beizustehen. Mach dir nicht zu viele Sorgen, Liebes.«

Es fehlte nicht viel, und Veronika wäre in Tränen ausgebrochen. Wenn das stimmte, was sie vermutete – und davon war sie auf grässliche Weise überzeugt –, dann hatte Martins Bote den Umweg zum Kloster nie gemacht. Vermutlich hatte Martin den Brief längst vernichtet.

Sie brachte den Rest der Mahlzeit mit so viel Anstand und Beherrschung hinter sich wie möglich, wünschte ihren Eltern eine gute Nacht und flüchtete sich in ihr Zimmer zurück. Jetzt konnte sie nur noch darauf warten, dass der Rest des Haushaltes zu Bett ging, damit sie endlich Jörg mitteilen konnte, was sie erst seit heute wusste. Es dauerte allerdings noch mehr als eine Stunde, die sich quälend in die Länge zog, bis es ihr endlich gelang, sich aus dem Haus zu schleichen. Sie verwünschte sich, dass sie nicht daran gedacht hatte, das Tuch wenigstens nach dem Mittagessen am Fenster festzubinden. Jetzt konnte sie nur hoffen, dass er in der Werkstatt war.

Die Tür zum Uhrmacherladen in der Großen Gass war abgeschlossen, aber die kleine Seitenpforte, die in den schmalen Innenhof führte, ließ sich mühelos öffnen. Veronika drückte sie sanft hinter sich zu, huschte an der Wand entlang und hatte endlich den schmalen Hintereingang des Hauses erreicht. Mit Jörg war verabredet, dass sie in Notfällen wie diesem auf das Anklopfen verzichten und einfach eintreten sollte, damit Meister Ströbel von ihren heimlichen Besuchen nichts mitbekam. Für einen Moment wurde sie von der erschreckenden Vorstellung geplagt, unversehens dem ahnungslosen Uhrmacher im

Nachthemd gegenüberzustehen, aber während der letzten paar Ellen durch den engen Flur zur Werkstatt blieb das Haus rings um sie dunkel und still.

Dann stieß sie die letzte Tür auf und wurde von goldenem Kerzenlicht empfangen. Jemand saß auf Jörgs Hocker vor seinem Werktisch … aber das war nicht Jörg. *Diesen Mann hatte sie noch nie gesehen.*

Er war größer als Jörg und deutlich älter, mit grauem Bart und einer schwarzen, ebenfalls grau gesträhnten Haarmähne, die ihm lockig bis auf die Schultern fiel. Seine Augen unter den dichten, großzügig geschwungenen Brauen waren von einem tiefen Braun, und als er sie entdeckte, verzog sich sein Gesicht zu einem langsamen Lächeln.

»Na, wenn das keine reizende Überraschung ist!«, sagte er.

Seine Stimme war dunkel, und er sprach in einem eigentümlich singenden Tonfall, mit klaren Vokalen und dramatisch rollenden Rs. Veronika war so fasziniert, dass sie für ein paar Sekunden ganz vergaß, sich zu fürchten. Gleich darauf wurde ihr siedend heiß bewusst, dass sie sich allein und gänzlich unbehütet mit einem Fremden in einem Raum befand; sie wich stolpernd zurück und prallte mit dem Rücken gegen die Hintertür der Werkstatt, durch die sie gerade erst hereingekommen war. Unwillkürlich gab sie ein entsetztes Quietschen von sich und tastete in blinder Panik im Schutz ihres Rocks nach der Türklinke, um zu fliehen.

Aber dann kam Jörg aus der winzigen Kammer neben der Werkstatt. Als er sie sah, weiteten sich seine Augen, und er blieb wie angewurzelt stehen.

»Liebste! Was machst du denn hier?«

»Ich … ich m-musste dich unbedingt sehen!«, stammelte Veronika. Dann deutete sie auf den Fremden. »W-wer ist das?«

Der Mann stand auf und verneigte sich schwungvoll. »Juan Alvarez de Santa Cruz y Fuego«, sagte er, »ganz und gar zu Euren Diensten, *Señorita.*«

Sie starrte ihn an. »Ihr seid der spanische Hauptmann!«

In diesem Moment stellte sie fest, dass ihr vor Überraschung und in nachträglichem Schrecken die Knie zitterten. Der Spanier trat mit einem raschen Schritt zur Seite und deutete mit einer so feierlichen Geste auf den Hocker, als wäre er der Thron für eine Prinzessin. Veronika setzte sich hastig. Noch immer konnte sie den Blick nicht von ihm losreißen, und noch immer versuchte sie vergeblich zu entscheiden, ob sie sich vor ihm fürchtete oder nicht.

»Ich hätte Euch nicht so erschrecken sollen«, sagte er ernsthaft. »Aber ich habe genauso wenig mit Eurem Erscheinen gerechnet wie Ihr ganz offensichtlich mit meinem. Werdet Ihr mir vergeben?«

»Das werde ich«, erwiderte Veronika ebenso ernsthaft. Dann fiel ihr jäh wieder ein, wieso sie unbedingt hatte herkommen müssen. Sie warf Jörg einen unsicheren Blick zu. »Weiß er …«

Jörg nickte. »Ich hab ihm alles erzählt.«

»Und ich«, fügte der Spanier mit einem schrägen Lächeln hinzu, »bin außerordentlich gespannt, wie dieses wilde Abenteuer weitergeht.«

Veronika fragte sich für einen Moment, ob er das Ganze wohl wirklich ernst nahm. Andererseits – es musste ihm sehr ernst sein, wenn er eigens nach Freiburg kam, um Fidelitas zu retten.

»Ich habe etwas herausgefunden«, sagte sie rasch. »Am Abend, bevor meine Großmutter starb, hat sie unseren Kutscher mit einem Brief weggeschickt. Das hat mir heute Morgen unsere Köchin erzählt.«

»Wusste sie, für wen der Brief bestimmt war?«, wollte Jörg wissen.

»Dummerweise nicht«, antwortete Veronika niedergeschlagen.

»Am Abend, bevor sie starb, sagt Ihr?« Die Stimme des Spaniers. Er lehnte neben einem Brett, auf dem mehrere kleine

Tischuhren aus Messing friedlich vor sich hin tickten, an der Wand. »Dann muss es eine dringende Angelegenheit gewesen sein, oder Eure *abuela* – Eure Großmutter – hätte bis zum nächsten Morgen damit gewartet.«

»Das hab ich mir auch gedacht!«, erwiderte Veronika eifrig. »Ich bin sicher, dass Wulf den Brief zu Martin gebracht hat. Und dass der noch an diesem Abend zu meiner Großmutter kam, um mit ihr zu reden.«

»Und dann – was?« Der Spanier musterte sie neugierig, ein merkwürdiges, kaltes Lachen in den Augen. »Glaubst du, er hat bei ihrem unglückseligen Sturz ein wenig … nachgeholfen, *guapa?*«

Einen Wimpernschlag lang war sie empört darüber, dass er sich ihr gegenüber das vertraute Du herausnahm, ohne sie zuvor um ihre Erlaubnis zu bitten. Aber dann wurde ihr klar, dass es im Augenblick Wichtigeres gab.

»Ja, das glaube ich«, sagte sie fest. »Genauso, wie ich glaube, dass er für den Tod meines Großvaters verantwortlich ist. Und möglicherweise hat er sich sogar unseres Kutschers entledigt … Schließlich war der der Einzige, der bezeugen konnte, dass Großmutter ihn dringend zu sich gebeten hat. Außerdem hat mein Vater Wulf am nächsten Tag noch einmal zu Martin geschickt, um ihn zu uns ins Haus zu bitten. Seit diesem Botengang hat ihn niemand mehr gesehen, obwohl mein Vater ihn überall gesucht hat.«

»*Caspitá!*« Die Augen des Spaniers funkelten vor Lachen. »Du erzählst genauso überzeugende Schauergeschichten wie unser *chico* hier.«

Jörg ignorierte seinen leichten Ton und musterte sie entsetzt. »Du glaubst, Martin hat *drei* Menschen getötet?«

»Es passt alles zusammen.« Veronika faltete die Hände im Schoß. »Ich weiß nur nicht, wie wir ihm das beweisen sollen. Und das *müssen* wir, oder Schwester Fidelitas ist unrettbar verloren. Erinnerst du dich an den Brief, den meine Mutter an die

Äbtissin von Frauenalb geschrieben hat, um ihr mitzuteilen, dass Schwester Fidelitas verhaftet worden ist?«

»Natürlich.«

»Als ich dir davon erzählt hab«, fuhr Veronika fort, »da hab ich nicht gewusst, dass Martin ihr versprochen hat, diesen Brief einem seiner Männer mitzugeben, der angeblich am nächsten Tag nach Karlsruhe reisen wollte. Er sollte einen Umweg ins Kloster machen und der Ehrwürdigen Mutter den Brief überbringen.«

»*Schockschwerenot*!« Jörg erbleichte genauso, wie sie vorhin beim Abendessen erbleicht war. »Und du denkst ...«

»Deine kleine *guapa* denkt, dass kein Mann jemals so närrisch wäre, Hilfe herbeizurufen für eine Frau, die er sich zum wohlfeilen Sündenbock für seine Untaten erkoren hat«, antwortete der spanische Hauptmann an ihrer Stelle. Das Lachen war spurlos aus seinen Augen verschwunden, und zwischen seinen Brauen stand plötzlich eine steile Falte. »Er würde auch nicht zulassen, dass jemand anderes das tut.«

Jörg warf hilflos die Hände hoch. »Aber ... aber was machen wir denn jetzt?«

»Das ist einfach.« Der Spanier stieß sich von der Wand ab. »Du, *bonita* Veronica«, er warf ihr einen raschen, befehlenden Blick zu, »schreibst noch einen Brief an die *abadesa*, gleich hier und jetzt. Und du, *chico*, machst dich morgen früh mit genau diesem Brief auf den Weg in das Kloster.«

»Was denn – ich?« Jörg wirkte vollkommen überrumpelt. »Wäre es nicht besser, wenn Ihr das tut, Herr Alvarez?«

»Ganz bestimmt nicht!« Der Spanier lachte. »Was glaubst du wohl, was passiert, wenn jemand von meiner Sorte an die Pforten von einem *convento* klopft, wo die Schwestern außer ihrem Beichtvater und ein paar Klosterknechten niemals einem Mann begegnen? Ich würde rundheraus abgewiesen – oder aber ich bekäme es mit einem Dutzend dieser Knechte und ihren Knüppeln zu tun, noch bevor ich es auch nur durch das

Tor geschafft hätte. Dann müsste ich mich wehren, ich müsste wenigstens ein paar von ihnen töten, und danach würde mich die *abadesa* wohl kaum noch empfangen. Schon deswegen, weil ich schleunigst Fersengeld geben müsste, bevor sie mich in Eisen schlagen lässt.«

Veronika starrte ihn an; die lässige Selbstverständlichkeit, mit der er vom Töten sprach, erschreckte sie zutiefst. Aber zum ersten Mal begriff sie auch, wieso Jörg seine ganze Hoffnung in diesen Mann setzte. *Das war ein Krieger, gewohnt daran, Schlachten zu planen … und damit genau das, was sie jetzt am dringendsten nötig hatten.*

»Nein.« Juan Alvarez schüttelte den Kopf. »Es ist besser, wenn *du* gehst, *chico.* Einen Milchbart wie dich werden sie nicht gefährlich finden. Sie werden dich zu ihrer Ehrwürdigen Mutter lassen, und du kannst ihr alles erzählen, was wir bereits wissen. Auf diese Weise kommt hoffentlich wirklich Hilfe für Fidelitas … und hoffentlich kommt sie noch rechtzeitig, bevor Daumenschrauben und die Streckbank nichts mehr von ihr übrig lassen, das wir noch retten können.«

Der Zorn in seiner Stimme war wie ein am Horizont aufziehendes Ungewitter, aber Veronikas Sinne waren nach fast vierundzwanzig Stunden ohne richtigen Schlaf so empfindlich, dass ihr, während sie ihm zuhörte, überdeutlich noch etwas anderes aufging. *Er hatte Angst … große Angst um die freundliche Nonne, die durch Martins hinterhältige Ränke Gefahr lief, ihr Leben zu verlieren.*

»Dann werde ich mir irgendeine Geschichte für Meister Ströbel einfallen lassen müssen.« Jörg klang immer noch ein wenig unentschlossen. »Ich hasse den Gedanken, ihn anzulügen.«

»Nicht doch, *chico.*« Der Spanier verzog den Mund zu einer ironischen Grimasse. »Manchmal sind Lügen die letzte Waffe, die uns bleibt, und je klüger wir diese Lügen spinnen, desto besser. Erzähl ihm, deine Mutter sei plötzlich krank geworden und dass du als *buen hijo* – als guter Sohn – unbedingt an ihre Seite eilen musst. Das verschafft dir genügend Zeit, und uns auch.«

Er wandte sich an Veronika. Sein Blick war so prüfend, als wollte er ihr geradewegs in die Seele schauen.

»Wie steht es mit dir, *bonita?* Wie gut lügst *du*?«

»Ich … ich weiß nicht«, erwiderte sie. »Aber ich werde mir Mühe geben.«

Er beugte sich leicht vor. Sein Blick war tiefernst.

»Mühe allein wird nicht ausreichen«, sagte er. »Wenn dieser saubere Martin in euer Haus kommt, um dich zu sehen, dann wirst du ihm die ahnungslose, unschuldige Jungfer vorspielen müssen. Du wirst ihm nicht widersprechen und allem zustimmen müssen, was er sagt – auch wenn es dir noch so sehr zuwider ist. Er darf nicht argwöhnen, dass du ihn verdächtigst. Nicht einen Moment. *Niemals.* Denn wenn er tatsächlich getan hat, was du ihm vorwirfst, dann wird es ihm nichts ausmachen, es noch einmal zu tun. Ist dir das klar?«

Der Gedanke daran, wie sie Martin vor drei Tagen in Großmutters Zimmer ertappt hatte, blitzte in ihrem Geist auf. Da war es ihr zum ersten Mal gelungen, ihn zu täuschen und ihn in Sicherheit zu wiegen.

»Ja«, erwiderte sie leise. »Das ist mir klar.«

»*Bien.*« Er nickte ihr knapp und anerkennend zu, bevor er seine Aufmerksamkeit wieder Jörg zuwandte. »Kannst du reiten, *chico?*«

»Ziemlich gut sogar.« Jörg lächelte wie bei einer angenehmen Erinnerung. »Als mein Vater noch gelebt hat, stand immer ein feines Pferd für mich im Stall draußen vor der Stadt. Nachdem mein Vater tot war, hat mein Bruder es sofort verkauft. Aber ich denke, ich kann mich immer noch anständig auf einem Pferderücken halten.«

»Schön.« Juan Alvarez langte in die Tasche der Lederweste, die er trug, holte einen Beutel heraus und hielt ihn Jörg hin. »Das sollte ausreichen, um dir ein Reittier für die Hin- und

Rückreise zu mieten – und auch für etwas Proviant und ein bescheidenes Nachtlager, damit du nicht irgendwo im Wald schlafen musst«, sagte er. »Meinen Hidalgo gebe ich dir besser nicht – der hat reichlich Araberblut und wirft jeden aus dem Sattel außer mir.«

Jörg nickte und straffte den Rücken. Jetzt, da er plötzlich eine wichtige Aufgabe hatte, wirkte er zuversichtlich und wie befreit.

»Dann müsst Ihr mir Euer Pferd wenigstens einmal zeigen«, sagte er, »damit ich es angemessen bewundern kann. Irgendwann später, wenn wir das alles hinter uns haben.«

Er lächelte Veronika an.

»Aber jetzt hole ich erst einmal einen Bogen Papier, Tinte und Feder, damit der Brief an die Äbtissin fertig ist, wenn ich dich wieder nach Hause begleite, Liebste.«

XVI

Denn er hat seinen Engeln befohlen über dir …

Jemand war da draußen.

Fidelitas wusste nicht, wer es war, aber sie konnte ihn hören und spüren – leise Schritte, die sich näherten und dann langsam wieder entfernten, nur um wenige Minuten später zurückzukommen und vor der Tür stehen zu bleiben. Seit Stunden waren diese Schritte das Einzige, was sie außer ihrem eigenen Atem hören konnte.

Die Mauern des Turmes waren so dick, dass sie von den Geräuschen der Stadt komplett abgeschnitten blieb. Fidelitas war an Stille gewöhnt, aber das hier war eine gänzlich andere Stille als die, die sie aus dem Kloster kannte.

In Frauenalb war das Schweigen ein Teil ihres Glaubens, ein Kontrapunkt zur vertrauten Liturgie der Stundengesänge und zum Rhythmus der lateinischen Psalmen. Es half ihr, auf die leise Stimme Gottes zu hören, die im Lärm der Welt außerhalb des Klosters so oft unterging. Vor ihrer Festnahme – als sie noch gedacht hatte, in wenigen Tagen wieder bei ihren Schwestern und ihrer Ehrwürdigen Mutter zu sein –, da hatte sie sich nach der Stille gesehnt wie ein durstiger Wanderer am Ende eines allzu langen Weges nach frischem Wasser.

Hier war das Schweigen nichts weiter als ein Atemholen vor dem nächsten Schrecken.

Solange es still blieb, wurde sie nicht in die Gerichtslaube gezerrt, nicht weiter verhört, nicht verletzt. Aber die Stille konnte jederzeit enden, weswegen sie auch dann zusammenfuhr und in die hinterste Ecke des stinkenden Gelasses zurückwich, in das man sie gesperrt hatte, wenn einer der Wärter ihr etwas zu essen brachte. Ein Stück schimmeliges Brot, einen Holzbecher mit abgestandenem Wasser, von dem Fidelitas nur hoffen konnte, dass es aus einer sauberen Quelle stammte. Sie trank es trotzdem; das Brot ließ sie liegen.

Erst gestern hatte man sie der Hexenprobe unterzogen, und ihr Körper schmerzte noch immer heftig. Sie versuchte gar nicht erst, ihre Wunden zu zählen oder darüber nachzudenken, wie viele davon sich wohl schon entzündet hatten. Die Stiche waren weder mit Salben versorgt noch verbunden worden, und der kleine Kerker, in den man sie nach der Tortur gestoßen hatte, war schmutzig und stank. Fidelitas machte sich keinerlei Illusionen. Wenn sie noch mehr Zeit hier verbrachte – selbst dann, wenn man auf weitere hochnotpeinliche Verhöre verzichtete –, würde sie bald Fieber haben und ihre Kraft verlieren. Allzu viel war davon ohnehin nicht mehr übrig.

Nicht zu wissen, was draußen vorging, nicht voraussehen zu können, wann man sie zum nächsten Verhör holen würde – das sog ihr auch noch den letzten Rest Mut und Zuversicht aus den Knochen. Die Hexenprobe hatte ihr auf nachdrückliche und entsetzliche Weise bewiesen, dass ihr Habit sie nicht schützte. Die Tatsache, dass sie eine Nonne war, hielt ihre Peiniger nicht im Mindesten davon ab, ihr wehzutun.

Also klammerte sie sich an die vertrauten Stundengebete und rief sich alle Bibeltexte ins Gedächtnis, die sie in den letzten zwanzig Jahren gelernt hatte; sie waren ihr in Fleisch und Blut übergegangen. Fidelitas flüsterte die heiligen Worte in die bedrohliche Stille und wartete mit verzweifelter Sehnsucht darauf, dass Gott ihr Antwort gab; einen Hauch von Frieden in ihrem Inneren, die Berührung ihrer Seele durch eine göttliche Hand, die sie inmitten der feuchtkalten Finsternis festhielt und ihr Wärme gab.

Aber sie spürte nichts davon. Noch nie in ihrem Leben war sie so herzzerreißend allein gewesen und so verängstigt.

Da. Die Schritte waren minutenlang ausgeblieben, doch nun gingen sie vor der verriegelten Tür unruhig auf und ab. Und dann blieben sie erneut stehen. Das Klirren eines Schlüsselbundes war zu hören, die Tür öffnete sich knarrend, und Fidelitas blinzelte, als eine kleine Stalllaterne ihr Licht in den fensterlosen Raum warf. Die Gestalt des Mannes, der sie hielt, war hinter dem gelblichen Schein nur als verschwommener Schatten auszumachen.

Die Tür schlug wieder zu. Fidelitas lehnte an der Rückwand ihres kleinen Kerkers, die Arme wie zum Schutz um ihre Knie geschlungen. Die Laterne schwankte langsam auf sie zu und wurde kaum zwei Ellen von ihr entfernt auf dem Steinboden abgestellt. Jetzt, da sich ihre Augen langsam an die unverhoffte Helligkeit gewöhnt hatten, erkannte sie etwas mehr – Beine in abgetretenen Stiefeln, eine ausgebeulte Hose und der Saum eines Hemdes. Das Gesicht allerdings blieb im Dunkeln.

»Ich hab dich nackt gesehen«, sagte eine heisere Stimme. »Gestern, in der Gerichtslaube. Für eine Nonne bist du ganz schön ansehnlich, muss ich sagen. Hat dich wirklich noch nie einer gevögelt?«

Fidelitas rang nach Atem; schwarzes Entsetzen schlug über ihr zusammen. Der Mann sprach weiter, als würde er gar keine Antwort von ihr erwarten.

»Jede Hure will Geld dafür, dass sie die Beine breit macht.« Er gluckste unterdrückt. »Und die, die nur ein paar Groschen nehmen, sind auch nicht viel sauberer als du.«

Fidelitas wurde jäh übel; sie zog ihr klammes, blutbeflecktes Hemd hastig so tief wie möglich über ihre Beine hinunter.

»Aber dich krieg ich sogar umsonst. Und wenn du's tatsächlich noch nie mit einem Mann getan hast, dann ist das endlich mal was Neues. Eine Jungfrau hatte ich noch nie. Macht mich richtig scharf, weißt du das?«

Nun stand er über ihr. Stoff raschelte; Fidelitas erstarrte zur Salzsäule, als sie begriff, dass er sich auszog.

»Halt still, während ich ihn dir reinstecke«, sagte er, »dann bring ich dir nachher was Anständiges zu essen. Und wenn du's mir obendrein auch noch schön brav mit dem Mund machst, ohne mich zu beißen, kriegst du vielleicht sogar ein bisschen Wein. Na komm, leg dich hin. Wie man einem Mann richtig den Schwanz lutscht, zeig ich dir hinterher – als Nonne hast du ganz bestimmt keinen blassen Schimmer davon.«

Er beugte sich zu ihr herunter. Sein keuchender Atem roch nach Bier, sein Körper nach ungewaschener Haut und eingetrocknetem Schweiß.

»Aber vielleicht hat's dir ja auch schon mal ein Priester im Beichtstuhl besorgt«, flüsterte er. »Man hört doch immer davon, dass die geistlichen Herren in Wahrheit lauter geile Böcke sind.«

Der Schlag kam aus dem Nichts und traf ihre Schulter. Fidelitas verlor das Gleichgewicht und fand sich auf der Seite liegend wieder. Instinktiv krümmte sie sich zusammen und versuchte zu schreien, aber eine große Hand presste sich auf ihren Mund und erstickte jeden Laut. Sie wurde gepackt und auf den Rücken gedreht, dann zerrte ihr Angreifer den Saum des Hemdes nach oben und drängte ihre Knie auseinander. Sein schwerer Leib drückte sie gegen den Boden. Eine Hand tastete nach der Stelle, die er suchte, und grobe Finger bohrten sich in ihr empfindliches Fleisch.

»Kaspar? Wo steckst du, zum Teufel?«

Die Stimme kam von draußen. Der Mann über ihr erstarrte, und für einen winzigen Moment lockerte sich der Druck auf ihrem Gesicht. Fidelitas reagierte blitzschnell und biss mit voller Kraft zu.

Ihr Peiniger zuckte zurück, betrachtete ungläubig seinen blutenden Finger und versetzte ihr eine schallende Ohrfeige. Fidelitas dröhnte vor Schmerz der Kopf, aber jetzt fand sie ihre Stimme wieder.

»Hilfe! Zu Hilfe!«

Die Kerkertür flog weit auf. Schnelle Schritte näherten sich, und gleich darauf wurde der Mann, der über ihr kniete, mit einem kräftigen Ruck hochgerissen und landete wie ein zappelnder Käfer auf dem Rücken.

»Was soll denn das – bist du noch ganz bei Trost!?«

Er rappelte sich hoch, und in dem Licht, das durch die offene Tür hereinfiel, sah Fidelitas sein Beinkleid, das ihm in den Knien hing, und sein immer noch steif aufragendes Geschlecht. Mit Mühe setzte sie sich auf und zog das Hemd über ihre Blöße. Dann wandte sie den Kopf ab und kämpfte gegen den heftigen Drang an, sich zu übergeben.

»Jetzt hab dich doch nicht so!« Die Stimme des Mannes, der offenbar Kaspar hieß, senkte sich und wurde schmeichelnd. »Die ist noch Jungfrau, stell dir vor! Wir können beide was von ihr haben – wenn ich sie eingeritten hab, bist du an der Reihe.«

»Raus.« Ihr Retter sprach leise. »Und wag das nicht noch mal, oder ich werf dich höchstpersönlich aus der Wache.«

Fidelitas öffnete die Augen. Jetzt erkannte sie den Mann, der ihr so unerwartet zu Hilfe geeilt war – das war Franz Beierlein. *Der Büttel, der sie verhaftet hatte.* Plötzliche Scham schnürte ihr wie ein Würgegriff die Kehle zu.

Kaspar war inzwischen vollends wieder auf die Beine gekommen und zog sich die Hose hoch. Sein Gesicht war hochrot vor Wut und Verlegenheit, und sein Blick irrte zwischen Beierlein und Fidelitas hin und her.

»Was hast du mit dem Weib da zu schaffen?«, wollte er wissen. »Die soll doch nicht bloß eine Mörderin sein, sondern obendrein noch eine Hexe, heißt es. Vielleicht hat sie dich ja auch behext, und du willst sie ganz für dich allein. Was würde der Rat wohl dazu sagen?«

»An deiner Stelle würde ich mir mehr Sorgen darüber machen, dass du versucht hast, über eine Nonne herzufallen, deren Schuld noch gar nicht erwiesen ist«, erwiderte Beierlein kalt.

»Meinst du, die hohen Herren haben Lust, den Oberen ihres Klosters nach ihrem Freispruch erklären zu müssen, wieso einer unserer Büttel die Pfoten nicht bei sich behalten konnte?«

Er schnaubte verächtlich.

»Außerdem – wenn sie tatsächlich eine Hexe wäre, hättest du erst recht Grund zur Sorge. Vielleicht hat sie dich ja zum ›Dank‹ für deine Grapschereien verflucht, und dir fällt demnächst der Schwanz ab. – Jetzt pack dich endlich, du Hundsfott. *Verschwinde*!«

Kaspar warf ihr einen letzten Blick zu; in diesem Moment wirkte er beinahe panisch. Dann wandte er sich ab und stolperte durch die offene Tür davon.

Beierlein blieb mitten in dem Kerker stehen; er machte keinerlei Anstalten, die Tür zu schließen. Und er sah auch Fidelitas nicht an. Ihr Kopf dröhnte immer noch, und als sie nach der Stelle an ihrer rechten Schläfe tastete, die am meisten schmerzte, berührte sie eine Schramme und sah ein paar Tropfen Blut an ihren Fingerspitzen.

»Danke«, sagte sie leise. »Ich danke Euch, Herr Beierlein.«

»Schon gut.« Noch immer hielt er den Blick abgewandt. »Seid Ihr verletzt?«

»Nicht viel mehr als gestern«, erwiderte Fidelitas müde. »Offenbar hielten die Herren des Rates das Ergebnis der Hexenprobe nicht für besorgniserregend genug, um einen Medikus herzubitten. Aber mit etwas Wasser und Branntwein und ein paar sauberen Tüchern könnte ich mich selbst versorgen, denke ich. Würdet Ihr mir diese Dinge bringen … und die Lampe hierlassen, damit ich sehen kann, was ich tue?«

»Ich weiß nicht.« Er hob unschlüssig die Schultern. »Wenn die Ratsherren mitbekommen, dass ich Euch behilflich bin, komm ich geradewegs in Teufels Küche.«

Fidelitas fühlte sich elend und zerschlagen. Der nachträgliche Schock über den brutalen Überfall ließ sie so stark frieren, dass ihr die Zähne klapperten.

»Ihr habt mir doch gerade schon geholfen«, murmelte sie. »Aber ich will Euch nicht in Schwierigkeiten bringen.«

»Mal sehen, was ich tun kann«, antwortete er brüsk. Dann hob er die Laterne vom Boden auf, ging hinaus und ließ sie in der Finsternis zurück.

Sie blieb sitzen, wo sie war, und wartete darauf, dass die Kopfschmerzen nachließen. Obwohl sie völlig erschöpft war, wagte sie es nicht einzuschlafen. *Was, wenn Beierlein fortgegangen war und dieser Kaspar sein Glück noch einmal bei ihr versuchte?*

Sie wusste später nie, wie lange es gedauert hatte, bis sich an diesem Tag erneut die Tür öffnete. Wahrscheinlich war sie doch irgendwann eingenickt. Sie schreckte hoch, als draußen das vertraute Klirren zu hören war und der Schlüssel sich im Schloss drehte. Hastig wich sie wieder in die hinterste Ecke des Kerkers zurück und wartete zitternd, den eigenen Herzschlag in den Ohren.

Die Tür wurde nur einen schmalen Spalt aufgestoßen – und dann erschien ein Licht. Die Laterne war wieder da, gefolgt von einem großen und einem kleinen Krug sowie einem dicken Stoffbündel. Noch während Fidelitas diesen unerwarteten Segen bestaunte, schloss sich die Tür wieder und wurde verriegelt.

Sie wartete atemlos ein paar Minuten, dann hastete sie zur Tür hinüber und nahm in Augenschein, was Franz Beierlein – denn niemand anderes konnte es gewesen sein – ihr gebracht hatte.

Der große Krug enthielt Wasser, der kleine klaren Branntwein. Das Stoffbündel stellte sich zu ihrer fassungslosen Freude als der Rest ihres Habits heraus, ergänzt durch ein sauberes Hemd, das der Büttel beigesteuert haben musste. Außerdem hatte er zwei Leinentücher in ihre Tunika gewickelt, und in den Schleier eingerollt war neben einem Töpfchen mit Seifenkrautextrakt auch noch ein zweiter kleiner Tontiegel.

Fidelitas öffnete ihn und schnupperte. Das Aroma war ihr aus dem Kloster mehr als vertraut – der typische Geruch von Spitzwegerich, der immer ein wenig an frische Pilze erinnerte, gemischt mit Sonnenblumenöl und dem feinen Duft von Bienenwachs. *Eine Wundsalbe.* Beierlein musste eigens zu einem Apotheker gegangen sein, um sie zu kaufen.

Ihr kamen die Tränen, und das tröstliche Licht der Lampe verschwamm. Es dauerte lange Minuten, bis sie sich genügend gefasst hatte, um sich die Augen mit der Tunika zu trocknen und zu entdecken, dass das Öl in der Lampe frisch aufgefüllt worden war – vermutlich, um ihr genügend Zeit zu geben, sich bei ausreichender Helligkeit zu säubern und ihre Wunden zu behandeln.

Sie stand auf, ignorierte den Schwindel, der sie fast zum Taumeln gebracht hätte, und zog sich langsam das schmutzige Hemd über den Kopf. Das Wasser im Krug war kalt, aber während sie ihren Körper mit einem nassen Leinentuch abwusch, fror sie trotzdem nicht mehr, und das Brennen des Seifenkrauts in den zahllosen Kratzern und Stichen auf ihrer Haut empfand sie beinahe als Geschenk.

Im Geist hörte sie die Stimmen ihrer Mitschwestern, die mitten in der Nacht während der *Matutin* die Verse des 91. Psalms anstimmten. *Quoniam angelis suis mandabit de te, ut custodiant te in omnibus viis tuis … Denn er hat seinen Engeln befohlen über dir, dass sie dich behüten auf allen deinen Wegen.*

Inmitten von Entsetzen, Angst und menschlicher Bosheit war sie heute genau solch einem Engel begegnet.

Jörg erreichte den Mietstall unweit von Freiburg am Montagmorgen um acht. Der Besitzer – der ihn immerhin fast ein Jahr nicht mehr gesehen hatte – erkannte ihn sofort und führte ihn, als Jörg ihm sagte, wo er hinwollte, zu einer kräftigen kleinen

Stute, die höchst manierlich einen kleinen Juniapfel aus Jörgs Handfläche entgegennahm.

»Das ist meine Amabilis«, sagte er, »so sanft und liebenswürdig wie ihr Name. Und sie trägt dich so weit, wie du willst, ohne Zicken zu machen. Nur die Sporen mag sie nicht leiden, und sie hat ein empfindliches Maul – also reiß nicht dauernd an den Zügeln, Junge.«

Jörg versprach hoch und heilig, sich daran zu halten, und brach auf. In zwei Satteltaschen führte er Proviant, das restliche Geld und etwas Kleidung zum Wechseln mit sich und natürlich Veronikas Brief an die Äbtissin. Zum Abschied hatte der Spanier ihm in der vergangenen Nacht kräftig auf die Schulter geklopft und ihn angegrinst.

»Lass dich bei dieser Reise bloß nicht totschlagen, *chico*«, hatte er gesagt. »Oder wenn du schon unter die Räuber fallen musst, dann warte damit wenigstens, bis du wieder auf dem Rückweg bist.«

Jörg gab sich Mühe, ebenfalls zu lachen. Allerdings ging ihm nicht aus dem Kopf, dass Juan Alvarez ihn gestern einen Milchbart genannt hatte. So ein Milchbart mochte gute Chancen haben, im Kloster Frauenalb bei der Ehrwürdigen Mutter von Fidelitas vorgelassen zu werden, aber er bot ganz gewiss auch ein höchst willkommenes Ziel für Strauchdiebe und Wegelagerer.

Deswegen hätte er den wehrhaften Spanier eigentlich gern dabeigehabt, aber der hatte sich rundheraus geweigert. Er hatte die Absicht, am kommenden Abend die Wirtshäuser der Stadt zu durchstreifen und herauszufinden, ob der verschollene Kutscher der Stöcklins nach seinem zweiten Botengang noch einmal gesehen worden war, vielleicht sogar gemeinsam mit Martin Danner. Also hatte Jörg ohne ihn die Reise angetreten.

Einmal auf der Straße unterwegs, kam er erfreulich gut voran. Amabilis erwies sich als vollkommene Gefährtin dieses

Abenteuers. Sie ging leicht und willig am Zügel, ließ sich nicht durch das Geratter der Frachtkarren, denen sie auf der Handelsstraße begegneten, aus der Fassung bringen und machte ihm die Sache einfach. Trotzdem war die Reise anstrengend. Als er in der Abenddämmerung an einem kleinen Gasthof in Sichtweite der bewaldeten Höhen von ihrem Rücken stieg, schmerzten ihm Hinterteil und Schenkel, und er war rechtschaffen erleichtert, endlich aus dem Sattel zu kommen.

Die Summe, die ihm der Spanier mitgegeben hatte, war ausreichend genug, um ihm eine kleine Kammer mit einem sauberen Nachtlager und ein gutes Abendessen zu verschaffen; doch obwohl es sich zweifellos um ein anständiges Haus handelte, versteckte er den Rest der Münzen, der ihm noch blieb, vorsichtshalber unter dem gut gefüllten Strohsack seines Bettes. Er schreckte immer wieder aus dem Schlaf hoch, und die wenigen Stunden, die er zur Ruhe kam, waren von wirren Träumen erfüllt.

Am nächsten Morgen stärkte er sich mit warmem Haferbrei, frischem Brot und Dünnbier, bevor er die zweite Etappe des Weges in Angriff nahm. Die breite Handelsstraße hatte er schon hinter sich gelassen, und in den Stunden bis zum Mittag begegnete er nur noch zwei hochbeladenen Fuhrwerken, beide mit bewaffnetem Geleitschutz.

Das erste transportierte Bücher und stapelweise Drucke von Holzschnitten, das zweite Duftsalben und -wässerchen in Flaschen und Tiegeln, dick in Stroh und weiche Tücher verpackt. Der Kaufmann, der damit nach Stuttgart wollte, bot Jörg an, sich seinem Tross anzuschließen. Der bedankte sich, lehnte aber ab. Er wusste, dass er ohne den schwerfälligen Wagen beweglicher war und schneller vorankam.

Zum Glück hatte er eine sehr präzise gezeichnete Karte von Juan Alvarez bei sich; der besaß, wie er inzwischen wusste, eine ganze Ledermappe voller Karten ganz unterschiedlicher Strecken und Länder – in Jörgs Augen ein ungeheurer Reichtum.

Er dachte ein wenig neiderfüllt, dass der Spanier schon mehr von der Welt gesehen hatte, als er selbst wohl jemals zu Gesicht bekommen würde. Außerdem hätte er sehr gern gewusst, wieso Juan Alvarez den Weg zum Kloster Frauenalb so genau kannte – aber das musste irgendetwas mit der geheimnisvollen Bekanntschaft des Spaniers mit der Nonne zu tun haben, und er hatte nicht gewagt, ihn noch einmal danach zu fragen.

Mittags machte er Rast, als sich die Baumkronen längst über ihm geschlossen hatten. Er aß ein wenig Dörrobst und Käse und trank aus einem Bach, der dicht neben seinem Weg von einem Steilhang herunterplätscherte. Jetzt war das Kloster nur noch wenige Stunden entfernt, und er fragte sich ein wenig ängstlich, was er tun sollte, wenn die Tore ihm trotz der Zuversicht von Juan Alvarez verschlossen blieben.

Das durfte nicht geschehen. Schließlich brachte er Nachrichten von einer Tochter des Klosters, die sich in höchster Gefahr befand. Sie mussten ihn einfach anhören.

Die Sonne war ein gutes Stück weiter nach Westen gewandert, als er mit Amabilis am Zügel unter den Bäumen hervortrat und Frauenalb auf dem Grund des Albtales vor sich liegen sah wie in einer riesigen, grünen Schüssel. Dem Kloster musste es gut gehen; die Kirche mit ihren beiden Türmen war beeindruckend groß. Drei weitere Gebäude schlossen sich nahtlos an das Gotteshaus an und bildeten ein Quadrat, in dessen Zentrum eine große Rasenfläche lag. Um diesen Komplex zu erreichen, musste man allerdings eine Mauer überwinden, an die zwei weitere Häuser angebaut waren, eines davon vermutlich das des Torwächters. Dort würde er vorsprechen müssen, wenn er zur Äbtissin wollte.

Jörg seufzte. »Na komm, mein Mädchen«, sagte er. »Wir sind fast da, und da unten haben sie bestimmt was zu saufen und ein bisschen Hafer für dich.«

Er führte sie einen schmalen, fast unsichtbaren Pfad hinunter, der gleich darauf in einen deutlich breiteren Weg einmündete. Jetzt konnte er gepflegte Gärten sehen, in denen hinter einer niedrigen Ziegelmauer Knechte und Mägde arbeiteten. Auch vor einem kleinen Haus zu seiner Rechten gab es Beete mit Blumen und Gemüse; eine Frau, die gerade Erbsen pflückte, grüßte ihn freundlich.

Als er dem Weg weiter folgte, kam er an Holzställen vorbei, aus denen es durchdringend nach Schwein stank. Er blieb stehen, um sich zu orientieren, und wandte sich dann scharf nach links, an einem lang gestreckten Gebäude entlang und an einem weiteren, etwas kleineren vorbei, das leicht schräg versetzt errichtet worden war. Da – das war die Mauer, die das innere Klostergelände mit der Kirche vor der Außenwelt abschloss, und da war das Häuschen, in dem Jörg den Torwächter vermutete. Er sprach ein kurzes Stoßgebet und marschierte geradewegs darauf zu.

»Halt, mein Junge – wo willst du denn hin?«

Die Tür des Häuschens hatte sich geöffnet, und ein Mann mittleren Alters stand auf der Schwelle. Sein Haar war kurz geschoren und wurde langsam grau. An dem Gürtel, der seine braune Tunika zusammenhielt, hing in einer Lederscheide ein kurzes Schwert, und er sah aus, als wäre er durchaus bereit, es auch zu benutzen.

Jörg blieb vorsichtshalber stehen.

»Ich komme aus Freiburg«, rief er, »mit wichtigen Nachrichten über Schwester Fidelitas von Frauenalb. Würdet Ihr so gütig sein, mich der Äbtissin zu melden? Ich muss dringend mit ihr sprechen!«

Der Torwächter stutzte.

»Willst du mir nicht erst einmal sagen, wie du heißt?«

»Mein Name ist Jörg Danner«, antwortete Jörg. »Die Familie Stöcklin hat mich mit einem Brief für die Ehrwürdige Mutter hergeschickt, und die Sache duldet keinen Aufschub.« Er hielt es für besser, nicht zu erwähnen, dass Vinzenz Stöcklin keine Ahnung davon hatte, dass er hier war.

»Einen Brief?« Der Torwächter kam näher. »Vielleicht gibst du den erst einmal mir. Wenn sie ihn gelesen hat, kann die Ehrwürdige Mutter immer noch entscheiden, ob sie mit dir reden will.«

Jörg zögerte, dann öffnete er die Satteltasche und holte den Brief heraus. Er reichte ihn dem Torwächter, der ihn gründlich von allen Seiten betrachtete. Er hob den Kopf und musterte Jörg keinen Deut weniger gründlich.

»Warte hier«, sagte er, drehte sich auf dem Absatz um, verschwand im Haus und schlug die Tür hinter sich zu.

Jörg nahm die Zügel von Amabilis und führte sie an den Wegesrand, wo er sie an einem Apfelbaum festband. Die Stute schnaubte und begann, in aller Gemütsruhe den Löwenzahn abzugrasen, der darunter wuchs. Jörg setzte sich ins Gras, lehnte sich an den Baumstamm, schloss die Augen gegen die Sonne, die ihm ins Gesicht schien, und fasste sich in Geduld.

Allerdings verging erstaunlich wenig Zeit, bis der Torwächter im Laufschritt zurückkam, begleitet von einer jungen Nonne in weißem Habit.

»Hoch mit dir, Bursche«, sagte er. »Das hier ist Schwester Margaretha, und die wird dich zur Äbtissin bringen. Sie will dich sofort sehen.«

Jörg sprang auf die Beine und gab einen Seufzer schierer Erleichterung von sich. *Gott sei Dank – Juan Alvarez hatte recht gehabt.* Er deutete auf die Stute.

»Könntet Ihr sie vielleicht versorgen? Wir sind seit fast zwei Tagen unterwegs.«

»Ich finde schon jemanden, der sich um dein Pferd kümmert«, erwiderte der Torwächter. »Und jetzt nimm die Beine in die Hand.«

Das ließ sich Jörg nicht zweimal sagen. Er folgte der jungen Frau durch das Wächterhaus und hinaus auf einen großen, gepflasterten Hof, wo sie sich nach rechts wandte und ihn zu der Tür geleitete, die in das schräg versetzte Gebäude führte, das er vorhin von der anderen Seite gesehen hatte. Sie trat ein, Jörg hinter sich, eilte einen kurzen Flur hinunter und klopfte an eine weitere Tür.

»Ehrwürdige Mutter? Der Bote ist jetzt hier.«

»Schick ihn herein.«

Die junge Nonne öffnete die Tür für ihn, verneigte sich tief vor der Frau, die in dem lichtdurchfluteten Zimmer hinter einem Schreibpult saß, und war gleich darauf wieder verschwunden. Jörg verneigte sich ebenfalls.

»Ehrwürdige Mutter, ich bin …«

»… Jörg Danner, ich weiß«, erwiderte die Äbtissin. »Das hat mir nicht nur unser Torwächter gesagt, das steht außerdem in diesem Brief.«

Sie deutete auf das auseinandergefaltete Pergament vor sich. In ihrem strengen Gesicht mit der vorspringenden Adlernase und den durchdringenden dunklen Augen ballte sich sichtlich eine Gewitterwolke zusammen.

»Was allerdings *noch* darin steht, ist ungeheuerlich. Wenn ich das recht verstehe, wurde meine Kräutermeisterin bereits vor einer Woche festgenommen und als Hexe angeklagt. Wieso erfahre ich erst jetzt davon?«

»Es … es tut mir leid«, stammelte Jörg. »Ihr müsst wissen, das ist nicht der erste Brief in dieser Angelegenheit, sondern schon der zweite. Ich fürchte, der erste wurde … *vernichtet.*«

»Vernichtet?« Der Blick der Äbtissin wurde messerscharf. »Wie das?«

»Weil mein … weil der Mann, der versprochen hat, dafür zu sorgen, dass Ihr ihn bekommt, in Wahrheit kein Interesse daran hat, dass Ihr rechtzeitig von diesem Unglück erfahrt, um Schwester Fidelitas beizustehen«, erwiderte Jörg. »Weil er die Taten, die ihr zur Last gelegt werden, höchstwahrscheinlich selbst begangen hat … Jedenfalls vermuten wir das. Wir können es bloß noch nicht beweisen.«

Die Äbtissin starrte ihn an, die Stirn gerunzelt.

»Das klingt reichlich verwirrend«, sagte sie nach einem Moment des Schweigens. Dann deutete sie auf einen Stuhl vor ihrem Schreibpult. »Setz dich, mein Sohn. Ich würde vorschlagen, du erzählst mir die Geschichte in allen Einzelheiten, und zwar von Anfang an.«

XVII

Wettlauf gegen die Zeit

Jörg verbrachte mehr als zwei Stunden bei der Äbtissin von Frauenalb, und als sie ihn endlich entließ, hatte er ihr weit mehr erzählt als ursprünglich beabsichtigt. Über seine Liebe zu Veronika hatte er eigentlich gar nicht sprechen wollen, und seinen eigenen Bruder als möglichen Mörder von deren Großeltern anzuklagen fiel ihm immer noch so schwer, dass er auch das gern verschwiegen hätte. Allerdings hatte die schlanke, aufrechte Frau mit dem schleierumrahmten Gesicht, die ihn während des gesamten Gespräches nicht aus den Augen ließ, etwas an sich, das ihm jede Lüge verbot.

»Ich weiß deine Offenheit zu schätzen«, sagte sie schließlich. »Diese schreckliche Sache scheint ein solches Geflecht aus Lügen zu sein, dass die Wahrheit das Einzige ist, was uns jetzt helfen kann. – Geh jetzt; man wird dir zu essen geben, und für dein Bett in dieser Nacht ist auch gesorgt.«

Jörg sah sie an. »Was werdet Ihr tun, Ehrwürdige Mutter? Kommt Ihr mit mir nach Freiburg?«

»Noch nicht gleich.« Der Mund der Äbtissin wurde schmal. »Schwester Fidelitas braucht erst einmal stärkere Fürsprecher, als ich es bin. Du hast mir einen Brief gebracht, und morgen wirst du einen Brief von mir mit nach Hause zurücknehmen – aber nicht nur von mir. Dank der Gnade Gottes stehen mir hoffentlich gleich *zwei* Helfer zur Seite, aber zu einem von beiden werde ich jetzt erst einmal einen Boten schicken müssen.«

»Wer ist es?«

»Graf Wilhelm von Eberstein. Seine Familie hat dieses Kloster gegründet, und er kennt Schwester Fidelitas gut – vor fünf Jahren hat sie seine Frau gepflegt und ihm in einer etwas … nun ja, *heiklen* Angelegenheit beigestanden. Er wird bestimmt bereit sein, für ihren Charakter und ihre Frömmigkeit zu bürgen. Außerdem ist er augenblicklich noch der Präsident des Reichskammergerichtes, und dem werden die Freiburger Ratsherren sicher eher ihr Ohr leihen als mir.«

Jörg begriff, dass es rings um Schwester Fidelitas noch weit mehr spannende Geschichten gab als seine eigene. Er konnte nur inständig hoffen, dass er irgendwann den Tag erleben würde, an dem er sie allesamt zu hören bekam.

»Und der andere?«, wollte er wissen.

»Der ist schon hier.« Das Gesicht der Äbtissin entspannte sich leicht, und in ihren dunklen Augen blitzte ein winziger Funke. »Er hat eine lange Reise hinter sich, ist eine Stunde vor dir angekommen und ruht jetzt. Du wirst ihn morgen früh kennenlernen.«

Jörg stellte plötzlich fest, dass er selbst rechtschaffen müde war, und tat sein Bestes, ein herzhaftes Gähnen zu unterdrücken. Die Äbtissin sah es und lächelte.

»Geh und stärke dich, mein Sohn«, sagte sie freundlich. »Und schau zu, dass du genügend Schlaf bekommst, damit du morgen so schnell wie möglich nach Freiburg zurückkehren kannst.«

Jörg verbeugte sich tief und ging. Draußen wartete ein Knecht auf ihn, der ihn ins Refektorium führte. Nonnen sah er dort keine, und er aß ganz allein; ein zweiter Knecht trug für ihn frisch gebackenes Brot auf, dazu eine kräftig gewürzte Suppe mit Käse und Eiern und einen großen Krug kühles Dünnbier. Außerdem erklärte er ihm, dass er im Haus des Nachtwächters schlafen würde.

Nach der Mahlzeit geleitete er Jörg zum Nachtwächterhaus, wo in einem der beiden winzigen Räume eine einfache Pritsche aus Holz mit einer Wolldecke auf ihn wartete. Jörg streckte sich darauf aus, zog die Decke bis unter das Kinn, schloss die Augen und schlief fast sofort ein.

Am nächsten Morgen wurde er geweckt, als der Nachtwächter bei Tagesanbruch von seiner letzten Runde zurückkehrte. Er setzte sich auf, blinzelte und fragte, ob es sinnvoll wäre, schon um diese Uhrzeit bei der Äbtissin vorzusprechen oder ob sie vielleicht noch schliefe. Der Nachtwächter lachte und schüttelte den Kopf.

»Die Ehrwürdige Mutter ist schon seit Stunden wach, aber vor der Terz darf sie normalerweise nicht gestört werden. Sie leidet an Gelenkschmerzen und bekommt kühlende Kräuterumschläge. Du wirst dich wohl noch etwas gedulden müssen.«

Jörg streckte sich wieder auf der Pritsche aus, aber jetzt hatte die Gegenwart ihn wieder, und mit ihr kamen die Gedanken. *Ging es Veronika gut? Und wie erging es wohl inzwischen der Schwester, um die seine Liebste sich ebenso viele Sorgen machte wie die Äbtissin? Würden die Briefe helfen, die er mitnehmen sollte, oder würde der Rat sie einfach ignorieren?*

Schließlich gab er den Versuch auf, noch einmal einzuschlafen, stand auf und bat den Nachtwächter um Wasser zum Waschen. Das bekam er, gemeinsam mit einem sauberen Tuch und etwas weicher Seife. Nachdem er angezogen war, teilte er sich mit dem freundlichen, graubärtigen Mann eine Schüssel Haferbrei mit Honig und einen Kanten Käse, bevor der Nachtwächter sich verabschiedete und seinerseits in seiner kleinen Kammer schlafen legte.

Jörg trat ins Freie; die Luft roch nach der Nacht in dem stickigen Häuschen kühl und frisch, und hinter dem dichten, dunklen Teppich aus Bäumen, der die Schwarzwaldhügel bedeckte, war die Sonne bereits aufgegangen. Er machte sich auf den Weg zum Torhaus, wo er zu seiner Überraschung feststellte, dass er bereits erwartet wurde. Neben dem Torwächter stand die junge Nonne, die ihn gestern zur Äbtissin gebracht hatte.

»Gut, dass du kommst«, meinte der Mann, »das erspart mir, dich holen zu müssen. Die Ehrwürdige Mutter möchte dich sehen.«

Wieder wurde Jörg in die Abtei und in die Studierstube geführt. Aber diesmal war die Äbtissin nicht allein. Vor ihrem Schreibpult saß in einem Sessel ein Mann, den Jörg nicht kannte. Er trug Reisekleidung aus feinem Leder und Wolle, hohe Stiefel und ein Samtbarett. Sein Gesicht wirkte müde und leicht aufgedunsen, so, als würde er gern und ein wenig zu oft die Nase in den Weinkrug stecken. Aber gleichzeitig strahlte er eine kühle Arroganz aus; er wirkte wie jemand, der sich nicht vorstellen konnte, dass jemand seinem Befehl nicht sofort Folge leistete oder dass er nicht bekam, was er haben wollte. Als Jörg sich tief vor ihm verneigte, lächelte er und verbarg ein Gähnen hinter seiner Hand.

»Das ist der junge Bote, von dem ich gestern Abend gesprochen habe«, sagte die Äbtissin. »Jörg Danner aus Freiburg. Und das hier ist Johann Ulrich Zasius – er ist Sprecher des Landes Österreich auf den Reichstagen und zukünftiger Reichstagskommissar.«

»Du wirst von meinem Vater gehört haben, mein Junge«, sagte Zasius; sein Lächeln wurde breiter.

Das hatte Jörg in der Tat. Jedes Kind, das in Freiburg mit etwas Bildung aufwuchs, wusste genau, wer Johann Zasius war. Der hochgelehrte Doktor der Rechte hatte der Stadt vor rund dreißig Jahren ihr neues Stadtrecht gegeben, das für seine Klugheit gerühmt und von zahlreichen anderen Städten bereits kopiert wurde. Er verneigte sich wieder, diesmal noch etwas tiefer.

»Es ist ein Glück, dass ich gerade auf dem Weg von Hessen nach Günzburg bin«, sagte Johann Ulrich Zasius, »und dass ich mich entschlossen habe, einen Umweg zu machen, um meine hochgeachtete Freundin«, er nickte knapp der Äbtissin zu, »endlich einmal wiederzusehen. Für solche privaten Freuden fehlt mir üblicherweise die Zeit.«

Er deutete auf ein zusammengefaltetes, versiegeltes Pergament, das auf dem Pult lag.

»Das da nimmst du mit und überreichst es dem Rat, mit meinen besten Grüßen«, sagte er. »Ich bin sicher, es würde noch viel mehr Eindruck machen, wenn ich es selbst täte, aber ich muss dringend daheim nach dem Rechten sehen, und danach wartet ein Reichstag in Augsburg auf mich, auf dem der Kaiser sich vielleicht endlich mit den protestantischen Fürsten darauf einigt, dass es keinen Sinn mehr hat, einander mit Zähnen und Klauen zu bekämpfen.«

»Davon verstehe ich nichts«, sagte Jörg, »aber ich danke Euch von Herzen, dass Ihr an den Rat geschrieben habt. Ich bin sicher, das wird Schwester Fidelitas helfen.«

»Nun – so sicher bin ich da nicht.« Zasius gähnte wieder. »Die zwölf Herren, die in Freiburg samt dem Schultheißen das Sagen haben, halten die Stadt gern für ihr ureigenes Königreich und sind auf Einmischung von außen nicht sonderlich erpicht. Vielleicht wäre mein Vater der bedauernswerten Kräutermeisterin mehr von Nutzen. Aber ich habe hoffentlich genügend starke Worte gefunden, um dem Rat immerhin ein wenig Angst einzujagen. Also wünsche ich dir viel Glück.«

»Und wir«, mischte sich die Äbtissin energisch ein, »werden hier im Kloster das Schicksal und Seelenheil unserer geliebten Tochter ab sofort täglich im Gebet zu Gott tragen.«

Sie öffnete ein Schubfach in ihrem Schreibpult, zog zwei weitere versiegelte Briefe heraus und legte sie auf das Schreiben von Zasius. Als Nächstes reichte sie Jörg einen Lederbeutel. Der wog ihn in der Hand; er war erstaunlich schwer.

»Von nun an«, sagte die Ehrwürdige Mutter, »wirst du mir Tag für Tag einen Boten mit der reitenden Post schicken, der mich auf dem Laufenden hält. Das Geld müsste ausreichen, um mir wenigstens für eine Woche zu schreiben. Sollte sich die Sache bis dahin nicht geklärt haben, komme ich persönlich, um zugunsten von Schwester Fidelitas auszusagen.«

Jörg verabschiedete sich von Zasius und dankte ihm erneut. Die Äbtissin begleitete ihn zu seiner Verblüffung selbst hinaus; ihm fiel auf, dass sie leicht hinkte und sich offenbar nur unter Schmerzen bewegen konnte.

»Werdet Ihr denn überhaupt in einer Woche imstande sein, zu reisen?«, erkundigte er sich besorgt, als sie in dem stillen Innenhof vor der Kirche standen.

»Natürlich«, antwortete sie. »Das muss ich – uns läuft die Zeit davon. Denn ich weiß sehr wohl, wie die weltliche Gerichtsbarkeit mit Frauen umspringt, die der Hexerei verdächtigt werden. Und ich bin sicher, das Leiden meiner unschuldigen Tochter übertrifft das meine bei Weitem.«

Sie sah ihn an; ihre Augen waren sehr ernst.

»Wenn wir unsere Kräutermeisterin vor einem schrecklichen Schicksal bewahren können«, sagte sie, »dann wird das nicht nur den Schreiben zu verdanken sein, die du mit dir nimmst. Du, mein Sohn, bist ebenso mutig wie das Fräulein Stöcklin, das sich so sehr für Schwester Fidelitas einsetzt. Wir werden euch alle in unsere Gebete einschließen. Und jetzt geh mit meinem Segen, Jörg Danner. *Dominus tecum* – der Herr sei mit dir.«

Ihre Hand zeichnete ihm ein Kreuz auf die Stirn. Dann wandte sie sich ab und kehrte sehr langsam in die Abtei zurück, eine merkwürdig einsame, schmale Gestalt in ihrem schwarzen Habit. Jörg sah ihr noch einen Moment nach, bevor er sich mit raschen Schritten auf den Weg zu den klösterlichen Ställen machte, die Briefe und den Beutel mit seinem kostbaren Inhalt sorgsam in seinem Wams verborgen.

Er brauchte bis zum späten Nachmittag, um die Wälder hinter sich zu lassen und die Handelsstraße wieder vor sich liegen zu sehen. Diesmal war sie wesentlich belebter als bei seiner Hinreise. Als er einen voll beladenen Karren überholte, der fast die gesamte Breite des Weges einnahm, stolperte Amabilis in ein Maulwurfsloch an der Böschung, verlor ein Hufeisen und begann zu allem Überfluss zu lahmen. Jörg schluckte einen ärgerlichen Fluch hinunter, stieg ab und führte die Stute zu Fuß weiter.

Dadurch verlor er naturgemäß viel Zeit. Als er endlich den Gasthof erreichte, in dem er zwei Abende zuvor ohne Schwierigkeiten ein Zimmer bekommen hatte, war die Sonne bereits untergegangen, und der Wirt teilte ihm bedauernd mit, dass alles belegt sei.

»Tut mir leid, junger Herr«, sagte er, »aber mein Hof ist heute so mit Fuhrwerken vollgestellt, dass ich kaum weiß, wo ich all die Zugpferde unterbringen soll. Und so sehr ich mich auch freue, dass meine Gaststube aus allen Nähten platzt – mein Koch kommt mit den Mahlzeiten nicht mehr hinterher.«

Dass er nichts mehr zu essen bekam, störte Jörg wenig; er hatte einen Beutel mit reichlich Proviant aus der Klosterküche dabei. Verhungern musste er nicht – aber dass er in dieser Nacht kein Dach über dem Kopf haben würde, machte ihm Kopfzerbrechen, denn die Briefe und das Geld der Äbtissin brannten ihm förmlich ein Loch in sein Wams.

Immerhin war der Wirt so freundlich, ihm den Weg zu einer kleinen Schäferhütte zu beschreiben, die nicht weit entfernt lag, und er sagte ihm auch, wo der nächste Schmied lebte, der Amabilis ein neues Eisen anpassen konnte – wenn auch erst morgen früh. Jörg bedankte sich und setzte seinen Weg fort. Inzwischen war die Straße leer, und als er endlich die Hütte fand, standen die ersten Sterne und ein dunstig weißer Halbmond am Himmel.

Er band Amabilis an einen Pfosten neben der Tür; zum Glück gab es dort auch eine kleine, steinerne Tränke. Danach ließ er sie grasen, ging hinein und stellte fest, dass die Tür sich nicht verriegeln ließ. *Pech gehabt.* Nirgendwo in der Hütte stand ein Möbelstück. Also rollte er sich schicksalsergeben in seinen Mantel und legte sich auf den nackten Boden. Er konnte nur hoffen, dass niemandem in dieser Nacht die Stute auffiel, die seine Gegenwart verriet. Trotzdem zuckte er bei jedem Laut zusammen, der von draußen kam, und es dauerte eine Ewigkeit, bis er endlich einschlief.

Er kam mit einem Ruck zu sich, weil Amabilis vor der Hütte unruhig wieherte und stampfte. Graues Licht drang durch die breiten Ritzen zwischen den rohen Wandbrettern und durch eine unverglaste Fensteröffnung herein; der Morgen brach an. Amabilis wieherte noch einmal, und er hörte die Stimmen von zwei Männern, die leise miteinander flüsterten.

»Hübsches kleines Ding«, sagte der eine. »Wenn wir die mitnehmen, kriegen wir im nächsten Dorf bestimmt einen ordentlichen Preis dafür. Der Pferdehändler dort stellt keine Fragen.«

»Ja – aber wem gehört sie?«, meinte der andere.

»Dem Trottel, der in der Hütte schläft – hab ihn durch's Fenster gesehen.« Der erste Mann grinste hörbar, und Jörg spürte, wie ihm vor Schreck der Atem stockte. »Wer sich ein solches Prachtstückchen halten kann, der hat bestimmt noch mehr Geld im Säckel. Und wie viel, das werden wir gleich wissen.«

Jörg fuhr hoch, sah sich panisch nach irgendeiner Deckung um und begriff, dass es keine gab. Eine Waffe besaß er nicht; er hätte sowieso nicht gewusst, wie er sich damit verteidigen sollte. Also kauerte er sich hinter der Tür zusammen, damit die beiden Räuber ihn wenigstens nicht sofort entdeckten, und betete aus tiefstem Herzen um ein Wunder.

Die Tür öffnete sich knarrend. Das Erste, was in Sicht kam, war ein langes, bösartig aussehendes Messer, gefolgt von einer massigen Gestalt, die es in der ausgestreckten Hand hielt und vorsichtig in die Hütte spähte.

Jörg hielt die Luft an und machte sich instinktiv so klein wie möglich; ohne es zu wollen, musste er dabei ein Geräusch gemacht haben, denn der Mann wandte ruckartig den Kopf und sah ihn direkt an. Im nächsten Moment wurde Jörg am Kragen gepackt und hochgezerrt wie ein hilfloser Welpe. Die Spitze des Messers berührte seine Kehle.

»Hallo, Kleiner!« Der Mann grinste. »Hab ich dich – und wenn du auf der Stelle alles herausrückst, was du bei dir hast, dann musst du zwar zu Fuß nach Hause laufen, aber du lebst wenigstens noch.«

In Jörgs Kopf überschlugen sich die Gedanken. Dem Räuber das Geld der Äbtissin zu geben, nahm ihm jede Möglichkeit, ihr regelmäßig Bericht zu erstatten. Und wenn der Kerl ihn jetzt erstach, würde er das erst recht nicht mehr können. Aber die Briefe mussten nach Freiburg und zum Rat gelangen. Unter allen Umständen.

Seine Hand bewegte sich auf die Stelle zu, wo sich unter seinem Wams der Beutel befand. Er zog ihn langsam hervor, und der Mann brummte zufrieden.

»Na, wer sagt's denn? Braver Junge.« Er riss Jörg den Beutel aus der Hand, prüfte das Gewicht und grinste. Dann stieß er Jörg zu Boden und stopfte sich die leichte Beute unter das Hemd. »Was hast du noch?«

»N-nichts mehr«, versicherte Jörg, der sich die schmerzende Kehle rieb. »Ihr habt alles von Wert bekommen, was ich hatte. Nehmt das Pferd, wenn Ihr müsst, aber lasst mich in Frieden. *Bitte.*«

»Tja, ich weiß nicht …« Die Augen des Mannes glitzerten. Plötzlich beugte er sich vor; die Spitze des Messers war zurück und bohrte sich ganz leicht in die Haut unter Jörgs Adamsapfel. »Vielleicht schneid ich dir doch die Kehle durch und hol mir den Rest von deinem Zeug.«

Jörg öffnete den Mund zu einem Schrei. Aber in der nächsten Sekunde erstarrte sein Angreifer. Es war inzwischen hell genug, dass Jörg seine Augen sehen konnte, die sich entsetzt weiteten, bevor er einen seltsam pfeifenden Laut von sich gab und langsam zur Seite kippte. Jörg starrte die zusammengesunkene, leblose Gestalt fassungslos an, dann hob er langsam den Kopf.

Mitten in der Hütte stand Juan Alvarez. Er zog das Kurzschwert aus dem Rücken der Leiche und wischte es an ihrem schmutzigen Hemd ab, bevor er es seelenruhig wieder in die Scheide an seinem Gürtel zurücksteckte.

»*Madre de Dios, chico!*«, sagte er. »Als ich dir geraten hab, du sollst erst auf dem Heimweg unter die Räuber fallen, da hab ich ganz bestimmt nicht erwartet, dass du mich beim Wort nimmst.«

»Was … was tut *Ihr* denn hier?« Aus Jörgs Mund kam kaum mehr als ein ersticktes Flüstern.

»Das erkläre ich dir lieber später, *Jorge.*« Der Spanier sprach mit kühler Sachlichkeit. »Gleich geht die Sonne auf, und dann ist die Handelsstraße voller Karren und Menschen. Bis dahin sollten wir diesen ungastlichen Ort schon ein gutes Stück hinter uns gelassen haben. – Aber bevor wir uns aus dem Staub machen, müssen wir uns um diese beiden armseligen *bribónes* kümmern, die dich um ein Haar umgebracht hätten.«

»Die beiden …« Jörg fiel siedend heiß wieder ein, dass er vorhin vor der Hütte *zwei* Stimmen gehört hatte. »Wo ist der andere?«

»Draußen.« Alvarez verzog das Gesicht. »Und glaub mir, *chico,* der bringt nie wieder irgendjemanden um … genauso wenig wie diese *canalla* hier.«

Er stieß die Leiche mit dem Fuß an. Es klirrte leise. Alvarez beugte sich über den Toten, tastete ihn rasch und geübt ab und zog den Beutel mit den Münzen unter seinem Hemd hervor. »Hat der *cabrón* dir das abgenommen?«

Jörg nickte schwach. »Den … den hat mir die Ehrwürdige Mutter gegeben.« Er machte einen heldenhaften Versuch, sich zu fassen. »Sollten wir nicht der … der Obrigkeit melden, was hier geschehen ist?«

»Welcher genau?« Alvarez warf ihm einen scharfen Blick zu. »Der Obrigkeit in Freiburg? Oder vielleicht der in Baden?«

Er trat einen Schritt auf Jörg zu und stopfte ihm den Beutel kurzerhand unter das Wams zurück. Dann legte er ihm die Hand auf die Schulter und schüttelte ihn sachte.

»*No, chico.* Dadurch verlieren wir unsinnig viel Zeit, und das können wir uns nicht leisten. Hatte die *abadesa* außer dem Geld auch noch einen Brief für dich?«

Jörg nickte. »Ja. Und … und noch zwei weitere. Die Ehrwürdige Mutter meint, sie würden vielleicht helfen.«

Das Denken fiel ihm schwer; er fühlte sich wie betäubt. Alvarez musterte ihn aufmerksam und pfiff leise und stimmlos durch die Zähne.

»Bist du gut genug beisammen, dass du reiten kannst?«, fragte er.

»Ich … denke schon.« Jörg zögerte. »Aber die Stute hat ein Hufeisen verloren, und sie lahmt.«

Alvarez brummte etwas Unverständliches in seinen Bart. »Dann werden wir sie eben beschlagen lassen müssen. Das hält uns zwar auf, aber da haben wir wohl Pech gehabt. Los – steh auf, *chico*.«

Er half Jörg auf die Beine und schob ihn aus der Hütte. Draußen löste er die Zügel der Stute, die unruhig hin und her tänzelte, und drückte sie ihm in die Hand.

»Geh voraus«, sagte er ruhig. »Ich komme nach, sobald ich hier aufgeräumt habe.«

Jörg gehorchte schweigend. Und dann fiel sein Blick auf die reglose Gestalt, die dicht neben der Tränke lag, die Beine gespreizt, die Augen glasig und leer. Ein tiefer, breiter Schnitt klaffte in ihrem Hals, und das struppige Gras darunter war dunkel vor Blut. *Kein Wunder, dass Amabilis so verängstigt war. Ihm selbst ging es kein Stück anders.*

Er führte die zitternde Stute rasch an der Leiche vorbei, erreichte die Straße und machte sich auf den Weg nach Süden.

Es dauerte höchstens eine Viertelstunde, bis Juan Alvarez ihn eingeholt hatte. Er machte keinen Versuch, ein Gespräch zu beginnen, und Jörg war erleichtert; er fand einfach keine Worte, weil ihm die Gesichter der beiden toten Räuber noch immer unablässig im Kopf herumspukten.

Sie erreichten den Schmied, von dem der Wirt am Vortag gesprochen hatte, und das fehlende Hufeisen war für ein paar Silbermünzen rasch ersetzt. Danach ritten sie weiter, bis die Sonne schon hoch am Himmel stand und Jörg zum ersten Mal wieder Hunger verspürte. Er lenkte Amabilis zur Seite auf einen Feldweg, der in ein kleines Wäldchen führte. Unter den Bäumen war es angenehm schattig, und sie blieben vom Staub der Straße verschont; außerdem schlängelte sich ein kleiner Bach zwischen den Buchen und Eichen hindurch. Amabilis fing sofort an, das saftige Gras am Bachufer abzuzupfen, und Alvarez' Hengst tauchte die Nase ins Wasser und trank.

Als Jörg abgestiegen war und die Verpflegung, die er im Kloster bekommen hatte, aus der Satteltasche holte, ließ sich Alvarez im Moos nieder, lehnte den Rücken an einen Baumstamm und streckte die Beine von sich. Jörg bot ihm zögernd etwas von seinen restlichen Vorräten an, aber der Spanier reagierte nicht. Er saß still und mit geschlossenen Augen da und schien zu dösen, während Jörg ein wenig Käse und einen Apfel aß.

Erst als Jörg sich die Hände im Bach wusch, sagte Alvarez wieder etwas.

»Wir haben jetzt zwei Möglichkeiten«, meinte er im Plauderton. »Entweder du starrst mich weiter an, als wäre ich *el diablo* höchstpersönlich, und tust außerdem so, als hättest du deine eigene Zunge verschluckt. Oder aber du erinnerst dich daran, dass ich die beiden *capullos* heute Morgen nur deswegen umgebracht habe, weil sie sonst *dich* umgebracht hätten, *chico.*«

Jörg ließ den Kopf hängen. »Ich weiß«, murmelte er. »Und ich bin Euch auch dankbar. Schließlich habt Ihr mir schon zum zweiten Mal das Leben gerettet. Es ist nur …«

»Nur was?« Der Spanier betrachtete ihn mit mildem Interesse.

»Ich habe Euch noch nie jemanden töten sehen!«, platzte Jörg heraus, und wieder irrlichterten die leblosen Gesichter der beiden Räuber vor seinem inneren Auge. »Und es ist Euch so leichtgefallen – als wäre es ein Spiel!«

»Ein Spiel, das ich beherrsche, seit vielen Jahren«, erwiderte Alvarez gelassen. »Und zwar sehr gut, oder ich wäre selbst nicht mehr am Leben. Ich bin ein Krieger, *chico,* und ein Söldner – mein Schwert gehört dem, der am besten zahlt.«

Um seinen Mund zuckte es plötzlich, und in seinen Augen blitzte ein Lachen auf.

»Weißt du, was merkwürdig ist? Genau dasselbe habe ich vor fünf Jahren zu Schwester Fidelitas gesagt.«

»Wirklich?« Schiere Verblüffung vertrieb Jörgs Unbehagen. »Und was hat sie darauf geantwortet?«

»Nicht viel.« Das humorvolle Funkeln erlosch. »Ich fürchte, es hat ihr nicht sonderlich gefallen.«

Der Spanier stand auf, schöpfte aus dem Bach eine Handvoll Wasser, spritzte sie sich ins Gesicht und schüttelte sich, dass die Tropfen in alle Richtungen stoben. Jörg begriff – wieder einmal –, dass Alvarez' Bekanntschaft mit der Kräutermeisterin von Frauenalb etwas war, worüber er nicht wirklich gerne sprach.

»Wieso seid Ihr überhaupt zur Stelle gewesen, als die beiden Kerle mich überfallen haben?«, fragte er.

»Weil *la bonita Veronica* sich Sorgen um dich gemacht hat«, antwortete Alvarez bereitwillig; er schien froh darüber zu sein, dass Jörg das Thema gewechselt hatte. »Sie meinte, dir könnte etwas zustoßen – und wie du siehst, hat sie recht gehabt.«

Von Veronika überredet, ihrem Liebsten entgegenzureiten, war der Spanier einen Tag nach Jörg aufgebrochen und hatte die Handelsstraße bis zum Abend nach ihm abgesucht. Dann hatte er ein paar Stunden abseits vom Weg gerastet, den Ritt kurz vor Mitternacht langsam fortgesetzt und dabei unablässig Ausschau gehalten nach einem jungen Reisenden, der ebenfalls im Freien schlief. Und er war genau in dem Moment auf die Schäferhütte gestoßen, als einer der beiden Strolche sich mit gezücktem Messer hineinschlich, um Jörg zu berauben.

»Den Rest der Geschichte kennst du«, sagte er. »Ich bin froh, dass ich rechtzeitig da war, *chico.*«

»Ich auch«, sagte Jörg.

Er lächelte Alvarez an, und zu seiner eigenen Überraschung kam dieses Lächeln von Herzen.

»Wisst Ihr was? Jetzt wüsste ich wirklich sehr gern, was Ihr in den Wirtshäusern herausgefunden habt. Ist der Kutscher der Stöcklins am Abend nach seinem Verschwinden irgendwo noch einmal gesehen worden?«

»*No.*« Der Spanier schüttelte den Kopf. »Deine *chica* hat freundlicherweise die Dienerschaft des Hauses ausgehorcht, deswegen hab ich gewusst, wo ich auf die Suche gehen muss. Aber in keiner der *fondas,* wo der Mann sich gewöhnlich hat volllaufen lassen, ist er seither noch einmal aufgetaucht.«

Alvarez straffte die Schultern, als käme er jetzt zu einem Höhepunkt seiner Geschichte.

»Dafür treibt sich aber ganz jemand anderes ausgesprochen oft dort herum … Vor allem in einer davon, dem *Rauhen Mann* in der Gerberau. Und zwar so ziemlich jedes Mal, wenn er aus Neuburg zurückkommt – vom Haus der *putas.*«

»Was sind putas?« Jörg sah Alvarez' Augenzwinkern und verfärbte sich scharlachrot. »*Oh.*«

»Ganz genau.« Der Spanier grinste schwach. »Leichte Mädchen … gelüstige Fräuleins … Weibsbilder, die sich für dein Geld hinlegen … Such dir's aus.«

»Lieber nicht«, murmelte Jörg; seine Wangen brannten immer noch.

»Dein sauberer Bruder geht regelmäßig zu diesen *putas*«, bemerkte Alvarez sanft. »Er ist offenbar nicht so wählerisch wie du. Und das, obwohl er immer noch glaubt, demnächst deine entzückende *chica* neben sich im Ehebett vorzufinden.«

»Einen *Scheißdreck* wird er!« Jörgs Stimme bebte vor Zorn.

»*Tranquilo*, mein kleiner Heißsporn.« Juan Alvarez klopfte ihm begütigend auf die Schulter. »Wir werden ihn daran hindern, deiner *baja Veronica* wehzutun. Und zum Glück haben wir schon einen Plan.«

XVIII

Alles auf eine Karte

Der nächste Tag dämmerte sonnig und wolkenlos herauf. Im Christoffelturm erwachte Fidelitas aus unruhigem Schlaf in fensterloser Dunkelheit. Sie hatte keine Ahnung, ob es noch Nacht war oder bereits Morgen. Seit dem Überfall durch den Wächter hatte man sie in Ruhe gelassen und sie weder zum Verhör noch zu einer hochnotpeinlichen Befragung geholt. Franz Beierlein hatte ihr keine Salbe mehr gebracht, aber das Essen, das man ihr zweimal täglich hinstellte, war seit ihrer letzten Begegnung immerhin genießbar und das Wasser sauber. Vielleicht hatte ja er dafür gesorgt, und sie schloss ihn in ihre Fürbitte ein. Dann lehnte sie sich gegen die feuchte Mauer ihres Kerkers, schloss die Augen und richtete sich mit erschöpfter Geduld auf die nächsten, leeren Stunden ein. Die würde sie auch noch überstehen, selbst wenn sie sich zu Tagen oder gar zu Wochen dehnten – solange nur niemand kam, um sie zu quälen, damit sie endlich gestand, was die Richter von ihr hören wollten.

Zwei Stunden später saß Georg Wilhelm Stürzel von Buchheim, der jüngst gewählte Bürgermeister von Freiburg, hinter seinem Schreibtisch, las die drei Briefe, die ein Bote in aller Herrgottsfrühe im Rathaus abgeliefert hatte, und wünschte sich im Stillen, er wäre heute gar nicht erst aufgestanden.

Im Haus mit den Rosenfenstern ging Veronika zur selben Zeit ins Speisezimmer, um zu frühstücken. Dort traf sie nur ihre Mutter an.

»Dein Vater ist schon im Stoffkontor«, sagte Regula. »Aber heute Abend wird er pünktlich zum Essen zurück sein, denn

Martin Danner hat sich angekündigt. Wir haben eine kurze Nachricht von ihm erhalten, in der er meint, er hätte seine Braut schon viel zu lange nicht mehr gesehen.«

Veronika verschluckte sich fast an ihrer warmen Milch. Plötzlich hörte sie die Stimme von Juan Alvarez wie ein leises, warnendes Flüstern im Kopf. *Wie gut lügst du?* Jetzt würde sie es beweisen müssen.

»Da hat er ganz recht«, hörte sie sich selbst in ruhigem Ton sagen. »Wird er nach einem Termin für die Hochzeit fragen, was meinst du?«

»Den können wir ihm noch nicht nennen.« Die Stimme ihrer Mutter klang sehr bestimmt. »Bevor niemand weiß, was mit Schwester Fidelitas geschieht, wird es keine Hochzeit geben.«

Und wenn wir bewiesen haben, dass es nicht Fidelitas war, die am Tod meiner Großeltern die Schuld trägt, dachte Veronika, *dann gibt es diese Hochzeit erst recht nicht mehr.*

»Martin war bislang immer sehr hilfsbereit«, erwiderte sie leise. »Er wird sicherlich bereit sein, noch ein wenig zu warten.«

Sie stellte fest, dass ihre Mutter sie leicht verblüfft musterte; Veronika hatte ihr gegenüber aus Rücksicht nie erwähnt, welchen Widerwillen sie bei dem Gedanken empfand, Martins Frau werden zu müssen, aber ihr Mangel an Begeisterung über die von ihrer Großmutter so energisch vorangetriebenen Heiratspläne war Regula offenbar trotzdem nicht entgangen.

»Es freut mich zu sehen, dass du einverstanden bist«, sagte ihre Mutter. »Es hat mir nicht gefallen, dass Gundis in dieser Sache einfach über deinen Kopf hinweg entschieden hat, ohne dich zu fragen.«

Sie tätschelte die Hand ihrer Tochter und lächelte ein wenig ironisch.

»Vielleicht hat sie ja gut gewählt, und ich muss noch nach ihrem Tod bei ihr Abbitte tun.«

Veronika war gänzlich anderer Ansicht. Obwohl ihr gründlich der Appetit vergangen war, trank sie ihre Milch aus und aß etwas Brot mit Pflaumenmus, dann verabschiedete sie sich rasch und eilte in ihr Zimmer zurück, um das Tuch aus dem Fenster zu hängen.

Jörg würde nicht kommen können, um nachzusehen, ob es da war; er war erst am Vorabend gemeinsam mit dem spanischen Hauptmann von seiner Reise zurückgekehrt und hatte ihr eine sehr knappe Zusammenfassung der Ereignisse gegeben, bei der sie sich des starken Eindrucks nicht erwehren konnte, dass er einiges ausließ. Es hatte ihr allerdings an der nötigen Zeit gefehlt, gründlicher nachzuforschen, denn Jörg war vor Erschöpfung fast mit dem Gesicht auf seinem Werktisch eingeschlafen. Nach kaum einer halben Stunde hatte sie sich wieder nach Hause geschlichen.

Aber diesmal durfte sie nicht bis zum Abend warten, um Jörg und dem Spanier von Martins geplantem Besuch zu erzählen. Alvarez hatte ihr eingeschärft, dass er *sofort* erfahren wollte, wenn Jörgs Bruder seinen Besuch ankündigte. Sie wusste, was der Hauptmann plante; er hatte es ihr erklärt, bevor er aufgebrochen war, um Jörg entgegenzureiten. Sie fand seine Idee waghalsig und obendrein erschreckend unsicher. »Das weiß ich, *chica*«, hatte er geantwortet. »Aber wir haben nicht viele Möglichkeiten, und wir werden uns auf unser Glück verlassen müssen.«

Veronika setzte sich an den kleinen Tisch, nahm Tinte, ein kleines Pergamentblatt und Feder und schrieb:

Heute Abend ist Martin bei uns zum Essen geladen. Er kommt gegen fünf; unsere Köchin bereitet drei Gänge vor, also wird er vielleicht bis um sieben bleiben. Ich wünschte, ich käme selbst an das heran, was wir brauchen, aber ich fürchte, das ist zu gefährlich. Also werde ich die Sache wohl oder übel Euch überlassen müssen. Wenn er danach das Haus verlässt, habt Ihr vielleicht die Möglichkeit, ihm zu folgen und Euren Plan auszuführen. Ich werde darum beten, dass er gelingt. V.

Sie blies auf das Pergament, um die Tinte zu trocknen, und faltete es zu einem kleinen Viereck zusammen. Dann knotete sie das Tuch fest, schloss den Fensterflügel und blieb hinter der Butzenscheibe stehen. Es dauerte kaum eine Viertelstunde, bis sie sah, wie Juan Alvarez die Straße herunterkam; er schlenderte so gemächlich, als würde er zum ersten Mal die Stadt erkunden, und der Blick, den er nach oben warf, war so kurz, dass er ihr nur deswegen auffiel, weil sie darauf gewartet hatte.

Sie riss das Fenster auf, ließ das kleine Viereck hinunter auf die Straße fallen und schlug das Fenster sofort wieder zu. Ihr Herz hämmerte vor Angst, dass ihre Botschaft in dem Bächle gelandet sein könnte, das in der Straßenmitte floss, aber dann sah sie, wie Alvarez sich blitzschnell bückte, etwas vom Boden aufhob und einsteckte. Er hob den Kopf; für einen winzigen Moment trafen sich ihre Augen, und sie konnte seine Zähne aufblitzen sehen, als er lächelte.

Kaum eine Minute später war er um die Straßenecke verschwunden.

Am Nachmittag gegen vier schlüpfte Veronika in das Kleid aus feinem, blauem Leinen, das ihre Großmutter wenige Wochen vor ihrem Tod für sie bestellt hatte. Es war am Saum und auf dem eng anliegenden Mieder aufwendig mit weißen Blüten bestickt, und obwohl es Veronika wirklich gefiel, machte sie sich wenige Illusionen darüber, weswegen Gundis Stöcklin es in erster Linie gekauft hatte: um die Ware, auf deren Preis sie sich mit Martin Danner geeinigt hatte, möglichst appetitanregend zu verpacken.

An diesem Abend musste es allerdings – gemeinsam mit dem sorgsam ausgesuchten Kreuz aus Silber, das sie an einem Samtband um den Hals trug, und ihrem zu Zöpfen geflochtenen Haar – dazu dienen, Martin etwas vorzugaukeln, was es gar nicht mehr gab: die zahme, züchtige Braut, die sowohl die Wünsche ihrer Eltern als auch die ihres zukünftigen Ehegatten demütig hinnahm. Fast eine Stunde hatte es gedauert, sich mit Birgittas Hilfe zurechtzumachen.

Veronika betrachtete ihre Erscheinung im Spiegel und wurde das Gefühl nicht los, an einem seltsamen Spiel teilzunehmen. Wieder ging ihr durch den Sinn, was Juan Alvarez zu ihr gesagt hatte. *Er darf nicht argwöhnen, dass du ihn verdächtigst. Nicht einen Moment. Niemals.* Sie sah dem bleichen, herausgeputzten Mädchen, das sie aus dem Glas ängstlich anstarrte, unverwandt in die Augen, dann kniff sie sich in die Wangen und biss sich auf die Lippen, um frischer auszusehen. *Nur noch heute Abend,* dachte sie. Der Gedanke war ein eigentümliches Zwischending aus Beschwörung und Gebet. *Nur noch heute Abend.*

Hoffentlich.

Sie strich ihren Rock glatt, straffte die Schultern und ging hinüber ins Speisezimmer. Martin war bereits vor einer halben Stunde eingetroffen und von ihrem Vater mit einem Glas Wein bewirtet worden, während Regula in der Küche Irmhilds letzte Handgriffe für das Essen überwachte – eine Brühe mit Grießklößchen und Speck, danach ein in Honig und Butter gebratener Kapaun und zum Abschluss kleine, süße Pastetchen mit Apfel und Zimt.

Es gelang ihr, den freundlichen Ausdruck auf ihrem Gesicht beizubehalten, während Martin sie von Kopf bis Fuß in Augenschein nahm. Anscheinend gefiel ihm, was er sah, denn er lächelte, und Veronika krönte ihre Vorstellung mit einem Knicks. Er hob das Glas in ihre Richtung.

»Wie schön, dich zu sehen, meine Liebe«, sagte er. »Dein Anblick erinnert mich daran, wie lange ich schon freudig unserer Hochzeit entgegensehe.«

Ihr Vater räusperte sich etwas verlegen, aber Veronika neigte zustimmend den Kopf.

»Ich danke Euch für Eure Ausdauer«, erwiderte sie sanft. »Und für Eure erstaunliche Geduld.«

Sein Lächeln wurde breiter. Es sah ganz so aus, als hätte ihre Strategie Erfolg.

»Ich versichere Euch«, warf Regula ein, »sobald sich die unglückselige Lage von Schwester Fidelitas geklärt hat, werden wir Euch Tag und Stunde nennen können.«

»Zum Glück seid Ihr gütig genug gewesen, den Brief meiner Mutter durch Euren Boten zu der Äbtissin von Frauenalb zu bringen«, fügte Veronika unschuldig hinzu. »Ich bin sicher, sie wird der Schwester bald zu Hilfe eilen. Nicht wahr?«

»Aber sicher«, antwortete Martin glatt. »Und je eher das geschieht, desto eher darf ich dich als meine Frau heimführen.«

Sie starrte ihn an, und für ein paar Sekunden war sie gefährlich kurz davor, die Fassung zu verlieren. Nur zu deutlich erinnerte sie sich daran, was Jörg ihr erzählt hatte: Kein Bote von Martin war jemals ins Kloster gekommen. Die arrogante Selbstsicherheit, mit der er log, versetzte sie in Wut. Aber dann fiel ihr ein, dass es inzwischen gleich drei Briefe gab, die tatsächlich ihr Ziel erreicht hatten, von Menschen, die ihr Wort und ihren Einfluss in die Waagschale warfen, um Schwester Fidelitas zu retten. Und dass Martin keine Ahnung davon hatte, dass sich rings um ihn eine unsichtbare Schlinge zuzog. *Nur noch heute Abend*, dachte sie wieder.

Birgitta und Irmhild trugen die Suppe ab und brachten den Kapaun. Während Martin mit großem Appetit aß und einen Großteil der Unterhaltung bestritt, brachte Veronika kaum etwas herunter; sie hoffte, dass Martin die winzigen Bissen, die sie nahm, für ein Zeichen von weiblicher Wohlerzogenheit hielt. Auch den Apfelküchlein tat er alle Ehre an, und außerdem trank er weit mehr Wein, als sie das je zuvor bei ihm erlebt hatte. Es wirkte auf sie, als würde er einen heimlichen Sieg feiern. *Er musste sich fast am Ziel wähnen.*

Als das Essen vorüber war und er sich endlich verabschiedete, wurde es draußen bereits dunkel. Er verneigte sich vor ihren Eltern und bat darum, eine Bitte äußern zu dürfen.

»Würdet Ihr Veronika gestatten, mich allein hinauszubegleiten?«

Ihr Vater wirkte überrascht, aber nicht beunruhigt. Schließlich hatte Martin bisher stets ein vorbildliches Betragen an den Tag gelegt.

»Gern«, sagte er freundlich. »Und besucht uns bald wieder – es war eine Freude, Euch hier zu haben.«

Veronika zwang sich, ihrer Mutter *keinen* hilfesuchenden Blick zuzuwerfen, bevor sie gehorsam Martins Hand ergriff und mit ihm hinausging. Gemeinsam stiegen sie die Treppe zum Erdgeschoss hinunter. Auf halbem Weg legte er ihr besitzergreifend den Arm um die Hüfte. Sie konnte nicht ganz verhindern, dass sie zusammenfuhr, aber als er sie scharf von der Seite musterte, antwortete sie mit einem süßen Lächeln.

Vor der Haustür war der kurze Weg zu Ende. Martin blieb stehen, legte die Hände um ihre Taille und drehte sie zu sich herum. Seine Augen glitzerten.

»Dein Vater hat recht, meine Liebe«, sagte er. »Das war ein wirklich angenehmer Abend. Und da du bald die Meine sein wirst, denke ich, es ist höchste Zeit für einen richtigen, ersten Kuss. Meinst du nicht?«

Sie hätte gern energisch widersprochen. Sie hätte ihm gern ins Gesicht gesagt, dass ihr auch die kleinste Berührung von ihm zutiefst zuwider war. Aber sie wusste genau, dass sie in diesem Moment keine Wahl hatte. Also nickte sie folgsam und hob ihm ihr Gesicht entgegen.

Im nächsten Moment zog er sie an sich. Seine Arme umschlossen sie wie eiserne Klammern, und als er seine Lippen auf die ihren presste, roch sein Atem nach Wein und Zimt. Gleich darauf drängte sich seine Zunge in ihren Mund. Veronika erstarrte und hätte ihn liebend gern zurückgestoßen, aber sie konnte sich in seinem harten Griff buchstäblich nicht rühren. Also hielt sie still – auch dann, als er den Kuss noch vertiefte und seine Hand sich mit gierigem Druck um ihre Brust schloss.

Endlich trat er zurück; sein Atem ging schwer.

»Das«, sagte er mit einem breiten Lächeln, »war ausgesprochen angenehm. Wenn ich ehrlich sein soll, kann ich es kaum erwarten, dich in meinem Bett zu haben. Gute Nacht, meine Liebe.«

»Kommt gut nach Hause, Martin«, hörte sie sich selbst sagen und war vage verblüfft, als sie spürte, wie ihr Gesicht sich ebenfalls zu einem Lächeln verzog. »Gute Nacht.«

Die Tür schloss sich hinter ihm. Veronika stolperte ein, zwei Schritte zurück und prallte gegen die Wand, erfüllt von Zorn und einem so gewaltigen Ekel, dass sie kurz befürchtete, sie würde das Wenige, was sie an diesem Abend gegessen hatte, wieder von sich geben. Sie presste die Hand auf den Mund und versuchte, ihren revoltierenden Magen zu beruhigen.

Ich hoffe, du gehst nicht nach Hause, dachte sie wild. *Ich hoffe, du rennst geradewegs in die Fallgrube des Hauptmanns – genau wie ein Wildschwein. Denn dann ist dieser furchtbare Spuk endlich vorbei.*

»Da kommt er!«

Jörg, der seit fast einer Stunde in Sichtweite des Hauses auf der Lauer lag, versetzte dem Spanier neben sich einen Rippenstoß. Alvarez gab ein unterdrücktes Grunzen von sich.

»Nicht so laut, *chico!*«, gab er zurück. »Oder dein Bruder kommt auf die Idee, nachzusehen, wer sich hier in der Gasse herumdrückt. Und wenn er dich sieht, sind wir geliefert.«

Die Gasse, in der die beiden sich versteckt hatten, war so schmal, dass nur ein Fußgänger hindurchpasste, und während der gesamten Wartezeit hatte Jörg befürchtet, jemand könnte dort entlanggehen wollen; schließlich war es erst kurz vor sieben und jetzt im Sommer noch taghell. Aber zum Glück war die ganze Zeit niemand gekommen – und jetzt hatte Martin endlich das Haus verlassen. Jörg und Alvarez ließen ihm gerade genug Vorsprung, um ihm hoffentlich ungesehen folgen zu können, dann gingen sie ihm so rasch und so leise wie möglich hinterher.

»Ich hoffe bloß, er will nicht nach Neuburg zu den *putas*«, meinte Alvarez. »Sonst wird das eine verdammt lange Nacht.«

Aber das schien nicht der Fall zu sein. Martin ging in die entgegengesetzte Richtung. Er überquerte zielbewusst die Große Gass, steuerte auf den Augustinerplatz zu und wandte sich dann nach links.

»Sieht so aus, als will er ins Gerberviertel«, flüsterte Jörg. Um diese Uhrzeit war der üble Gestank aus den nahen Walkbecken und dem Mühlbach nicht mehr ganz so stechend, aber durchaus noch wahrnehmbar.

»Gott scheint das Gebet von *la dulce Veronica* erhört zu haben«, erwiderte Alvarez ebenso leise. »Dein *hermano* will scheinbar nicht ficken, sondern bloß saufen. Ich wette, er marschiert geradewegs zum *Rauhen Mann.*«

Er behielt recht; wenige Minuten später kam das Gasthaus in Sicht. Die Tür stand offen, und dröhnendes Gelächter war zu hören. Jemand grölte ein Trinklied, und mehrere Stimmen fielen ein, während Martin eintrat und die Tür hinter sich zuzog. Der Lärm wurde sofort leiser.

»*Bien.*« Der Körper des Spaniers spannte sich neben Jörg wie zum Sprung. »Wir gehen jetzt hinein. Und danach tust du nur das, was wir besprochen haben. *Comprende?*«

Jörg nickte stumm. Er war mindestens genauso unruhig wie der Hauptmann. Wenn ihr riskanter Plan jetzt keinen Erfolg hatte, bekamen sie wahrscheinlich keine Gelegenheit mehr für einen zweiten Versuch. *Es musste klappen.*

Im nächsten Augenblick nahm die Schankstube sie auf. Obwohl der Abend gerade erst begonnen hatte, war sie brechend voll, und Jörg rang unwillkürlich nach Atem. Die Luft schlug ihm wie ein nasses Tuch ins Gesicht, schwer von Bierdunst, dem Geruch nach heißem Bratenfett und Schweiß. Jörg blieb anweisungsgemäß in der Nähe der Tür zurück und versuchte, Martin zu entdecken, während Alvarez sich zwischen den eng gestellten, fast voll besetzten Holztischen hindurchschob wie ein Boot, das die Wellen eines trüben Flusses teilte.

Da. Dort hinten. Martin bekam an einem kleinen Tisch an der linken Seitenwand und just in diesem Moment von einer Schankmagd einen großen Krug vorgesetzt. Unmittelbar darauf geschahen gleich mehrere Dinge auf einmal. Der Spanier erschien wie aus dem Nichts in Martins Rücken, und ein Stuhl an Martins Nebentisch kippte plötzlich um. Der Zecher, der darauf saß, polterte zu Boden und brachte dabei die Schankmagd ins Straucheln, die auf ihrem Tablett noch zwei weitere Krüge und eine Schüssel trug. Das Tablett geriet in Schieflage, Krüge und Schüssel rutschten herunter und zerschellten auf dem Steinboden. Die Schankmagd stolperte gegen Martins Tisch und riss den Krug um, den sie ihm gerade erst gebracht hatte. Der größte Teil des Inhalts ergoss sich ebenfalls auf den Boden, der Rest spritzte auf Martins Wams. Sein Bruder sprang auf, und sein Gesicht verzog sich zu einer wütenden Grimasse.

Vor Jörgs ungläubigen Augen zog Alvarez – der im selben Moment neben dem Tisch auftauchte – die Schankmagd auf die Beine, während er gleichzeitig wort- und gestenreich auf Martin einredete. Martin fing augenscheinlich an, die Magd zu beschimpfen; Jörg konnte im allgemeinen Lärm nicht hören, was er sagte, aber sie duckte sich unter seinen Worten wie unter einem Hagel von Schlägen.

Jörg sah, wie Alvarez seinem Bruder begütigend auf die Schulter klopfte. Inzwischen war auch der Wirt aufmerksam geworden und näherte sich; jetzt fand das Palaver zu dritt statt, während die eingeschüchterte Magd die Scherben aufsammelte und samt ihrem Tablett verschwand.

Endlich schien die Sache zu einem Abschluss gekommen zu sein. Martin wurde zu einem anderen Tisch geführt und bekam vom Wirt höchstpersönlich einen frischen Krug gebracht. Dieweil half der Spanier Martin zuvorkommend aus seinem nassen Wams und hängte es fein säuberlich über die Stuhllehne. Dann verbeugte er sich mit großer Geste, wandte sich ab und kam auf Jörg zu.

Der drehte sich um und machte, dass er hinauskam. Er lehnte sich an die Hauswand; hier draußen war die Luft weit besser, und er sog sie in tiefen, erleichterten Zügen ein. Gleich darauf stand Alvarez neben ihm. Jörg streckte die Hand aus, und ein kleiner Schlüssel purzelte in seine Handfläche.

»Danke!«, flüsterte er. »Ich hoffe, ich finde, was wir suchen.«

»Das hoffe ich auch, *chico.*« Der Spanier grinste. »Und jetzt muss ich schnell wieder zurück, bevor dein Bruder den Braten riecht. Ich hab ihm nämlich gesagt, ich geh nur schnell mal pissen, und wenn ich wieder da bin, zahl *ich* die Zeche. Jetzt halte ich ihn auf, so lange ich kann, und wenn ich ihn unter den Tisch trinken muss. Aber um zehn ist Sperrstunde, also lass dir lieber nicht zu viel Zeit, *no?*«

»Versprochen.«

Jörg drehte sich um und rannte los.

Als er keine Viertelstunde danach sein Elternhaus erreichte, war er außer Atem. Er stahl sich so behutsam wie möglich hinein; im Moment wollte er weder der Köchin begegnen noch der Dienstmagd, die Martin nach Waltrauds Verschwinden angeheuert hatte.

Nur Minuten später stand er vor der Tür zu Martins Zimmer; sein Bruder sperrte es ausnahmslos immer ab, wenn er das

Haus verließ. Er gestattete dem neuen Mädchen nicht einmal, dort sauber zu machen. Offenbar wurde er von dem chronischen Misstrauen geplagt, sie könnte seine Besitztümer durchwühlen und etwas stehlen. Oder etwas entdecken, was außer ihm niemand sehen durfte – und genau danach würde Jörg sich jetzt auf die Suche machen.

Er steckte den Schlüssel, den Juan Alvarez mit solchem Geschick an sich gebracht hatte, in das Schloss und drehte ihn herum. Dann trat er ein, zog die Tür leise hinter sich zu und schloss vorsichtshalber auch noch ab, damit niemand sich wunderte, dass die Tür sich öffnen ließ – und ihn obendrein noch entdeckte.

Vor sich sah er Martins Schreibpult, einen gepolsterten Sessel dahinter, dazu einen wuchtigen Schrank mit Regalbrettern, voll mit zahlreichen Kontenbüchern und ein paar anderen, ledergebundenen Bänden, deren Aufschrift er aus der Entfernung nicht entziffern konnte.

Das Schreibpult war bis auf ein verkorktes Tintenfass vollkommen leer. Jörg setzte sich an das Pult und betrachtete es genauer. Es gab ein großes Fach mit einer Tür auf der linken Seite; rechts von ihm sah er vier schmale Schubladen übereinander. Die Tür und die Schubladen ließen sich mühelos öffnen, und darin waren ähnliche Dinge verstaut wie die, die er und Veronika bei Gundis Stöcklin gefunden hatten. Nichts Ungewöhnliches, nichts Geheimnisvolles. *Und schon gar nicht die verschwundene Uhr von Veronikas Großvater.* Er tastete sämtliche Oberflächen ab. Kein verräterischer Spalt, kein verborgener Haken oder Knopf.

Bei dem Gedanken, wieder einmal den Fußboden nach einem angesägten Balken und einem Hohlraum absuchen zu müssen, sank ihm das Herz. Um nichts zu übersehen, brauchte er Zeit, und genau die lief ihm davon; es ließ sich unmöglich voraussagen, wie lange es dem Spanier gelingen würde, Martin in *Rauhen Mann* festzuhalten.

Jörg sah sich im Zimmer um, und sein Blick blieb an dem Regal mit den Kontenbüchern hängen. Es waren mehr als zwanzig, alle etwa gleich dick. Auf den Buchrücken standen Jahreszahlen; die vor 1554 waren noch mit der vertrauten Handschrift seines Vaters geschrieben, der neueste Band mit Martins steilen, schräg gemalten Ziffern. Auf dem obersten Regalbrett standen etwa ein halbes Dutzend Bücher, die mit dem Geschäft offenbar nichts zu tun hatten. Als er den Arm ausstreckte und mit dem Zeigefinger über die oberen Kanten dieser Bücher wischte, war seine Fingerspitze voller Staub.

Offenbar interessierte Martin sich nur dann für Lesestoff, wenn er möglichst viele Zahlen enthielt. Und dass er in der Bibel las, die am Ende der Buchreihe lag, glaubte Jörg noch viel weniger. Wenn der Verdacht gegen seinen Bruder der Wahrheit entsprach, dann kümmerten Martin weder Gottes Wort noch sein eigenes Seelenheil. *Aber was hatte die Bibel dann dort zu suchen?*

Er musste sich ein wenig recken, um sie herunterzunehmen. Zu seiner Überraschung war sie bei Weitem nicht so schwer, wie er das angesichts ihrer Größe geschätzt hatte. Der Einband bestand aus weichem Ziegenleder, und ein mit Gold- und Purpurfäden gesticktes Kreuz aus zarten, miteinander verschlungenen Blüten schmückte die Vorderseite.

Martin hatte sie bestimmt nicht selbst gekauft, aber vielleicht war sie ein Geschenk ihres gemeinsamen Vaters an seinen Erstgeborenen gewesen. Jörg strich bewundernd und ein wenig ehrfürchtig über das Leder; plötzlich fiel ihm auf, dass darauf – anders als auf den anderen Büchern – überhaupt kein Staub lag.

Er ging rasch zum Pult zurück, setzte sich und legte die Bibel vor sich hin. Dann schlug er sie auf – und starrte mit offenem Mund.

Unter dem Buchdeckel war der größte Teil des Buchblocks verschwunden.

Das heißt, genau genommen war er entfernt worden ... weswegen die Bibel auch viel leichter gewesen war als erwartet. Jemand hatte die Seiten des Buches so säuberlich herausgeschält wie das Innere einer Frucht und dadurch eine Vertiefung geschaffen, in die genau zwei Dinge passten: ein schmales Buch und daneben ein kleiner, runder Gegenstand, sorgsam verpackt in einem Samtbeutel.

Jörg hörte sich selbst laut aufkeuchen. Mit zitternden Fingern zog er den Samtbeutel aus der Bibel, öffnete ihn und schüttelte ihn behutsam. Die Bisamuhr fiel glitzernd in seine Hand – und die abgewetzten Stellen an Oberseite und Boden des Gehäuses waren deutlich zu erkennen.

Es war die Uhr von Heinrich Stöcklin.

Jörg schob die Uhr in den Beutel zurück und steckte sie ein. Dann holte er das schmale Büchlein aus seiner Vertiefung und schlug es auf. Etwa ein Drittel der Seiten war dicht beschrieben, und zwar ganz eindeutig von Martins Hand. Er überflog sie und entdeckte längere Einträge, die sich mit kürzeren Notizen abwechselten, unterbrochen von Kalenderdaten. Der erste Eintrag auf der ersten Seite stammte vom 30. November 1554. *Ein Tagebuch.*

Für einen Moment hielt Jörg inne und lauschte; das Haus war vollkommen still. Von draußen hörte er den vertrauten, satten Klang der Münsterglocke; sie schlug achtmal. Es kam ihm unglaublich vor, dass erst fünfzehn Minuten vergangen waren, seit er das Zimmer betreten hatte.

Er begann zu lesen.

30. November A. D. 1554

Wie hätte ich ahnen können, dass Anna ausgerechnet in dem Moment in die Küche kommt, als ich mein Glück bei dieser kleinen Gans versuche? Und dass das solchen Ärger nach sich zieht?

Vater hätte sie nie heiraten sollen, das hab ich immer gewusst. Diese Narretei hat mir eine Stiefmutter beschert, über die meine Mutter in Vergessenheit geraten ist, und diesen lä-

cherlichen, kleinen Schwachkopf von Halbbruder. Und jetzt macht mir Vater auch noch heftige Vorwürfe. Er hält mich für sittenlos und hat doch tatsächlich die Frechheit, mir Jörg als leuchtendes Beispiel vorzuhalten! Vater liebt diesen lästigen Bengel sowieso mehr als mich – auch das weiß ich schon lange. Seit Tagen hält er mir zornige Predigten, eine alberner als die andere. Ich muss dieser Sache rasch ein Ende machen, bevor sie mich mein Erbe kostet.

Jörg blätterte rasch um. Als er das Datum des nächsten Eintrages entdeckte, spürte er, wie ihm das Blut jäh aus dem Gesicht wich. 7. Dezember 1554. Unmittelbar zuvor, in der Nikolausnacht vor knapp acht Monaten, war sein Vater gestorben.

7. Dezember A. D. 1554

Ich hätte nie gedacht, dass es so leicht sein würde.

Ich hab gewartet, bis die Köchin und die kleine Magd ebenso aus dem Weg waren wie Anna und ihr Balg. Dann bin ich in sein Zimmer geschlichen, wo er allein im Bett lag – um »seine liebe Frau« nicht durch sein Schnarchen zu stören. Merkwürdig, zu denken, dass er noch leben könnte, wenn er beim Essen ein bisschen weniger unmäßig zugelangt hätte!

Der Medikus hat ihm irgendein Kräutermittelchen verpasst, das ihm helfen sollte, zur Ruhe zu kommen, und er hat tief und fest geschlafen. Ich musste nur das Kissen vorsichtig unter seinem Kopf wegziehen und es ihm fest auf das Gesicht drücken. Er hat ein wenig gezuckt und gestrampelt, aber kaum einen Laut von sich gegeben. Als ich das Kissen schließlich hochgenommen hab, war es vorbei.

Jetzt kann er mich nicht mehr durch den kleinen Welpen ersetzen. Und wenn ich erst die kleine Stöcklin zur Frau genommen hab, ist meine Zukunft endgültig gesichert.

Jörg starrte auf die eng gedrängten Zeilen hinunter. Ihm war eiskalt vor Entsetzen. Was er hier vor sich hatte, war der Beweis für einen Mord, von dem er bis zu diesem Moment keine Ahnung gehabt hatte – den Mord an seinem eigenen Vater.

Ihm war danach, aufzuschreien und Hals über Kopf aus dem Haus zu flüchten. Aber zuerst musste er noch den Rest wissen.

Grimmig entschlossen blätterte er weiter, und dabei hatte er das Gefühl, mit jedem Eintrag ein wahnwitziges Stück tiefer in einen bodenlosen, schwarzen Abgrund zu stürzen, während er der Chronik von Martins Verbrechen folgte – minutiös niedergeschrieben von einem Mann, der kein Gewissen zu haben schien und von dem Jörg allmählich argwöhnte, dass er ihn nie wirklich gekannt hatte.

Er las:

Zwar ist mir der Überfall auf den dummen, vertrauensseligen Stöcklin wie ein unverhofftes Geschenk des Schicksals in den Schoß gefallen, aber genutzt hat er mir nichts. Die Räuber haben ihm zwar seine Waren abgenommen, doch bedauerlicherweise haben sie versäumt, ihn umzubringen …

Das alles hat mit dieser Nonne angefangen … Ich muss ihr Einhalt gebieten, um jeden Preis, genau wie Heinrich ….

Und einige Seiten später:

Die raffgierige Kuh hat mir immerhin den Gefallen getan, über den Saum des Teppichs zu stolpern, als sie meinem Schlag ausweichen wollte. Den Schädel hat sie sich an der Kante von ihrem eigenen Schreibpult eingeschlagen wie ein Ei …

Dass Martin den Brief von Regula Stöcklin an die Äbtissin verbrannt hatte, fand sich ebenso in diesem monströsen Tagebuch wie die Tatsache, dass der verschwundene Kutscher der Stöcklins von ihm irgendwo in der Dreisam versenkt worden war. Jörg las von dem Gerichtsschreiber, den sein Bruder bestochen hatte, um an das Protokoll des Verhörs von Schwester Fidelitas zu kommen, und von dem anonymen Hetzbrief, den er verfasst hatte, um die unschuldige Nonne genauso bei der Obrigkeit als Hexe zu verleumden, wie dieser furchtbare Priester Paulus Mayr es getan hatte.

Vom Münster schlug es halb neun. Jörg zuckte heftig zusammen und sprang auf.

Er hatte keine Zeit mehr. Er musste sofort handeln, bevor Martin zurückkam.

Zwanzig Minuten später wurde der Majordomus des Schultheißen Hans Veltin Schnewlin aufgeschreckt, als es heftig an der Haustür hämmerte. Er schimpfte ungehalten in sich hinein, ging aber trotzdem hinunter, um zu öffnen. Auf der Schwelle fand er einen jungen Mann vor, der sich als Jörg Danner vorstellte und sehr energisch verlangte, den hochwürdigsten Herrn Schnewlin auf der Stelle zu sprechen.

»Der hochwürdigste Herr hat sich bereits zurückgezogen«, meinte der Majordomus säuerlich. »Ich bin sicher, diese Angelegenheit kann ohne Weiteres bis morgen warten.«

»Kann sie *nicht.*« Der junge Mann war kreidebleich und außer Atem, hätte aber kaum entschlossener aussehen können. »Ich muss ein schweres Verbrechen anzeigen … *nein.* Genau genommen sind es noch weit mehr Verbrechen als bloß eins.«

Insgeheim hielt der Majordomus den Jungen für verrückt oder doch wenigstens für betrunken. Trotzdem entschloss er sich, den Schultheißen zu holen, und wies den ungebetenen Besucher an, in der Diele zu warten. Schnewlin kam nach einigem Warten tatsächlich, im Hausmantel und die Nachtmütze auf dem Kopf.

»Was willst du denn um diese unchristliche Zeit hier?«, fuhr er Jörg an. »Ich kann nur hoffen, dein angebliches ›Verbrechen‹ ist den Aufstand tatsächlich wert, Jörg Danner!«

»Da bin ich sicher, Herr Schnewlin«, erwiderte der junge Mann. Plötzlich klang er vollkommen erschöpft. »Ich beschuldige hiermit meinen Bruder Martin Danner des Betruges und der schändlichen Verleumdung der Schwester Fidelitas von Frauenalb. Die Morde, deren man sie verdächtigt, hat in Wahrheit *er* begangen.«

»*Wie bitte?*« Hans Veltin Schnewlin starrte ihn an. »Kannst du diese ungeheuerliche Behauptung beweisen?«

»Die Beweise hab ich mitgebracht.« Jörg Danner schluckte, und Schnewlin sah, dass seine Augen voller Tränen standen. »Auch dafür, dass mein Bruder Sebaldus Danner umgebracht hat – unseren gemeinsamen Vater.«

Hans Veltin Schnewlin nahm langsam die Nachtmütze ab. Dann wandte er sich an den Majordomus, der hinter ihm stand und genauso entsetzt dreinschaute wie er selbst.

»Bring Wein in mein Studierzimmer«, sagte er. »Und du kommst mit, mein Junge. Auf der Stelle!«

XIX

… dass sie dich behüten auf allen deinen Wegen

Am nächsten Tag fiel zum ersten Mal seit Wochen nach dem Morgengrauen dichter Regen auf die Stadt. Er wusch den Staub von den Straßen, ließ das Wasser in den Bächlein überlaufen und prasselte auf die Dächer.

Fidelitas hörte durch die Mauern ihres Kerkers nichts davon. Ihr Zeitgefühl war dahin. Sie wusste nicht mehr, ob es Morgen war oder Abend, Tag oder Nacht. Der Mangel an Licht, Bewegung und ausreichendem Essen forderte inzwischen seinen Tribut, genauso wie die Ungewissheit über ihre Lage und die ständige Angst vor dem Moment, wenn sich die Tür öffnete. Sie hatte es aufgegeben, die Stundengebete einzuhalten. Ihre Gedanken verschwammen und trieben davon in eine Welt, in der die Zeit keine Rolle mehr spielte und in der sie sich selbst zunehmend verlor.

Als sich draußen plötzlich Schritte näherten, fuhr sie zusammen und wich zurück wie ein wildes Tier, das den Jäger witterte. Dann wurde der Riegel zurückgeschoben, und der Schlüssel drehte sich rasselnd im Schloss. Die Tür öffnete sich, und graues Licht drang herein. Fidelitas blinzelte und versuchte, zu erkennen, wer auf der Schwelle stand.

»Schwester? Ich bin gekommen, um Euch zu holen.«

Noch immer konnte sie das Gesicht des Mannes nicht deutlich sehen, aber wenigstens erkannte sie seine Stimme.

»Herr Beierlein …?«

Plötzlich ging ihr auf, was er gerade gesagt hatte, und ohne Vorwarnung wurde sie von würgender Panik gepackt. *Nein. Bitte … nicht wieder ein Verhör. Nicht wieder in das Marterhäusle. Gott, hilf mir!*

Der Büttel schien zu spüren, was sie dachte, und hob beschwichtigend beide Hände.

»Nicht doch! Ich hole Euch nicht zur Vernehmung, und es wird Euch auch niemand mehr anrühren. Ihr seid frei!«

Sie starrte ihn an, ohne wirklich zu begreifen.

»Ich bin – *was*?«

»Ihr seid von jeder Schuld freigesprochen, und auch der Vorwurf der Hexerei besteht nicht länger. Deswegen haben Rat und Blutgericht beschlossen, Euch gehen zu lassen.«

Fidelitas hatte keine Ahnung, wie sie auf diese vollkommen unerwartete Ankündigung reagieren sollte. In diesem Moment empfand sie weder Freude noch Erleichterung, sondern eine bodenlose Verwirrung – und Furcht. Die Stimme des Zweifels wisperte ihr böse ins Ohr, dass dies eine besonders perfide Täuschung des Teufels sei, um sie in Sicherheit zu wiegen und sie danach nur umso mehr zu peinigen.

»Könnt Ihr aufstehen?«, fragte Beierlein. »Oder braucht Ihr Hilfe, Schwester?«

»Ich … weiß nicht.« *Genau genommen wusste sie gar nichts mehr.*

Beierlein kam langsam näher, dann blieb er stehen und streckte ihr eine Hand entgegen. »Ich helfe Euch. Und dann werden wir feststellen, wie gut Ihr Euch auf den Beinen halten könnt.«

Seine Finger waren warm, und sie hielt sich instinktiv daran fest. Er zog sie in den Stand, ließ ihre Hand los und bot ihr stattdessen den Arm. »Soll ich Euch stützen?«

»Nein.« Sie schüttelte den Kopf, noch immer halb betäubt vor Überraschung. »Ich kann allein laufen … glaube ich.«

»Wie Ihr meint.«

Er wandte sich ab und ging zur Tür hinaus. Sie folgte ihm mit langsamen Schritten, trat über die Schwelle und stand auf einem schmalen, fast quadratischen Flur, von dem aus eine Holzstiege steil nach oben führte. Kleine Öffnungen ringsherum, so schmal wie Schießscharten, ließen ein wenig Licht herein.

Beierlein hatte auf sie gewartet und wies sie an, ihm auf der Stiege vorauszugehen.

»Solltet Ihr abrutschen und doch nicht ganz trittsicher sein, bin ich hinter Euch und sorge dafür, dass Ihr nicht stürzt«, erklärte er.

Sie nickte stumm und machte sich langsam auf den Weg nach oben, dankbar für das grob gezimmerte Geländer, an dem sie sich festhalten konnte. Es waren fast zwanzig Stufen, die sie aus dem feuchten, übel riechenden Kerker des Christoffelturms zu einer Tür brachten, die unerwarteterweise nicht verriegelt war. Sie stieß sie auf und stand gleich darauf auf dem überdachten Wehrgang der Stadtmauer. Erst jetzt merkte sie, dass es regnete – die Luft war kühl, süß und unfassbar frisch, und sie sog sie in tiefen, gierigen Zügen ein, während sie gleichzeitig versuchte, sich zu orientieren.

Sie blickte auf ein Gewirr aus Dächern, die Schindeln glänzend vor Nässe. Ein Kirchturm stach daraus hervor in den wolkenverhangenen Himmel, hinter sich ein lang gezogenes Kirchenschiff. Das gesamte Viertel war von einer eigenen Mauer eingefasst.

»Neuburg«, sagte Franz Beierlein hinter ihr. »Die Kirche da vorn – das ist Sankt Nikolaus.«

Und irgendwo in der Nähe davon war das Armenspital der Johanniter. Wo Paulus Mayr seinen Dienst als Priester versah – derselbe Mann, der jedes Wort im *Hexenhammer* für lautere Wahrheit hielt und der dafür verantwortlich war, dass man sie verdächtigt hatte, eine Hexe zu sein.

Fidelitas stellte fest, dass sie fror. »Kann ich jetzt wirklich gehen?«, fragte sie leise, ohne Beierlein anzusehen.

»Hab ich doch gesagt.« Der Büttel sprach behutsam und geduldig, als wollte er ein verschrecktes Kind beruhigen. »Unten wartet ein Wagen auf Euch, der Euch zu den Stöcklins zurückbringen wird; die Familie ist bereits verständigt worden und erwartet Eure Ankunft.«

»Das tut gut zu wissen. Welches ... welches Datum haben wir? Ich muss gestehen, ich weiß es nicht.«

»Es ist der 19. Juli«, sagte Beierlein. »Am 8. Juli haben wir Euch festgenommen.«

Elf Tage! Fidelitas kam es vor wie ein ganzes Leben.

Er geleitete sie die Treppe hinab, die vom Wehrgang hinunter auf die Straße führte, und half ihr in den kleinen, geschlossenen Karren, der fast genauso aussah wie der, in dem man sie vom Martinstor zu ihrer ersten Befragung in der Gerichtslaube gebracht hatte.

Als sie auf der schmalen Bank saß, wandte sie sich ihm noch einmal zu.

»Ihr habt mir sehr geholfen«, sagte sie. »Ihr habt mir beigestanden, als es sonst niemand tun wollte. Das werde ich Euch nie vergessen ... und ich danke Euch dafür. Von ganzem Herzen.«

Er errötete leicht. »Ich hätte gern mehr getan«, erwiderte er. »Allerdings waren meine Möglichkeiten sehr begrenzt. Und Ihr werdet herausfinden, dass Euch weit mehr Menschen beigestanden haben, als Ihr es jetzt glaubt. Lebt wohl, Schwester Fidelitas.«

»*Dominus vobiscum,* Herr Beierlein.«

Der Karren setzte sich in Bewegung und rumpelte die Straße hinunter, die sich fast schnurgerade in Richtung Martinstor zog. Fidelitas wusste, dass es kein weiter Weg war bis zum Haus der Stöcklins, aber in diesem Moment wäre sie gern noch länger in dem Karren sitzen geblieben. Sie war gleichzeitig zu Tode erschöpft und überreizt, und die Aussicht, gleich mehreren Menschen begegnen und mit ihnen reden zu müssen, machte ihr Angst.

Plötzlich ging es heftig schaukelnd nach links, sie hörte ein gedämpftes *»Brrrr!«* des Kutschers vom Bock, und der Wagen stand wieder still. Fidelitas blieb reglos, die Hände im Schoß verkrampft. Aber dann wurde die Tür geöffnet, und sie blickte in das strahlende Gesicht von Vinzenz Stöcklin.

»Schwester Fidelitas – Gott sei Lob und Dank, wir haben Euch wieder!«

Sie hätte gern geantwortet und ihn mit derselben Freude begrüßt, aber ihre Stimme ließ sie im Stich. Alles, was sie zustande brachte, war ein zittriges Lächeln. Das schien ihn freilich nicht zu stören; er half ihr aus dem Wagen und führte sie zum Haus. Seine Frau wartete vor dem Eingang auf sie, tat einen Blick in Fidelitas' Gesicht und gab einen kleinen erschrockenen Ausruf von sich. Dann streckte sie ihr ohne ein weiteres Wort die Hände entgegen, und Fidelitas trat geradewegs in ihre Umarmung hinein. Sie ließ die Stirn gegen die Schulter von Regula Stöcklin sinken und schloss die Augen.

»Willkommen!«, flüsterte Regula dicht an ihrem Ohr, während sie sie sachte hin- und herwiegte. »Was für ein Glück, mein liebes Kind. Jetzt wird alles wieder gut – Ihr seid in Sicherheit.«

Am späten Nachmittag öffnete Fidelitas die Augen und musste sich in einem panischen Moment erst daran erinnern, wo sie war. Aber dann erkannte sie die niedrige Balkendecke, das Tischchen und das kleine Fenster wieder. *Sie war in dem Haus mit den Rosenfenstern.*

Bei ihrer Ankunft hatte bereits ein warmes Bad auf sie gewartet. Anschließend hatte sie eine stärkende Fleischbrühe mit Kräutern, frisch gebackenes Brot und Milch bekommen. Frau Regula sorgte dafür, dass sich nicht der gesamte Haushalt in seiner verständlichen Begeisterung über ihre Befreiung und Rückkehr gleichzeitig auf Fidelitas stürzte, wofür sie mehr als dankbar war. Sie nahm ihre erste anständige Mahlzeit seit mehr als einer Woche allein in Herrn Heinrichs verwaistem Refugium ein, während Irmhild, Gretel und Birgitta den Badezuber wieder leer schöpften und hinuntertrugen. Und dann war ihr Bett für sie bereit gewesen – mit einer weichen Decke, einem Federkissen und einem sauberen Laken. Sie hatte sich darauf ausgestreckt, sich in die Decke gewickelt wie in einen schützenden Kokon und fast sieben Stunden geschlafen wie eine Tote.

Jetzt fühlte sie sich um ein Vielfaches besser, und zum ersten Mal begann sie sich zu fragen, was genau eigentlich zu ihrer plötzlichen Entlassung geführt hatte. *Ihr werdet herausfinden, dass Euch weit mehr Menschen beigestanden haben, als Ihr es jetzt glaubt,* hatte Franz Beierlein zu ihr gesagt. Nun wollte sie wissen, wer diese Menschen waren, damit sie ihnen ebenso danken konnte, wie sie ihm gedankt hatte.

Sie schlüpfte in die Tunika, die zusammengefaltet auf dem Stuhl lag, gemeinsam mit ihrem zweiten Habit. Das andere, das inzwischen kaum mehr war als ein verdreckter, stinkender Lumpen, hatte Irmhild an sich genommen, um es zu waschen, sobald Fidelitas im Badezuber saß.

Während Fidelitas das weiße Kopftuch sorgsam im Nacken zusammenband und den schwarzen Schleier darüber feststeckte, betrachtete sie ihr eigenes Gesicht im Spiegel, als wäre es das einer Fremden. *Sehr bleich, aber nicht wirklich anders als vor ihrer Festnahme … Und doch waren die eckigen Linien ausgeprägter und ihr Mund schmaler. Die Augen, die ihren Blick unverwandt erwiderten, waren unendlich müde.*

Sie wandte sich ab und ging hinaus. Der Korridor war leer und still. Wo sich der Rest der Hausbewohner befand, wusste sie nicht, beschloss aber, im Speisezimmer nachzusehen; nach dem Stand der Sonne, die sie durch ihr Zimmerfenster gesehen hatte, musste es fast Essenszeit sein.

Sie stieg die Treppe zum ersten Geschoss hinunter und ging auf die vertraute Tür zu. Dort drinnen hatte sie Vinzenz Stöcklin eröffnet, woran seine Frau vermutlich litt, und dort drinnen hatte er sie gescholten, weil er der Ansicht war, sie würde seinen Vater zum Widerstand gegen die Heirat von Veronika mit Martin Danner aufstacheln. *Und jetzt waren Gundis und Heinrich beide tot.*

Sie drückte die Klinke herunter, trat ein – und entdeckte, dass sich die verbliebenen Familienmitglieder um den Tisch versammelt hatten. Da saßen Regula und Vinzenz Stöcklin, da saß Veronika, deren Gesicht bei ihrem Anblick aufleuchtete, und neben ihr ein junger Mann, den sie noch nie gesehen hatte. Er sprang sofort auf und verneigte sich tief vor ihr.

»Jörg Danner, zu Euren Diensten«, sagte er. Sein dickes, welliges Haar war so braun wie seine Augen, in denen sich die Freude des Mädchens neben ihm widerspiegelte. »Veronika hat Euch bestimmt von mir erzählt – und mir hat sie von *Euch* erzählt. Ich bin sehr glücklich, Euch zu sehen!«

»Und ich bin sehr glücklich, hier zu sein«, erwiderte Fidelitas.

Das war also der Junge, mit dem Veronika sich so lange heimlich getroffen hatte. Aber offensichtlich hatten die Heimlichkeiten inzwischen ein Ende, oder er würde wohl kaum hier dicht neben ihr sitzen, noch dazu allem Anschein nach mit dem Segen ihrer Eltern.

»Ich habe viele Fragen …«, begann sie.

»Und die sollen auch alle beantwortet werden«, sagte Regula energisch, erhob sich von ihrem Platz und nahm Fidelitas' Arm. Dann führte sie sie ans Kopfende des Tisches und drückte sie sanft in den bequemen Sessel, der dort stand. »Aber zuerst setzt Ihr Euch. Ihr seid an diesem gesegneten Tag unser Ehrengast. Habt Ihr Hunger? Darf ich Euch ein Glas Wein bringen lassen?«

»Keinen Wein«, erwiderte Fidelitas. »Und das Essen muss warten, bis ich begreife, was geschehen ist. Man hat mir gesagt, dass meine Unschuld erwiesen sei, weil der Mörder von Herrn Heinrich und Frau Gundis entdeckt worden sei. Und ich habe zwar die Vermutung gehabt, dass bei dem Tod Eures Vaters«, sie warf Vinzenz Stöcklin einen Blick zu, der um Vergebung bat, »irgendetwas nicht mit rechten Dingen zugegangen ist. Aber ich war mir nicht sicher genug, um einen Verdacht zu äußern. Und den Tod von Frau Gundis habe ich für einen Unfall gehalten.«

»Das haben wir alle«, meinte Vinzenz Stöcklin. »Wir sind auf furchtbarste Weise getäuscht worden – genau wie Ihr. Aber anders als ich und die Meinen hättet Ihr beinahe den höchsten und bittersten Preis dafür bezahlt.«

Fidelitas betrachtete ihn stirnrunzelnd. »Wer hat Euch getäuscht, Herr Stöcklin?«

Vinzenz Stöcklin seufzte schwer. »Martin Danner – der Mann, dem ich um ein Haar meine Tochter zur Frau gegeben hätte, ich armer Narr. Er hat seinen eigenen Vater umgebracht, weil der angekündigt hat, ihn wegen zügellosen und unziemlichen Betragens zu enterben. Dann hat er *meinen* Vater ermordet, weil der ihm erklärt hat, er würde sich der Heirat mit Veronika in den Weg stellen. Und als Gundis den Fehler machte, Martin zu verraten, dass sie von Sebaldus' neuem Testament wusste – das es inzwischen tatsächlich gab –, da war ihr Schicksal ebenfalls besiegelt. Zu guter Letzt musste unser bedauernswerter Kutscher dran glauben – weil er der Einzige war, der gewusst hat, dass Gundis Martin am Abend ihres Todes hatte zu sich bitten lassen.«

Fidelitas starrte ihn fassungslos an und brauchte mehrere Versuche, bis sie ihre Sprache wiederfand.

»Ich muss sagen, Ihr habt die Gabe, die Dinge kurz und bündig zusammenzufassen«, sagte sie endlich. »Er … er hat gleich *vier* Menschen umgebracht? Das kann ich fast nicht glauben.«

»Uns ist es genauso gegangen«, meinte Veronika. »Aber wir haben genügend Beweise gefunden, um Rat und Gericht zu überzeugen.« Sie warf dem jungen Mann einen stolzen, liebevollen Blick zu. »Das heißt, Jörg hat es getan.«

»Doch nicht allein!«, protestierte Jörg sofort. »Ohne den Plan des Hauptmanns wäre wohl kaum etwas daraus geworden. Er hat mir sogar das Leben gerettet – gleich zweimal!«

Fidelitas stutzte. »Welcher Hauptmann denn?«

Die beiden jungen Liebenden sahen sich lächelnd an, als hüteten sie ein aufregendes Geheimnis.

»Ihr werdet ihn gleich sehen«, versicherte Jörg Danner. »Er hatte nur noch ein paar Dinge zu tun und mir zugesagt, dass er sich danach sofort bei uns einfindet. Eigentlich müsste er jeden Augenblick hier sein.«

»Und dann werdet Ihr alles erfahren, was Ihr jetzt noch nicht wisst«, warf Vinzenz Stöcklin ein. »Ich habe ihn zu dem Festessen eingeladen, an dem Irmhild in der Küche werkelt, seit sie von Eurer Freilassung erfahren hat.«

In diesem Moment öffnete sich die Tür, und Birgitta trat ein. Sie verneigte sich erst vor Vinzenz Stöcklin und dann mit einem fröhlichen Lächeln vor Fidelitas.

»Der Hauptmann ist da. Soll ich ihn ins Haus bitten?«

»Unbedingt!«, antwortete Vinzenz Stöcklin gut gelaunt. »Nichts wie her mit ihm!«

Die Zofe verschwand. Gleich darauf waren Schritte zu hören, die rasch die Treppe herauf und den Flur entlangkamen. Dann öffnete sich die Tür zum zweiten Mal. Fidelitas sah den Mann, der auf der Schwelle stand und sie anlächelte. Ihre Augen weiteten sich, und sie schlug unwillkürlich die Hand vor den Mund.

»Buenas noches, hermana«, sagte Juan Alvarez de Santa Cruz y Fuego. »Wie rasch fünf Jahre doch vergehen, *no*?«

An diesen Abend erinnerte sich Fidelitas noch viele Jahre später ganz genau. Sie konnte sich jedes Gesicht ins Gedächtnis rufen, das sie gesehen hatte, und fast jedes Wort aus den Geschichten, die Jörg, Veronika und Juan Alvarez ihr erzählten.

Von dem Festmahl, das Irmhild und Gretel mit vereinten Kräften auftrugen, aß sie nur wenig, obwohl es wirklich ausgezeichnet war und sie es nicht versäumte, sowohl die sahnige Brunnenkressesuppe als auch die geschmorten Wachteln in Rotwein und den Mandelpudding ausführlich zu loben.

Nachdem der Tisch wieder abgeräumt war, übernahm es vor allem das junge Paar, ihr zu erklären, was sich zugetragen hatte, während sie im Kerker saß. Vinzenz und Regula Stöcklin ergänzten das eine oder andere. Und Juan Alvarez warf ab und zu eine Bemerkung ein, bestätigte oder widersprach und lockerte das Ganze mit einem Scherz auf, wenn er fand, dass Jörg die Heldenverehrung für ihn zu sehr übertrieb.

Sie erfuhr von den zwei Bisamuhren, von Jörgs Reisen zu seiner Mutter und ins Kloster, und sie hörte endlich, bei welcher Gelegenheit ihm Juan Alvarez gleich zweimal das Leben gerettet hatte. Sie hielt den Atem an, als Jörg von dem riskanten Plan berichtete, den Juan Alvarez geschmiedet hatte, und davon, wie er gelungen war – weil Jörg nicht nur die Uhr entdeckte, die Martin nach dem Mord an Heinrich Stöcklin aus Versehen eingesteckt hatte, sondern auch das geheime Tagebuch seines Bruders.

Als sie herausfand, wie der Spanier an den Schlüssel gekommen war, der Jörg die Tür zu Martins Zimmer geöffnet hatte, lachte sie zum ersten Mal seit Tagen. Aber nachdem Jörg beschrieben hatte, wie Tagebuch und Uhr zum Schultheißen Schnewlin gelangt waren, trat eine kleine, aber fühlbare Pause ein. Ihr Blick glitt an den Gesichtern rings um den Tisch entlang und blieb an dem von Juan Alvarez hängen. In seinen dunklen Augen nahm sie etwas wahr, das fast aussah wie Schuldbewusstsein.

»Wo ist Martin Danner jetzt?«, fragte sie leise. »Man hat ihn doch hoffentlich festgenommen?«

»Nein, *hermana*.« Er schüttelte bedauernd den Kopf. »Und ich fürchte, dafür bin ganz und gar *ich* verantwortlich.«

»Das dürft Ihr so nicht sagen!«, widersprach Jörg sofort. »Es war gewiss nicht Euer Fehler, dass er ein wenig zu früh nach Hause wollte!«

Denn Juan Alvarez hatte es zwar fertiggebracht, Martin bis beinahe zur Sperrstunde um zehn im *Rauhen Mann* zu beschäftigen (und ihm reichlich zu trinken zu geben), aber als der beschloss, dass er genug hatte, war ihm kaum eine Möglichkeit geblieben, ihn aufzuhalten.

»Schließlich konnte ich ihn nicht einfach abstechen und in den Mühlbach werfen«, meinte Alvarez. »Wenn man einen Mörder präsentieren will, der noch aussagen soll, darf man ihn wohl kaum umbringen.«

Also hatte Martin den *Rauhen Mann* verlassen, und Alvarez, der erst noch die Zeche begleichen musste, wurde zu seinem Pech von einem rettungslos betrunkenen Zeitgenossen aufgehalten, der sich auf dem Weg aus dem Wirtshaus lallend an ihm festklammerte, weil er ihn für einen seiner Zechkumpanen hielt, und der dann obendrein seinen gesamten Mageninhalt über Alvarez' Wams und seinen Mantel verteilte. Als es dem Spanier endlich gelungen war, sich loszureißen und notdürftig zu säubern, hatte Jörgs Bruder bereits einen beachtlichen Vorsprung gehabt.

Martin war vermutlich gerade rechtzeitig in Sichtweite des Danner'schen Hauses angekommen, um die Büttel zu entdecken, die dort darauf warteten, ihn zu verhaften. Einer von ihnen hatte einen Mann gesehen, der sich erst ein wenig schwankend näherte, dann wie angewurzelt stehen blieb und plötzlich die Flucht ergriff. Um genau zu erkennen, ob das wirklich Martin war, war es um zehn Uhr abends allerdings schon zu dunkel gewesen.

Tatsache blieb, dass Martin Danner seitdem nicht wieder aufgetaucht war. Und Hans Veltin Schnewlin hatte zwar früh am nächsten Morgen seine Beschreibung an alle Stadttore gegeben und die Wachleute streng angewiesen, ihn sofort festzuhalten, falls er auftauchte. Aber da die Tore sich schon bei Morgengrauen für die Händler öffneten, war nicht auszuschließen, dass er es geschafft hatte, ungesehen aus der Stadt zu entkommen. Und da Jörgs Beweise erst dem gesamten Rat und dann dem Gericht zur Begutachtung vorgelegt werden mussten, hatte sich bislang noch niemand an seine Verfolgung gemacht.

Wieder wurde es still, und wieder begegneten sich die Augen von Juan Alvarez und Fidelitas. *Er ist älter geworden*, dachte sie, *da ist viel mehr Grau in seinem Bart und seinem Haar als damals. Aber er hat sich trotzdem kaum verändert. Er ist immer noch der Landsknecht, der in Bad Cannstatt auf der Bank gesessen und sich über mich lustig gemacht hat.*

Trotzdem – wenn sie den Erzählungen von Jörg und Veronika glauben wollte, dann hatte er alles stehen und liegen lassen, um ihr zu Hilfe zu eilen – derselbe Mann, der vor fünf Jahren vor ihren Augen beinahe einen Auftragsmord begangen hätte. Und der damals vermutlich nur deswegen darauf verzichtet hatte, weil es ihm widerstrebte, in ihrer Gegenwart jemanden umzubringen.

»Morgen früh geleite ich Euch zurück in Euer Kloster«, sagte er ruhig. »Ihr dürft hier nicht bleiben, *hermana*. Von den Morden mögt Ihr entlastet sein, aber Menschen sind wankelmütig. Haltet Euch lange genug in der Stadt auf, und irgendjemandem wird wieder einfallen, dass man Euch für eine *bruja* gehalten hat, die durch Hexenkunst tötet.«

Er nahm einen Schluck Wein aus seinem Glas; in seinen Augen sah Fidelitas ein Funkeln, an das sie sich nur zu genau erinnerte.

»Zu dumm, dass ich wahrscheinlich keine Zeit mehr habe, diesen unseligen *padre* zu besuchen, der Euch das alles eingebrockt hat«, sagte er lässig. »Ich würde ihn sehr, sehr gern an das Gebot erinnern, in dem es heißt, dass man nicht lügen soll.«

»Gott wird ihn eines Tages richten, Herr Alvarez«, erwiderte Fidelitas. »Und falls er irgendwann wieder eine Frau der

Hexerei verdächtigt, wird sich der Rat in Zukunft sicher dreimal überlegen, ob er ihm glaubt.«

Vinzenz Stöcklin räusperte sich unbehaglich. »Wir hatten gehofft, Euch noch ein wenig hierbehalten zu können«, meinte er. »Um Euch für das erlittene Unrecht wenigstens durch unsere Gastfreundschaft ein wenig zu entschädigen.«

»Die habe ich doch schon erleben dürfen«, antwortete Fidelitas sanft, »zwei ganze Monate lang. Aber selbst wenn ich glauben würde, dass Herr Alvarez sich irrt – und das tue ich keineswegs –, dann würde ich trotzdem gern so schnell wie möglich abreisen wollen. Ich habe große Sehnsucht nach meinen Schwestern und nach der Ehrwürdigen Mutter.« Sie spürte, dass Juan Alvarez sie immer noch ansah. »Ich möchte nach Hause.«

»Dann soll es so sein.« Das war Regula. Sie legte ihrem Mann begütigend eine Hand auf den Arm. »Wir werden Euch mit Reiseproviant und genügend Geld versorgen, um ein gutes Pferd für Euch zu mieten, angenehm zu reisen und in einem ordentlichen Wirtshaus zu übernachten. Eure Truhe und das Geld für die Äbtissin schicken wir Euch nach – mit einer großzügigen Spende noch dazu.«

Sie lächelte Fidelitas an.

»Wir können uns nur mit Geld bedanken, und es wird niemals genug sein, um zu vergelten, was Ihr für uns getan habt, Schwester. Aber wer weiß? Vielleicht kommt Ihr uns ja eines Tages noch einmal besuchen. Unsere Tür wird Euch immer offen stehen.«

Es wurde Mittag, bis Fidelitas und Juan Alvarez am nächsten Tag endlich aufbrechen konnten. Irmhild hatte nicht nur ein gewaltiges Essenspaket zusammengepackt, sie hatte auch das frisch gewaschene Habit so lange mit Feuereifer gebügelt, bis es endlich trocken war. »Wir können Euch doch nicht mit nur einem Gewand ziehen lassen!«, hatte sie gesagt – und war danach prompt in Tränen ausgebrochen.

Fidelitas hatte sich von ihr verabschiedet, von Gretel, Birgitta, von Vinzenz und Regula. Zuletzt umarmte sie erst Jörg und dann Veronika.

»Du hast unglaublichen Mut bewiesen«, sagte sie zu ihr, »und mehr Willenskraft, als ich selbst sie aufgebracht hätte, glaube ich. Dein junger Mann ist zu beneiden. Ich hoffe, er weiß, was für einen Schatz er an dir hat.«

Jörg verneigte sich noch einmal tief vor ihr.

»Und ob ich das weiß«, versicherte er. »Und ich werde den Rest meines Lebens alles tun, um sie glücklich zu machen.«

Fidelitas zeichnete den beiden Liebenden ein Kreuz auf die Stirn, dann küsste sie Veronika auf die Wange und wandte sich ab. Juan Alvarez half ihr in den Sattel der kleinen, kräftigen Stute, die er für sie bei dem Mietstall vor der Stadt geholt hatte. Dann schwang er sich auf den Rücken seines prächtigen Rappen, und sie ritten die Straße hinunter, denselben Weg zurück, den Fidelitas am Tag zuvor in ihrem Karren gekommen war.

Das Christoffeltor passierten sie, ohne angehalten oder überprüft zu werden, aber Fidelitas brauchte ihre ganze Selbstbeherrschung, um nicht zu zittern und reflexhaft den Kopf einzuziehen, als sie unter dem Torbogen hindurchritten. Erst, als sie im Licht der Mittagssonne langsam Neuburg durchquerten, atmete sie wieder leichter. Sie merkte, dass Juan sie von der Seite betrachtete.

»In dem Turm dahinten hat man Euch festgehalten, *sí?*«, fragte er leise.

Sie nickte stumm.

»Ihr werdet ihn nie wieder von innen sehen müssen«, meinte er sanft. »Und Ihr habt Euch vorhin geirrt.«

»Wie das?« Fidelitas musterte ihn verwirrt.

»Ihr habt mindestens ebenso viel Mut und Willenskraft wie *la bonita Veronica*«, erwiderte er. »Wenn nicht noch mehr. Stellt Euer Licht nicht unter den Scheffel, *hermana*.«

»Hört auf, mir zu schmeicheln«, entgegnete sie ein wenig schroff. »Sonst werde ich es noch bereuen, dass ich nicht in Freiburg geblieben bin und Euch nach Spanien heimgeschickt habe.«

Juan Alvarez grinste. »Dorthin kehre ich erst zurück, wenn ich weiß, dass meine Rekruten sicher in Madrid bei *rey* Carlos eingetroffen sind«, sagte er leichthin. »Und ganz gewiss gehe ich dann *nicht* nach Madrid. Das war der letzte Dienst, den ich seiner allerseligsten *majestad* erwiesen habe. Er muss Frieden schließen, weil er nicht an allen Fronten gleichzeitig Krieg führen kann ... Und er kann mich nicht mehr bezahlen. Nicht genügend jedenfalls, um weiter Söldner für ihn auszuheben.«

Fidelitas warf ihm einen überraschten Seitenblick zu. »Ihr wollt Euch zur Ruhe setzen?«

»Ist das so merkwürdig?« Seine Mundwinkel kräuselten sich. »So jung bin ich schließlich nicht mehr, und Tenerife – die Insel, auf der ich zur Welt gekommen bin – ist sehr schön. Überall hört man den Ozean rauschen, und die letzte Schlacht liegt dort schon mehr als sechzig Jahre zurück Das Haus meines Vaters ist wahrscheinlich längst zerfallen, aber vielleicht kehre ich dorthin zurück und bau mir ein neues. Um dort in Frieden alt und krumm zu werden und irgendwann den vorwitzigen *niños* die halb vergessenen Geschichten meiner Kämpfe zu erzählen, während die den alten *embrollador* auslachen.«

»Das sieht Euch so gar nicht ähnlich.« Aber während Fidelitas das sagte, lächelte sie ihn an.

»Um ehrlich zu sein«, fuhr Alvarez fort, »meine Zeit als Söldner ist vorüber. Mein *ayudante* hat nicht nur die Männer übernommen, die ich angeworben habe. Er wird in Zukunft auch anführen, was von meiner alten Rotte noch übrig ist. Jung und blutrünstig genug ist er dafür.«

»Und Ihr seid das nicht mehr?« Fidelitas betrachtete ihn forschend.

Alvarez erwiderte ihren Blick ernst und unverwandt.

»Nein«, sagte er ruhig. »Wenn ich mich jedes Mal, wenn ich mein Schwert ziehe, frage, was Ihr dazu sagen würdet … und wenn ich bei jeder falschen Entscheidung Eure leise Stimme im Hinterkopf höre, die mich tadelt … dann ist es höchste Zeit, die Waffen niederzulegen. Meint Ihr nicht?«

Fidelitas sah ihm in die Augen und erkannte darin all das, was er trotz dieser erstaunlichen Offenbarung *nicht* aussprach – und was er wahrscheinlich nie aussprechen würde. Und für einen kurzen Moment war sie sich nicht sicher, ob sie es nicht doch gern von ihm gehört hätte. *Wenigstens ein einziges Mal.* Es dauerte lange Minuten, bis sie die rechten Worte fand.

»Das tut gut zu hören«, sagte sie sanft. »Denn wenn ich zukünftig an Euch denke, dann möchte ich mir vorstellen, wie Ihr auf Eurer Insel vor dem Haus sitzt und das Meer betrachtet, anstatt fürchten zu müssen, dass Ihr tot auf irgendeinem Schlachtfeld liegt.«

Sie verließen Neuburg durch das Mönchstor und machten sich ohne große Eile auf den Weg nach Norden. Die Handelsstraße war belebt, aber Fidelitas störte sich nicht daran. Sie war unendlich erleichtert, den Staub der Stadt ebenso von den Füßen geschüttelt zu haben wie die Jünger in der Bibel. Also antwortete sie freundlich, wenn Händler sie von ihren Wagen grüßten, und genoss die sommerlich grüne Landschaft, die an ihr vorüberzog.

Es mochte gegen sechs sein – die Sonne wanderte bereits deutlich gen Westen –, als Juan Alvarez die zweite Rast an diesem Tag vorschlug. Das Wirtshaus, von dem Alvarez gesprochen hatte, lag höchstens noch eine Stunde voraus. Trotzdem war Fidelitas erleichtert, in einem lang gestreckten Waldstück abseits der Straße vom Pferd zu steigen; Juan Alvarez hatte Rücksicht auf sie genommen; sie konnte reiten und hielt sich sehr ordentlich im Sattel, aber so lange Strecken war sie nicht gewöhnt.

Sie ließen die Pferde grasen. Fidelitas saß auf einem weichen Moospolster, aß erst eine Fleischpastete und biss dann in eine Birne aus Irmhilds üppigen Vorräten. Sie lehnte den Rücken an eine junge Buche, während Alvarez dem Plätschern eines Baches folgte, um ihre Wasserflaschen nachzufüllen. Es konnten nur wenige Minuten vergangen sein, seit er im Dickicht verschwunden war, als die Pferde unruhig wurden. Die Stute stampfte und schnaubte, Alvarez' Hengst gab ein kurzes, schrilles Wiehern von sich.

Und dann sah Fidelitas den Braunen, der zwischen den Bäumen hervor langsam auf sie zukam. Er lahmte deutlich – und er trug Sattel und Zaumzeug.

Sie stand rasch auf, die halb gegessene Birne in der Hand. Mit Pferden konnte sie gut umgehen; die Knechte von Frauenalb hatten sie mehr als einmal geholt, wenn eines ihrer Zug- oder Reittiere geschwollene Fesseln oder sonst eine Verletzung hatte, bei der die Hilfe der Kräutermeisterin des Klosters von Nutzen war. Also näherte sie sich mit vorsichtigen Schritten und bekam im nächsten Moment die schleifenden Zügel zu fassen.

»Was hast du denn angestellt?«, fragte sie sanft. Sie klopfte den glänzenden Hals des Braunen und reichte ihm den Rest der Birne. »Hast du deinen Reiter verloren oder bist du über eine Wurzel gestolpert und durchgegangen? Hm?«

Er schnupperte an ihrer Tunika, und sie gluckste.

»Ah – du willst noch mehr? Na komm. Hier hab ich zwei Freunde für dich, und wenn mein Reisegefährte mit dem Wasser zurückkommt, überlegen wir uns, was wir mit dir machen.«

Sie machte kehrt, ging zu den Pferden zurück und band den Braunen neben ihrer Stute und Alvarez' Hengst fest. Der Rappe scheute und wieherte erneut, und im nächsten Moment wurde Fidelitas gepackt und rückwärts gezerrt, aus der Reichweite der

Hufe. Ein kräftiger Arm umschlang sie von hinten, und etwas presste sich dünn und scharf gegen ihre Kehle.

»So ein Zufall!«, sagte eine kalte Stimme dicht neben ihrem Ohr. »Also war es doch kein Pech, als mich diese beschissene Mähre aus dem Sattel geworfen hat. Ganz im Gegenteil – denn jetzt gibt mir das Schicksal doch noch die Möglichkeit, mich an der Frau zu rächen, wegen der ich meine entzückende Braut eingebüßt habe, ihr reiches Erbe und alle meine Zukunftsaussichten.«

XX

In paradisum

Fidelitas erstarrte. Die Knie drohten unter ihr nachzugeben, und sie hielt sich nur mit Mühe aufrecht. *Zeit … Du brauchst Zeit*, wisperte eine drängende, kleine Stimme in ihrem Hinterkopf. *Es kann nicht lange dauern, bis Juan Alvarez zurückkommt.*

»Nicht so rasch, Herr Danner«, sagte sie leise. »Meint Ihr nicht, vier Morde sind genug?«

»Schon möglich.« Er verstärkte den Druck des Messers, und sie spürte einen leisen, brennenden Schmerz, als die Klinge in ihre Haut schnitt. »Aber andererseits kommt es nach vier Toten auf einen fünften auch nicht mehr an.«

Unter Kopftuch und Schleier brach Fidelitas der Schweiß aus. Sie rang nach Atem und versuchte, sich so wenig zu rühren wie ein Stein.

»Wenn ich hier sterben soll«, sagte sie, »dann sagt mir vorher wenigstens, was Ihr unternehmen wollt, wenn Ihr Euch meiner entledigt habt.«

Ein unterdrücktes Schnauben.

»Viel bleibt mir nicht übrig«, erwiderte Martin Danner. »Dank der Umstände, die sich gegen mich verschworen haben, musste ich die Stadt, in der ich Reichtum und Einfluss besessen habe, fluchtartig verlassen. Das letzte Geld, das ich bei mir hatte, ist für den blöden Gaul draufgegangen, der mich obendrein auch noch abgeworfen hat. Es wird verdammt mühsam werden, nach Karlsruhe zu kommen.«

»Was wollt Ihr in Karlsruhe?«

»Da hatte mein Vater ein zweites Stoffkontor und seit mehr als zwanzig Jahren Handelspartner und Freunde in den Zünften. Dort bin ich bekannt, dort weiß noch niemand etwas von diesem Testament, und dort gibt es Mittel, die es mir möglich machen, irgendwo weit weg von vorne anzufangen.«

Wieder biss das Messer zu. Etwas rieselte ihren Hals hinunter, und sie war sich nicht sicher, ob es ein Schweißtropfen war oder einer aus Blut.

»Noch dazu werde ich die Genugtuung haben, dass Ihr hier im Wald ungesehen verrottet – auch wenn es mir nicht gelungen ist, Euch auf den Scheiterhaufen zu bringen. Aber vielleicht sollte ich Euch die Kehle lieber sofort durchschneiden, ehe der Mann, dem dieser Hengst da gehört, die Gelegenheit hat, mich daran zu hindern.«

Aber noch war Juan nicht da. Und wenn er nicht sehr schnell kam, dann war ihr Leben keinen Pfifferling mehr wert.

»Warum?«, fragte sie leise. »Warum habt Ihr die furchtbare Sünde begangen, Euren Vater zu töten? Warum haben Heinrich und Gundis sterben müssen und der Kutscher, dessen einziger Fehler es war, Euch eine Nachricht von seiner Herrin zu überbringen? Hat Euch denn nie das Gewissen geplagt, Herr Danner?«

»Nein, wieso?« Er klang ehrlich erstaunt. »Sie waren Hindernisse auf meinem Weg. Hindernisse muss man beiseiteräumen. Nichts anderes habe ich getan. Und im Moment seid *Ihr* das Hindernis, Schwester.«

»Bin ich das?«

Sie lauschte verzweifelt und mit allen Sinnen. Plötzlich ertönte ein Stück hinter ihnen ein scharfes Knacken – als wäre jemand auf einen morschen Ast getreten. Fidelitas fuhr ebenso zusammen wie Martin Danner, und dann nutzte sie die Tatsache, dass er für einen Wimpernschlag abgelenkt war. Sie stieß ihren Kopf mit aller Kraft nach hinten, während sie gleichzeitig die Hände hochriss und ihre Fingernägel in seinen Arm grub.

Die Messerklinge fuhr glühend heiß seitlich an ihrem Hals hinunter, und Martin Danner taumelte rückwärts. Fidelitas stürzte der Länge nach hin und landete mit dem Gesicht auf dem Waldboden. Sie hörte Martins Stimme – ein schrilles Kreischen reiner Wut – und dann endlich, *endlich* auch die von Juan Alvarez, der laut und zornig etwas auf Spanisch von sich gab, das höchstwahrscheinlich ein Fluch war. Dann kamen ein kehliges Ächzen und ein dumpfer Aufprall.

Sie stützte sich auf einen Ellbogen und wischte sich ungeschickt feuchte Erde aus dem Gesicht. Jetzt sah sie, dass die beiden Männer sich auf dem Boden hin und her wälzten. Juan landete einen kräftigen Hieb, der Martins Kopf zur Seite fliegen ließ. Für einen Moment sah sie Martins Gesicht; es war verzerrt vor Hass und Anstrengung, die Zähne gebleckt, als wäre er ein wildes Tier. Plötzlich gelang es ihm, seinen Arm aus der Umklammerung seines Gegners zu befreien, und dann blitzte etwas auf. *Das Messer.*

»Juan – *Vorsicht*!«

Der Spanier drehte sich gerade rechtzeitig zur Seite, dass die Klinge seinen Arm nur streifte, anstatt hineinzufahren. Aber dazu musste er Martin für einen kurzen Moment loslassen, und der rollte sich unter ihm weg. Er war ausgesprochen stark und erschreckend wendig. Und das Messer hatte er immer noch.

Wieder holte er aus, und diesmal traf er besser … zwar nicht die Brust von Juan Alvarez, auf die er gezielt hatte, sondern das ausgestreckte Bein. Die Messerspitze schlitzte den Oberschenkel durch die lederne Hose in einer Länge von fast zwei Handspannen auf.

Juan Alvarez gab einen Laut von sich, der Fidelitas an das Knurren eines gereizten Bären erinnerte. Jetzt war er es, der ausholte, und sein Schlag traf Martins Kopf mit solcher Wucht, dass sie meinte, den Schädelknochen splittern zu hören. Martin sackte auf der Stelle in sich zusammen und blieb reglos liegen.

Auch Juan rührte sich eine ganze Weile nicht, während Fidelitas endlich so weit auf die Beine kam, dass sie – wenn auch unsicher und hinkend – zu ihm eilen und sich über ihn beugen konnte.

»Um Gottes willen, Herr Alvarez – er hat Euch verletzt!«

»Kann man wohl sagen.« Der Spanier blinzelte und musterte sie, eine Mischung aus Zorn und Besorgnis in den dunklen Augen. »Aber Euch auch. Ihr blutet.«

Fidelitas tastete nach dem Kratzer an ihrem Hals. »Das ist nur oberflächlich. Aber Euer Bein …«

»… hat nicht zum ersten Mal etwas abgekriegt, *querida*. Und bestimmt auch nicht zum letzten Mal. *Mierda* – ich muss zugeben, ich hab ihn unterschätzt. Außerdem war ich ein bisschen abgelenkt.«

»Durch was?« Fidelitas war außerstande, den Blick von seinem Beinkleid abzuwenden. Das Leder war nass und dunkel. *Sie musste ihn unbedingt verbinden!*

»Durch Euch, *hermana*. Ich hab einen Moment zu lange überlegt, wie ich ihn am besten zu packen kriege, ohne dass es ihm gelingt, Euch die Kehle aufzuschlitzen. Aber dann habt Ihr mir die Sache abgenommen, und er hat sich stattdessen auf mich gestürzt *como un gato rabiar* – wie eine tollwütige Katze.«

Er betrachtete den Bewusstlosen nachdenklich.

»Vielleicht sollte ich ihn einfach erledigen. Ich habe nämlich nicht die geringste Lust, ihn nach Frauenalb mitzuschleppen.«

»Wenn Ihr ihn umbringt, kann ihm niemand mehr den Prozess machen«, gab Fidelitas zu bedenken. »Und bevor Ihr fragt – ja, ich weiß ganz genau, was er auf dem Kerbholz hat. Trotzdem werde ich nicht zusehen, wie Ihr seinen Tod auf Euch ladet.«

Alvarez grinste plötzlich, und Fidelitas kam die Situation zunehmend unwirklich vor.

»Manche Dinge wiederholen sich«, sagte er. »Das ist das zweite Mal, dass wir uns darüber streiten, wen ich töten darf und wen nicht.«

»Dafür haben wir im Augenblick kaum die Muße«, versetzte sie ungehalten. »Ich sollte jetzt die Wunde an Eurem Bein versorgen; Ihr verliert sonst zu viel Blut.«

Er gab ein belustigtes Prusten von sich. »Ich gestehe, ich hab mich während unser Bekanntschaft ein paarmal bei dem heimlichen Wunsch ertappt, vor Euch die Hosen herunterzulassen – aber *so* hatte ich mir die Sache ganz bestimmt nicht vorgestellt.«

»Ihr seid *schamlos*!« Ihre Wangen brannten, aber gleichzeitig spürte sie, wie ein Kichern in ihr hochsprudelte, das sie nur mit Mühe unterdrücken konnte. »Lasst mich Euch helfen und haltet auf der Stelle den Mund, bevor ich mir noch mehr Ungezogenheiten anhören muss.«

Doch bevor sie zur Tat schreiten konnte, waren hinter ihr zwischen den Bäumen plötzlich viele Stimmen und Schritte zu hören. Alvarez richtete sich hastig auf und tastete nach dem Kurzschwert in seinem Gürtel, an das er bei seinem Kampf mit Martin nicht mehr rechtzeitig herangekommen war. Mit einer raschen Armbewegung wies er sie an, sich hinter seinen Rücken zurückzuziehen. Fidelitas tat, wie ihr geheißen, machte sich aber wenig Hoffnungen: Wenn das eine Räuberbande war, würde er in seinem Zustand weder sie noch sich selbst verteidigen können.

Dann trat der erste Mann auf die kleine Lichtung hinaus, und Fidelitas erkannte ihn.

»Herr Beierlein!«, sagte sie mit einem erleichterten Lächeln. »Ich hätte nicht gedacht, dass wir uns so bald wiedersehen. Aber Ihr kommt wie gerufen!«

Es stellte sich heraus, dass der Rat etwa zur gleichen Zeit, als Fidelitas und Juan Alvarez in Freiburg aufgebrochen waren, nach Sichtung der Beweise und aufgrund von Jörgs Aussagen endlich einen Trupp aus fünf Bütteln zusammengestellt hatte, der sich auf die Suche nach dem flüchtigen Mörder Martin Danner machen sollte. Franz Beierlein hatte darum gebeten, dabei sein zu dürfen, und er fand auch bald in demselben Mietstall, aus dem Fidelitas' Stute stammte, heraus, wie das Pferd aussah, das Martin mitgenommen hatte.

Die Männer waren auf gut Glück der Handelsstraße gefolgt, durch die Tatsache ermutigt, dass sich zwei Händler, deren Wagen ein Rad verloren hatte, daran erinnern konnten, einen Mann mit dem passenden Pferd, der der Beschreibung von Danner entsprach, gesehen zu haben. In Offenburg half ihnen ein Torwächter weiter, dem Martin aufgefallen war, weil er von ihm hatte wissen wollen, wo er ein goldenes Uhrenkettchen versetzen könnte. Diese Aussage führte die Männer zu einem Goldschmied, der einem blonden, hochgewachsenen Mann mit grauen Augen das Kettchen abgekauft hatte. Als er sich erkundigte, wo der Fremde denn hinwolle, hatte der erwähnt, dass er die Absicht habe, nach Karlsruhe weiterzureisen.

Das konnte natürlich eine Lüge sein, aber es war die einzige Spur, die ihnen blieb. Also setzten sie ihren Weg fort und befanden sich, als Fidelitas und Juan Alvarez ihre verhängnisvolle Rast in dem Waldstück machten, kaum eine halbe Meile hinter ihnen. Als Alvarez sich auf Martin stürzte, hatten sie die Pferde wiehern hören und genug vom Kampfeslärm mitbekommen, um so rasch wie möglich an den Ort des Geschehens zu eilen.

Jetzt legten sie Martin in Fesseln und waren Fidelitas dabei behilflich, das Bein von Juan Alvarez zu versorgen. Als sie dem Spanier sagte, dass er mit dieser hässlichen Wunde unmöglich weiterreiten konnte, verdrehte der die Augen.

»Das kann doch nicht Euer Ernst sein!«, protestierte er. »Es hat mich wirklich schon schlimmer erwischt, *hermana*. Hievt mich in den Sattel, ich komme zurecht.«

»Das tut Ihr *nicht*«, erwiderte Fidelitas unbeugsam. »Reiten werdet Ihr erst wieder, wenn dieses Bein anständig verheilt ist.«

Der Streit endete damit, dass einer der Büttel mit einer ordentlichen Summe vom Geld der Stöcklins zu dem Wirtshaus vorausgeschickt wurde, das zum Glück nur noch eine Stunde entfernt war. Kurz bevor die Sonne unterging, kehrte er mit einem kleinen, von einem Pony gezogenen Karren zurück, den Fidelitas mit ihrer Ersatzkleidung und drei gespendeten Umhängen der Büttel auspolsterte, bevor Juan Alvarez hochgehoben und hineingebettet wurde. Außerdem hatte der Wirt versprochen, den Medikus aus dem nächsten Dorf zu holen, damit er sich um den Verwundeten kümmern konnte, sobald der eintraf.

Den Rest des Weges bis zum Wirtshaus legten die Büttel gemeinsam mit Fidelitas und Juan Alvarez zurück, und Fidelitas erbot sich, das Quartier für den Trupp zu bezahlen, in dessen Schutz sie jetzt immerhin reisten.

Franz Beierlein war einverstanden und dankbar dafür, dass seine Männer durch Fidelitas' Großzügigkeit nicht mit ihrem Gefangenen unter freiem Himmel nächtigen und ihn dabei gleichzeitig auch noch bewachen mussten. Am nächsten Morgen würde er drei von ihnen mit Martin nach Freiburg zurückschicken, während er selbst und der Mann, der den Karren lenkte, erst heimkehren würden, wenn Fidelitas in ihrem Kloster in Sicherheit war.

»Das nehme ich auf meine Kappe«, sagte er gelassen, »und der Rat wird schon nichts dagegen haben. Denn auf diese Weise können die hohen Herren sich wenigstens einreden, sie hätten Euch zu guter Letzt doch noch etwas Gutes getan.«

Als sie das Wirtshaus erreicht hatten, war die Sonne schon untergegangen. Juan Alvarez wurde vom Karren heruntergehoben und in ein Zimmer gebracht, wo ein bequemes Bett auf ihn wartete, während Martin Danner, der die Reise als verschnürtes Bündel quer über dem Sattel seines Pferdes hatte überstehen müssen, kurzerhand in den Bierkeller gesperrt wurde.

Der Medikus war bereits eingetroffen und stellte sich als älterer, freundlicher Mann heraus, der Schröpfköpfen, unsinnigen Aderlässen und obskuren Mittelchen zum Glück ebenso wenig abgewinnen konnte wie Fidelitas. Er reinigte die lange, tiefe Wunde in Alvarez' Bein mit Branntwein und verband sie mit Leinenstreifen.

»Bislang sieht die Sache noch ganz gut aus«, sagte er zu Fidelitas. »Aber der Schnitt ist gefährlich, und man kann nie wissen. Wenn er Euch schon unbedingt ins Kloster begleiten will, solltet Ihr ihn genau überwachen. Ich mache mir Sorgen, dass er Fieber bekommt, und mir wäre wohler, wenn ich ihn hierbehalten könnte.«

Fidelitas war durchaus seiner Meinung, aber Juan Alvarez weigerte sich entschieden, die Reise abzubrechen.

»Ich habe versprochen, Euch nach Hause zu bringen«, sagte er, »und dieses Versprechen werde ich halten. Außerdem«, und jetzt verzog sich sein Gesicht zu einem schrägen Lächeln, »warum soll ich mich mit diesem alten *charlatán* zufrieden geben, wenn ich stattdessen die Möglichkeit habe, von Euren Händen gesund gepflegt zu werden?«

»Er ist ganz und gar kein Scharlatan«, entgegnete Fidelitas. »Sonst würde er Eure Wunde nämlich mit einem Pulver aus getrockneten Menschenknochen, Weihrauch und Aloe bestreuen, drei *Ave Maria* beten und hoffen, dass Ihr diese Rosskur überlebt.«

Sie schüttelte den Kopf über seine Sturheit, gab aber nach. Immerhin sorgte sie dafür, dass er den Mohnsaft, den der alte Medikus auf seinen Nachtkasten gestellt hatte, auch tatsächlich nahm, und legte ihm die Hand auf die Stirn. Sie fühlte sich beruhigend kühl an. Also wünschte sie ihm eine gute Nacht, ging in ihr eigenes Zimmer hinüber und nutzte die Gelegenheit, sich gründlich zu waschen.

Während sie anschließend die kräuterduftende Salbe, die der alte Medikus ihr gegeben hatte, auf die Schrammen an ihrem Hals tupfte, betrachtete sie traurig ihr Habit und ihre Tunika. Irmhild hatte die Sachen erst gestern für sie gewaschen, und jetzt hatten sie schon wieder frische Blutflecken.

Lass den Rest der Reise ohne Unglück vorübergehen, oh Herr, dachte sie. *Und halte deine Hand schützend über den Mann, dem ich zu verdanken habe, dass ich noch lebe.*

Ich flehe dich an.

Am nächsten Morgen war sie früh auf, und ihr erster Weg führte sie in Juans Zimmer. Er behauptete, gut geschlafen zu haben, wirkte aber unruhig und übernächtigt.

»Wann reisen wir weiter?«, wollte er wissen.

»Wenn der Medikus einen Blick auf Euer Bein geworfen und die Wunde neu verbunden hat. Und auch nur dann, wenn Ihr ganz sicher kein Fieber habt«, erwiderte Fidelitas. Er warf einen Blick auf ihr strenges Gesicht und seufzte theatralisch.

»Hätten wir uns gekannt, als ich noch jung war, ich hätte es kaum jemals von meiner Insel heruntergeschafft«, behauptete er. »Oder wenn doch, dann hätte ich höchstens an der Hälfte der Feldzüge teilgenommen, die ich ohne Euch rätselhafterweise trotzdem überlebt habe.«

»Hätten wir uns gekannt, als Ihr noch jung wart, Ihr würdet mich wohl kaum bemerkt haben«, erwiderte sie lächelnd. »Ich bin höchstens halb so alt wie Ihr, Herr Alvarez.«

»Ihr müsst eine bezaubernde kleine *hija* gewesen sein«, sagte er. Obwohl seine Augen humorvoll zwinkerten, klang er sehr ernsthaft. »Und ich hätte Euch *überall* bemerkt.«

Etwa eine Stunde später machten sich drei der Büttel mit Martin Danner auf den Rückweg nach Freiburg; sie mussten ihm mit vereinten Kräften auf sein Pferd helfen. Er hatte bei dem kräftigen Schlag von Juan Alvarez ziemlich sicher eine Gehirnerschütterung davongetragen, und als Fidelitas ihn langsam mit seinen Bewachern davonreiten sah, trug er einen sauberen Verband um den Kopf. Vermutlich hatte der freundliche alte Medikus nicht nur Juan, sondern auch ihn versorgt; Fidelitas war heimlich froh darüber, dass niemand *sie* gebeten hatte, das zu tun.

Juan Alvarez bestand darauf, auf den eigenen Beinen aus dem Zimmer zum Wagen hinauszugehen. Allerdings war er sichtlich erleichtert, sich in dem Gefährt ausstrecken zu dürfen; als sie ihn zudeckte, zog er eine ironische Grimasse.

»Ich hatte mir vorgenommen, Euch im Triumph in Euer Kloster zurückzugeleiten«, sagte er. »Und jetzt schaut mich an: Ich werde im Ponykarren nach Frauenalb geschaukelt wie ein krankes, altes Weib! Von meinem Heldentum ist nur wenig übrig geblieben.«

»Mein Held seid Ihr trotzdem«, erwiderte Fidelitas. Sie strich ihm ganz leicht über die Wange und schenkte ihm ein Lächeln voller Wärme. »Ohne Euer beherztes Eingreifen säße ich noch immer verzweifelt und verlassen im Christoffelturm, und man hätte mir inzwischen bestimmt die Daumenschrauben oder die Spanischen Stiefel angelegt. Vergesst das nie!«

Vier Stunden später ratterte der Karren langsam unter das dichte, dunkle Blätterdach des Schwarzwaldes; der Weg wurde uneben und schmal. Am frühen Nachmittag machten sie eine Rast; Fidelitas aß etwas Brot und die letzte Fleischpastete, die noch aus Irmhilds Küche in Freiburg stammte. Außerdem sorgte sie dafür, dass auch Juan Alvarez etwas zu sich nahm. Sie konnte sehen, dass die holperige Fahrt in dem Karren ihm zusetzte und dass er Schmerzen hatte. Aber sie vermied es, ihm Mohnsaft zu geben, ehe er sich in ihrem Infirmarium befand, wo sie ihn gemeinsam mit Schwester Maria Curatia unter besseren Bedingungen untersuchen und behandeln konnte.

Gegen Abend hatten sie endlich den Rand des Albtales erreicht, und Fidelitas konnte das Kloster unter sich liegen sehen. *Gott sei gelobt*, dachte sie inbrünstig. *Endlich!*

Der Büttel, der den Karren lenkte, stieg vom Kutschbock und führte das Pony, bis der steile Weg abwärts in die breite Straße überging, die zu den Wirtschaftsgebäuden von Frauenalb führte. Noch wenige Minuten in der tief stehenden Sonne an den Gärten und Stallungen vorbei,, dann hatten sie das Haus des Torwächters erreicht.

Der kam aus seiner Tür, musterte überrascht die beiden Büttel und den Karren mit Juan Alvarez darin und entdeckte dann Fidelitas auf ihrer Stute. Seine Augen weiteten sich.

»Ihr seid zurück!«, rief er aus. »Ihr seid wieder zu Hause, Schwester Kräutermeisterin! Wir haben uns große Sorgen um Euch gemacht und Tag um Tag für Euch gebetet!«

»Und ich danke Euch dafür«, erwiderte Fidelitas und stieg aus dem Sattel. »Aber jetzt lasst mich und die guten Männer, die mich begleitet und beschützt haben, bitte rasch ein – ich habe einen Verwundeten mitgebracht, der dringend der Pflege bedarf.«

»Freilich!« Der Wächter entriegelte das Tor und schob es auf, und Fidelitas führte die Stute neben dem Karren auf den Vorhof des Klosters. Vor ihr erhoben sich die vertrauten, geliebten Türme »ihrer« Kirche, und sie wäre vor Dankbarkeit beinahe auf die Knie gesunken. Aber das Gebet vor dem Altar musste warten, bis Juan Alvarez versorgt war.

Die Tür des Konvents öffnete sich, und gleich mehrere Nonnen kamen heraus. Fidelitas erkannte Schwester Margaretha in ihrem weißen Novizenhabit und Schwester Saporosa, die offensichtlich in der Klosterküche alles hatte stehen und liegen lassen, um sie zu begrüßen. Als Erste eilte ihr aber Maria Curatia entgegen; ihr gerafftes Habit blähte sich in der kräftigen Sommerbrise wie ein Segel.

»*Deo gratias,* liebes Kind!«, rief sie aus und schloss Fidelitas stürmisch in die Arme. »Willkommen zu Hause!«

Fidelitas erwiderte die Umarmung und küsste die Nonne auf beide Wangen.

»Danke«, sagte sie. »Doch jetzt brauche ich Eure Hilfe und Euren Rat. Ich habe einen Mann mitgebracht, der schwer verletzt worden ist, als er mich verteidigt hat.«

Maria Curatia warf über Fidelitas' Schulter hinweg einen Blick auf den Karren.

»Ich verstehe«, sagte sie. »Dann sollten wir uns am besten gleich um ihn kümmern.«

»Es tut meinem Herzen wohl, dich wieder sicher bei uns zu wissen, mein liebes Kind.«

Fidelitas saß der Äbtissin gegenüber. Kerzen brannten auf dem Schreibpult in der Studierstube; die Sonne war vor einer Stunde untergegangen.

»Ich bin auch glücklich, endlich wieder zu Hause zu sein«, sagte sie.

Die Ehrwürdige Mutter betrachtete sie, ein kleines Lächeln in den dunklen Augen.

»Wenn ich das recht verstehe«, meinte sie, »dann haben wir deine Rückkehr vor allem diesem ungewöhnlichen Ritter zu verdanken, der jetzt im Infirmarium liegt. Nicht wahr?«

Fidelitas schüttelte den Kopf. »Das ist nicht nur sein Verdienst«, erwiderte sie. »Auch die Tochter von Herrn Stöcklin hat sich sehr für mich eingesetzt, gemeinsam mit dem jungen Mann, den sie demnächst heiraten wird. Meine Befreiung wäre Herrn Alvarez niemals allein gelungen. «

»Jörg Danner.« Die Ehrwürdige Mutter nickte. »Ich habe ihn kennengelernt, als er mir den Brief brachte, der mir von deiner Festnahme in Freiburg berichtet hat.«

»Nicht zu vergessen den Büttel, der mich im Kerker davor geschützt hat, missbraucht zu werden«, sagte Fidelitas leise. »Und der mich und Herrn Alvarez hierherbegleitet hat, damit uns auf dem Rest des Weges kein Unglück mehr widerfährt.«

»Dafür ist ihm Gottes Segen gewiss – und unsere Fürbitte.« Die Äbtissin seufzte. »Ich wünschte, *ich* hätte dich besser schützen können. Allerdings hat wohl niemand von uns geahnt, dass du in eine solche Gefahr geraten würdest.«

»Ich weiß.«

Die Erinnerung an die verzweifelte Finsternis im Christoffelturm packte Fidelitas wie eine eiserne Faust und presste ihr die Brust zusammen. Sie musste mehrmals tief durchatmen, um wieder sprechen zu können.

»Das ist dank der Gnade Gottes jetzt vorüber«, sagte sie ein wenig mühsam. »Jetzt möchte ich wieder einfach eine Schwester unter Schwestern sein. Nicht mehr und nicht weniger.«

»Und das wirst du.« Die Äbtissin nahm ihre Hand. »Vielleicht fällt es dir noch ein wenig leichter, wenn dein Spanier nach seiner Genesung wieder abgereist ist.«

»Wieso sagt Ihr das?«

»Weil du mit ihm die Welt in dieses Kloster getragen hast, vor der wir uns normalerweise durch unsere Mauern schützen«, erwiderte die Äbtissin. »Dieser Mann ist doch ein Krieger, oder nicht?«

»Ja«, erwiderte Fidelitas, »ein Landsknecht, der sein Schwert an den verleiht, der am besten zahlt.« Es zuckte kurz um ihren Mund. »Das hat er mir selbst gesagt, vor fünf Jahren.«

»Und damit«, sagte die Äbtissin ruhig, »ist er auch ein Mörder. Wer auf diese Weise kämpft, besitzt normalerweise weder Anstand noch Moral. Landsknechte gelten als gottlos.«

»Und trotzdem ist er herbeigeeilt, um mich zu retten«, entgegnete Fidelitas. »Er hat seine gesamten Pläne geändert und ist extra nach Freiburg gereist, als er durch Jörg von meiner Festnahme erfuhr. Ohne ihn wäre ich wohl kaum so glimpflich davongekommen.«

»Das ist wahr.« Die Äbtissin musterte sie nachdenklich. »Und sehr ungewöhnlich. – Als Jörg Danner hier war, um mir den Brief zu bringen, hat er mir auch von Herrn Alvarez erzählt.

Er hat erwähnt, dass der Mann eine Karte besitzt, auf dem unser Kloster – und sämtliche Wege dorthin – genau eingezeichnet ist. Kannst du mir erklären, warum?«

»Ich weiß es nicht.« Fidelitas hob hilflos beide Hände. »Wir sind uns zwar schon vor fünf Jahren zum ersten Mal begegnet, aber er kennt mich kaum. Ich – ich habe ihn allerdings damals davon überzeugt, einen Mord, für dem man ihm viel Geld geboten hatte, nicht auszuführen. Und er hat darauf verzichtet.«

»Deinetwegen?« Der Blick der Äbtissin war scharf und sehr interessiert.

»Das weiß ich nicht mit Sicherheit.«

Aber in diesem Moment fiel Fidelitas wieder ein, was Alvarez ganz zu Beginn ihres gemeinsamen Heimwegs zu ihr gesagt hatte: *Wenn ich bei jeder falschen Entscheidung Eure leise Stimme im Hinterkopf höre, die mich tadelt ... dann ist es höchste Zeit, die Waffen niederzulegen.*

»Er hat mir erklärt, dass er nicht mehr kämpfen will«, sagte sie. »Ich glaube, er ist es müde, zu töten.«

»Meinst du, dass er Reue verspürt?«

»Er ist mir nie wie ein Mann vorgekommen, der irgendetwas bereut«, entgegnete Fidelitas langsam. »Er glaubt ja nicht einmal daran, dass er eine unsterbliche Seele besitzt.«

»Mag sein. Aber dafür hat er ganz offensichtlich ein Gewissen.« Die Äbtissin lächelte. »Und ihm muss viel an dir liegen. Denn er hat nicht nur seine Pläne geändert, um dir zu helfen. Er hat dir auch gestern das Leben gerettet und dabei, ohne zu zögern, sein eigenes aufs Spiel gesetzt.«

Fidelitas sah der Ehrwürdigen Mutter in die Augen.

»Ich habe ihn nie ermutigt«, sagte sie ernst. »Ich habe ihm nie das Gefühl gegeben, dass er sich bei mir irgendwelche Freiheiten herausnehmen darf. Und – und das hat er auch nie getan.«

»Daran habe ich keinen Zweifel«, erwiderte die Äbtissin gelassen. »Aber darum geht es auch gar nicht, liebe Tochter. Ich glaube, du hast ihn sehr beeindruckt; schon damals, als er dir zum ersten Mal begegnet ist. Und er hat dich – sei es freiwillig oder widerstrebend – zum Maßstab seines Handelns gemacht.«

»Wie kann ich ein Maßstab für ihn sein?«, fragte Fidelitas verwundert.

»Vielleicht eher ein Wegweiser«, erwiderte die Äbtissin. »So wie diese Geräte, die die Seeleute auf den Meeren bei sich tragen, um sich nicht zu verirren. Und deswegen hat er das Kloster auch auf seiner Karte eingezeichnet. Damit er immer genau weiß, wo sich dieser Wegweiser befindet.«

Fidelitas starrte auf ihre Hände hinunter. »Ich … Ich weiß nicht, was ich sagen soll, Ehrwürdige Mutter.«

»Du musst nichts sagen.« Die Äbtissin stand auf, beugte sich über ihr Schreibpult und küsste Fidelitas auf die Wange. »Geh ins Infirmarium und vergewissere dich, dass dein Landsknecht gut versorgt ist. Und dann ruhst du dich aus, du hast es nötig. Vor der *Terz* will ich dich nicht in der Kirche sehen. *Dominus tecum*, mein Kind.«

Fidelitas tat, wie ihr geheißen. Als sie ins Infirmarium kam, schlief Juan Alvarez. Schwester Curatia erklärte ihr, dass er inzwischen leichtes Fieber hatte.

»Das muss uns erst einmal nicht beunruhigen«, sagte sie. »Wir haben seine Wunde wieder gesäubert und verbunden, und mit Gottes Hilfe werden seine Kräfte ausreichen, um gesund zu werden.«

Sie lächelte leicht, und plötzlich waren ihre runden Wangen im Kerzenschein leicht rosig.

»Sein ganzer Körper ist voller Narben; er scheint ein kampferprobter Mann zu sein.«

Fidelitas warf einen letzten Blick auf Alvarez' stilles Gesicht und sah, dass seine Brust sich unter der Wolldecke mit beruhigender Regelmäßigkeit hob und senkte. Dann sprach sie ein kurzes Gebet für ihn, schlug das Kreuz und ging in ihre Zelle zurück.

Es dauerte lange, bis ihr die Augen zufielen. Als sie endlich einschlummerte, träumte sie von einem weißen Haus auf einem Hügel, umgeben von einem Garten voller knorriger Bäume. Hinter der Mauer, die den Garten von dem Land dahinter abgrenzte, war am Horizont eine schier endlose Wasserfläche zu sehen. Und auf einer Bank vor dem Haus saß Juan Alvarez, das Haar vollständig ergraut, der Bart schneeweiß, umgeben von gut einem Dutzend Jungen und Mädchen, die ihm fasziniert lauschten, während er sprach.

Vielleicht sieht es genauso aus, wenn er wirklich auf seine Insel zurückkehrt, um dort in Frieden alt und krumm zu werden und den Kindern seine Geschichten zu erzählen, dachte Fidelitas. Und sie lächelte im Schlaf.

»Schwester Fidelitas? Wacht auf – Ihr müsst aufwachen!«

Fidelitas fuhr hoch und blinzelte. Neben dem Bett in ihrer Zelle stand Margaretha, und eine einzelne Kerze brannte in dem Halter, den sie hochhielt.

»Was ist denn?«, fragte sie und rieb sich die Augen. Dann sah sie den Ausdruck in Margarethas Gesicht und spürte, wie es sie kalt überlief. »Der Hauptmann …?«

Margaretha nickte. »Schwester Maria Curatia schickt mich. Sie sagt, Ihr sollt schnell kommen.«

Fidelitas schlug die Wolldecke zurück und stand rasch auf. Am liebsten wäre sie in das Infirmarium gerannt, wie sie war – aber die jahrelange Klosterdisziplin trug jetzt, da sie endlich wieder in ihren Konvent zurückgefunden hatte, den Sieg davon, und sie legte schnell ihr Habit an. Zehn Minuten später stand sie in dem vertrauten Saal und neben dem Bett von Juan Alvarez. Ein vielarmiger Leuchter auf dem Nachtkasten spendete genügend Licht, um ihn deutlich sehen zu können. Sein Gesicht war gerötet und schweißnass, und als sie nach seinem Puls tastete, schien der unter ihren Fingern förmlich zu fliegen.

Sie hob den Kopf und begegnete den Augen von Maria Curatia. »Wann hat das angefangen? Wie lange ist er in diesem Zustand?«

»Vielleicht eine Stunde.« Die ältere Nonne seufzte. »Ich habe versucht, ihn mit Umschlägen zu kühlen und ihm zu trinken zu geben; trotzdem steigt das Fieber immer noch. Vorhin ist er kurz wach geworden, ohne wirklich bei sich zu sein. Er hat ständig etwas vor sich hin gemurmelt, aber ich hab ihn nicht verstanden.«

»Wir müssen uns die Verletzung ansehen.«

Gemeinsam wickelten sie den Verband ab, den Schwester Curatia erst gestern nach ihrer Ankunft angelegt hatte, und lösten die in Kräutersud getränkte Leinenauflage. Beim Anblick der Wunde biss Fidelitas die Zähne zusammen und schloss unwillkürlich für einen Moment die Augen.

Der tiefe Schnitt, der noch vor kaum zehn Stunden zwar gefährlich, aber immerhin sauber ausgesehen hatte, war blaurot verfärbt und angeschwollen, an den Rändern glänzte Eiter, und ein stechender Geruch nach Krankheit stieg ihr in die Nase. Von der Spitze der Wunde zog sich eine dünne, rote Linie aufwärts in Richtung Leiste. Als Fidelitas den Finger auf diese Linie legte und behutsam zudrückte, fuhr Alvarez heftig zusammen und gab ein qualvolles Stöhnen von sich.

»Was … was können wir tun?«, flüsterte Fidelitas.

»Nicht viel«, erwiderte Curatia sanft. »Das wisst Ihr doch. Wir können es ihm bequem machen, ihm noch mehr Mohnsaft geben, damit er möglichst wenig Schmerzen hat, und warten, bis es vorüber ist. Ich kann ihm nur wünschen, dass es nicht mehr allzu lange dauert.«

Bis es vorüber ist.

Fidelitas sank auf den Schemel neben dem Bett, ohne den Blick von Juan Alvarez' Gesicht zu nehmen, während Maria

Curatia den Schnitt wieder zudeckte und das Bein ein letztes Mal verband.

Meine Schuld, dachte Fidelitas. *Er ist meinetwegen nach Freiburg gekommen, um mich zu retten. Und jetzt muss er meinetwegen sterben.*

»Wollt Ihr bei ihm bleiben?«, fragte die Infirmarin. »Dann kann ich bis zu den *Laudes* noch ein paar Stunden schlafen, und er ist nicht allein.«

Fidelitas nickte schweigend. Die ältere Nonne strich ihr flüchtig und tröstend über die Schulter, dann ging sie hinaus.

Die nächsten Stunden verstrichen so langsam und leise, als schlichen sie auf Zehenspitzen. Fidelitas bewegte sich nur, um die Decke über Alvarez' Körper etwas höher zu ziehen, seinen Puls zu fühlen und die Hand auf seine Stirn zu legen. Die ersten Stationen ihrer Bekanntschaft mit dem Landsknecht vor fünf Jahren zogen an ihrem inneren Auge vorüber – in Cannstatt, auf dem Weg nach Gernsbach und in der Burg der Grafen von Eberstein. *Gefällt Euch, was Ihr seht, hermana? … Fidelitas – in meiner Sprache sagen wir es ganz ähnlich: la fidelidad … Ich möchte Euren Segen auf den Weg. Werdet Ihr ihn mir geben?*

Irgendwann musste sie eingenickt sein. Als sie wieder zu sich kam, war der Himmel hinter dem Spitzbogenfenster des Infirmariums grau – und dann berührte etwas ihren Arm. Sie blickte rasch auf.

Die Augen des Spaniers waren offen, und er sah sie an.

»Herr Alvarez!«, sagte sie leise. »Wie fühlt Ihr Euch?«

»*De mala muerte*«, murmelte er. »Ziemlich lausig und furchtbar müde. – Der Schnitt in meinem Bein war wohl doch schlimmer als gedacht, *sí*?«

»Das stimmt«, erwiderte sie ehrlich. »Aber wir tun für Euch, was wir können.«

Sein Gesicht verzog sich zu einem bleichen Schatten seines charakteristischen, spöttischen Lächelns, aber seine Augen blieben ernst. »So, wie Ihr mich anschaut, *querida*, könnt Ihr ziemlich sicher *gar nichts* mehr tun und seid am Ende mit Eurem Latein. Anscheinend haben mich meine Sünden jetzt doch noch eingeholt – ausgerechnet in einem Kloster!«

Fidelitas' Kehle war wie zugeschnürt, aber sie brachte es trotzdem fertig, sein Lächeln zu erwidern. »Näher bei Gott könnt Ihr kaum sein, Herr Alvarez. Meine Schwestern beten seit Eurer Ankunft ununterbrochen für Euch.«

»*Madre de Dios*!« Er gluckste schwach. »Seid Ihr sicher, dass ich das wert bin?«

»Das habt Ihr mich schon einmal gefragt, vor fünf Jahren.« Sie blinzelte die Tränen weg, die ihre Sicht verschwimmen ließen. »Und meine Antwort ist heute noch genau dieselbe wie damals: In manchen Fällen muss man alle Truppen in die Schlacht werfen, die man hat.«

Wieder gluckste er, dann blieb er sehr lange still; sie dachte, er sei eingeschlafen. Plötzlich öffnete er erneut die Augen.

»Wie heißt Ihr?«

Fidelitas betrachtete ihn verwirrt. *Sprach er im Fieber?*

»Ihr wisst doch, wie ich heiße.«

»Nein, nein …« Er machte eine ungeduldige Handbewegung. »*Vor* dem Kloster. Bevor Ihr *la fidelidad* geworden seid.«

Tatsächlich musste sie einen Moment überlegen. Ihr Leben ohne Habit lag für sie so weit zurück, als hätte es in einer anderen Welt stattgefunden. Aber der Name kam schließlich zu ihr zurück und mit ihm das kleine Mädchen, das auf einem Karren als Oblate nach Frauenalb gebracht worden war.

»Dorothea«, sagte sie. »Damals hieß ich noch Dorothea.«

Seine Mundwinkel kräuselten sich. »Ein Gottesgeschenk. Wie gut das zu Euch passt, meine liebliche, mutige, wunderschöne Schwester.« Er rang nach Atem und verkrampfte sich, als plagten ihn plötzlich starke Schmerzen. »*No me dejes,* Dorothea …«

Sie verstand seine Sprache nicht, begriff aber instinktiv, was er meinte.

»Ich bleibe bei Euch«, versicherte sie. »Ich lasse Euch nicht allein.«

Alvarez entspannte sich, und wieder lächelte er. Sie hielt ihre Finger fest mit den seinen verschränkt, den Blick unverwandt auf sein Gesicht gerichtet, während die Zeit verging und draußen die Morgensonne über den Horizont heraufstieg. Er sprach nicht mehr, und erst, als der Druck seiner Hand nachließ und dann ganz schwand, begriff Fidelitas, dass er gegangen war.

Sie stand steifbeinig von ihrem Schemel auf und beugte sich über ihn. Dann drückte sie die Augen zu, die sie nicht mehr sahen, und küsste ihn ganz sachte auf die Stirn.

»*In paradisum deducant te angeli*«, flüsterte sie. »Mögen die Engel dich ins Paradies geleiten, und möge Gott dir alle deine Sünden vergeben, mein Freund.«

Dann ließ sie sich auf dem Schemel nieder und nahm wieder seine Hand. Und sie hatte sich nicht von der Stelle gerührt, als Schwester Maria Curatia eine Stunde später nach den *Laudes* ins Infirmarium kam, um nach ihr zu sehen.

Epilog

Das Grab lag auf dem Klosterfriedhof, in derselben Reihe, in der sich auch die letzte Ruhestätte von Fidelitas' Lehrmeisterin Agatha befand. Fidelitas hatte ausdrücklich darum gebeten, und die Ehrwürdige Mutter hatte ihrer Bitte entsprochen, obwohl es darüber in der Klostergemeinschaft durchaus hitzige Debatten gegeben hatte. Ein Mann, und noch dazu ein fremdländischer Landsknecht … So manche Schwester war der Meinung, dass selbst sein Leichnam zwischen den frommen Entschlafenen, die ihr ganzes Leben Gott geweiht hatten, so wenig zu suchen hatte wie ein Wolf mitten in einer Schafherde.

Die Äbtissin hatte sich erst einschalten und ein Machtwort sprechen müssen.

»Ohne ihn«, hatte sie gesagt, »wäre unsere geliebte Fidelitas nicht mehr lebend zu uns zurückgekehrt. Gott erweist einem reuigen Sünder seine Gnade und gebietet uns, ihm ebenfalls zu vergeben. Umso mehr, wenn er Buße tut und sein Leben opfert, um ein anderes zu retten.«

Also war Juan Alvarez de Santa Cruz y Fuego am 25. Juli im Jahre des Herrn 1555 auf dem Friedhof der Benediktinerinnen in Frauenalb bestattet worden und hatte genau wie die toten Nonnen einen Gedenkstein erhalten – beschriftet mit seinem Namen und seinem Sterbedatum, weil niemand wusste, wann genau er zur Welt gekommen war.

An diesem Septembermorgen stand Fidelitas vor seinem Grab. Sie ging nicht jeden Tag dorthin, besuchte es aber regelmäßig. Zwar wusste sie, dass hier nur seine sterblichen Überreste ruhten, aber sie hatte es sich trotzdem zur Angewohnheit gemacht, dort mit ihm zu reden, als wäre er noch da und würde ihr zuhören, die dunklen Augen lächelnd und eine spöttische

Entgegnung schon auf der Zunge, um ihr damit den Wind aus den Segeln zu nehmen.

»Veronika Stöcklin hat mir geschrieben«, sagte sie. »Obwohl, nein: Jetzt heißt sie Veronika Danner, denn sie hat den Jungen endlich heiraten dürfen. Die beiden sind sehr glücklich. Aber sie waren bestürzt zu hören, dass Ihr nicht mehr lebt, und sie lassen Messen für Euch lesen, um Eure Seele vorzeitig aus dem Fegefeuer zu befreien.«

Fidelitas zögerte, bevor sie aussprach, was noch in dem Brief gestanden hatte.

»Martin Danner ist vor drei Wochen hingerichtet worden«, fuhr sie fort. »Das Volk ist zur Richtstätte geströmt wie zu einem Jahrmarkt. Veronika hat es nicht gesehen, aber Jörg ist hingegangen. Er wollte seinen Bruder nicht allein lassen – trotz allem, schreibt Veronika.«

Sie glaubte beinahe, Alvarez' ironisches Schnauben zu hören. Das Gefühl war so intensiv, dass sie die Hand ausstreckte, als könnte sie ihn berühren. Stattdessen strich sie leicht über den kühlen Grabstein.

»Ihr habt mir immer klargemacht, dass Euch nichts heilig ist«, fuhr sie fort. »Vermutlich würdet Ihr auch über den Gedanken spotten, dass Gott Euch in sein himmlisches Reich aufnimmt. Aber das kümmert mich nicht. Ihr wisst doch, wie hartnäckig ich bin.«

Sie sprach ein Gebet für ihn, wie sie es jedes Mal tat, wenn sie herkam. Unter seinem Sterbedatum waren zwei Worte eingemeißelt worden, auf ihren ausdrücklichen Wunsch und mit dem Segen der Äbtissin: *Amicus fidelis* – treuer Freund.

Bis an ihr Lebensende würde sie mit Liebe und Dankbarkeit seiner gedenken. Und bis an ihr Lebensende würde sie Gott bestürmen, dass er diesem Mann das Tor öffne in Seine Herrlichkeit.

Fidelitas legte das Efeusträußchen, das sie mitgebracht hatte, vor dem Stein nieder.

»Schlaf in Frieden, Juan Alvarez. Bis zum nächsten Mal«, sagte sie sanft.

Dann richtete sie sich auf, wandte sich ab und ging durch den kühlen, dunstigen Herbstmorgen davon.

Anhang

Handelnde Personen im Buch

Die Handlung ist rein fiktiv, die nicht kursiv geschriebenen Personen ebenfalls. Die *kursiv* geschriebenen Personen sind historisch.

Im Kloster:

Fidelitas von Frauenalb | Kräutermeisterin
Katharina II. von Bettendorf | Äbtissin
Schwester Curatia | Infirmarin
Schwester Margaretha | Novizin

In Freiburg:

Vinzenz Stöcklin | Tuchhändler
Regula Stöcklin | seine Frau
Veronika Stöcklin | seine Tochter
Gundis Stöcklin | seine Schwiegermutter
Heinrich Stöcklin | sein Vater
Irmhild | Köchin im Haus Stöcklin
Birgitta | Veronikas Zofe
Wulf | Kutscher
Paulus Mayr | Priester und Beichtvater von Heinrich Stöcklin
Jörg Danner | Uhrmacherlehrling
Martin Danner | Tuchhändler
Waltraud | ehemalige Dienstmagd im Hause Danner
Franz Beierlein | städtischer Büttel

Hans Veltin Schnewlin von Kranzenau | Schultheiß in Freiburg von 1553–1568
Johann Armbroster | Gerichtsschreiber

Außerdem:

Johann Ulrich Zasius | Reichssprecher Österreichs, später Reichstagskommissar und Reichsvizekanzler (1521–1570)
Juan Alvarez de Santa Cruz y Fuego | Landsknecht

Glossar

abadesa | (spanisch) Äbtissin

Andreaskapelle | Das Beinhaus des ehemaligen Friedhofes rings um das Freiburger Münster. Die Kapelle wurde 1314 erstmals urkundlich erwähnt und 1570 umgebaut. 1744 wurde sie während der französischen Belagerung schwer beschädigt und 1753 abgerissen; ihr ehemaliger Standpunkt wird durch einen gepflasterten Umriss angezeigt.

ay va! | (spanisch) Ach du Schreck!

ayudante | (spanisch) Adjutant, Helfer

abuelo, abuela | (spanisch) Großvater, Großmutter

Armbroster, Johann | Gerichtsschreiber in Freiburg (laut Register des Buches »Die Urkunden des Heiliggeistspitals zu Freiburg i. Br.«, Bd. III: 1220–1806, war er 1557 im Dienst; vielleicht war er das 1555 auch schon, deshalb hier eine leichte dichterische Freiheit.)

Bächle | Vom Wasser der Dreisam gespeiste künstliche Kanäle, die sich in einer Gesamtlänge von 15,9 km durch die Freiburger Altstadt ziehen. 1220 wurden sie zum ersten Mal urkundlich erwähnt und brachten Brauch- und Trinkwasser zur Bevölkerung. Denn da das Grundwasser sich in 12 m Tiefe befand, gab es nicht genügend Tiefbrunnen.

Bauchwassersucht | (medizinisch *Aszites*) Die Ansammlung freier Flüssigkeit im Bauchraum, u.a. bei Leberzirrhose oder Mangelernährung.

Beatus vir qui non abiit in consilio impiorum | Psalm 1, Vers 1: Wohl dem, der nicht wandelt im Rat der Gottlosen noch tritt auf den Weg der Sünder noch sitzt, wo die Spötter sitzen.

bien | (spanisch) gut

Bisamapfel | Eine vergoldete, hohle Messingkugel, gefüllt mit Duftstoffen und Kräutern. Man trug sie im 15. und 16. Jahrhundert bei sich, um sich vor besonders üblen Gerüchen zu schützen.

Bisamuhr | Anfang des 16. Jahrhunderts gelang es dem Nürnberger Uhrmacher Peter Henlein zum ersten Mal, ein Uhrwerk in dem Gehäuse eines Bisamapfels unterzubringen. Diese Uhr gilt als eine der ersten Taschenuhren der Welt.

Block | Der Block bestand aus Holz und hatte mehrere Löcher, durch die der Verurteilte seine Hände und den Hals oder seine Beine stecken musste. Die Einschließung in den Block war eine Verschärfung der Gefängnisstrafe.

Blutgericht | Ein Gremium aus sechs Ratsherren und vierundzwanzig Zunftmeistern, die in Freiburg über schwere Verbrechen zu urteilen hatten (Quelle: *Das Staatslexikon, Band 7* von Carl von Rotteck, erschienen 1847).

bonita | (spanisch) schön, Schönheit

bruja | (spanisch) Hexe

Buenas noches, hermana! | (spanisch) Guten Abend, Schwester!

canalla | (spanisch) Kanaille, wörtlich: Hundearsch

capullo | (spanisch) Trottel, Idiot, Schwachkopf

caspitá! | (spanisch) Donnerwetter!

chico | (spanisch) Kleiner

Christoffelturm | (auch Michaels- oder Diebestor), Haupt-Gefängnisturm in Freiburg. Im 13. Jahrhundert erbaut, lag er am nördlichen Ende der heutigen Kaiser-Joseph-Straße und war gleichzeitig der Durchgang in die Freiburger Vorstadt Neuburg. 1704 wurde er abgerissen.

cojones | (spanisch) Verflucht noch mal. Eigentlich ist das die Kurzform von *tocate los cojones,* wörtlich: Da pack mich doch einer an den Eiern!

comprende? | (spanisch) Verstanden?

de mala muerte | (spanisch) sterbenselend

Deo Gratias | Gott sei Dank

Der Rauhe Mann | Ein Gasthaus auf der Insel in der Freiburger Gerberau, ehemaliges Zunfthaus der Gerber von 1460. (Weswegen es natürlich ein Akt dichterischer Freiheit ist, eine Szene des Buches in dieses Gasthaus zu verlegen, das es damals dort noch gar nicht gab – aber der Name war einfach zu schön, um ihn nicht zu verwenden.)

Dominus tecum | Gott sei mit dir

el diablo | (spanisch) der Teufel

Eberstein, Wilhelm von | Von 1546 bis 1555 Präsident des Reichskammergerichtes und außerdem eine Figur in *Schierlingstod,* dem Vorgänger von *Hexenglut.*

embrollador | (spanisch) Wirrkopf

Ewiges Licht | Hier: das Bäckerlicht neben dem Freiburger Münster. Es wurde 1516 unweit der Andreaskapelle aufgestellt. Die Bäckerzunft hatte dafür zu sorgen, dass das Licht nie verlosch. Mittlerweile steht das Bäckerlicht (nach zahlreichen Umbauten und Renovierungen) auf der Nordseite des Münsters.

fonda | (spanisch) Spelunke

Frauenalb | Kloster im Schwarzwälder Albtal, etwa gegen 1190 von Graf Eberhard III. von Eberstein gegründet. Die Nonnen darin waren allesamt von Adel. Nach wechselvoller Geschichte wurde es 1802 aufgelöst und verfiel zur Ruine; heutzutage wird es von einem Verein u.a. für Konzerte genutzt.

Friedhofsmauer | Umgab den Friedhof rings um das Freiburger Münster. Zeitweise siedelten sich auch Händler mit ihren Verkaufsständen und Buden an der Mauer an. Obwohl der Friedhof auf Befehl von Kaiser Maximilian 1512 nach Neuburg verlegt werden musste, blieb die Mauer noch bis 1785 stehen.

Gerberviertel | Das Viertel in Freiburg, wo die Gerber sich am Mühlkanal (heute: Gewerbekanal) angesiedelt hatten (heute: Gerberau). Der wurde wie die Bächle aus der Dreisam gespeist; gefischt wurde oberhalb der Gerberwerkstätten, weil der Kanal unterhalb davon naturgemäß durch die Abwässer stark verschmutzt war.

Gerichtslaube | Das älteste Rathaus von Freiburg. Ab 1328 diente das Gebäude als Ratsstube, ab 1480 als Gerichtsgebäude. 1944 wurde sie durch einen Luftangriff fast vollständig zerstört, von 1961 bis 1975 wurde sie originalgetreu wieder aufgebaut.

Große Gass | Haupt- und Geschäftsstraße zwischen Martins- und Schwabentor, heute: Kaiser-Joseph-Straße.

guapa | (spanisch) Hübsche

Haberkasten | bessere Gefängniszelle mit Fenster im Freiburger Predigerturm

Habit | Kleidung der Nonnen und Mönche. Fidelitas von Frauenalb trägt als Benediktinerin die schwarze Tunika mit langen weiten Ärmeln, darüber das Skapulier, einen langen, ärmellosen Überwurf, der gerade und glatt bis zum Tunikasaum fällt. Als Gürtel dient eine geknotete, oft geflochtene Kordel, das Zingulum. Das Haar wird von einer engen, weißen Haube verdeckt, die man am Hinterkopf feststeckt. Darüber wird der lange, schwarze Schleier gelegt und festgesteckt.

hablas con acertijos | (spanisch) Du sprichst in Rätseln

Henlein, Peter | Schlossermeister und Uhrmacher aus Nürnberg (verm. 1479–1542). Er baute erst Turm- und dann Taschenuhren. Eine Tonnen- oder Dosen-Taschenuhr im Britischen Museum in London kann ihm mit Sicherheit zugeschrieben werden, urkundlich erwähnt wird, dass er 1524 eine selbst gebaute Bisamuhr an den Nürnberger Stadtrat verkauft hat. Dass er die Taschenuhr erfunden hat, gilt unter Fachleuten als umstritten.

»Hexenhammer« | (auch *»Malleus Maleficarum«*) Ein Werk zur Legitimation der Hexenverfolgung, verfasst von Heinrich Kramer (*Henricus Insistoris*) und Jacob Sprenger (wobei dessen Mitarbeit an dem Buch als umstritten gilt). Das Buch erschien erstmals 1486 in Speyer und erlebte bis ins 17. Jahrhundert neunundzwanzig Auflagen. Es ist eine einzige Ansammlung wirrer Anschuldigungen gegen Hexen, ein erschreckendes Dokument von vollkommen aus dem Ruder gelaufenem Frauenhass und durch seinen Inhalt mitverantwortlich für Tausende von unschuldigen Opfern.

Hexenprobe | Im offiziellen Hexenprozess eigentlich gar nicht vorgesehen bzw. verboten. Angewendet wurde sie trotzdem oft, als »Wasserprobe« (dabei wurden die Frauen untergetaucht; überlebten sie die Prozedur, galten sie erst recht als Hexe) oder als »Nadelprobe«, bei der man mit einer Nadel nach Hexenmalen suchte. Schmerzten oder bluteten die Nadelstiche (was unweigerlich geschah), galt die Frau als unschuldig. Gerettet hat das allerdings die wenigsten Angeklagten.

hija | (spanisch) Mädchen

»Hinternentblößer« | Der wahrscheinlich bekannteste der 91 Wasserspeier am Freiburger Münster. Eine nackte menschliche Figur mit langen Haaren stemmt sich mit den Armen und mit durchgestreckten Beinen gegen den Pfeiler und streckt das entblößte Hinterteil dem Betrachter entgegen.

Hochaltar Freiburger Münster | Gestaltet von Hans Baldung Grien (1484–1545), der die Altartafeln zwischen 1512 und 1516 malte. Das zentrale Bild zeigt eine Marienkrönung mit der Gottesmutter in goldenem Gewand und blauem Mantel.

Infirmarium | die Krankenabteilung eines Klosters

Katharina III. von Bettendorf | Die Schwester des Bischofs von Worms und von 1554 bis 1573 Äbtissin des Klosters Frauenalb.

Kaufhaus | Ab 1520 an der Südseite des Freiburger Münsterplatzes erbaut. Vermutlich wurde es von Lienhart Müller, einem Münsterbaumeister, errichtet und später dem Zeitgeschmack entsprechend immer wieder umgestaltet. Der leuchtend rote Bau ist eine der bekanntesten Sehenswürdigkeiten von Freiburg.

la bonita | (spanisch) die Schöne

la monja | (spanisch) die Nonne

Laudes | Teil der klösterlichen Stundengebete. In der Regel werden sie zwischen sechs und acht Uhr morgens gebetet.

madre de dios! | (spanisch) Mutter Gottes!

majestad | (spanisch) Majestät

Majordomus | Hausverwalter

Mariä Heimsuchung | Katholischer Feiertag, der an den Besuch von Maria bei ihrer Cousine Elisabeth erinnert. Bis zum Zweiten Vatikanischen Konzil wurde er am 2. Juli begangen.

Mariä Lichtmess | Gefeiert am 2. Februar als Beginn des Bauernjahres. Zu diesem Datum wurden Knechte und Mägde eingestellt oder entlassen und bekamen ihren Jahreslohn ausgezahlt.

»Marterhäusle« | Anbau am Freiburger Christoffelturm, in dem die »hochnotpeinlichen Befragungen« stattfanden (sprich:

darin wurde gefoltert). Zur Zeit des Hexenwahns in Freiburg kurz nach 1600 musste das Gebäude sogar erweitert werden. Heute ist es wie der Christoffelturm verschwunden.

Martinstor | Wurde 1200 errichtet und 1901 in die Höhe aufgestockt. Es diente ebenfalls als Gefängnis für Hexen; an seiner Mauer befindet sich eine Tafel, die an die Opfer der Hexenprozesse 1599 erinnert.

Matutin | Erstes Gebet der Klosterliturgie, normalerweise zwischen Mitternacht und zwei Uhr morgens gesprochen.

mierda | (spanisch) Scheiße

Mohnsaft | Gewonnen aus weißem Mohn, im getrockneten Zustand reines Opium. Der berühmte Arzt Paracelsus entwickelte aus 90 % Wein und 10 % Opium das *Laudanum*, das er für ein Allheilmittel hielt. Es war bis ins 19. Jahrhundert hinein hoch populär und wurde gegen eine Unzahl von Leiden verwendet. Erst Ende des 19. Jahrhunderts setzte sich allmählich die Erkenntnis durch, dass Opium stark süchtig macht und daher weit mehr schadet als nutzt.

Mühlkanal | (heute: Gewerbekanal) Fließt durch die Freiburger Fischerau und Gerberau. Die Gerber nutzten sein Wasser, um das Leder zu walken und zu spülen.

muy intrigante | (spanisch) sehr spannend

Neuburg | Freiburger Vorstadt, in die man durch das Christoffeltor gelangte, umringt von einer eigenen Stadtmauer. Bei den Angriffen der Franzosen 1677 wurde das Viertel fast vollständig geschleift und erst um 1825 wieder neu besiedelt.

ninos | (spanisch) kleine Kinder

no me dejes | (spanisch) Verlass mich nicht

ojo de culo | (spanisch) Arschloch

pollo | (spanisch) Hähnchen

Predigertor | Freiburger Turm aus dem 13. Jahrhundert und Bestandteil des Dominikanerklosters. Er wurde 1866 im Zuge von Stadtbauarbeiten abgerissen.

putas | (spanisch) Huren

querida | (spanisch) Liebste, Geliebte

Ratsherr | In Freiburg lenkten insgesamt zwölf Ratsherren die Geschicke der Stadt. Das Amt wurde auf Lebenszeit verliehen.

relojero | (spanisch) Uhrmacher

Requiem aeternam dona ei, Domine: et lux perpetua luceat ei | (Herr), schenke ihr die ewige Ruhe, und das ewige Licht leuchte ihr.

Rey Carlos | (spanisch) Gemeint ist Kaiser Karl V.

Schnewlin von Kranzenau, Hans Veltin | Mitglied der in Freiburg und Umgebung äußerst einflussreichen Familie Schnewlin (auch Snewlin oder Snewelin). Die Familie hatte ganze vierzehn weitläufig miteinander verwandte Zweige. Über den Zweig der Kranzenaus ist wenig bekannt, aber Hans Veltin Schnewlin war (wie viele seiner Ahnherren) Ratsherr und von 1553 bis 1568 Schultheiß in Freiburg (Quelle: »Die Urkunden des Heiliggeistspitals zu Freiburg i. Br.«, Bd. III: 1220–1806, Freiburg 1927).

Schultheiß | Im Mittelalter und auch noch später Stadtverwalter und Oberster Richter einer Stadt in Personalunion.

Schwabentor | Wurde um 1250 erbaut und wie das Martinstor um 1900 aufgestockt, wobei man die Baumaßnahmen 1954 wieder teilweise zurücknahm. Heute befindet sich darin ein Zinnfigurenmuseum.

Spanische Stiefel | Mittelalterliches Folterwerkzeug. Es handelte sich um eine Beinschraube, die meist aus zwei Eisenplatten bestand, deren Form dem Unterschenkelquerschnitt angepasst war. Diese wurden um den Unterschenkel gelegt und dann mithilfe seitlich angebrachter Gewindestäbe zusammengepresst. Dabei entstanden schwere Gewebequetschungen, Blutungen und Knochenbrüche.

Terz | Teil der klösterlichen Stundengebete, üblicherweise gegen neun Uhr morgens gesprochen.

Testament | Zu der Zeit, in der das Buch spielt, gab es noch keinen Pflichtteil. Erblasser konnten Ehefrauen oder Kinder komplett enterben – laut dem Stadtrecht, das der berühmte Jurist Johann Zasius für Freiburg festschrieb, konnte ein Sohn sein Erbe verlieren, wenn er sich z. B sehr ungebührlich verhielt, Hexenkünste anwandte oder seine Eltern körperlich misshandelte.

tia loca | (spanisch) bedeutet wörtlich verrückte Tante. Hier: verrücktes Weibsstück

tranquilo! | (spanisch) Ruhe!

Zasius, Johann Ulrich | (1521–1570), Sohn des berühmten Freiburger Juristen Johann Zasius. Er war zeitlebens viel unterwegs, verhandelte z.B. mit Herzog Christoph von Württemberg und dem Landgrafen Philipp von Hessen. Außerdem diente er als österreichischer Reichssprecher, war Reichstagskommissar und bis zu seinem Tod Reichsvizekanzler

Nachwort

Als Bettina Kimpel vom Silberburg-Verlag (die den Roman bei mir bestellt hat) herausfand, was meine Heldin Fidelitas in diesem Buch durchmachen muss, fragte sie mich, ob überhaupt jemals Nonnen der Hexenverfolgung zum Opfer gefallen seien. Die Antwort ist: nur wenige, aber ja. Hier sind zwei historische Fälle, die ich gefunden habe:

Sophia Agnes von Langenberg (geboren 1597 oder 1598) war Nonne des Klarissenordens St. Klara in Köln und behauptete, Visionen zu haben. Sie wurde deswegen als »lebende Heilige« verehrt, aber auch angefeindet. Nachdem sich Zweifel an ihren Aussagen erhoben hatten, behaupteten Nonnen ihres eigenen Klosters, sie seien von ihr »verhext« worden. 1626 wurde sie festgenommen, gefoltert und verhört, 1627 wurde sie auf dem Höhepunkt der Hexenprozess-Welle in Köln hingerichtet.

Maria Renata Singer von Mossau wurde 1697 geboren und kam mit zwanzig Jahren in das Kloster Unterzell, einem Orden der Prämonstratenserinnen. Dort wurde sie dank ihrer Tüchtigkeit schnell Subpriorin und Küsterin. Offenbar neideten die anderen Nonnen ihr den raschen Aufstieg; auch hier waren sie es, die den Vorwurf der Hexerei erhoben. Bei einem Verhör im Februar 1749 durch ihre Klosterschwestern (!) gestand sie, schon jahrelang eine Hexe zu sein. Am 21. Juni 1749 wurde sie als (vermutlich) letzte »Hexe« Frankens in Würzburg hingerichtet.

Danksagung

»Hexenglut« zu schreiben war in Zeiten von Corona gar nicht so einfach. Die erste Recherchereise nach Freiburg hätte im März dieses Jahres stattfinden sollen und musste »dank« des Lockdowns entfallen, weil niemand mehr von außerhalb in die Stadt reisen durfte. Bei der zweiten musste ich im Hotel schriftlich versichern, dass ich tatsächlich als Autorin dienstlich unterwegs bin (ist mir auch noch nie passiert).

Deswegen danke ich vor allem

- Dr. Hans-Peter Widmann vom Stadtarchiv Freiburg, der geduldig per E-Mail alle meine Fragen beantwortet hat. (Eine davon sogar zweimal. Shame on me. :-))
- Hermann Grieb, dem genialen Uhrmacher aus Grafenau-Dätzingen, der sich so gut mit antiken Uhren auskennt und tatsächlich einmal eine (vermutlich) originale Bisamuhr von Peter Henlein in der Hand gehalten hat. Ich durfte einen ganzen Nachmittag in seiner Werkstatt verbringen, und hätte ich alles im Manuskript untergebracht, was er mir gezeigt hat, dann wäre dieses Buch doppelt so lang.
- Bettina Kimpel vom Silberburg-Verlag, die mich seit sieben Jahren ermutigt und unterstützt. Dieses Buch ist ebenso ihres wie meines.
- Michael Raffel, dem besten Lektor, den man sich als Autorin nur wünschen kann.
- meiner Freundin Ingrid Zellner. Sie war vom Exposé bis zum fertigen Buch an meiner Seite. Jeder Geschichtenerzähler braucht jemanden wie sie, und ich habe großes Glück.
- meinen Mann, der mir den Rücken freihält, der stets mein erster Testleser ist und ohne den es bis heute überhaupt kein Buch von mir gäbe.